KB269044

겨레의 언어,
사유의 충돌

2013

탄생 100주년 문학인 기념문학제 논문집

겨레의 언어,
사유의 충돌

전영태 · 장영우 외

탄생 100주년 문학인 기념문학제 논문집 2013

민음사

【총론】

차이와 대조

전영태(중앙대 교수)

김동리, 김동석, 김현승, 박계주, 양명문, 이태극, 조명암 등 1913년에 출생하여 올해 탄생 100주년을 맞는 문인들의 공통점은 무엇일까?

1913년은 한국의 본격적인 근대 문학이 태동하기 전의 과도기이다. 이상협의 『눈물』, 조중환의 번안 소설 『장한몽』, 이광수의 번역 소설 『검둥이의 설움』이 발표되었고, 신파극 『쌍옥루』가 연흥사에서 공연되었던 때이다. 안창호의 '흥사단'이 결성되었고 활동사진관 '우미관'이 개관했으며, 이승만이 하와이에서 《태평양》을 창간한 시기이다. 유럽에서는 발칸 전쟁이 발발했고 중국에서는 위안스카이가 총통으로 취임하면서 쑨원이 일본으로 망명했다. 영국의 D. H. 로런스가 『아들과 연인』을, 프랑스의 프루스트가 『잃어버린 시간을 찾아서』의 첫 권 『스완네 집 쪽으로』를, 러시아의 고리키가 『유년 시대』를 발간했다.

아무리 자세히 살펴도 1913년은 평범하게 다사다난한 한 해였다. 이런 시기에 이들 문인이 태어났다는 것에 큰 의미를 부여할 수 없다는 점이 애써 찾아 본 공통점이다.

이들은 데라우치 총독의 무단 통치가 가속화되는 시절에 태어나 1930년대에 20대로 성장하여 김동리, 조명암, 김현승, 박계주, 양명문 등이 작가, 시인으로 문단에 등장하고, 1945년 해방 이후 30대로 김동석, 이태극과 더불어 문학적 발전을 성취하고, 이후 한국 문학의 중요 문학가로 자리 잡는다. 다양한 스펙트럼의 문학적 경향을 보인 이들 문인들은 그들의 활동 양상처럼 한국 문학이 다변화되었다는 것을 증명해 보인다. 한두 갈래 묶음으로 정리할 수 없는 문학의 다기화 현상을 이들 문인들은 그들의 문학적 궤적으로 실현했다. 이러한 다기화·다변화의 추구가 이들의 묶일 수 없는 공통점이라고 강변할 수도 있지만 그보다는 차이점을 찾는 것이 100주년 기념 문인에 대한 합당한 탐구 절차일 것이다.

김동리는 동년배의 문인 중 비교적 일찍 등단해서 주목할 만한 작품들을 지속적으로 발표했다. 1934년 《조선일보》 신춘문예에 시 「백로」 입선, 1935년 《중앙일보》 신춘문예에 「화랑의 후예」 당선, 1936년 《동아일보》 신춘문예에 「산화(山火)」 당선, 조·중·동의 신춘문예를 휩쓸면서 스타처럼 등장하여 그해에 「바위」, 「무녀도(巫女圖)」 등 그의 명작으로 판정되는 작품을 잇달아 발표했다. 이어서 1937년에는 《시인부락》 동인으로 시작 활동을 개시하고 1938년에는 평론 「순수 이의」, 「신세대의 문학 정신」을 발표하여 이른바 신세대 논쟁의 신세대 논객으로 비평가의 입지를 다졌다. 김동리는 소설가로 데뷔해 시인, 평론가로 활동 영역을 확대하고, 해방 이후 한국청년문학가협회 회장, 신문사 편집국장, 한국문인협회 이사장, 대학 교수 등 문학에 관련된 전방위의 각종 직책을 역임했다. 그의 실제 출생 연도는 1911년으로 알려져 동갑의 시조시인 이태극은 「내가 아는 동리님」이라는 글에서 "자연 연령으로도 두 살 위이지마는 문단 경력으로는 선배이니만치 항상 예의를 갖추었다."라고 쓰고 있다.

조명암은 보성고보 재학 시절 김동리보다 일찍 시를 발표하고(1932년 《신동아》), 1934년 《동아일보》 신춘문예 당선 작품 「동방의 태양을 쏘라」로 등단, 능력 있는 신진 시인으로 주목받았다. 동년배 김현승 시인은 시적 회고록 『굽이쳐 가는 물굽이와 같이』에서 1934년 연말 《신동아》의 시단 1년간의 총평에서 "그해에 혜성같이 나타난 시인의 이름으로서 조영출(조명암) 과 나의 이름을 들고 있었다."라고 밝혔다. 그는 사회와 역사를 비판하는 모더니즘 계열의 시를 활발히 발표하는 한편 작사가로서도 활약하여 「선창」, 「알뜰한 당신」, 「고향초」, 「낙화유수」, 「연락선은 떠난다」, 「진주라 천리길」과 같은 일제 시대의 히트 대중가요를 작사하여 작사가 박영호와 쌍벽을 이루었다. 그는 100주년 기념의 다른 문인과 달리 친일 활동을 벌여 친일 군국 가요를 9편이나 작사했고 「승리에의 길」이라는 친일 연극의 극본도 썼다. 해방 이후에는 조선연극동맹과 조선문학가동맹에 가입하여, 일제 시대에는 다룰 수 없었던 제재에 기반을 둔 「독립군」, 「논개」, 「위대한 사랑」 등의 사회주의 계열 희곡을 상연했다. 1948년 월북한 그는 조선문학예술총동맹 부위원장, 문화성 부상 등을 역임하면서 「조국 보위의 노래」를 비롯한 가사와 「금강산과 8선녀」 등의 가극을 썼다.

조명암과 김동리는, 문학과 인생의 경력은 서로 다른 궤적을 보이지만 장르를 넘나드는 작업과 문학 사회적 활동을 지속적으로 화려하게 펼쳤다는 점에서 공통점을 가지고 있다. 김동리는 친일 활동을 벌여 친일반민족 행위 704인 명단에 포함된 조명암과 달리 '문인보국회', '국민문학동맹' 등 일제 어용 단체 가입을 거부하고 경남 다솔사 인근에서 은거했다는 점에서 다른 양상을 보인다. 김동리가 그의 문학의 테두리를 '순수 문학'에 한정해 줄기차게 "생의 구경(究竟)으로서의 문학"의 작업에 매달렸다면, 조명암은 모더니즘 경향의 시에서 출발하여 대중가요 작사가로서 대중 지향적 문화 생산, 인민성과 계급성을 강조하는 희곡의 극작가로 변신을 거듭했다는 점에서 서로 대조적이다.

대중 지향적이라는 점에서 조명암과 비교되는 박계주는 1929년 《간도일보》 신춘문예에 「적빈(赤貧)」으로 입선하여, 이후 소설을 발표했고 50~60편의 시를 쓰기도 했다. 1938년 《매일신보》에 장편 소설 『순애보』로 당선된 뒤, 해방 이후 영화화된 「죄 없는 죄인」(1948), 「진리의 밤」(1957), 「별아 내 가슴에」(1958), 「자나 깨나」(1959) 등의 대중 소설을 지속적으로 발표했다.

조명암이 우여곡절을 거쳐 사회주의로 경도되었다면 박계주는 문학적 출발부터 종점에 이르기까지 기독교 사상으로 일관했다. 순절하는 사랑에 헌신하는 『순애보』의 등장인물과 사회 혁명에 헌신하는 조명암 희곡의 등장인물은 경향성과 목적의식을 지녔다는 측면에서 대비적 공통점을 지닌다.

김현승은 그의 문화적 삶에서 중요한 시기를 평양의 숭실전문학교에서 보냈고 양명문은 평양 태생으로 해방 후에도 그곳에 머무르다가 1·4 후퇴 때 월남했다. 김현승은 "나의 육체가 성장한 곳은 광주이지만 내 정신이 성장한 제2의 고향은 평양"이라고 밝히고 있어, 김과 양 두 시인은 평양이라는 공간으로 서로 매개된다. 김현승은 숭실전문의 교수 양주동이 《동아일보》 문화부장 서항석에게 천거하여 그 신문에 장시 두 편이 게재되어 문단에 소개된다. 양명문은 동경 유학 시절 도쿄에서 『화수원(華愁園)』을 상재하여 시인으로서 첫발을 내딛는다. 김현승이 이후 간헐적인 발표를 통하여 임화, 김기림에게 인정을 받은 것은 앞의 회고문에서 밝힌 바 있다. 양명문의 경우는 일제 말 발간된 시집에 별 반응을 얻지 못하다가 문예전선사에서 시집 『송가(頌歌)』(1947)를 발간하여 비로소 주목을 받는다. 이런 차이가 있지만 두 시인은 이후 장구한 기간 동안 시 창작에 전념하고 충실한 대학 교수 생활을 했다는 점에서 유사한 행적을 보인다. 김현승은 기독교 사상에 바탕을 둔 '절대 고독'의 세계를, 양명문은 초월 세계의 희구와 고향 의식을 시적으로 형상화했다.

탄생 100주년 기념 문인 중 가장 늦게 문단에 데뷔해서 가장 오래 문필 활동을 지속한 시인이 이태극이다. 1930년 중반부터 시조를 창작했으나 1953년 그의 나이 41세에 《시조연구》에 창작 시조 「갈매기」를 발표, 1960년 《시조문학》을 창간하고 1970년 제1시조집 『꽃과 여인』을 출간한다. 2001년 89세에 시조 선집 『진달래 연가』를 출간하기까지 58년 동안 시조 창작진흥에 일로매진한 시인이 이태극이다. 시조에 대한 연구에도 힘을 기울여 『시조개론』, 『시조의 사적 연구』, 『현대 시조의 이론과 실제』 등의 저서를 출간했다. 최남선, 정인보, 이병기, 이은상으로 이어지는 시조의 문맥에 이태극 시조가 연맥되는, 현대 시조의 정통성을 시조 창작과 시조 연구를 통해 확보했다.

장구한 세월 동안 시조 창작과 연구에 매진했던 이태극과는 대조적으로, 김동석의 문학적 활약은 1945년부터 1949년까지 5년 동안의 짧은 시간에 집중되었다. 해방 전에는 수필을 쓰기도 하고 1946년 시집『길』을 출간하기도 한 그가 문단의 화제 인물이 된 것은 김동리와 '순수 논쟁'을 벌이던 때였다. 이 논쟁은 해방 직후 좌·우 문단의 이데올로기 대립을 집약적으로 보여 준 사건이었다.

시와 수필에 대한 관심은 평론 활동에 집중되어『예술과 생활』(1947),『뿌르조아의 인간상』(1949) 두 권의 비평집으로 출간된다. 문학평론가 유종호의 말에 따르면 그의 비평집은 재판을 찍을 정도로 호소력이 있었고 인기를 모았다고 한다. 또한 유종호는 자신이 영향 받은 평론가로 김동석을 들면서 "우리나라 어떤 평론가보다도 시에 대해 안목이 높았던 사람"으로 꼽았다.

시를 쓰는 시인이었고 시에 대한 안목이 높아 시 비평에 정통한 그는 해방 공간의 짧은 시간 동안 시에서 산문으로 문학의 중심축을 옮겼다. 그는 현대를 과학의 시대, 산문의 시대로 보고, 한 개인의 정신적·내성적인 형이상학으로서 시가 아닌, 사회와 인간의 진정한 전면모를 밝혀낼 수 있는 산문 예술의 필요성을 강조했다. 한국 전쟁 발발 직전 월북한 이후의 그의 행적에 대해서는 전혀 알려진 바가 없다. 해방 공간이라는 특수 상황의 문학평론가로서 그는 전일적(全一的) 활동을 벌이다가 갑작스럽게 한국 전쟁의 와중에서 문학계와 단절되었다.

인간과 자연의 거리(距離)

김동리는 시인의 안목을 가지고 있는 사람만이 펼칠 수 있는 뛰어난 시론「청산과의 거리, 김소월론」,「자연의 발견」등을 쓴 바 있다. 이들 시론에는 시인, 소설가, 비평가로서 김동리 자신의 문학적 신념이 포괄되어 있다.

> 산에
> 산에
> 피는 꽃은
> 저만치 혼자서 피어 있네
>
> ─「산유화」 부분

김동리는 「청산과의 거리」에서 김소월이 "청산과 자기와의 거리를 '저만치'라고 손가락질로 가리킬 수 있는 순간은 그가 가장 그의 '임'의 품속에 깊이 안길 수 있는 순간"이고 "이 순간 그의 체내의 맥박은 청산의 그것에 가장 육박했을 때"라고 설명한다. 그의 '저만치'라는 시어에 대한 심원한 의미 부여는 여기에서 끝나지 않는다. "한 개인의 체계화된 정서는 이미 인간 전체의 '신'에 대한 귀의심이나 혹은 자연에 대한 향수의 세계로 통하게 되는 것이다. 그리고 소월은 '신'이나 '자연' 대신 '꽃 피고 꽃 지는 산'을 가져 왔던 것뿐이다. 소월이 '저만치'라고 지적한 거리는 인간과 청산과의 거리인 것이며 이 말은 다시 인간의 자연 혹은 '신'에 대한 향수의 거리라고 볼 수 있다."

'저만치'가 인간과 자연의 거리를 뜻한다는 지적을 그다음에 있는 '혼자서'와 결부시켜 살피면, 꽃을 바라보는 '나'와 거리가 있음을 뜻하는 동시에 꽃도 다른 꽃으로부터 떨어져 외로이 피어 있음을 의미한다. 이런 문제에 대한 언급을 배제하고, 시에 나타난 보편적 정한이 체계화될 때 그것은 신과 자연의 세계로 그대로 통하는 것이라고 그는 강조한다. '저만치'라는 시어 하나에 이렇게 우주적 구도의 개념을 부여했다는 것은 그것에 김동리 자신의 문학적 신념을 투영했기 때문에 가능했을 것이다. 그는 "동양인에게 있어 신의 지위를 가진 것은 자연이다."(「시와 자연」)라고 밝힌 바 있다. 보편적·체계적 정한은 자연과 통하고 그것은 신의 지위를 확보한다는 논리이다.

이 논리가 생의 구경적 형식으로서 문학이라는 이론에 그대로 통용된다. 현재 속에서 영원을 보고 순간에 영속성을 부여하는 그의 시에도 이 논리가 적용된다.

> 오, 꽃이여
> 내 눈을 찌르는 황철쭉이여
> 사뭇 뚫기만 한 햇빛 속에
> 아주 눈 떠 볼 수도 없는, 너는
> 내 어느 전생에서 기약 없이 헤어진
> 이름 모를 오월의 그 얼굴인가
>
> ──「황철쭉」 부분

이 작품에서 꽃과 나의 거리는 「산유화」에서처럼 '저만치' 떨어져 있지 않고 내 눈을 찌르는 가까운 거리에 있다. 햇빛 속 눈부심 때문에 눈떠 볼 수도 없는 상황에서 화자는, 황철쭉 꽃이 "내 어느 전생에서 기약 없이 헤어진/ 이름 모를 오월의 그 얼굴인가"라고 나와의 인연을 떠올린다. 「산유화」의 거리가 도교적 색채를 띤다면, 이 작품에서 꽃과의 거리는 만물정령설의 샤머니즘과 윤회와 연기설의 불교적 특색을 보인다. '꽃'이라는 자연에서 자신의 삶과의 인연의 고리를 찾아내면 꽃이 삶에 대해 더욱 각별한 각인을 찍을 수 있다는 것이다. 이런 차원에서 꽃은 단순한 꽃이 아니라 내 어느 전생의 기약 없이 헤어지고 이름도 모를 인물의 얼굴이다.

삶의 아득한 경지를 자연과 인간 세계에서 탐구하려는 김동리의 문학적 구상은 그가 문단에 등장하기 전부터 이미 잘 정리된 것으로 추측된다. 어렸을 때 이웃집 소녀의 느닷없는 죽음으로 감발된 이 생각은 「화랑의 후예」, 「무녀도」, 「황토기」 등의 초기 단편 소설에 그대로 투영되고 《시인부락》 동인 시절부터 발표한 시 작품들에 이어지고 '순수문학론'을 표방하는 비평적 논리로 승계된다. 사회적·역사적 상황이 식민지 시대에서 해방의 좌우익 대립의 현실로 바뀌고 60~70년대의 한국 사회로 변화되었을 때에도 그의 문학적 신념은 일관되게 표출되었다. 「무녀도」, 「사반의 십자가」, 「무녀도」를 개작한 「을화(乙火)」 같은 작품에서 기독교의 충격을 다루고 있지만 신념의 주축은 바뀌지 않았고, 「등신불」, 「까치 소리」에서 보듯 삶과 죽음이 현묘하게 정합되는 아득한 경지〔구경(究境)〕에 대한 탐구는 지속되었다.

인생의 초창기에 형성되고 작품 활동과 비평 논쟁을 통해 더욱 굳어진 그의 문학관이 문학적 이력의 전 기간 동안 일관되게 표출되었다는 점이 그의 문학의 특징이지만, 바로 이 점이 그의 대립자들의 공격의 표적이 되었다. 해방 이후의 격동적 변화 속에서도 그는 식민지 시대의 작품의 연장 선상에 있는 관념적 주제를 「달」(1947), 「역마」(1948)를 통해 반복했다.

「역마」의 공간은 사회적 생존의 조건으로부터 벗어난 한 인간의 삶의 테두리로 제한된다. 해방 이후의 혼란스러운 사회 상황과는 전혀 무관한 기이한 삶의 한 양태가 역마살을 지닌 한 사나이의 모습으로 제시된다. 어머니의 이복동생을 사랑하게 되는 대목에서 사내는 자신의 운명을 체념하여 방랑의 길 떠남이 역마살과 공존할 수 있는 유일한 방법이라는 것을 깨닫는다. 이 사나이는 역사에 대립하는 반역사적인 인물이 아니라 역사 자체를 몰각한 비역사적 캐릭터이다. 문학을 통한 인간 운명의 재발견이 김동리가 말하는 휴머니즘이고 이런 휴머니즘이 '순수 문학' 작품 「역마」에 표출되었다.

나중에 김동리와 본격적인 대립적 견해의 각을 세웠던 김동석의 해방 직후 문학적 출발은 '순수'와 '상아탑' 개념의 정립이었다. 그가 말하는 '순수'는 문학예술이 사회 현실의 다툼이나 이권을 결부하는 것을 거부하는 문화의 순수성에 대한 옹호였고, '상아탑'은 "양심적인 문화인이 단결하여 경제적인 협위(脅威)와 정치적인 압박과 싸워 나가"는 토치카이며 "문화의 씨를 뿌리는 온상"의 개념이었다. 김동석은 교양인과 대립되는 속물들을 멸시하여 문화의 영역에서 속물주의(Philistinism)를 추방하려는, 자신이 영향 받은 영국 비평가 매슈 아널드의 개념을 자기 나름대로 변용해 '순수'와 '상아탑'의 개념을 정립했다.

1930년대 중반에 비평계에 진입하면서 매슈 아널드의 비평 방법을 원용해 자신의 인상주의 비평을 전개했던 김환태와 김동석의 평론적 시발은 거의 비슷한 양상을 보인다. 아널드에 따르면 문예 비평이란 문예 작품의 예술적 의의와 심미적 효과를 획득하기 위하여 "대상을 실제로 있는 그대로 보려는 인간 정신의 노력"이다. 김환태는 아널드의 견해를 취하면서 실용적 정치적 관심을 버리고 작품의 본질적 내용으로 파고 들어가는 인상주의 비평으로 향했다.

이와 대조적으로 김동석은 작품의 본질적 내용으로 파고 들어가면서 '문학의 순수성'의 관점에서 원로에서 신인, 좌익과 우익 문사의 작품을 가리지 않고 거침없이 비판했다.《상아탑》잡지를 창간하고 주재할 때만 해도 그는 좌익을 표방하지 않았다. 좌익이건 우익이건 세속에 물들지 않는 경향의 작품, 특히 시를《상아탑》에 게재했다.《상아탑》5호(1946)에는 조지훈의 「완화삼(玩花衫)」과 이 작품에 화답하는 박목월의 「나그네」가 같이 실릴 정도로 작품 위주의 편집 태도를 보였다.

이러한 그가 「민족의 자유」(《신천지》, 1946. 8)를 발표하는 시점을 전후로 일제 잔재와 봉건주의를 청산하려는 민족주의 노선을 표방한다. 그리하여 「순수의 정체 — 김동리론」(《신천지》, 1947. 11)에서 김동리의 「혼구(昏衢)」를 분석하면서 "개성과 생명의 구경"에서 현실을 파악하는 것은 넋두리 같은 관념론에 빠져 있는 것이라고 비판한다. 김환태와 김동석은 매슈 아널드의 비평론에서 시작하여 한쪽은 정치적 좌파 논리를 공격하는 인상주의 비평으로, 다른 한쪽은 우파 논리의 비현실성을 공격하는 사회 비평으로 각각 나아갔다.

김동석은 일제 치하에서 순수 문학의 의의를 전적으로 부정하지 않았다. 일제 말기 순수 문학은 "무저항의 저항으로서 훌륭한 반항"이었고, "다

른 꽃이 모두 짓밟힌 뒤에 남을 가련한 꽃"이 순수 문학이라는 것이다. "조
선 문학은 일제의 탄압 때문에 문제를 국한하지 아니치 못한 슬픈 운명에
서 나온 것"이다. 다시 말하면 "일제의 압박에 못 이겨 기형적 작가가 된
김동리 같은 위축된 '한 개 모래알만 한 생'에서 빚어진 것이 순수 문학인
것이다." 그는 김동리 역시 자신이 표방하는 민족 문학의 길로 가야 한다
고 촉구한다. 이 주장에 대한 김동리의 대응은 오불관언(吾不關焉)이라는
말로 요약된다. 김동석은 해방 직후의 제한된 시간 속에서 짧고 굵게 자신
의 세계관의 변화를 극적으로 보여 준 비평가였고, 김동리는 자신이 세운
세계관과 문학관의 핵심을 일관되게 실천하는 문학인이었다.

김동석은 순수 문학이 일제 시대에 "무저항의 저항으로서 훌륭한 반항"
의 의미를 가진다고 했다. 그 시기에 자연미에 대한 예찬과 동경의 시선
을 담은 시를 쓴 김현승은 이것이 그 당시 문학의 한 경향이라고 인정한다.
"불행한 현실과 고초의 현실에 처한 시인들에게 저들의 국토에서 자유로
이 바라볼 수 있는 곳은 아무도 거기서는 주권을 행사하지 않는 자연뿐이
었다." "그 당시 자연을 사랑한다는 것은 흉악한 인간 — 일인(日人)들과 같
은 인간의 때가 묻지 않은, 깨끗하고 아름다운 세계를 지향하는 의미가 포
함되어 있었고 지상에서 빼앗긴 자유를 광대무변한 천상에서 찾는 의미로
함축되어 있었다. 또 검열에 걸릴 위험도 없었다." (「나의 시, 그 변모의 과정」)

검열에 걸리지 않는 문학에 경도된 순수 문학의 경향은 관습처럼 굳어
져 정치적·사회적 상황과 무관한 인간과 자연의 세계를 문학적 무대로 삼
는다. 여기에 종교적 성향이 보태지면서 시의 메시지는 더욱 융숭 깊어진
다. "인간의 때가 묻지 않은, 깨끗하고 아름다운 세계"가 김현승의 시 「눈
물」에 펼쳐진다.

더러는
옥토에 떨어지는 작은 생명이고저……

흠도 티도
금 가지 않은
나의 전체는 오직 이뿐!

더욱 값진 것으로
드리라 하올 제

나의 가장 나아종 지니인 것도 오직 이뿐

아름다운 나무의 꽃이 시듦을 보시고
열매를 맺게 하신 당신은
나의 웃음을 만드신 후에
새로이 나의 눈물을 지어 주시다.

—「눈물」 전문

"이 지상에 오직 썩지 않는 것이 있다면 그것은 신 앞에서 흘리는 눈물뿐일 것이다."라는 것이 이 시의 주제라고 시인 자신이 밝혔다. 시인은 사랑하던 어린 아들을 잃고서 그 지독한 슬픔을 신앙으로 견디어 내면서 이 시를 썼다고 했다. 자신의 시를 별로 평가하지 않던 서정주가 이 시에 대해서는 호감을 나타냈다고 한다. 김현승은 눈물을 피해야 할 것이기보다 신이 사람에게 지어 준 가장 소중한 것이라고 보는 경지에 도달한다. 그것은 나무의 꽃이 시든 뒤에 열매가 열리도록 한 신의 섭리와도 같다. '눈물'에서 '섭리'에 이르는 아득히 높은 의미의 상승에 대해서 찬탄하도록 이 시는 잘 짜여 있다. 이 시의 전언에 대한 반론은 결국 신성 모독이 될 것이라는 방어 기제를 작품 자체에 내포하기 때문에 이런 종류의 작품에 대한 비난은 불경스럽게 여겨진다. 이 강력한 방어 기제가 순수시의 가치에 포함되어 있다.

「봄」이라는 제목을 달고 있지만 '눈물'이 유독 강조된 김동리의 시에서

도 그러한 방어 기제를 발견할 수 있다.

산과 들에 꽃이 피어도 울지 않는 새가 있다
마을에 나비가 들어와도 울음 잊은 꽃이 있다
나물 캐는 소녀들의 무색옷을 스쳐 가는 봄바람에도 풀려 오지 않는 먼
강물이 있다.
울지 않는 한 마리 새를 위하여 산과 들의 꽃들은 헛되이 진다
웃음 잊은 저 한 송이 꽃으로 하여 마을의 나비들은 부질없이 사라진다
풀려 오지 아니하는 먼 강물이 있어 소녀들의 무색옷도 보람 없이 묻힌다
오오, 벙어리 된 한 마리 새여, 웃음 잊은
그 어느 꽃송이여, 그리고 강물이여
이제는 그늘 아래 잠들었어도 내 어느 전생의 까닭 모를 설움의
한 방울 눈물이여
누군가의 까닭 모를 한 방울 눈물로
해마다 봄은 다시 돌아오는 것이다

―「봄」 전문

계절의 변화에 즉각 반응하지 않는 새, 꽃, 강물을 노래함으로써 이 시는 봄이 그렇게 더디 오고 있음을 역설적으로 부각시킨다. 생태계의 변화는 예측할 수 없는 것이라서 울지 않는 한 마리 새 때문에 꽃들은 지고, 웃음 잊은 꽃 한 송이로 인해서 나비들은 사라진다. 봄은 왔지만 봄이 아닌 상황이 벌어지고 있다. 그럼에도 불구하고 "내 어느 전생의 까닭 모를 설움의/ 한 방울 눈물"과 "누군가의 까닭 모를 한 방울 눈물로", "봄은 다시 돌아오는 것"이다. 기후에 따른 자연의 변전과 그것의 예측 불가능성에 대해서 심원한 신비의 의미를 더하고 있는 것이 '눈물'이다. 이 눈물은 김현승의 그것처럼 기독교 신이 지은 눈물이 아니라 범신론적 관점의 자연의 눈물, 자연 섭리의 눈물이다.

　이 시의 '눈물의 섭리'에 대해서 그런 섭리가 현실적으로 별다른 뜻을 내포하지 않는 신비적 직관에 지나지 않는다고 비난한다면, 그것은 삶의 구경적 양상을 이해하지 못하는 이성적 논리의 신봉일 뿐이라고 역공을 당하게 된다. 이교도들의 반박에 대비하는 미리 설정된 방어 기제의 막강한 반격에 반론 제기자는 주춤거리기 쉽다. "까닭 모를" 비의에 대해 그 까닭이 도대체 무엇인가라는 질문은 '까닭'에 얽매인 소소한 물음으로 격하된다. 인생과 자연에는 수많은 "까닭 모를" 요인이 충만해 있는데, 그것을 어떻게 다 설명할 수 있겠는가. 아무리 탐구해도 까닭 모를 그 경지가 '생의 구경(究境)'이 아니겠는가, 이러한 종교적 차원의 재반문에 대한 즉각적 전면적 논리적 대응은 쉽게 이루어지지 않는다.

　이태극의 시조에는 '섭리' 대신 시조에 대한 사랑이 담겨 있다. 시조라는 장르를 현대화해 전통과 연맥시키고 시조를 널리 보급하려는 문화적 연결이 그의 작품 속에 오롯이 담겨 있다.

시조가 하도 좋아
나도 읽어 보던 것이

그 벌써 한 이십 년
어제론 듯 흘렀구료

오늘 또 한 수 얻고서
어린인 양 들레오.

(중략)

묶은 듯 율(律)의 자윤
내일 바라 벋어나고

부풀어 말의 자랑
갈수록 되살아나

이 노래 청사(靑史)를 감 넘어
보람쩍게 크리라

—「시조송(時調頌)」(1955)

가람 이병기, 일석 이희승, 노산 이은상 등의 시조를 길잡이 삼아 현대 시조의 진로를 개척한 이태극은 시조 사랑으로 시조 짓기가 시작되었다고 밝힌다. 문화적 취향으로서 시조 사랑은 시조 한 수를 얻고 "어린인 양 들레고", 그 시조가 미래에도 "벋어나"가 말의 자람이 계승될 것을 의심하지 않는다. '이 노래는 청사를 감 넘어' 민족의 보람으로 발전하리라고 확신한다.

이태극의 통섭의 원리는 시조에 있기에 그는 신, 섭리, 생의 구경 등의 개념에 연연하지 않는다. 시조라는 문화 개념이 그런 개념들을 대체한 세계 속에서 그의 시조 사랑은 지속된다. 그는 인간과 자연의 거리를 시조라는 장르와 민족의 거리로 치환시켰다.

대중 지향성과 변신의 논리

박계주의 『순애보』는 이 작품이 《매일신보》에 1939년부터 연재되기 이전의 많은 통속 소설의 영향을 골고루 작품 속에 수렴했다는 점에서 주목할 만하다. 대중 소설은 일종의 공식 문학(formula literature)이라서, 기존에 전개되었던 소설의 공식을 잘 차용해야 독자의 기대감에 부응하는 작품을 산출할 수 있다. 박계주는 이러한 대중 소설의 요체를 『순애보』의 적재적소에 배치해 가독성을 고조시켰다. 그는 본격 소설의 작가들이 갖는 고뇌, 공식성과 상투형에서 탈퇴하여 독창적이고 개성적인 작품 세계를 찾으려는 고민을 작품 속에 노출하지 않았다. 그는 『순애보』의 시작부터 끝까지 이 소설은 대중 소설이니까 대중 소설답게 써야 한다는 생각을 일관되게 나타냈다. 그는 "나도 대중 소설가이다."라고 당당하게 선언하고 대중 소설이란 이런 것이다라는 점을 작품을 통해 체현했다. 이광수, 이태준, 현진건, 김남천 등이 연애 소설을 신문에 연재하면서 항상 본격 문학의 영역을 넘나들었던 것과 달리 그는 『순애보』의 시점에서 본격 문학과 의도적으로 거리를 두었다. 이런 점은 『찔레꽃』(1937)의 김말봉과 비슷하다. 대중 소설을 쓰는 직업(profession)으로서 작가 의식을 이 두 사람은 공유한다.

성공한 대중 소설의 작가가 대개 그러하듯이 그는 연애 소설의 새 경지를 보여 주기보다 앞서 발표된 연애 소설들의 다양한 모티프와 에피소드를 차용하면서 내용을 전개시키고 있다 "예를 들자면 인순의 살인범 누명을 덮어쓰고 고난을 겪는 문선 관련 에피소드는 대부호 살인 혐의로 고통 받는 이태준 『화관』(1937)의 인철의 에피소드를, 등장인물들의 기독교적 사랑으로의 의탁은 이광수 『사랑』(1938)의 그것과 상당히 유사하다."(정혜영, 「순절하는 사랑의 시대 — 박계주 『순애보』를 중심으로」 참조) 『순애보』는 원산 송도원 해수욕장의 두 남녀에 대한 묘사로 시작되는데, 이 해수욕장은 방인근의 『새벽길』을 비롯하여 김남천의 『사랑의 수족관』, 이광수의 『사랑』에 공간적 배경으로 등장하고 있다. 박계주는 배경의 이러한 중복 등장에 대해 개의치 않았다. 오히려 1930년대 근대적 유흥 공간으로서 송도원 해수욕장을 독자들이 잘 알고 있다는 점이 작품에 대한 친근성을 제고시킨다는 점을 부각시킨다.

그는 우연적이고 극적인 모티프의 반복 사용이라는 대중 소설 스토리 전개의 상투성도 대범하게 연출한다. 문선이 원산 해수욕장에 왔는데 윤명희도 왔다는 것, 인순을 찾아가던 순간 괴한이 나타나 문선을 실명케 한다는 것, 문선이 사형 집행되려는 순간 무죄가 선고된다든지, 문선이 함경도로 떠나는 정거장에 순회음악회를 떠나는 혜순, 명근, 명희 일행이 나타난다든지 하는 모든 사건을 거침없이 연출한다. 이광수의 『무정』의 결말을 직접적으로 연상시키는 정거장 장면을 그는 『순애보』 속에 망설임 없이 재연한다. '영향의 불안'이라는 개념은 그에게 적용할 수 없다.

그가 이렇게 본격 소설을 의식하지 않는 대중 소설을 거리낌 없이 쓸 수 있었던 이유 중의 하나는 이광수의 『사랑』, 심훈의 『상록수』, 김말봉의 『찔레꽃』 등 그가 참고할 수 있었던 대중 소설의 교본적 작품이 많았다는 점이다. 중일 전쟁(1931) 이후 전쟁 특수의 얼마간의 경제 활성화, 대중 매체와 출판 환경의 개선 등도 그가 쓴 대중 소설의 활로를 열었을 것이다. 게다가 기독교 사상의 전파는 대중에서 시작되어 대중으로 끝나야 한다는 그의 신앙심이 대중소설가로의 자신의 위치를 더욱 강건하게 굳혔을 것이다.

조명암과 더불어 일제 시대 대중가요계의 3대 천재라고 꼽히는 박시춘, 손목인이 올해 같이 탄생 100주년을 맞았다. 조명암이 쓴 대중가요 가사는 500여 편, 박시춘, 손목인이 작곡하고 조명암이 가사를 쓴 가요가 250여 곡에 이른다. 조명암이 모더니즘 계열의 시인으로 출발하여 대중가요 작사가로 활약한 것은 생활을 위한 방편이라고 추측된다. 1930년대 중엽 일본 와세다 대학교 불문과 유학 시절에도 작사 활동을 활발히 한 것을 보면 학비 조달도 작사 창작의 동인이었을 것이다.

조명암은 일제 말기 친일 가요도 작사하고 영화 시나리오와 희곡 작품을 창작했다. 해방 후 그는 프로 극작가로 변신하여 함세덕, 박노아와 함께 새롭게 등장한 좌파 극작가로 주목 받았다. 그의 이러한 행적은 식민지 시대부터 프로 극작가로 활동하면서 수많은 대중가요를 작사한 박영호(朴英鎬, 1911~1953)의 행적과 유사하다. 조명암의 대중가요 작사의 필명 김다인(金茶人)을 박영호가 차용했다는 설도 있다. 박영호는 1930년대 후반 상업 극작가로 활약하다가 친일 희곡을 쓰고 해방 후에는 좌파 극작가로서 변신했다. 그 역시 조명암처럼 월북하여 북조선민주동맹의 초대 위원장을 지냈다.

조명암과 박영호의 예술인으로서 행적을 보면, 그들은 대중 지향적 정치적 성향의 작가라는 점에서 공통된다. 식민지 시대의 민중의 애한과 범인(凡人)들의 애절한 사랑과 연민의 감정을 대중가요로 작사한 이들은 대중 지향적 창작 활동을 했다. 이것이 일제 말기에는 제국주의 통치에 순응하는 국민 지향적 활동으로 바뀌고, 해방 후에는 좌익 이념적인 것으로, 월북 이후에는 인민 지향적인 것으로 숨 가쁘게 바뀐다.

문학의 실체보다는 대중에 대한 영합의 강도를 증시하는 태도가 정치적 편향성과 결합되어 이러한 갑작스러운 변신을 가능하게 했다고 판단된다. 송영, 신고송, 함세덕, 박노아, 조명암, 박영호 등 프로 극작가들은 친일 어용극의 작가였지만, 해방 후에는 정치극작가로 변신한다.

조명암은 몇 차례 작가적 변신을 꾀했지만 그때마다 그 능력을 평가받는 최일선의 시인, 극작가, 문화행정가의 역량을 발휘했다. 최근에는 그의 대중가요 가사가 복권되어 저작권을 인정받고 그의 고향 아산에서 100주년 기념 가요제가 기획되고, KBS에서 박시춘, 손목인, 조명암 특집 「가요무대」가 준비 중이며, 그의 전집이 출간된다. 조명암의 변신은 그의 사후에도 지속되고 있는 것이다. 김동리, 김동석, 양명문, 김현승, 박계주, 이태극, 그 누구도 그러한 변신은 가능하지 않았다. 조명암은 세계관의 변화를 일관되게 추구했고 다른 문인들은 문학적 일관성을 지속적으로 추구했다.

선(仙)의 이념으로 기획하는 인간과 자연의 융화

김동리 소설 읽기

홍기돈(가톨릭대 교수)

「무녀도」: 한(恨) 있는 인간과 한 없는 자연이 융화되는 세계

김동리는 탁월한 소설가이면서 동시에 안목 높은 비평가였다. 이때 소설가로서의 면모와 비평가로서의 자질을 매개하는 항목은 김동리 자신만의 창작 이론이라 할 수 있다. 예컨대 「신세대의 정신」(《문장(文章)》, 1940. 5)을 일독해 보면 단박에 "「무녀도」, 「황토기」의 작가 김동리만큼 자신의 창작 방법을 확실히 이론화한 작가는 거의 없다."[1]라는 평가에 동의하게 되는데, 바로 그 창작 이론을 지렛대 삼아 김동리는 다른 작가에 관한 비평으로 나설 수 있었다는 것이다. 소월의 「산유화」를 두고 펼쳐 나간 「청산(靑山)과의 거리」에서 이는 분명하게 드러난다. 주지하다시피 이 글의 주제는 "「산유화」의 기적성"을 두고 펼친 "소월이 '저만치'라고 지적한 거리는 인간과 청산과의 거리인 것이며 이 말은 다시 인간과 자연 혹은 '신'에 대한 향수의 거리라고도 볼 수 있다."[2]라는 분석이다. 그런데 이러한 분석은 아

---

1) 김윤식, 「그리움으로서의 청산 — 김동리의 「청산과의 거리」」, 『해방 공간 한국 작가의 민족 문학 글쓰기론』(서울대 출판부, 2006), 210쪽.
2) 김동리, 「청산과의 거리 — 김소월론」, 『문학과 인간』(백민문화사, 1948), 57~58쪽.

무나 할 수 있는 것이 아니다. 김동리의 목소리로 이야기하자면 "마음속에 '신'의 맹아를 갖고 그 모습의 발견을 항상 희구하는 사람에게만 그것은 가능할 수 있을 것"[3]이라고 할 수 있다. 그러니까 신의 발견을 항상 희구했던 김동리가 자신의 세계 위에서 소월의 「산유화」를 바라보고 있는 형국이라는 것이다.

여기에서 신에 관한 이해가 퍽 중요하다. 이는 김동리 문학관의 핵심이라고 할 수 있는바, 그가 야심차게 주장했던 '제3휴머니즘'이라든가 「무녀도」에 대한 다음과 같은 자신감이 바로 그 신과 연결되기 때문이다. "모화가 파우스트와 대체될 새로운 세기의 인간상이란 것은 아무도 모를 것이다. 내가 그렇게 말한다면 남들은 비웃을 것이다. 그러나 백 년만 두고 봐라! 모든 것이 증명될 것이다!"[4] 김동리가 말하는 신이 '선(仙)의 이념'을 중심으로 설정된다는 사실은 다음 비평 구절에서 확인할 수 있다. "'선(仙)의 이념'이란 무엇인가? 불로불사 무병무고(不老不死 無病無苦)의 상주(常主)의 세계다.(자세한 말은 후일로) 그것이 어떻게 성취되느냐? 한 있는 인간이 한 없는 자연에 융화되므로서이다. 어떻게 융화되느냐? 인간적 기구를 해체시키지 않고 자연에 귀화함이다. 그러므로 무녀 '모화'에게 있어서는 이러한 '선(仙)'의 영감으로 말미암아 인간과 자연 사이에 상의적(常識的)으로 가로놓인 장벽이 문어진 경우다."[5]

범부(凡父) 김정설(金鼎卨)의 설명에 기대면 이해가 한결 쉬워진다. 범부는 김동리의 백형으로 김동리에게 사상적·정신적인 거점이 되었던 인물이다. 그는 서양 문화의 특징을 다음과 같이 설명하고 있다. "서양 사람이 최고로 사랑하는 것은 첫째 신(神, 동방 사람들이 생각하는 그것과는 다른) 혹은 이데아(Idea) 혹은 관념 또는 물질 이러한 것으로, 자연은 오히려 신·이데아·로고스·정신·관념에 대립되는 것으로 보는 경향이 강명(强明)하

---

3) 위의 글, 51쪽.
4) 김동리, 「창작의 과정과 방법 —「무녀도」편」, 《신문예》, 1958. 11, 10쪽.
5) 김동리, 「신세대의 정신—문단 '신생면'의 성격, 사명, 기타」, 《문장》, 1940. 5, 91쪽.

다."[6] 동양 문화의 특징은 이와 선명하게 대비된다. "이러한 반면에 동양 사람들은 자연계의 이면에 숨은 자연 그것을 곧 신(서방 사람들이 생각하는 그것과는 다른)이라고 인정하고, 또 이데아〔理〕라고 인정하고, 로고스〔道〕라고 인정하고 문화의 근본이라고 인정하고, 유(有)의 진상(眞相)이라고 인정하고, 또 아(我)의 진면목이라고 인정했다."[7] 그러니까 김동리에게 신이란 자연의 다른 이름이며, 경계 있는 인간이 경계 없는 자연에 융화되어야 한다는 주장은 동양 정신으로의 회귀를 의미하게 된다.

득의만만하게 김동리가 주창했던 제3휴머니즘도 이를 바탕으로 한다. 자연과 문화를 대립 관계로 파악했던 서양 문화는 근대 체제가 견고하게 구축되면서 심각한 상황에 직면했다는 것이 김동리의 진단이다. "정성과 생명의 구경(究竟) 추구를 기본으로 한 인간성 탐구의 정신은, 19세기 말 20세기 초에 걸쳐 온 세계를 풍미한 물질주의 정신에 석권되고 말았으니 …… '물질'이란 한 개 새 '이념적 우상'으로 화하여 중세 때의 '신'이 차지했던 기능의 일면을 발군하므로써 문학 세계에 있어 인간의 개성과 생명의 구경적 의의를 봉쇄해 버렸던 것이다."[8] 근대 체제가 한계에 봉착했다는 진단은 범부에게서도 꾸준히 확인할 수 있다. "서양인은 지금까지 위대한 업적을 쌓았지만, 그러나 '비극성'이 하나 있다. 곧 과학이 인간을 위하여 있느냐, 인간이 과학을 위하여 있느냐? 만일 인간을 위한 과학이 아니라면 과학을 알 필요가 없는 것이다. …… 그로 인하여 위기를 당했고, 따라서 해결할 수 없는 벽에 부딪치고 있다."[9] 「무녀도」가 "동양 정신의 한 상징으로 취한 '모화(毛火)'"와 "서양 정신의 한 대표로서 취한 예수교"의 대결 구조를 취하고, 표면으로는 모화가 "예수교에 패배함이 되나 다시 그 본질

---

6) 범부 김정설, 「조선 문화의 성격 ─ 제작에 대한 대화초(對話秒)」, 『범부 김정설 단편선』 (선인, 2009), 21쪽.
7) 위의 글, 22쪽.
8) 김동리, 「신세대의 정신 ─ 문단 '신생면'의 성격, 사명, 기타」, 《문장》, 1940. 5, 83~84쪽.
9) 김범부, 「음양론(陰陽論)」, 『풍류 정신(風流精神)』(정음사, 1987), 113~114쪽.

세계에 있어 유규한 승리를 갖게 된다"[10]는 김동리의 승패 판단도 이와 관련되는 사항이다.

따라서 김동리 소설의 본류를 파악하기 위해서는 등장인물이 자연과의 거리를 해결해 나가는 양상을 살필 필요가 있다. 그런 점에서 이 글의 한 절이 이와 연관되는 작품 분석에 할애되는 것은 당연하다고 하겠다. 그런데 이와 동시에 고려해야 할 사실이 있다. 자연과의 거리 설정이라는 김동리의 핵심 사상이 '신라 정신'으로 곧장 이어지며, 이를 근거로 하여 나름의 민족의식까지 마련된다는 사실이다. 구체적인 작품 분석에 들어가기 전에 신라 정신의 의미를 확인하는 과정이 요구되는 까닭은 여기에서 발생한다. 이 글의 목표가 김동리 소설의 특징을 해명하는 데 놓인 만큼 이와 관련하여 작품에 드러나는 면모도 분석의 대상이 되어야 한다. 2절에서 신라 정신의 의미를 확인한 후, 김동리 소설의 대표적인 두 가지 특징을 3절, 4절에서 각각 하나씩 살펴보는 구성으로 기획하는 까닭은 여기에서 말미암는다.

폐도(廢都)에 갇힌 화랑: 신라 정신과 민족의식의 근거

김동리 소설에서 무당이 등장하는 작품으로는 단편 소설 「무녀도」(《중앙》, 1936. 5), 「달」(《문화》, 1947. 4), 「당고개 무당」(원 발표지 미확인, 1958), 「만자동경」(《문학사상》, 1979. 10) 등을 꼽을 수 있으며, (경)장편 소설로는 『을화』(《문학사상》, 1978. 4)가 있다. 김동리는 왜 하필 무당을 꾸준하게 몇 차례나 소설에 담아내었을까. 자연과 인간을 잇는 존재가 바로 무당이라고 파악했기 때문이다. 그가 「무녀도」의 마지막 장면을 설명하는 데에서 그러한 인식의 일단을 확인할 수 있다. 주지하다시피 「무녀도」는 무당 모화가 시나위 가락에 맞춰 춤을 추고 노래 부르다가 물속에 잠겨 버리는 장면으로 끝맺는다. "여기 '시나윗가락'이란 내가 위에서 말한 '선(仙)' 이념의 율

---

10) 김동리, 「신세대의 정신 — 문단 '신생면'의 성격, 사명, 기타」, 《문장》, 1940. 5, 92쪽.

동적 표현이요, 이때 모화가 '시나윗가락'에 춤을 추며 노래를 부른다 함은 그의 전 생명이 '시나윗가락'이란 율동으로 화함이요,(모화의 성격 묘사에 의하여 가능함) 그것의 율동화란 곧 자연의 율동으로 귀화합일(歸化合一)한다는 뜻이다."[11] 여기에서 무당과 자연 그리고 선 이념이 서로 어울리는 양상을 눈여겨봐야 한다. 김동리의 논리 안에서 이들이 불가분의 관계를 구축하고 있는 까닭이다.

범부는 "신선의 선도(仙道)는 한국에서 발생했다. 중국 상대(上代)의 문헌에는 신선설이 없다."라고 단언하고 나서 선을 다음과 같이 설명한다. "선(仙)은 인변(人邊)에 선(山) 자 또는 선(僊) 자로 쓰는데, 산에 사는 사람 또는 인간 세상에서 천거한 사람이란 뜻의 회의 문자이다. 곧 산인(山人)이다. 선(仙)의 음이 '셴'이니 '새이'는 무당을 말하고 경상도에선 '산이'가 무당이다. …… 이 '산이'니 '셴'이니 하는 어원은 근본 '샤만'에서 온 것이다. 몽고계에서 전한 샤만은 곧 무당이라는 뜻이다."[12] 김동리가 「청산과의 거리」에서 소월의 '청산'을 자연으로 읽어 냈듯이, 범부가 설명하는 선도(仙道)에서 '산'은 자연으로 파악할 수 있다. 이로써 선(仙)의 이념이 자연과 떨어지려야 도저히 떨어질 수 없는 사상임이 드러난다. 그리고 선 이념의 계승자가 무당이라는 사실도 확인하게 된다.

여기서 한 걸음 더 나아가 범부는 선 이념을 제도로 구축해 낸 것이 신라의 화랑도라고 주장한다. "그러므로 화랑을 국선(國仙)이라 하고, 화랑사(花郞史)를 선사(仙史)라고" 부른다는 것이다. "화랑은 신관으로서 그 지위는 사회적으로 최고위였으며, 풍류도는 국교였다. 화랑도는 그 당시 하나의 종교로서 그 영도자가 '도령'이며 그 단체를 '낭도'라고 했고 평시에 종교적 수련과 음악, 무당, 무술 등을 수련했는데 음악, 무용은 신과 교제하는 의식으로서 사용된 것이다. 그것은 뒤에 불교, 유교가 들어오면서 그 권

____

11) 위의 글, 91~92쪽.
12) 김범부, 「음양론」, 『풍류 정신』(정음사, 1987), 145쪽.

위를 잃게 되어 무당은 사회적으로 천민 계급에 떨어지게 된 것이다."[13] 여기에서 외래 종교가 유입되기 이전 신라에서는 화랑이 곧 무당으로 자리했으며, 화랑(무당)에 대한 권위가 사라지는 데 비례하여 선 이념도 점차 쇠퇴했으리라는 사실을 알 수 있다. 화랑 정신의 복원으로 선 이념의 부흥을 꾀하고, 이로써 민족의식의 기준을 확보하려는 범부, 김동리의 기획은 그러한 인식 위에서 확정되었다.

신춘문예로 문단에 처음 모습을 드러냈을 때 김동리는 이미 선(仙) 이념으로 무장하고 있었다. 등단작 「화랑의 후예」(《조선중앙일보》, 1935. 1. 1~10)와 뒤를 이어 발표한 「폐도의 시인」(《영화시대》, 1935. 3)이 이를 보여 준다. 선(仙) 이념이 증발해 버린 세상에서 화랑의 후예가 할 수 있는 일이란 기껏해야 떠돌이 약장수를 따라다니며 한낱 구경거리로 조롱당하는 수준을 벗어나지 못한다. 이는 천민 계급으로 전락한 무당이 일상 속에서 감당해야 하는 수모와 크게 다를 바 없다. 천년 고도(古都) 경주가 어느덧 천년 폐도(廢道)의 뒤안길을 걸어왔고, 그러한 뒤안길이 선(仙) 이념의 몰락을 상징하고 있으니, 이를 직시하고 있는 시인의 심사는 시종 암울할 수밖에 없다. 그러니까 「무녀도」가 서양 사상과의 대결을 전면에 내걸고 있다면 이전에 발표된 「화랑의 후예」, 「폐도의 시인」은 아직 결기를 끌어올리지 못했다는 점만 다를 뿐, 선(仙) 이념을 배경으로 삼고 있다는 측면에서는 공통점이 존재하는 것이다.

선(仙)의 이념, 즉 신라 정신을 현재 상황 속으로 끌어내지 않고 곧장 당시를 무대로 삼아 형상화해 낸 작품들도 있다. 『김동리 역사 소설』로 묶인 열여섯 편의 소설이 여기에 해당한다. 「자서」에서 김동리는 "이 책을, 나의 사랑, 나의 꿈의 요람인 신라의 모토(母土) 경주에 바친다."[14]라고 말하면서 헌정하고 있다. 내용에 대해서도 신라 혼을 강조하는 양상이다. "이 책에

---

13) 위의 글, 146쪽.
14) 김동리, 「자서(自序)」, 『김동리 역사 소설』(지소림, 1977), 4쪽.

수록된 열여섯 편은, 전체적으로, 신라 사람들의 생활과 감정과 의지와 지혜와 이상과, 그리고 그 사랑, 그 죽음의, 현장을 찾아보려는 나의 종래의 계획에 따라 만들어진 완전히 동일한 기조의 작품들이다. 그것을 굳이 한마디로 표현하라면 '신라혼의 탐구'랄까, '신라혼의 재현'이랄까, 그런 성질의 것이다."[15] 신라 정신에 관한 애정이 그만큼이나 깊었다. 그럴 수밖에 없는 것이 신라 정신은 김동리의 세계를 지탱하는 근거였기 때문이다.

이는 범부의 경우도 마찬가지다. 범부는 해방을 맞은 신생국 대한민국의 기틀을 화랑정신으로써 세워 나아가고자 했고, 그러한 기획을 펼쳐 나가려는 의도로 『화랑 외사(花郎外史)』를 집필했다. 『화랑 외사』가 세 번째 간행될 때 서문을 덧붙인 범부의 제자 이종후의 진술에서 이를 확인할 수 있다. "범부 선생은 일제 식민 통치에서 해방되어 독립된 새 나라를 건설하려는 이 나라 신생 국민에게 그 정신적 내지 사상적 교양을 위해 하나의 적합한 국민 독본(國民讀本)을 선사해 주려고, 오랜 세월 동안 탐구하고 구상하여 온 신라의 화랑과 화랑정신에 관한 설화를 1948년(기묘년) 겨울에 저술"[16]했다. 범부는 서문에서 이를 다음과 같이 밝혀 놓았다. "우리의 역사를 회고하건대 하대(何代) 하인(何人)의 정신과 행동이 과연 금일 우리의 역사적 역량으로서 살릴 수 있는 것인가? 보라 상하천고(上下千古)의 맥락을 짚어서 이것을 더듬어 오다가 '여기다' 하고 큰 숨을 내어 쉴 자리는 역시 신라 통일 왕시(旺時)의 화랑을 두고는 다시 없을 것이다."[17]

신라 정신이 이처럼 화랑(무당)을 근거로 하여 선(仙)의 이념을 끌어안고 있다면, 경계[限] 있는 인간이 경계[限] 없는 자연에 융화되는 세계는 신라 정신의 중요한 한 가지 특징이라고 말할 수 있게 된다. 김동리의 민족의식을 이야기하려면 이 지점에서부터 시작해야 한다. 이에 관한 논의를 보다 심도 있게 끌어가기 위해서는 '통체(統體) ― 부분자(部分子)' 세계관에 뿌리

---

15) 위의 글, 3~4쪽.
16) 이종후, 「삼간서(三刊序)」, 김범부, 『화랑 외사』(이문사, 1981), 6쪽.
17) 김범부, 「서(序)」, 위의 책, 11쪽.

를 둔 인간 규정, 신채호의 낭가 사상 수용 맥락, 동학 사상 및 대종교와의
관련 양상, 평화 공존·호혜 평등의 세계 질서에 입각한 민족 국가의 존립
방식 전망, 김구 노선과의 관계 등에 관한 언급이 필요하나 이는 이 글의
주제에서 벗어나므로 생략한다.

구체적인 작품 분석 사례 1: 솔거가 그린 달, 늪, 꽃의 세계

한(限) 있는 인간이 한(限) 없는 자연에 융화되는 모습을 그려 내고자
하는 의도 위에서 만들어진 작품이 「무녀도」다. 「산제」는 이러한 「무녀도」
와 짝패를 이루는 소설이라 할 수 있다. 「신세대의 정신」에서 김동리 자
신이 직접 두 소설의 사상은 동일한 계열에 놓인다고 밝혀 놓았다. "인간
의 개성과 생명의 구경(究竟)을 추구하여 얻은 한 개의 도달점이 이 '모화'
란 새 인물형의 창조였고, 이 '모화'와 동일한 사상적 계열에 서는 인물로선
「산제(山祭)」의 '태평(太平)이'가 그것이다."[18] 김윤식은 두 작품의 창작과
개작이 나란히 이루어지는 양상을 통하여 「무녀도」와 「산제」의 관계를 대
비 분석한 바 있다. 그리고 「무녀도」를 용왕 사상에, 「산제」를 산신 사상에
대응하여 파악했다.[19]

「무녀도」(《중앙》, 1936. 5) ― 「무녀도」(『무녀도』, 을유문화사, 1947. 5) ― 「무
녀도」(『등신불(等身佛)』, 정음사, 1963. 3) ― 「을화(乙火)」(《문학사상》, 1978. 4)
「산제」(《중앙》, 1936. 9) ― 「산 이야기」(《민주경찰》 3권 4호, 1947. 9) ― 「먼
산바라기」(『등신불』, 정음사, 1963. 3)

그런데 「무녀도」의 모화가 물에 빠져 죽고 「산제」의 태평이가 시종 산

---

18) 김동리, 「신세대의 정신 ― 문단 '신생면'의 성격, 사명, 기타」, 《문장》, 1940. 5, 92쪽.
19) 김윤식의 「「무녀도」계와 「산제」계의 대비」(『미당 어법과 김동리의 문법』, 서울대 출판
　　부, 2002) 참조.

속을 헤맨다거나 산속에 당집이 등장한다고 해서 용왕 사상, 산신 사상으로 규정할 수 있는가는 의문이다. 이를 뒷받침하는 근거가 미약하기 때문이다. 따라서 두 소설이 동일한 사상에 뿌리를 내리고 있다고 작가가 주장했던 만큼 이 둘을 같은 맥락으로 묶어 이해하되,「무녀도」의 무녀 모화가 서양 사상과의 대결을 보여 주고 있는 반면「산제」의 태평이는 무위(無爲)로써 자연과 융합하는 면모를 드러내는 인물 유형이라고 접근하는 것이 타당할 듯싶다. 그러니까 물이다, 산이다 굳이 나눌 필요 없이 이를 모두 자연의 상징으로 이해하고, 바로 그 자연과 인간 사이에 놓인 거리를 작가가 어떻게 해결해 나가는가를 살피는 것이 보다 효율적이리라는 것이다.

「무녀도」가 인간과 자연 사이에 놓인 '저만치'라는 거리감을 드러내고 있는 것처럼 내용 전개에서 그러한 거리감을 보여 주고 있는 작품으로는「솔거」(《조광》, 1937. 8;「불화(佛畵)」로 개제),「달」(《문화》, 1947. 4),「진달래」(원 발표지 미확인, 1955),「늪」(《문학춘추》, 1964. 9),「저승새」(《한국문학》, 1977. 12) 등을 대표적으로 꼽을 수 있다. 반면「산제」계열의 작품은 갈등 구조를 취하지 않는 까닭에 직조되는 분위기라든가 인물을 바라보는 시점 화자의 태도 등을 통해 접근하는 것이 적절하다. 즉 공통 자질로 묶기보다는 창작 환경에 따른 작가의 인식 변화 양상으로 파악하는 것이 유효하다는 것이다. 그러한 까닭에「산제」계열의 작품 분석은 다른 논문에서 다루기로 한다.

「솔거」는 '「솔거」3부작' 가운데 첫 번째 작품이다.「솔거」3부작이란 규정은「완미설」(《문장》, 1939. 11) 끝에 붙은 "부기(附記) 본편「완미설(本篇玩味說)」은 형식으로는 따로 독립된 단편이나, 내용으로는,「솔거」,「잉여설(剩餘說)」과 같은 문제(運命)의 발전이요 변모인즉 상기 2작과 함께 읽어 주시는 독자가 몇 분쯤 계셨으면 한다."[20]라는 작가의 당부에서 유래한다.

---

20) 김동리,「완미설」,《문장》, 1939. 11, 46쪽. 참고 삼아 덧붙인다면「잉여설」은 《조선일보》(1938. 12. 8~24)에 발표되었으며, 후에「정원(庭園)」으로 개제되었다.「솔거」3부작에 관한 자세한 논의는 홍기돈, 『김동리 연구』(소명출판, 2010)의 3장「식민지 시대의

「솔거」의 주제는 예술을 통하여 과연 구원을 얻을 수 있는가, 즉 자연에 융화될 수 있는가에 관한 모색이다. 이는 다음과 같은 작가의 회고에 의해서도 확인할 수 있다. "「솔거」 무렵에 와서 나에게는 새로운 고통이 시작되었다. 소설을 쓴다는 것(혹은 문학을 한다는 것)만으로 나의 인생적 구경은 구원(구제란 어휘가 더 정확할지 모르겠다.)에 통할 수 있는가 하는 문제였다. 문학관이 부지중 종교의 영역을 침범하기 시작한 것도 이때부터의 일이었다. 그리고, 이 문제와 정면으로 부닥친 것이 「솔거」였다."[21]

주인공 '재호(宰浩)'는 빨리 결혼하라는 집안의 독촉에 시달리면서도 그저 머뭇거리기만 한다. 자신이 발견한 '황홀한 세계'를 도저히 포기할 수 없기 때문이다. 물론 황홀한 세계란 그림으로 표상되는 예술의 세계인바, 그 세계는 수행하는 승려들의 머리통조차 "수이 하얀 해골 바가지로 변할" 것이라고 인식하게 되는 유한한 인간의 세계 반대편에 자리하고 있다.[22] 따라서 구원은 그 두 세계가 하나로 융화될 때에야 가능할 터인데, 정처 없이 산속을 헤매던 재호가 솔거의 꿈을 꾸면서 비로소 그 길이 열린다. 꿈에 나타난 솔거는 "그런 것도 아닌데 그래", "나는 이렇게 살아 있다"라는 두 마디만 남기고 사라져 버렸다. "문짓문짓 물러가며 안개처럼 퍼지더니 별안간 그의 몸덩이는 우뚝한 산으로 변해져 버렸다. 산에는 퍼런 소나무가 너울거리고 새들이 울고……."[23]

신라 시대의 화가 솔거는 단군을 많이 그렸다고 알려져 있다. 대종교에서 모시고 있는 단군 영정도 솔거의 그림을 다시 그린 것이라고 한다. 선교(仙敎)에서 기원으로 삼는 존재가 바로 단군이니 왜 하필 솔거가 등장했는가는 충분히 짐작할 수 있다. 선(仙)의 흐름 속에서 예술의 의미를 부각시킬 수 있는 이가 솔거였던 것이다. 뿐만 아니라 사람[人] 솔거는 산(山)으로

소설 세계」 가운데 5절 "자기 고백적 소설 「솔거」 3부작과 김월계와의 결혼 생활" 참조.
21) 김동리, 「후기」, 『황토기(黃土記)』(수선사, 1949), 216쪽.
22) 김동리, 「솔거」, 《조광(朝光)》, 1937. 8, 357쪽.
23) 위의 소설, 363쪽.

변하면서 선(仙)의 면모를 드러내고 있기도 하다. 이로써 자연과 인간 사이에 놓인 '저만치'라는 거리감은 극복되고 있다. 「잉여설」, 「완미설」은 그렇게 찾아낸 거리감의 극복 가능성이 이후 어떻게 전개되는가를 보여 주는 작품들이다.

「달」과 「늪」은 「무녀도」의 틀을 그대로 적용해도 밑그림이 어느 정도 드러나는 경우이다. 「달」의 주인공 '달이(達伊)'는 어머니가 무당이고 아버지는 화랑이다. 꿈에 달을 품고 낳은 아들이라 하여 달, 또는 달득(達得)이라고도 불렀다. 달이와 '정국(貞菊)'은 서로 사랑하는 사이이나 글방 사장(師丈)인 무서운 정국 아버지의 반대로 만남이 어려워진다. 결국 정국이 물로 뛰어들어 죽어 버리고 두 해가 지난 뒤 달이도 정국의 뒤를 잇는다. 이때 중요한 것이 도저히 거역할 수 없는 죽음의 절대성이다. 운명을 환기하는 뻐꾸기 울음소리가 퍼질 때 정국은 저절로 알아졌다면서 달이에게 자신이 물에 빠져 죽으리라는 사실을 전해 준다.[24] 달이가 물속으로 뛰어들었을 때도 뻐꾸기가 울어 댔다.[25] 달이와 정국의 사랑이 자연스러운 것이라면, 이를 갈라놓는 정국 아버지의 반대는 인위의 개입이다. 더군다나 달이는 신령께서 점지한 존재이고, 정국은 자신의 운명을 예감하는 존재이기도 하다. 따라서 달이의 자살에 대하여 내린 "근원적 세계로의 회귀" 또는 "자연과의 합치"[26]라거나 "그의 진정한 정체성인 하늘의 달로 회귀하기 위한 필연적인 과정으로 볼 수 있다."[27]라는 평가는 적절한 것으로 판단하게 된다.

모화가 자연의 율동에 스스로를 맞추는 방편으로 물속으로 몸을 내맡겼던 것처럼 달이도, 정국도 그 길을 따라갔다. 이는 「늪」의 '석이'도 마찬가지

---

24) 김동리, 「달 이야기」(「달」의 개제), 『늪』(문리사, 1977), 345~346쪽.

25) 위의 소설, 353쪽. 김동리 소설에 등장하는 뻐꾸기 우는 소리의 의미에 먼저 주목할 논문은 김윤식, 「자연과 근대 사이의 매개항 찾기 — 방법으로서의 진달래와 뻐꾸기」, 『미당의 어법과 김동리의 문법』(서울대 출판부, 2002)이다.

26) 김동민, 「물의 원형적 상징을 통한 김동리 소설의 서사 구조 고찰」, 『김동리 문학의 원점과 그 변주』(계간문예, 2006), 60~62쪽.

27) 신정숙, 「김동리 소설의 문학적 상상력 연구」, 연세대 박사 학위 논문, 2011, 145쪽.

다. '여기' 석이 식구가 사는 곳과 '저기' 할아버지가 사는 곳 사이에는 도저히 건너지 못할 것 같은 늪이 놓여 있다. 키를 넘는 온갖 풀과 무서운 벌레들, 독사가 늪 주위에 가득하다. 하지만 늪만 건너가면 새로운 세상이 펼쳐져 있다. 무슨 열매든 많이 있고, 곡식도 다양하며, 아름다운 빛깔과 울음소리를 자랑하면서 새들이 날아다닌다. 그럼에도 불구하고 노여움에 충만한 '석이 아버지'로 대표되는 세상 사람들은 늪 너머 저편 세계로 건너가려는 시도를 봉쇄해 버린다. 결국 석이나 석이 어머니가 늪으로 몸을 던지는 것은 바로 그 금기에 가로막혔기 때문이다. 이렇게 「늪」의 내용을 정리한다면, 늪이란 인간과 자연 사이에 놓인 경계[限]를 의미하며 석이와 그 어머니는 경계 없는 자연에 융화되기를 꿈꾸었던 모화의 후예라 할 수 있다.

「늪」을 근친상간으로 파악하는 다음과 같은 견해에 동의할 수 없는 까닭은 그 때문이다. "비록 직접적인 묘사가 없지만, '아름답고 착한'에서 느껴지는 석이 어머니의 순종적인 성격, '무서운 외모와 붉은 입술과 침묵, 그리고 붉은 열매'에서 보이는 외할아버지의 신비스러운 정열과 힘, 아버지의 금지령과 '끝없는 구박'과 어머니의 자살, 붉은 열매, 아름다운 새소리, 꽃 등 온갖 감각적인 것, 이 모든 분위기는 석이 외할아버지와 석이 어머니의 근친상간 관계를 강하게 암시한다."[28] 근대 체제에 포박된 입장에서 본다면 체제 바깥으로 나가려는 시도가 무모하고 불순하게만 이해될 터, 석이 아버지의 완고함도 이러한 맥락에서 파악하는 것이 온당할 것이다. "아버지의 허락 없이 어머니는 숲속에 돌아가지 못하도록 되어 있었던 모양이었으나 그 까닭이 무엇인지는 아무도 들려주지 않았다. 또 세상에 둘도 없이 아름답고 착한 어머니가 왜 아버지로부터 그렇게 가혹한 명령을 받아야 했었는지도 석으로서는 이해할 수가 없었다."[29]

「진달래」는 꽃만 먹기 위하여 산으로 돌아다니던 소년 '성혜(性慧)'가 자

---

28) 허련화, 「김동리 소설의 근친상간 모티프 연구」, 《한국현대문학연구》 34, 한국현대문학회, 2011. 8, 163쪽.
29) 김동리, 「늪」, 『까치 소리』(일지사, 1973), 36쪽.

는 듯이 죽는 이야기다. 진달래꽃과 독버섯을 함께 먹어 죽음에 이른 성혜
는 조부에서 모친 그리고 자신에게까지 이르는 "인연의 거미줄"로 인해 고
독에 휩싸여 있다. "이복 누이로 하여금 무서운 운명의 씨를 가지게 했던"
이가 현재 노승이 되어 있는 그의 할아버지이며, 이로써 태어난 "핏덩이(계
집애)는" 시집가서 "운명의 씨(성혜)"를 낳았으나 출생과 관련된 "그녀의 지
체 문제"로 결국 쫓겨났고, 이후 노승에게 성혜를 "돌려주고 돌아갔던" 내
막이 있었던 것이다.[30] 이처럼 무거운 인연의 끈이 돌고 도는데, 이를 끊어
내기 위하여 성혜는 마치 산의 일부가 되려는 듯 죽음을 선택한다. 본디 근
친상간이란 인간이 질서를 유지하기 위하여 만들어 낸 금기일 뿐만 아니
라, 골품제에서 알 수 있듯이 신라 때까지는 근친상간이 그리 비난받을 일
이 아니었다. 출생에 따라 위계를 따지는 것도 그저 인간의 일일 따름이다.
이처럼 「진달래」는 한(限)으로 인해 한(恨)의 구렁텅이로 떨어지는 인간의
상처를 끌어안는 존재가 한(限) 없는 자연이라는 사실을 암시하고 있다.

　이처럼 「솔거」, 「달」, 「진달래」, 「늪」에서 선명하게 제시되었던 인간과 자
연 사이의 경계가 「저승새」에 이르러서는 해소되는 양상으로 나타난다. 노
승 만허(滿虛)의 속명은 경술(慶述)이다. 머슴을 살던 경술과 주인집 딸 남
이는 사랑하는 사이지만 남이는 부모에 이끌려 다른 남자에게 시집가고
만다. 사랑하는 사람을 잃은 남이는 시집간 이듬해 아들을 낳은 후 이내
죽고, 그 아들의 자식이 어린 사미(沙彌) 혜인(慧印)이다. 그런데 이러한 인
연의 끈은 인간관계 내에서만 작용하는 것이 아니다. 35년 동안 진달래 필
무렵이면 날아드는 저승새가 죽은 남이의 변신에 해당하기 때문이다. 바로
이 대목에서 이전 소설과는 달리 「저승새」의 경우에는 윤회 사상을 끌어안
고 있음이 확인된다. 저승새가 찾아든 날 만허는 마음속으로 "오, 가엾은
것…… 이제 나도 따라가야지."라고 속삭였으며, 정말 그 이후 종적을 감
추어 버렸다. 저승새를 바라보는 혜인이 까닭 모를 감상에 젖는 것도 할머

---

30) 김동리, 「진달래」, 『실존무(實存舞)』(인간사, 1958), 102~103쪽.

니의 윤회를 어렴풋하게나마 감지하기 때문이다. "혜인은 웬지 서럽고 아득하기만 했다. 그와 동시, 그의 노스님이 왜 그렇게 여러 날 동안이나 저 새를 기다렸는지도 절로 알아질 것만 같았다. 그의 두 눈에는 어느덧 눈물이 괴었다."[31]

윤회의 관점에서 보자면 인간은 한순간의 형상에 불과하며 그다음 생에서는 예컨대 소나 말, 지렁이, 소나무 따위로 변형될 수도 있다. 인간은 윤회의 과정 속에서 자연의 일부일 수밖에 없다는 것이다. 그러니 누가 "스님과 이 새의 사이엔 무슨 남모를 사연이 얽혀 있으리라고" 생각하여 묻자 만허가 "새로도 태어나고, 사람으로도 태어나고……"라고 "밑도 끝도 없는 혼잣말을 몇 마디" 중얼거리는 대목은 자연과 인간의 경계를 넘어서서 하나로 꿰뚫어 묶는 관점을 보여 준다고 할 수 있다.[32] 김동리가 모화를 파우스트와 대체될 새로운 세기의 인간상으로 내세울 때, 기실 이는 「무녀도」의 완성도를 확신했다기보다는 근대의 한계를 넘어서는 이러한 관점의 승리를 강조했던 것이다. 그러니 김동리의 주장이 과연 실현될지 아니면 호언장담에 그치고 말지의 여부는 이제까지의 논의 위에서 지켜보면 되겠다.

구체적인 작품 분석 사례 2: 민속의 도입과 우회적 글쓰기

김동리와 범부는 선(仙) 사상을 한국에서 발생한 것으로 파악했다. 그러니 경계 있는 인간이 경계 없는 자연에 융화되는 세계를 그린 김동리의 작품들은 그 자체로 이미 민족주의 범주에 해당한다. 선의 이념을 다듬어 나간 시도에 해당하기 때문이다. 그런데 김동리, 범부가 선 사상으로 대표되는 한국의 민족정신을 복원해 내기 위하여 '오증방법론(五證方法論)'을 취했다는 사실을 염두에 둘 필요가 있다. 범부는 문헌만을 가지고서는 민족

---

31) 김동리, 「저승새」, 《한국문학》, 1977. 10, 29쪽.
32) 위의 소설, 32쪽.

정신을 해명할 수 없다면서 이에 우선 세 가지 증명법을 덧붙였다. "문헌 이외에 무엇이 있느냐 하면 물증이라는 것이 있어서, 고적(古蹟)에도 우리가 자료를 구할 수 있는 것이고 또 하나는 그 이외에 말하자면 구증(口證)이라는 것이 있는데, 그것이 무엇이냐 하면 구비 전설과 같은 것입니다. 또 하나는 사증(事證)이라는 것을 들 수 있는데 그런 것은 유습(遺習)이라든지 유풍·유속·풍속 또는 습속, 이런 것들 가운데서 찾아볼 수 있는 것입니다." 그러고는 "풍류도 문제에 대해서는" 한 가지 방법을 더 고려할 수 있는데, 이를 "혈맥 즉 살아 있는 피"라고 정리한 후 "우리의 심정, 우리의 정신 속에서 찾아볼 수가 있는 것"이라고 설명했다. 그러면서 "이 민족이 전체로 화랑의 피를 가졌던 것"이라고 덧붙였다.[33]

그러한 까닭에 김동리의 작품에서 민속의 도입은 종종 확인되는 편이다. 우선 「바위」(《신동아》, 1936. 5)에서는 바위 신앙이 드러난다. 『삼국유사』 곳곳에서 신성과 결합한 바위의 이미지가 출몰하는바, 복을 주는 바위, 소원 성취를 이뤄 주는 바위란 이의 연장에서 이해할 수 있다는 것이다. "우리 조상님들은 불교 전래 이전부터 바위 신앙이 있었다. 바위에 빌면 병도 낫게 해 주고 아기도 점지해 준다는 바위의 영험(靈驗)을 신앙했던 것이다. 불교가 들어온 이후 바위의 힘은 부처로 이름이 변해 바위 속에 부처님이 계신 것으로, 부처님 영(靈)이 바위 속에 계시면서 필요할 때 방편에 의해 사람의 형상으로 나타나신다는 그러한 믿음으로 신앙되었던 것이다."[34] 「꽃」(원 발표지 미확인, 1965)의 밑그림에는 「헌화가」의 배경 설화가 어른거린다. 주인공 '영기'가 마음에 두고 있는 '난이 누나'에게 꽃을 꺾어 바치려고 "하늘에 닿은 듯이 까마득하게 높은 벼랑"[35]으로 기어오르다가 떨어져 죽는다는 설정은 「헌화가」의 배경 설화와 그대로 일치하기 때문이다. 민속의 내용으로 판단하건대 이 두 편의 소설은 신라와 관련을 맺고 있다.

---

33) 김범부, 「국민윤리 특강」, 『화랑 외사』(이문사, 1981), 228쪽.
34) 윤경렬, 『경주 남산: 겨레의 땅 부처님 땅』(불지사, 2005), 220~221쪽.
35) 김동리, 「꽃」, 『김동리 전집 ③: 등신불·까치 소리』(민음사, 1995), 195쪽.

　　민족의 현실과 관련하여 민속을 도입하고 있는 대표적인 작품으로는 「황토기」(《문장》, 1939. 5), 「두꺼비」(《조광》, 1939. 8), 「윤회설」(《서울신문》, 1946. 6. 6~26)을 꼽을 수 있다. 「황토기」의 배경 공간은 황토골로, 마을의 유래와 관련해서는 상룡설(傷龍說), 쌍룡설(雙龍說), 절맥설(絶脈說) 등이 전해진다. 이런저런 이유로 용이 승천하지 못했다거나 당나라 장수가 마을의 혈을 잘라 버렸다는 내용들은 당시 민족의 현실을 상징하고 있다. 현실이 이러하니 식민지 조선인으로서는 아무리 출중한 능력을 지녔더라도 그 능력을 펴 나갈 무대가 마련되지 못한 꼴이다. 장사인 '억쇠'가 제 힘을 맞춤하게 사용할 데를 찾지 못하고 허송세월하는 까닭은 이로써 빚어졌다. 작가는 이를 두고 상룡설, 쌍룡설, 절맥설 "이런 것들이 다 본래 그의 운명에 아주 교섭이 없으리란 법만도 없는 터이었다."[36]라고 기술해 놓았다. 그리고 장사(억쇠)가 나면 어깨의 힘줄을 끊거나 팔 하나를 분질러야 한다는 따위의 소란은 '아기 장수 설화'와 관련된다. 물론 이 역시 민족의 상황을 암시하고 있다.

　　뱀에게 먹힌 두꺼비가 뱀의 뱃속에 알을 뿌리고, 이후 알을 깨고 나온 두꺼비 새끼들이 결국 뱀의 내장을 파먹으며 와글와글 살아서 돌아온다는 것이 '두꺼비 설화'의 내용인바, 이를 배경으로 삼는 작품이 「두꺼비」다. 이 작품 역시 현실을 두꺼비가 뱀에게 먹힌 상황으로 파악하고 있으니 민족의 처지에 관한 인식이 배어 나오고 있으며, 그러면서도 동시에 "벌건 능구렁이를 코끝에 들이대며 '이제 이놈 죽어서 마디마다 두꺼비 새끼가 나는걸입쇼. 아주 불개미 떼같이 가맣게 나는뎁쇼.' 하던 강서방의 목소리를 지금도"[37] 간직하고 있는 측면에서 보자면 「황토기」보다 민족의식이 적극적이라고 할 수 있겠다. 광복 이후 두꺼비 설화를 이어받은 소설은 「윤회설」이다. 김동리는 당대의 혼란한 상황을 다음과 같이 표현하며 「윤회설」의 첫 대목을 열었다. "두꺼비를 잡아먹은 능구렁이는 과연 죽었다. 그러나 그 죽

---

36) 김동리, 「황토기」, 《문장》, 1939. 5, 79쪽.
37) 김동리, 「두꺼비」, 《조광》, 1939. 8, 356쪽.

은 능구렁이의 뼈마디마다 생겨난 그 수많은 두꺼비의 새끼들은 그 형제들은, 또 서로 싸우고 서로 미워하기 시작했다고, 생각했다."[38]

이렇게 파악한다면 민담과 설화 등을 활용하여 펼쳐 나가는 「황토기」, 「두꺼비」의 민족의식은 퍽 강렬하다고 할 수 있다. 일제와의 대결을 적극적으로 이끌어 나가는 양상이기 때문이다. 더군다나 중일 전쟁 이후 일제 강점기로 치달으면서 창작에 많은 제약이 가해졌다는 사실까지 염두에 두었을 때, 민담·설화의 도입을 통한 집필은 일제의 검열을 에둘러 가기 위한 '우회적 글쓰기'에 속한다는 평가도 가능해진다. 「신세대의 정신」에서 김동리는 다음과 같은 문장을 남기고 있다. "나의 작품 세계에 가끔 민속을 도입함에 대해서는 또 이밖에 나대로 다른 이유가 있으나 그것은 생략한다."[39] 나름의 이유가 있으나 생략해야만 하는 까닭은 아마도 민족의식과 연관된 사항이기 때문일 것이다. 1941년 4월 《문장》이 폐간되자 절필에 들어간 장면과 더불어 이러한 방식으로 펼쳐 나간 우회적 글쓰기는 일제 강점기 말 김동리의 민족의식을 파악하는 데 중요한 단서가 될 수 있겠다.

「역마」(《백민》, 1948. 1)는 전래하는 풍수지리설을 취한 작품이다. 작품의 첫 문단은 다음과 같다. "'화개장터'의 냇물은 길과 함께 흘러서 세 갈래로 나 있었다. 한 줄기는 전라도 땅 구례(求禮) 쪽에서 오고 한 줄기는 경상도 쪽 화개협(花開峽)에서 흘러내려, 여기서 합쳐서, 푸른 산과 검은 고목 그림자를 거꾸로 비치인 채, 호수같이 조용히 돌아, 경상 전라 양 도의 경계를 그어 주며, 다시 남으로 남으로 흘러내리는 것이, 섬진강(蟾津江) 본류(本流)였다."[40] 끊임없이 흘러오고 흘러가는 것이 자연의 운행이며, 그 가운데서 인연이 엮이면 합쳐져 하나의 장면을 만들어 내기도 한다. 예컨대 흐름이 잠시 정지한 것처럼 호수같이 조용히 돌아, 푸른 산과 검은 고목 그림자가 거꾸로 비친 풍경을 담아내는 대목이 바로 인연이 엮이는 자리이다. 인

---

38) 김동리, 「윤회설(輪回說)」, 『김동리 전집 ②: 역마·밀다원 시대』(민음사, 1995), 13쪽.
39) 김동리, 「신세대의 정신 — 문단 '신생면'의 성격, 사명, 기타」, 《문장》, 1940. 5, 92쪽.
40) 김동리, 「역마(驛馬)」, 『김동리 대표작 선집 ①: 단편 선집』(삼성출판사, 1967), 214쪽.

간의 운명(사주)은 이러한 풍수지리에 따라 결정된다.

'성기'는 왜 역마살을 타고 태어날 수밖에 없었던가. 그것은 우선 "어머니가 중 서방을 정한 탓이요, 어머니가 중 서방을 정한 것은 할머니가 남사당에게 반했던 때문이"다. 그렇지만 이들의 운명을 관장하는 것은 화개장터가 자리하고 있는 풍수라고 봐야 한다. "서른여섯 해 전에 꼭 하룻밤 놀다 갔다는 젊은 남사당의 진양조 가락에 반하여 옥화를 배게 된 할머니나, 구름같이 떠돌아다니는 중과 인연을 맺어 성기를 가지게 된 옥화나 다같이 '화개장터' 주막에 태어났던 그녀들로서는 별로 누구를 원망할 턱도 없는 어미 딸이었다."[41] 남사당이나 중은 화개장터의 냇물처럼 그저 흘러와서 흘러갈 따름이다. 다만 그 사이에 인연이 엮이는 계기가 있어서 옥화가 나오고 성기가 나왔던 것이다. 이처럼 자연과 인간을 상동 관계로 파악하고 있는 관점은 「역마」의 특징이라 할 수 있다.

풍수지리설에 입각하지는 않았으나 터의 기운을 둘러싼 민담을 도입한 작품으로는 「유혼설」(《사상계》, 1964. 11)이 있다. 경주의 예기청수(藝妓淸水)는 "눈이 꽹과리만 한 이시미가 울 속에 살고 있다는 둥, 명주 구리 하나가 다 들어간다는 둥, 해마다 사람이 둘 이상 빠져 죽어야 한다는 둥 별별 전설이 다 붙어 있는 무서운 소였다."[42] 일곱 살 혹은 여덟 살이 되었을 즈음 작품의 화자는 이곳에서 도깨비불을 목격했다. 그는 의과 대학생 시절 여름 방학 때 고향에 내려갔다가 또 도깨비불을 보았는데, 장소는 개울에서 옛날의 화장터에 이르는 200미터 거리의 길이었다. "옛날(약 40여 년 전) 호열자가 한창 이 지방을 휩쓸 무렵 죽은 사람들을 모두 내다 살랐던" 곳이 옛날의 화장터라고 했고, "개울가에서 가끔 제사도 지내고 푸닥거리도" 한다고 했으니 이 장소의 기운도 역시 만만치 않게 무서우리라 판단할 수 있다.[43] 이 작품에서는 자연을 불가해한 대상으로 설정하고 있다는 점

---

41) 위의 소설, 217쪽.
42) 김동리, 「유혼설(遊魂說)」, 《사상계》, 1964. 11, 320~321쪽.
43) 위의 소설, 324쪽.

이 두드러진다.

이 외에도 「연이와 계모」 설화를 모티프로 삼은 「연희와 경숙」(《신소녀》, 1947. 6) 등이 있으나 앞에서 분석한 작품들에 비해 상대적으로 소품인 까닭에 자세한 논의는 생략한다.

한국 정신을 표현한 대표 작가의 명과 암

김동리의 핵심 사상은 선(仙)의 이념이라고 할 수 있으며, 선의 이념은 신라 정신의 큰 줄기를 형성하고 있다. 이 글은 김동리 사상의 그러한 측면을 해명하고 난 후, 이에 입각하여 김동리의 단편 소설들을 분석했다. 경계가 있는 인간과 경계가 없는 자연의 거리감이 두드러지는 작품의 경우에는 범부가 제시한 오증방법론 가운데 혈맥에 의지하는 양상이 확인된다. 가령 솔거를 현몽(現夢)함으로써 갈등 해결의 가능성이 제시되는 「솔거」, 무당을 어머니로 두고 화랑을 아버지로 둔 달이의 운명(「달」), 할아버지가 자연의 상징으로 제시된 석이의 선택(「늪」), 자연의 율동에 스스로를 온전히 내맡기는 무녀 모화(「무녀도」) 등은 "우리의 심정, 우리의 정신 속에서 찾아볼 수가 있는" 어떤 것을 전제로 하여 쓰였다는 것이다. 반면 민속을 도입한 경우의 작품들은 민담이라든가 설화, 풍수지리, 민간 신앙, 문헌 등의 자료가 다양하게 활용되는 양상이다. 논의를 풀어 나가기 위하여 구분하기는 했으나, 두 방면의 작품들이 모두 작가의 민족의식 속에서 창작되었음은 일치하며, 김동리가 한국 정신을 작품 속에 담아낸 대표 작가로 평가받는 데도 이러한 요소들이 크게 작용함은 의심의 여지가 없다.

이러한 정리가 김동리 자신만의 창작 이론을 바탕으로 한 작품 분석에 해당한다면, 작품 분석의 뒤를 이어 평가의 측면이 뒤따를 것이다. 가령 "우리의 심정, 우리의 정신 속에서 찾아볼 수가 있는" 민족정신의 원형(原型)이란 게 과연 존재하는가, 라는 문제는 해방기 좌파 평론가들과의 논쟁에서 논란이 된 바 있으며, 최근에는 파시즘과의 연관 속에서 지적받고 있는 사항이다. 또한 1948년 이후 김동리의 작품 세계는 점차 현실과 거리를 두는 방향으로 굳어 갔는데, 이는 이어령을 위시한 후배 평론가들로부터 '성황당 문학'이라 조소 받는 근거가 되었다. 즉 현실을 우회하는 순수 문학으로서의 면모로 인하여 김동리 문학이 지닌 현재의 가치와 의미를 적극적으로 드러내는 데 한계를 내보였다는 것이다. 그렇지만 한국 문학을 심도 있게 논의하기 위해서는 바로 이러한 논란 지점 위에 다시 설 수밖에 없다. 한국 문학으로서의 문학 정체성을 성찰할 때, 처음 맞닥뜨리는 문제가 김동리 문학의 명과 암에 걸쳐 있기 때문이다.

제1주제에 관한 토론문

박덕규(단국대 교수)

홍기돈 교수의 발제는 우선 '자신의 창작 방법을 확실히 이론화한 대표적인 작가' 김동리의 작품 세계를 '선(仙)의 이념으로 기획한 인간과 자연의 융화의 세계'로 설명하고 있습니다. 특히 김동리가 자신의 사상적, 정신적 거점으로 삼은 백형 범부 김정설의 동양관, 그중에서도 한국만의 것이라고 하는 선(仙)의 관점을 바탕으로 이를 보완하고 있습니다. 범부에 따르면 선 이념을 제도로 구축한 것이 화랑정신인데, 홍 교수는 이 '화랑정신의 복원으로 선(仙) 이념의 부흥을 꾀하고, 이로써 민족의식의 기준을 확보하려는 기획'이 김동리의 소설이라고 풀이합니다.

이를 증명하기 위해 두 종류 성향의 작품군을 예로 들고 있습니다. 「솔거」 3부작 등을 중심으로 '자연과 인간의 경계를 넘어서서 하나로 꿰뚫어 묶는 관점'을 드러낸 무리가 그 하나의 성향입니다. 그리고 범부의 '오증방법론' 중 주로 '혈맥'론을 바탕으로 해서 「바위」, 「황토기」, 「두꺼비」 등 민속을 적극적으로 도입하고 있는 무리가 그 둘째 성향입니다. 이 발제가 사실 김동리 소설에 대한 총론 격의 발표를 요구한 것에 아주 합당하지는 않지만 김동리 문학의 가장 핵심적인 부분을 적시하고 그 실례를 꼼꼼히 들고 있어서 작가의 탄생 100주년을 기념하는 이 자리에 썩 어울리는 정치한 분석이라 생각합니다.

김동리는 이 발제에서도 잘 지적하고 있듯이 한국의 정신이라 할 수 있는 것에 대해 가장 집요하고 구체적으로 접근한 대표적인 작가라 할 수 있습니다. 또한 이 발제의 말미에 밝힌 것처럼 '우리의 심성, 우리의 정신 속에서 찾아볼 수 있는 민족정신이란 것이 과연 존재하는가'라는 반론을 만나면서 한국의 대표적인 문학 논쟁의 불씨를 당기기도 했습니다. 그만큼 중요하고 그만큼 쟁점적인 문학이 김동리 문학이라 할 수 있습니다. 그런데 이 쟁점은 이제 보시다시피 김동리가 「무녀도」를 발표하고 '백 년 뒤 파우스트를 대체할 새로운 세기의 인간상이었다는 평가를 받을 것'이라고 발언한 것에서 표현한 그 백 년이 다가오고 있는 때입니다. 그래서 지난 시대에 이미 제기된 문제를 다시 한 번 되새김한다는 뜻에서 한 가지 묻겠습니다.

김동리 문학의 한국 정신, 민족정신이라는 것은 사실 작중의 현실에서는 모두 퇴패합니다. 게다가 작중에서 그런 퇴패의 사연을 들려줄 때도 이미 '사라진 지난 일'을 회상하고 재현해 보이거나 아니면 대화로 설명하는 방식을 씁니다. 이것은 일제 강점기의 검열을 피하기 위한 수단이기도 하고, 민족정신에 대한 강건한 신뢰를 가지기 힘든 시대의 적극적인 인문 행위의 한 사례라 할 수 있겠지요. 그러나 과거에 빛나던 가치가 동시대적 가치로 어떻게 빛날 수 있는가에 대해 고민한 보다 현실적인 스토리나 인물상은 창조할 수 없었던 것일까요? 그런 스토리나 인물상을 드러낸 소설이 드물다는 것에 작가의 강변을 따르지 않고 설명할 수 있을는지요?

다음은 좀 더 현실적인 질문입니다. 김동리 문학의 탁월함이야 이미 증명되어 있습니다. 그런데 제가 김동리 문학을 여러 번 필사하듯 하면서 정독할 기회가 있어 유난히 느낀 것이기도 합니다만, 김동리 작품은 그 주제적 깊이나 소재와 인물의 다양함에 비해 문장으로 읽는 작품으로서는 아쉬움이 느껴지는 대목을 많이 드러냅니다. 지난 시대 작품이 그 시대의 언어 관습 탓에 세대가 바뀌면 낡아 보이는 건 당연하지만, 김동리 작품은 선배 작가인 이태준이나 동년배 작가인 황순원에 비해서도 문장의 섬세함에서는 매우 거칠고 투박합니다. 사실 이런 문제는 매우 지엽적이라 할 수 있지만, 지난 시대 우리 문학의 우수함을 오늘에 무리 없이 이어야 한다는 과제 앞에서는 매우 소중한 관점이 아닐까도 싶습니다.

간단하게 예를 듭니다.

이 마을 한구석에 모화라는 무당이 살고 있었다. 모화서 들어온 사람이라 하여 모화라 부르는 것이었다. 그것은 한 머리 찌그러져 가는 묵은 기와집으로…….

—「무녀도」에서

위에서 셋째 문장의 '그것'은 곧 '모화'를 지칭하는 대명사쯤이 돼야 그 다음 구문을 자연스럽게 이끌 수 있게 됩니다. 그런데 '그것'은 대명사인데도 앞의 문장의 어떤 말을 대신하는 대명사가 아닙니다. '그것은'으로 시작하는 셋째 문장의 '그것'은 그 문장 자체에서야 '모화가 사는 집'을 대신하는 대명사라는 사실이 드러납니다. 이는 문장 간의 연결이 어법에 맞지 않는 예가 되겠지요.

이리하여 낳은 아이의 얼굴은 희고 둥글고 과연 보름달같이 아름다웠다. 모랭이는 여러 사람이 보는 데서 자랑 삼아 그를 달아, 달아, 하고 불렀다. 그러나 이 달이는 열여섯 살 먹던 해 늦은 봄에 그만 글방에서 쫓겨나고 말았다.

—「달」에서

위의 끝 문장에서 달이 열여섯 살 먹던 해에 글방에서 쫓겨난 일을 말하려면 그 전에 적어도 달이 성장 과정에서 아무 탈 없이 사랑받고 잘 자랐다는 설명이 있어야 합니다. 달이 쫓겨난 이유가 될 만한 어떤 일이 있었다고 설명되어야만 한다는 뜻입니다. 그런데도 그런 사연을 제시하지 않은 채로 불쑥 달이 쫓겨났다고만 진술하고 있습니다. 우리 소설사의 큰 봉우리인 김동리 문학을 오늘의 문학으로 더욱 기꺼이 즐기고 싶은 마음에서 드리는 질문입니다. 김동리 연구자로 탁월한 업적을 쌓고 있는 분의 고견을 듣고 싶습니다.

김동리 생애 연보[1]

1913년   음력 11월 24일, 경북 경주시 성건동 186번지에서 아버지 김인수(金
          壬守)와 어머니 허임순(許任順)의 5남매 중 막내로 태어남. 아명(兒
          名)은 창봉(昌鳳), 호적명은 창귀(昌貴), 자(字)는 시종(始鐘), 장형
          (長兄)은 한학자 김기봉(金基鳳·凡父 先生)임.

1920년   경주 제일교회 부속의 계남소학교 입학. 6년 후 졸업.

1926년   대구 계성중학교 입학. 부친 별세.

1928년   서울 경신중학교 3학년에 편입학.

1929년   동교(同校) 중퇴. 《매일신보》와 《중외일보》에 시 「고독」, 「방랑의 우
          수」 등 발표.

1933년   전 5막의 극시(劇詩) 「연당(蓮塘)」을 탈고했으나 발표하지 못하고 원
          고도 분실됨. 서울 필운동의 범부 선생 숙소에서 서정주를 만나 사귀
          기 시작.

1934년   《조선일보》 신춘문예에 시 「백로(白鷺)」 입선. 《카톨릭청년》에 시
          「망월(望月)」 등 발표.

1935년   《조선중앙일보》 신춘문예에 소설 「화랑의 후예」 당선. 다솔사와 해
          인사를 전전하며 최인욱, 이주홍, 허민, 김종택 등과 사귐. 단편 소설
          「폐도(廢都)의 시인(詩人)」, 「생식(生食)」 발표. 경주의 본가를 떠나
          사천으로 이사함.

---

1) 김한식 엮음, 『김동리: 순수의 지향과 삶의 정치성』(글누림, 2012)에 실린 「생애 연보」를
   참조하여 일부 수정했음.

1936년　《동아일보》 신춘문예에 「산화(山火)」가 당선됨으로써 3대 민간 신문
　　　　의 신춘문예를 모두 돌파하는 전무후무한 기록을 남김. 상경하여 종
　　　　로 연건동에 하숙을 정하고 창작에 몰두함. 단편 소설 「바위」, 「무녀
　　　　도」, 「산제」, 「허덜풀네」 등 발표.

1937년　서정주, 김달진 등과 《시인부락》 동인으로 활동. 시 「행로음(行路
　　　　吟)」, 「내 홀로 무어라 중얼거리며 가느뇨」 등과 단편 소설 「어머니」,
　　　　「솔거」 발표. 해인사의 말사(末寺)였던 다솔사 부설 광명학원에서 교
　　　　편을 잡음.

1938년　단편 소설 「생일」, 「잉여설」 발표. 11월 21일, 김월계(金月桂)와 혼인.

1939년　세대 논쟁의 와중에서 유진오와 논전을 벌임. 단편 소설 「황토기(黃
　　　　土記)」, 「찔레꽃」, 「두꺼비」와 평론 「순수이의(純粹異議)」 발표.

1940년　단편 소설 「동구 앞길」, 「혼구(昏衢)」, 「다음 항구」 등 발표. 평론 「신세
　　　　대의 정신」 발표. '문인보국회' 등 일제 어용 문화 단체 가입을 거부함.

1941년　단편 소설 「소년」 발표.

1942년　광명학원이 당국에 의하여 폐쇄됨. 백형 범부 선생이 구속되고 가택
　　　　수색을 당함. 이후 8·15 광복까지 절필.

1943년　조카의 주선으로 징용을 피해 사천에 있는 양곡 배급소 서기로 취직.
　　　　경남 사천군 정의동 372번지로 전적(轉籍).

1945년　사천에서 광복을 맞음. 사천청년회 회장으로 피선. 공산계인 사천인
　　　　민위원회 참여를 거절.

1946년　조선공산당 계열의 '문학가동맹'에 대항하여 서정주, 박두진, 조지훈,
　　　　곽종원, 조연현, 박목월, 최태응 등과 '청년문학가협회'를 결성하고
　　　　초대 회장에 피선. 4월 4일, 문학의 밤을 개최하여 「순수시의 사상」
　　　　이라는 제목으로 강연. 단편 소설 「윤회설(輪回說)」, 「미수(未遂)」와
　　　　평론 「조선 문학의 지표」, 「순수 문학의 진의(眞意)」 발표.

1947년　계급주의 민족문학론에 대항하여 인간주의 민족문학론을 제창, '본
　　　　격 문학'이란 용어를 최초로 사용. 《경향신문》 문화부장에 취임. 단

편 소설 「혈거 부족」, 「달」 등과 평론 「순수 문학과 제3세계관」, 「민
족 문학과 경향 문학」 등 발표. 제1창작집 『무녀도』 상재.

1948년 김동석, 김병규 등의 좌익 문학평론가들과 논쟁을 벌임. 《민국일보》
편집국장에 취임. 단편 소설 「역마」, 「어머니와 그 아들들」, 평론 「문
학하는 것에 대한 사고(私考)」, 「문학적 사상의 주체와 그 환경」, 「민
족문학론」 등 발표. 첫 평론집 『문학과 인간』 상재.

1949년 기존의 문학 단체들을 동시에 해체하고 '한국문학가협회'를 결성, 소
설분과위원장에 피선됨. 순문학지 《문예》 주간에 취임. 서울대와 고
려대에 국문과 강사로 출강. 단편 소설 「형제」, 「심정」 등을 발표하고
장편 소설 『해방』을 《동아일보》에 연재함. 제2창작집 『황토기』 상재.

1950년 문교부 예술위원과 서울시 문화위원에 피촉. 단편 소설 「인간 동의」
등을 발표. 6·25 전쟁이 발발하자 미처 피난을 가지 못하고 서울에
숨어 지냄.

1951년 한국문총 사무국장에 피선. 문총구국대 부대장 역임. 단편 소설 「어
떤 상봉」, 「귀환 장정」 등 발표. 피난지 부산에서 제3창작집 『귀환 장
정』을 펴냄.

1952년 한국문학가협회 부위원장에 피선. 평론 「전쟁적 사실과 문학적 비
판」 발표. 『문학 개론』 간행.

1953년 환도 후 서라벌 예술대학 문예창작과 출강. 중편 소설 「풍우기」 연재.

1954년 예술원 회원 피선. 한국 유네스코 위원 피촉. 시 「해바라기」, 「젊은
미국의 깃발」 등과 단편 소설 「살벌한 황혼」, 「마리아의 회태」 발표.

1955년 단편 소설 「흥남 철수」, 「밀다원 시대」, 「실존무(實存舞)」를 발표하고
장편 소설 『사반의 십자가』를 《현대문학》에 1957년까지 연재. 자유
문학상 수상.

1956년 제3회 아세아자유문학상 수상. 단편 소설 「악성(樂聖)」, 「원왕생가(願
往生歌)」를 발표하고 장편 소설 『춘추(春秋)』를 《평화신문》에 연재.

1957년 「꽃」 등의 시와 단편 소설 「아가(雅歌)」, 「목공 요셉」, 「여수」, 「남포

의 계절」발표. 장편 소설 『사반의 십자가』의 연재를 완결하고 단행본
으로 간행.

1958년　『사반의 십자가』로 예술원 문학 부문 작품상 수상. 장편 소설 『춘추』
를 단행본으로 간행. 단편 소설 「강유기」, 「고우(故友)」, 「자매」 발표.
제4창작집 『실존무』 상재.

1959년　장편 소설 『자유의 기수』를 《자유신문》에 1960년까지 연재. 영화 시
나리오를 위해 「달」을 개작한 「달이와 낭이」 발표.

1960년　장편 소설 『이곳에 던져지다』를 《한국일보》에 연재. 단편 소설 「어떤
고백」 발표.

1961년　5·16 이후 모든 사회단체가 해산된 뒤 한국문인협회가 전체 문단의
통합 단체로 발족하자 부이사장에 피선. 중편 소설 「비 오는 동산」
완결. 단편 소설 「등신불」, 「어떤 남」 발표.

1962년　단편 소설 「부활」 발표.

1963년　장편 소설 『해풍』을 《국제신문》에 연재. 시조 「분국(盆菊)」 발표. 제5
창작집 『등신불』 상재.

1964년　단편 소설 「천사」, 「늪」, 「심장 비 맞다」, 「유혼설(遊魂說)」 발표.

1965년　민족문화중앙협의회 부이사장, 민족문화추진위원회 이사 피선. 시
「연(蓮)」과 단편 소설 「꽃」, 「허덜풀네」를 개작한 「성문 거리」 발표.

1966년　한국예술문화윤리위원회 상임 위원 피임. 단편 소설 「송추에서」,
「윤사월」, 「백설가」, 「까치 소리」 발표. 수필집 『자연과 인생』 간행.

1967년　「까치 소리」로 3·1 문화상 예술 부문 본상 수상. 단편 소설 「석 노
인」, 「감람 수풀」 발표. 『김동리 대표작 선집』을 전5권으로 간행.

1968년　국민훈장 동백상 수상. 《월간문학》 창간. 단편 소설 「꽃 피는 아침」
을 발표하고 중편 소설 「극락조」를 《중앙일보》에 연재.

1969년　단편 소설 「눈 내리는 저녁때」를 발표.

1970년　한국문인협회 이사장 피선. 서울시 문화상 문학 부문 본상 수상. 국
민훈장 모란장 수상.

1971년   장편 소설 『아도』를 《지성》에 연재.

1972년   서라벌예술대학장 취임. 한일 문화교류협회장 피선. 장편 소설 『삼국
         기』를 《서울신문》에 연재.

1973년   중앙대학교 예술대학장 취임. 명예 문학 박사 학위 수위. 《한국문학》
         창간. 회갑 기념으로 제6창작집 『까치 소리』, 수필집 『사색과 인생』,
         시집 『바위』를 동시에 간행.

1974년   『삼국기』의 후편인 장편 소설 『대왕암』 연재 시작. 장편 소설 『이곳
         에 던져지다』 간행.

1975년   장편 소설 『대왕암』 연재 완료.

1976년   단편 소설 「선도산」, 「꽃이 지는 이야기」 발표.

1977년   단편 소설 「이별 있는 풍경」, 「저승새」 발표. 소설집 『김동리 역사 소
         설』과 수필집 『고독과 인생』 간행.

1978년   장편 소설 『을화』를 《문학사상》에 전재하고 단행본으로 간행. 단편
         소설 「참외」 발표. 작품집 『꽃이 지는 이야기』와 수필집 『취미와 인
         생』을 펴냄.

1979년   한국소설가협회장 피선. 소년 소녀 소설집 『꿈같은 여름』 간행. 중앙
         대학교 정년 퇴임. 장편 소설 『을화』의 영역판 출간. 단편 소설 「우물
         속의 얼굴」, 「만자동경(曼字銅鏡)」 발표.

1980년   대한민국예술원 부회장 피선. 수필집 『명상의 늪가에서』 간행.

1981년   대한민국예술원 회장 피선.

1982년   장편 소설 『을화』의 일역본 출간.

1983년   5·16 민족문학상 수상. 한국문인협회 이사장 피선. 대한민국 예술원
         원로회원 추대. 시집 『패랭이꽃』 간행. 장편 소설 『사반의 십자가』의
         불역본 출간.

1985년   국정자문위원 피촉. 수필집 『생각이 흐르는 강물』 간행.

1987년   장편 소설 『자유의 기수』를 『자유의 역사』로 개제하여 간행.

1988년   수필집 『사랑의 샘은 곳마다 솟고』 간행.

1989년   한국문인협회 명예회장 추대.

1990년   7월 30일, 뇌졸중으로 쓰러진 이래 투병 시작.

1995년   6월 17일 23시 23분 영면(永眠).

김동리 작품 연보[2]

발표일	분류	제목	발표지
1935. 1. 1~10	단편 소설	화랑의 후예	조선중앙일보
1935. 3	단편 소설	폐도의 시인	영화시대
1935. 7~8	단편 소설	생식(生食)	중앙
1936. 1. 4~18	단편 소설	산화	동아일보
1936. 5	단편 소설	무녀도	중앙
1936. 5	단편 소설	바위	신동아
1936. 8	단편 소설	술	조광
1936. 9	단편 소설	산제	중앙
1936. 11	단편 소설	팥죽	조선문학 속간호
1936. 12	단편 소설	허덜풀네	풍림
1937. 1	단편 소설	어머니	조광
1937. 3	평론	이태준론	풍림
1937. 8	단편 소설	솔거	조광
1938. 12	단편 소설	생일	조광
1938. 12. 8~24	단편 소설	잉여설	조선일보
1939. 3	산문	내가 영향 받은 외국 작가	조광

2) 《근대서지》 5호(소명출판, 2012. 6)에 실린 김주현의 「김동리 소설 연보」와, 김한식 엮음, 『김동리: 순수의 지향과 삶의 정치성』(글누림, 2012)에 실린 「작품 연보」를 참조하여 일부 수정했음.

발표일	분류	제목	발표지
1939. 4	산문	문자 우상 — '우상론' 노트의 일절	조광
1939. 5	단편 소설	황토기	문장
1939. 7	단편 소설	찔레꽃	문장 임시 증간호
1939. 8	단편 소설	두꺼비	조광
1939. 8	평론	순수이의	문장
1939. 10	단편 소설	회계	삼천리
1939. 11	단편 소설	완미설	문장
1939. 11	산문	두꺼비 설화의 정신	조광
1940. 1	산문	문학하는 것	조광
1940. 2	단편 소설	혼구	인문평론
1940. 2	단편 소설	동구 앞길	문장
1940. 2. 21~22	평론	신세대의 문학 정신 —신인으로서 유진오 씨에게	매일신보
1940. 3	산문	나의 소설 수업	문장
1940. 5	산문	문학의 표정	조광
1940. 5	평론	신세대의 문학 정신	문장
1940. 7	산문	역여고인(亦如古人) —소설가의 아버지	조광
1940. 7	단편 소설	소녀(전문 삭제)	인문평론
1940. 8	단편 소설	오누이	여성
1940. 9	단편 소설	다음 항구	문장
1940. 12	산문	그리운 그들	조광
1940. 12	산문	센치와 냉정과 동정	박문
1940. 12	산문	작중인물지	조광

발표일	분류	제목	발표지
1940(1941?)	단편 소설	하현(검열로 실종?)	문장
1941. 2	단편 소설	소년	문장
1946. 1. 14	산문	문화 침투의 원동력이 되기를	부산매일신보
1946. 4. 2	평론	조선 문학의 지표 —현 단계의 조선 문학의 과제	청년신문
1946. 6. 6~26	단편 소설	윤회설	서울신문
1946. 6. 10	평론	민족 문학 문제	수산경제신문
1946. 6. 15	산문	문학·정치·상업	제3특보
1946. 7. 11~12	평론	순수 문학의 정의	민주일보
1946. 8	평론	윤석중 동화집 『초생달』을 읽고	동아일보
1946. 9. 14	평론	순수 문학의 진의 —민족 문학의 당면 과제로서	민주일보
1946. 9. 15	평론	순수 문학의 진의	서울신문
1946. 9. 15	평론	창조와 추수 —현 문단의 3대 조류	민주일보
1946. 12	단편 소설	미수	백민
1946. 12	산문	좌우간의 좌우	백민
1946. 12. 1~19	단편 소설	지연기	동아일보
1947. 1	평론	본격 문학과 제3세계의 전망	신천지
1947. 1. 4	평론	습작 수준의 혼미	민주일보

발표일	분류	제목	발표지
		―병술 창작계의 회고와 전망	
1947. 3	단편 소설	혈거 부족	백민
1947. 4	평론	문단 1년의 개관	해동공론
1947. 4	단편 소설	달	문화
1947. 4. 23	산문	애락 정신에 대하여	경향신문
1947. 5	평론	문학 운동의 2대 방향	대조
1947. 5	산문	운무변증법	백민
1947. 5. 15	평론	건설형의 인물 '사림' 5월 작품	민중일보
1947. 6	평론	문학의 자유의 옹호 ―시집『옹향』에 관한 결정서를 박함	백민
1947. 6	단편 소설	연희와 경숙	신소녀
1947. 7	평론	여류 작가의 회고와 전망 ―주로 현역 여류 작가의 작품 세계에 관하여	문화
1947. 8	평론	순수 문학과 제3세계 ―김병규 씨에 답함	대조
1947. 8	평론	최근의 조선 문학 ―과거 8개월 간 창작계를 중심으로	새한민보
1947. 8. 20	평론	『초적』의 악보 ―김상옥 시 시조집을 읽고	민중일보
1947. 9	평론	민족 문학과 경향 문학 ―문학의 생태	백민

발표일	분류	제목	발표지
1947. 9	단편 소설	산 이야기	민주경찰
1947. 10	단편 소설	이맛살	문화
1947. 11	단편 소설	상철이	백민
1948. 1	산문	생활과 문학의 핵심	신천지
1948. 1	평론	월탄과 문학의 핵심 —김동석 군의 본질에 대하여	신천지
1948. 1	단편 소설	역마	백민
1948. 3	평론	문학하는 것에 대한 사고	백민
1948. 4	평론	(특집) 조선 문학 재건에 대한 제의 —정치적 감시를 소탕하라	예술조선
1948. 4	평론	문학과 문학 정신	해동공론
1948. 4	평론	삼가시와 자연의 발견 —박목월·조지훈· 박두진에 대하여	예술조선
1948. 6	평론	자연주의의 구경 —김동인론	신천지
1948. 7	평론	문학적 사상의 주체와 그 환경	백민
1948. 7~8	평론	산문과 반산문 —이효석론	민성
1948. 8	단편 소설	어머니와 그 아들들	삼천리
1948. 8	평론	민족문학론	대조
1948. 8. 6~12	단편 소설	절 한 번	평화신문

발표일	분류	제목	발표지
1948. 10	단편 소설	개를 위하여	백민
1949	단편 소설	용기와 분경이	원 발표지 미확인
1949. 2. 5	평론	지성적인 작품 —손소희 평	경향신문
1949. 3	단편 소설	심정	학풍
1949. 3	단편 소설	형제	백민
1949. 3. 4	단편 소설	유 서방	대조
1949. 4	단편 소설	일요일	소년
1949. 4~6(미완)	중장편(?)	급류	조선교육
1949. 5	평론	소설 창작 초보 강의	신태양
1949. 5. 15~28	단편 소설	검군	연합신문
1949. 6	산문	나의 문학행각기	해공공란
1949. 7	단편 소설	실근이와 순근이	소년
1949. 7. 20	평론	왕성한 시정신 —박두진 시집『해』를 읽고	동아일보
1949. 8	평론	상반기의 작단	문예
1949. 8	평론	창작 강의	문예
1949. 9	평론	성하의 작단 —7, 8 양 월의 창작평	문예
1949. 9	평론	월탄 박종화론	주간서울
1949. 9. 1~ 1950. 2. 16	장편 소설	해방	동아일보
1949. 10	평론	신추작단—9월 창작평	문예
1949. 11	평론	볼만한 추수 —10월 창작평	문예

발표일	분류	제목	발표지
1949. 12	평론	11월의 작단	문예
1949. 12	평론	문단의 1년	주간서울
1950	단편 소설	한내 마을의 전설	농민소설선집
1950. 1	평론	우연성의 연구 —소설에 있어 우연성의 허구면과 진실면에 대한 고찰	신사조
1950. 2	평론	소설천후	문예
1950. 2~5(미완)	단편 소설	급류	혜성
1950. 3	평론	2월 작단	문예
1950. 3. 29~31	평론	속·현대 문학의 길 —저능 기자를 위한 '덤'	국도신문
1950. 3. 29~31	평론	현대 문학의 길 —백철의 소설의 길을 박함	국도신문
1950. 4	평론	문단 시평	문예
1950. 4. 11~16	평론	신문학의 정신의 기조 —낭만의 사실의 주체로서의 인간	서울신문
1950. 5	평론	예술인의 고민	민성
1950. 5	평론	우연성의 연구	신사조
1950. 5	단편 소설	인간 동의	문예
1950. 11~1951. 1	단편 소설	풍우가	협동
1951(1952)	단편 소설	남로행(남으로 가는 길)	(중등국어 Ⅰ—Ⅱ)
1951(1978)	단편 소설	상면(어떤 상봉)	?(『꽃이 지는 이야기』)

발표일	분류	제목	발표지
1951. 4	단편 소설	p 일등병	문단60인집 승리를 향하여 1집
1951. 6	단편 소설	귀환 장정	신조
1951. 6. 7~18	중장편?	스딸린의 노쇠(미완)	영남일보
1951. 9	단편 소설	상병(傷兵)	한국공론 걸작 단편 소설 특집 전시호 3집
1952. 1. 6~14	단편 소설	순정기	서울신문
1952. 6	단편 소설	우물과 감나무와 고양이가 있는 집	공군순보
1952. 10	단편 소설	대결	국방
1952. 12	단편 소설	난중기	체신문화
1952. 12	평론	부진무실의 1년	전선문학
1953. 3	단편 소설	폭풍 속의 인정	해병과 상륙
1953. 5	단편 소설	피란기	화랑휘보
1953. 7~1954. 2	중편 소설	풍우기(미완)	문화세계
1954(1958)	단편 소설	살벌한 황혼	?(『실존무』)
1955	단편 소설	진달래	원 발표지 미확인
1955	단편 소설	아버지의 초상화	원 발표지 미확인
1955. 1	단편 소설	홍남 철수	현대문학
1955. 3	평론	한국 근대 소설고	사상계
1955. 2	단편 소설	청자	신태양
1955. 2	단편 소설	마리아의 회태	청춘 별책
1955. 4	단편 소설	밀다원 시대	현대문학
1955. 5	단편 소설	용	새벽

발표일	분류	제목	발표지
1955. 6	단편 소설	실존무	문학과예술
1955. 7, 8	단편 소설	아카시야 그늘 아래서	협동
1955. 11~1957. 4	장편 소설	사반의 십자가	현대문학
1956	단편 소설	원왕생가	원 발표지 미확인
1956	단편 소설	수로 부인	원 발표지 미확인
1956(1977)	단편 소설	악성(우륵)	?(『김동리 역사 소설』)
1956. 4~1957. 2	장편 소설	춘추	평화신문
1956. 6	단편 소설	부자(父子)	해군
1957(1977)	단편 소설	여수(최치원)	?(『김동리 역사 소설』)
1957. 11~1958. 4	장편 소설	남포의 계절(미완)	현대
1957. 4	단편 소설	아가	신태양
1957. 7	단편 소설	목공 요셉	사상계
1958	단편 소설	당고개 무당	원 발표지 미확인
1958. 4	평론	대중 소설과 본격 소설 —그 성격적 차이에 대한 10가지 문답	한국평론
1958. 10	단편 소설	강유기	사조
1958. 10	단편 소설	고우	신태양
1958. 10	산문	민주주의와 신라 정신 —춤으로 이루어진 혼인	중앙정치
1958. 10~ 1959. 11	평론	창작의 과정과 방법	신문예
1958. 12	단편 소설	자매	자유공론

발표일	분류	제목	발표지
1958. 12	산문	문학과 문예 교육 — 대학의 재인식	사조
1959	단편 소설	아호랑기	원 발표지 미확인
1959	중편 소설	애정의 윤리	원 발표지 미확인
1959	평론	소설 방법 서설, 창작 과정과 그 방법	신문예
1959	평론	소설이란 무엇인가, 창작 과정과 그 방법	신문예
1959(1977)	단편 소설	학정기(강수 선생)	?(『김동리 역사 소설』)
1959. 1	단편 소설	달이와 낭이	씨나리오문예
1959. 7~1960. 4	장편 소설	자유의 기수	자유신문
1960	단편 소설	어떤 고백	원 발표지 미확인
1960. 1	평론	1959년의 소설	사상계
1960. 10. 1~ 1961. 5. 23	장편 소설	이곳에 던져지다	한국일보
1961. 1~12	장편 소설	비오는 동산	여원
1961	단편 소설	어떤 남	원 발표지 미확인
1961. 11	단편 소설	등신불	사상계
1962	단편 소설	먼산바라기	원 발표지 미확인
1962. 9	평론	한국 소설의 고민과 반성과 희망	사상계
1962. 11	단편 소설	부활	사상계
1963	장편 소설	해풍	국제신문
1963	단편 소설	서글픈 이야기	『등신불』 수록

발표일	분류	제목	발표지
1963	단편 소설	마음	『등신불』 수록
1963	단편 소설	추격자	『등신불』 수록
1963	단편 소설	조그만 풍경	『등신불』 수록
1964. 1	산문	예술 문화의 꽃을 피우라	신사조
1964. 4	단편 소설	천사	현대문학
1964. 8	평론	소설과 주제	문학춘추
1964. 9	단편 소설	늪	문학춘추
1964. 9	단편 소설	심장 비 맞다	신동아
1964. 11	단편 소설	유혼설	사상계
1965	단편 소설	꽃	원 발표지 미확인
1965. 3	산문	우리말 여성 3인칭 대명사 시비 —'울녀'는 곧 '그녀'다	현대문학
1965. 6	단편 소설	성문 거리	사상계
1965. 11(1977)	단편 소설	귀국(장보고)	협동(『김동리 역사 소설』)
1965. 12	단편 소설	젊은 초상	예술원보
1966	단편 소설	바람아 대추야	원 발표지 미확인
1966	단편 소설	염주	원 발표지 미확인
1966. 1	단편 소설	송추에서	현대문학
1966. 4	단편 소설	상정	자유공론
1966. 7	단편 소설	윤사월	문학
1966. 7	단편 소설	백설가	신동아
1966. 10	단편 소설	까치 소리	현대문학
1967	평론	한국 문학 육십 년사,	서라벌문학

발표일	분류	제목	발표지
		6·25 이전의 한국 소설 ―1917년에서 1941년까지	
1967. 3	단편 소설	대의 국세	『김동리 역사 소설』
1967. 5	단편 소설	석 노인	현대문학
1967. 9	단편 소설	감람 수풀	신동아
1968. 3. 9~6. 17	장편 소설	극락조	중앙일보
1968. 4	단편 소설	꽃 피는 아침	월간중앙
1968. 8	산문	나의 비망첩	세대
1969. 3	평론	구성론―구성이란 무엇인가	월간문학
1969. 4	단편 소설	눈 오는 오후	월간중앙
1971. 12~ 1972. 6	장편 소설	아도(미완)	지성
1972. 1. 1~ 1973. 9. 30	장편 소설	삼국기	서울신문
1972. 10	평론	민족 문학에 대하여	월간문학
1972. 10	산문	샤머니즘과 불교와	문학사상
1974. 2. 1~ 1975. 11. 1	장편 소설	대왕암	대구매일신문
1974. 9	평론	한국 문학의 발전 과정	한국문학
1976. 6	단편 소설	우물 속의 거울	한국문학
1976. 10	단편 소설	이별 있는 풍경	문학사상
1976. 10	단편 소설	꽃이 지는 이야기	문학사상
1976. 10	단편 소설	선도산	한국문학

발표일	분류	제목	발표지
1977	단편 소설	회소곡	『김동리 역사 소설』 수록
1977	단편 소설	기파랑	『김동리 역사 소설』 수록
1977	단편 소설	김양	『김동리 역사 소설』 수록
1977	단편 소설	왕거인	『김동리 역사 소설』 수록
1977	단편 소설	눌기 왕자	『김동리 역사 소설』 수록
1977	단편 소설	원화	『김동리 역사 소설』 수록
1977	단편 소설	미륵랑	『김동리 역사 소설』 수록
1977	단편 소설	양화	『김동리 역사 소설』 수록
1977	단편 소설	석탈해	『김동리 역사 소설』 수록
1977	단편 소설	호원사기	『김동리 역사 소설』 수록
1977	단편 소설	일 분간	『김동리 역사 소설』 수록
1977	단편 소설	숙의 편지	『김동리 역사 소설』 수록
1977	단편 소설	제야	『김동리 역사

발표일	분류	제목	발표지
			소설』 수록
1977. 2	단편 소설	이별 있는 풍경 ―늘봄동산의 황혼	문학사상
1977. 2	산문	헤세의 자아와 내재신 ―동양 사상이 세계 문학에 끼친 영향	한국문학
1977. 7	단편 소설	무상	『탐미』
1977. 8	산문	무녀도에 나타난 샤머니즘	문학사상
1977. 12	단편 소설	저승새	한국문학
1977. 12	평론	국어와 민족 문학	월간문학
1978	단편 소설	매미와 철수(매미)	방울새야 방울새야
1978. 4	장편 소설	을화	문학사상
1978. 8	산문	무속과 나의 문학	월간문학
1978 가을	산문	죽음, 무속 그리고 자유	문예중앙
1978. 10	단편 소설	참외	문학사상
1978. 11	평론	한국적 문학사상의 특질과 그 배경	월간문학
1979	동화	농구화	『꿈 같은 여름』 수록
1979	동화	꿈같은 여름	『꿈 같은 여름』 수록
1979	동화	고양이	『꿈 같은 여름』 수록
1979	동화	새벽의 잔치(원제 「야식」)	『꿈 같은 여름』

발표일	분류	제목	발표지
			수록
1979. 6	산문	원로와의 대화	한국문학
1979. 7	평론	오영수 형에 대하여	한국문학
		―「머루」 무렵을 중심으로	
1979. 10	단편 소설	만자동경	문학사상
1981. 2	산문	선비와 민족과 문학	한국문학
1981. 9	평론	문학과 사상	광장
		― 한국 문학의 문제점에	
		대하여	
1981. 12	평론	월탄 박종화,	예술원보
		그의 인간과 문학	
1982. 2	평론	신의 차원으로 연결되는	한국문학
		한국 문학의 자연 ― 자연을	
		통해서 본 한국 문학의 현주소	
1982. 3	산문	김동리의 문학 세계	광장
1982. 3	단편 소설	튀김떡 장수	광장
1985. 4	산문	나의 「을화」와의 인연	문학사상
1985. 6	산문	불교와 나의 작품	소설문학
		―「등신불」에서 「까치 소리」까지	
1985. 6	산문	사라지지 않는 것들	문학사상
1985. 9	평론	한국 문학의 2대 문제점	서울여대
		― 사회성의 비중 문제와	논문집
		주제의 창조성 문제	
1985. 12	산문	세상과 나	문학세상
1986	산문	절벽에 부닥친 신과	한국문학 대표작

발표일	분류	제목	발표지
		인간의 문제	선 (1)
1986. 3	평론	문학이 가능한 사회 ―문학이 가능한 사회와 불가능한 사회란 무엇인가	예술계
1986. 4	산문	인간주의 문학 이것으로 극복할 수 있다	민족지성
1986. 5	산문	꽃	소설문학
1986. 5	산문	눌인 김환태 씨와 나 ―그의 문학기념비 건립에 즈음하여	문학사상
1986. 7	산문	잃어버린 성: 경주	문학사상
1986. 12	산문	나의 문학과 샤머니즘	문학사상
1987. 2	산문	작가 손소희의 추모 특집	한국문학

김동리 연구서지[3]

1936. 2. 21~26	김우철, 「생활과 건실의 체험 — 김동리 씨의 「산화」」,《동아일보》
1936. 8. 11	김환태, 「심리의 입체적 구도 — 8월 창작평」,《조선일보》
1937. 1. 21	박영희, 「창작 월평 — 고흔 해학과 냉정한 묘사」,《조선일보》
1939. 5	김동성, 「황토기」,《문장》
1939. 6	유진오, 「순수에의 지향」,《문장》
1939. 11	김환태, 「순수시비」,《문장》
1939. 12	이원조, 「순수란 무엇인가」,《문장》
1940. 2. 23	유진오, 「대립보다는 협력을 요망 — 김동리 씨에게」,《매일신보》
1947. 1	김병규, 「순수 문제와 휴머니즘」,《신천지》
1947. 2	김병규, 「순수 문학과 정치」,《신조선》
1947. 7. 21	김광주, 「문학하는 정신 — 김동리 씨의 「무녀도」를 중심으로」,《경향신문》
1947. 8	김병규, 「독선과 무지」,《대조》
1947. 12	김동석, 「비판의 비판 — 청년 문학가에게 주는 글」,《신천지》
1947. 12	김동석, 「순수의 정체 — 김동리론」,《신천지》
1948. 1. 23	조연현, 「허무에의 의지 — 김동리 씨 「황토기」를 중심으

---

3) 김한식 엮음, 『김동리: 순수의 지향과 삶의 정치성』(글누림, 2012)에 실린 「연구 목록」을 참조하여 일부 보완했음.

로」,《민중일보》

1948. 1   조연현, 「무식의 폭로―김동석 씨의 김동리론을 논함」,
                 《구국》 1

1948. 4   임긍재, 「민족 문학 제창 후의 작품 경향」,《예술조선》

1948. 6. 15   박원, 「신문학에 있어서의 휴머니즘론」,《청년문학》

1948. 11. 23   조지훈, 「인명(人命)의 문학」,《경향신문》

1948. 12. 24   홍효민, 「김동리 저『문학과 인간』서평」,《서울신문》

1949. 1   서정주, 「김동리 평론집『문학과 인간』에 대하여」,《백민》

1949. 1. 25~28   이광현, 「민족 문학의 재검토」,《자유신문》

1949. 2. 22   구인환, 「현실 변혁을 지향하는 문학」,《경향신문》

1949. 7. 20   박래원, 「김동리와 「무녀도」」,《중앙대 가우》 29

1950. 3. 29~4. 1 백철, 「산문학과 리얼리즘―김동리의 미몽을 계함」,《국도
                 신문》

1953. 3. 25   양병식, 「김동리 씨에게」,《연합신문》

1955. 7. 8   박계주, 「진실한 문인이 되라―김동리 씨의 망언에 답함」,
                 《서울신문》

1956. 4   전봉건, 「문학적 비양식―김동리 씨의 선민 의식과 학생
                 문제」,《신세계》 4

1956. 5   이어령, 「우상의 파괴」,《한국일보》

1958. 6   조연현, 「무대의 확대와 사상의 심화」,《현대문학》

1958. 10. 27   곽종원, 「피안와 현세의 대결―김동리의『사반의 십자
                 가』」,《조선일보》

1958. 12   김우종, 「주제와 구성의 문제―『사반의 십자가』에 대하
                 여」,《현대문학》

1959. 1   김우규, 「하늘과 땅의 변증법」,《현대문학》

1959. 2. 20   이어령, 「못 박힌 기독은 대답 없다―다시 김동리 씨에
                 게」,《세계일보》

1959. 2. 25~28   이어령, 「논쟁의 초점 ― 다시 김동리 씨에게」, 《경향신문》

1959. 3. 28   이철범, 「언쟁이냐 논쟁이냐」, 《세계일보》

1959. 3. 30   임순철, 「서글픈 만용이 아니었기를」, 《경향신문》

1959. 6   김원중, 「김동리론」, 《국어국문학논문집》 8

1960. 2   손우성, 「하늘과 땅의 비중 ―『사반의 십자가』론」, 《사상계》

1961. 7   이봉구, 「문학적 산보」, 《현대문학》

1961. 11   이어령, 「소설과 아펠레이션 문제」, 《사상계》

1962   유종호, 「한국의 페시미즘」, 『비순수의 선언』, 신구문화사

1962. 12   김춘수, 「에피소드의 역할」, 《경북대 어문논총》

1963. 7   이유식, 「속 프로메테우스적 인간상」, 《현대문학》

1964   차광희, 「소설의 신인간형 ― 김동리와 까뮈의 작품을 중심으로」, 건국대 대학원 석사 학위 논문

1964. 5   이형기, 「김동리론 ―「등신불」을 중심으로」, 《문학춘추》

1964. 5   홍사중, 「동토의 계절」, 《문학춘추》

1964. 5   홍사중, 「문제작, 문제점」, 《문학춘추》

1964. 11   김우종, 「무녀 미학이 의미하는 것」, 《문학춘추》

1964. 12. 12   정태용, 「비극미와 성격미 ― 김동리론」, 《예술원 논문집》

1965. 1   이광훈, 「사양의 토속적 인간상 ― 김동리의 경우」, 《문학춘추》

1965. 2   신동욱, 「미토스의 지평 ― 김동리의 「무녀도」를 중심으로」, 《현대문학》

1965. 5. 8   조연현, 「해방 20년(문학) ― 김동석·김동리 대논쟁」, 《대한일보》

1966. 2   곽종원, 「노작이 없는 저조」, 《현대문학》

1966. 2   윤병노, 「자리 잡힌 사소설」, 《현대문학》,

1966. 2   이형기, 「세 작품의 콘트라스트」, 《현대문학》

1966. 2   정창범, 「저회적인 풍경」, 《현대문학》

1966. 8. 7   김우정, 「이달의 문제작」, 《주간한국》

1966. 8	염무웅, 「7월의 수확―상황과 문체」, 《문학》
1966. 8	임헌영, 「니힐과 반항」, 《현대문학》
1966. 8	정창범, 「서정과 전형」, 《세대》
1966. 8	진정석, 「한국의 두 가지 소설」, 《현대문학》
1967. 10	곽종원, 「현실 야유의 미학」, 《현대문학》
1966. 11	조연현, 「김동리의 성불의 미학」, 《현대문학》
1967. 5. 11	김우종, 「명작에서 본 모상 10태―김동리 작 「바위」」, 《대한일보》
1967. 6	이형기, 「「석노인」의 워밍업」, 《현대문학》
1968	김우종, 「신당의 미학, 『한국 현대소설사』」, 선명문화사
1968. 1	이보영, 「연화의 비의―김동리론」, 《중앙》
1968. 5	진정석, 「에고적 측면과 초에고적 측면」, 《현대문학》
1968. 11	김현, 「샤머니즘의 극복」, 《현대문학》
1968. 12	진정석, 「토속 세계의 설정과 그 한계」, 《사상계》
1969	염무웅, 「집착과 변모―김동리 문학의 현실 감각」, 《6·8문학》
1969. 1. 16	「김병익, 개안―예술가의 생성 (2)」, 《동아일보》
1969. 4	고은, 「실내작가론 (2)―김동리」, 《월간문학》
1970. 2	김경임, 「한국의 관념 소설고」, 《이화여대 한국어문학연구》
1970. 6	염무웅, 「「무녀도」」, 《월간문학》
1970. 6	염무웅, 「특집: 문학의 교육―김동리의 「무녀도」」, 《월간문학》
1970. 12	이보영, 「신화적 소설의 반성」, 《현대문학》
1970. 12	정한숙, 「현미경과 돋보기」, 《고려대 논문집》
1971	김영숙, 「김동리 문학과 니힐리즘」, 건국대 대학원 석사 학위 논문
1972. 2	김영숙, 「김동리 문학과 니힐리즘」, 《건국대 문호》 6·7
1972. 4	최원식, 「신성사와 세속사의 갈등」, 《신동아》

1972. 7~8	유금호, 「샤머니즘과 동리의 혐」, 《새시대문학》
1972. 9~10	이철범, 「현대 문학과 역사의식」, 《세대》
1972. 12	안병무, 「종교가가 본 한국 작가의 종교 의식」, 《문학사상》
1973	김병욱, 「영원 회귀와 문학」, 《동리문학연구》
1973	백철, 「30년대의 문단 상황과 김동리 문학론의 의의」, 《동리문학연구》
1973	이철균, 「모순적 자기동일성에의 영원한 참여」, 《동리문학연구》
1973	김윤식·김현, 「김동리 혹은 제3휴머니즘의 기수」, 『한국 문학사』, 민음사
1973. 6	남상학, 「『사반의 십자가』의 문제점」, 《기원》
1973. 6	서경수, 「소신의 미학─종교가가 본 한국 작가의 종교 의식」, 《문학사상》
1973. 12	김병익, 「자연에의 친화와 귀의」, 《한국문학》
1973. 12	조연현, 「전통의 개념과 그 가치」, 《충남대 보운》 3
1974	김윤식, 「전통 지향성의 한계」, 『한국 근대 작가 논고』, 일지사
1974. 2	김주연, 「생명의 신비와 불멸의 믿음」, 《서울평론》
1974 봄	이상섭, 「이무기의 둔갑」, 《문학과 지성》
1974. 7	이보영, 「관념성의 허실」, 《한국문학》
1974. 7	이상회, 「청년문화론의 선정주의의 가면」, 《문학사상》
1975	박양호, 「「김동리 작품의 사상적 배경에 관한 연구」, 중앙대 대학원 석사 학위 논문
1975. 3	주종연, 「한국 현대 작품론 (1) ─ 「감자」 및 「무녀도」」, 《국민대 논문집》 7
1975. 11	김상일, 「동리 문학의 성역, 동리 문학의 체계」, 《한국문학》
1975. 11	김영수, 「동리 문학의 사상적 궤적」, 《한국문학》

1975. 12   김병주, 「「석노인」고」, 《부산여대 수련어문논집》

1975. 12   천이두, 「동리 문학의 구조 ― 「등신불」을 중심으로」, 《전북
                 대 국어국문학》 17

1976   박동규, 「신당과 원시의 동경 ― 김동리론」, 『한국 현대 작
                 가 연구』, 민음사

1976   이현기, 「김동리론, 『감성의 논리』」, 문학과지성사

1976   김윤식, 「구경적 생의 형식」, 『한국 현대문학사』」, 일지사

1976. 1   김우종, 「원작과 개작의 문제」, 《독서생활》

1976. 1   김윤식, 「원작과 개작의 거리 ― 김동리의 「바위」의 경우」,
                 《독서생활》

1976. 1   정창범, 「서정과 리얼리티 ― 구「바위」와 신「바위」」, 《독서
                 생활》

1976. 4   송상일, 「서사 구조와 아픔의 환기」, 《현대문학》

1976. 6   이규호, 「전쟁과 실존의 논리 ― 김동리의 실존무」, 《한국문학》

1976. 9   이동희, 「순수 의식과 문체 미학 ― 김동리의 경우」, 《안동
                 교대 논문집》

1977. 4   임종국, 「현대 소설과 불교 ― 김동리의 등신불을 중심으
                 로」, 《법륜》

1977. 9   이부영, 「심리학에서 본 샤머니즘」, 《문학사상》

1977. 12   한용환, 「한국 소설에 표현된 죽음의 사상」, 《국어국문학》 76

1978   허경탁, 「김동리에 대한 문체론적 연구」, 전북대 대학원 석
                 사 학위 논문

1978. 1   김양수, 「김동리와 선우휘」, 《현대문학》

1978. 1~3   정재훈, 「한국 현대 소설에 나타난 죽음의 연구」, 《월간충정》

1978. 5   이재선, 「정신사적 구원의 문제」, 《문학사상》

1978. 6   이태동, 「동리 문학과 휴머니즘」, 《한국문학》

1978. 8   김태곤, 「민속의 문학적 수용」, 《월간문학》

1978. 9	김희보, 「김동리의 『사반의 십자가』와 구원 문제」, 《기독교 사상》
1979	김양수, 「한국 문학의 사상적 모색을 위한 동의」, 『동리 문학이 한국 문학에 미친 영향』(중앙대 문창과)
1979	송백헌, 「토속신의 미학과 원색적 인간상」, 『동리 문학이 한국 문학에 미친 영향』(중앙대 문창과)
1979	김병익, 「한국 소설과 한국 기독교」, 『상황과 상상력』, 문학과지성사
1979. 봄	천이두, 동굴의 미학과 광장의 신학」, 《세계의 문학》
1979. 4	강성천, 「샤머니즘의 문학적 수용」, 《월간문학》
1980	양선규, 「한국 현대 소설에 나타난 낙원 회복의 원형 연구」, 경북대 대학원 석사 학위 논문
1980	이선순, 「김동리의 「까치 소리」 연구」, 서강대 대학원 석사 학위 논문
1980	최시한, 「현대 소설의 구조 시학적 연구」, 서강대 대학원 석사 학위 논문
1980. 1	이동희, 「영남 지방의 현대 소설 — 현진건·김동리론」, 《교대춘추》
1981	김만석, 「김동리 문학 연구」, 『연세대 교육대학원 국어교육 총론』
1981	유인순, 「등신불을 위한 새로운 독서」, 《이화여대 논문집》 4
1981	이보영, 「기독교문학의 가능성」, 《예술논문집》 20
1981	김은숙, 「김동리 문학에 나타난 샤머니즘 사상 연구」, 효성여대 대학원 석사 학위 논문
1981	김정숙, 「김동리 소설에 나타난 민속 문제 소고」, 중앙대 대학원 석사 학위 논문
1981	이재선, 「소설에 나타난 사랑과 죽음」, 『한국 문학의 지평』,

새문사

1981   이재선, 「신비와 현실의 양극적 거리」, 『한국 문학의 지평』,
             새문사

1981   이재선, 「정신사의 충동과 영상의 문학」, 『한국 문학의 지
             평』, 새문사

1981. 9   신동욱, 「김동리의 소설에 나타난 비극적인 삶의 인식」,
             《동방학지》

1981. 12   유준형, 「등신불」과 「빈처」의 시점에 대하여」, 《어문학교육》

1982   권인옥, 「「무녀도」와 『을화』의 거리」, 고려대 대학원 석사
             학위 논문

1982   유종렬, 「김동리 소설의 개작고」, 《부산대 국어국문학과》
             18·19

1982. 1   정무룡, 「김동리 소설의 무속 소연구」, 《국어국문학 논문집》

1982. 3   유종열, 「김동리 소설의 개작고 — 「무녀도」, 「산화」, 「바
             위」」, 《국어국문학》

1982. 3   정영자, 「원시 신앙의 문학적 전개 (상)」, 《월간문학》

1982. 7   신동욱, 「선사적 공간의 의미」, 《소설문학》

1982. 9   조낙현, 「김동리의 「무녀도」」, 《관동어문학》 2(별쇄)

1983   곽윤관, 「김동리 소설의 기독교 수용 양상에 관한 연구」,
             연세대 대학원 석사 학위 논문

1983   유기룡, 「동리의 무녀도에 담긴 원형적 상징」, 『민속어문 논
             집』(한메 최정여 박사 송축 기념 논총), 계명대 출판부

1983   유종렬, 「김동리 소설의 공간과 죽음의 구조」, 《동래여전》

1983   권영민, 「한국 문학과 이데올로기」, 『한국 근대 문학과 시
             대정신』, 문예출판사

1983   김병익, 「하늘과 땅의 대결 — 김동리의 『사반의 십자가』」,
             『부드러움의 힘』, 청하

1983   김열규, 「속신과 불안, 『한국문학사 — 그 형상과 해석』」,
             탐구당

1983   김현덕, 「김동리 소설의 구조 연구 — 변형화 기법을 중심으
             로」, 서강대 대학원 석사 학위 논문

1983   박방식, 「김동리 문학의 배경 사상 연구」, 원광대 대학원
             석사 학위 논문

1983   오세정, 「김동리 소설에 나타난 죽음에 관한 연구」, 성신여
             대 대학원 석사 학위 논문

1983   우남득, 「동리 문학의 사의 구경 추구」, 이화여대 대학원
             석사 학위 논문

1983   우일제, 「소설 「바위」의 구조 연구」, 숭전대 대학원 석사 학
             위 논문

1983   유만상, 「김동리 연구 — 개작 『사반의 십자가』의 그 천상과
             지상의 대결을 통한 신인간주의의 해명을 중심으로」, 고려
             대 대학원 석사 학위 논문

1983   정한옥, 「김동리 초기 단편 소설 연구」, 숭실대 대학원 석
             사 학위 논문

1983. 5   최병탁, 「김동리의 「만자동경」고」, 《시문학》

1983. 8   곽학송, 「동리 김시종」, 《전북대 논문집》

1983. 8   우한용, 「현대 소설의 고전 수용에 관한 연구」, 《전북대 논
             문집》

1984   강기남, 「김동리 소설 연구」, 경희대 대학원 석사 학위 논문

1984   김기동, 「김동리와 황순원 소설의 문체론적 비교 연구」, 원
             광대 대학원 석사 학위 논문

1984   김우종, 「김동리와 순수 문학의 지향」, 『백사 전광용 박사
             정년 퇴임 기념 논총』

1984   김치수, 「소멸의 미학 — 김동리의 「무녀도」, 『문학과 비평의

구조』, 문학과지성사

1984   이광풍, 「현대 소설의 원형적 탐색」, 《국제대 논문집》 12

1984   이보영, 「김동리의 초기 소설」, 『식민지 시대 문학론』, 필그림

1984   하창수, 「소망과 현실의 변증법」, 《지평》 3

1984   남명희, 「김동리 문학과 불의 원형적 상상력」, 이화여대 대
            학원 석사 학위 논문

1984   손상화, 「김동리 소설에 나타난 죽음 의식」, 경북대 대학원
            석사 학위 논문

1984   이종림, 「동리의 액자 소설 연구」, 계명대 대학원 석사 학위
            논문

1984   조미숙, 「김동리 단편 소설 연구」, 전남대 대학원 석사 학위
            논문

1984   쳔영숙, 「김동리 작품의 구조 분석적 연구」, 연세대 대학원
            석사 학위 논문

1985   조남현, 「「저승새」와 보살행화 설화」, 『한국 현대 문학의 자
            계』, 평민사

1985   구창환, 「토속적 상징과 휴머니즘」, 『한국 근대 작가 연구』,
            삼지원

1985   김창규, 「김동리의 초기 단편 소설 연구」, 경남대 대학원 석
            사 학위 논문

1985   김흥규, 「민족 문학과 순수 문학」, 『한국 문학의 현 단계
            4』, 창작과비평사

1985   이미림, 「김동리 초기 문학 연구」, 숙명여대 대학원 석사 학
            위 논문

1985   이태동 편저, 『김동리』, 지학사

1985   최정여, 「김동리 소설에 나타난 죽음의 양상 연구」, 계명대
            대학원 석사 학위 논문

1985. 2   김영숙, 「동리 문학에 나타난 종교 의식」,《전북대 대학원 논문집》

1985. 6   이태동, 「막다른 끝의 밀다원 ─ 「밀다원 시대」」,《문학사상》

1985. 12   오동춘, 「무녀도 소설의 시간 구조」,《새국어교육》

1986   김경숙, 「김동리 소설의 공간성 연구」, 이화여대 대학원 석사 학위 논문

1986   권영민,『해방 직후의 민족 문학 운동 연구』, 서울대 출판부

1986   김용재, 「김동리의 단편 소설 연구」, 전북대 대학원 석사 학위 논문

1986   김용희, 「공간의 전환 구조」,『현대 소설에 나타난 길의 상징성』, 정음사

1986   김태영, 「김동리 문학의 배경 사상 연구」, 원광대 대학원 석사 학위 논문

1986   두병록, 「김동리 소설 연구 ─ 공동체 위기를 중심으로」, 전북대 대학원 석사 학위 논문

1986. 6. 7   서연호, 「희비극적 접근 새 가능성 ─ 대중의 「무녀도」」,《한국일보》

1986. 8   이상구, 「제3휴머니즘과 문학적 형상화」,《경남대 어문논집》2

1986. 10   유기룡, 「죽음과 재생의 이미지로 본 「무녀도」」,《계성문학》3

1986. 12   이광풍, 「동리 문학과 신화적 상상력」,《국제대 논문집》14

1987   곽경숙, 「김동리 소설의 일반의미론적 연구」, 숙명여대 대학원 석사 학위 논문

1987   권성길, 「김동리 소설의 죽음 의식에 대한 연구」, 명지대 대학원 석사 학위 논문

1987   설중환, 「작가와 사회」,《백수문학》21

1987   이광풍, 「「무녀도」의 신화학적 이해」, 『이응호 박사 회갑 논총』

1987   이인복, 「김동리의 신령주의」, 『한국 문학과 기독교 사상』, 우신사

1987   조낙현, 「김동리의 「을화」고」, 《관동대 논문집》 15

1987   김석우, 「김동리의 초기 소설 연구」, 한양대 대학원 석사 학위 논문

1987   박영순, 「김동리 소설에 나타난 인물 유형 연구」, 동국대 대학원 석사 학위 논문

1987   신형기, 「해방 직후의 문학 운동 연구」, 연세대 대학원 석사 학위 논문

1987   오정아, 「김동리 소설의 토속 세계고」, 동국대 대학원 석사 학위 논문

1987   조승영, 「김동리 문학에 나타난 불교 사상」, 경남대 대학원 석사 학위 논문

1987. 12   조춘호, 「김동리의 「황토기」론, 《대구한의대 논문집》 5

1988   박영순, 「김동리 「해방」 연구」, 《국어국문학》 99

1988   임금복, 「김동리의 「달」에 나타난 원형적 의미」, 《성신어문학》 1

1988   조낙현, 「김동리의 「달」에 나타난 인간관」, 《관동대 논문집》 16(별책)

1988   김우석, 「김동리의 초기 소설 연구」, 한양대 대학원 석사 학위 논문

1988   이규태, 「김동리 문학에서의 신인간주의」, 경북대 대학원 석사 학위 논문

1988   이유섭, 「김동리의 『사반의 십자가』 연구」, 단국대 대학원 석사 학위 논문

1988   이윤택, 『이데올로기와 사랑, 해체, 실천, 그 이후』, 청하

1988   이혜자, 「동리 문학의 원형적 이미지 연구」, 중앙대 대학원 석사 학위 논문

1988   장현숙, 「김동리 소설의 민족의식과 허무 의식」, 경희대 대학원 석사 학위 논문

1988. 3   장백일, 「무녀도의 정신분석학적 접근」, 《월간문학》

1988. 7   김우석, 「김동리의 초기 소설 연구」, 《한양대 행당논집》 3

1988. 10   이형우, 「절대자의 차원과 인간의 몫」, 《동양문화》 6

1988. 12   김종익, 「『을화』에 나타난 등장인물의 의미 작용 분석」, 《동양어문논집》 23

1988. 11   전정구, 「죽음의 한 연구 — 동리의 「까치 소리」를 중심으로」, 《월간문학》

1988. 12   이동하, 「김동리의 「극락조」에 대하여」, 《전농어문연구》 1

1988. 12   이동하, 「김동리의 소설에 대한 고찰」, 《관악어문연구》 9

1988. 12   최규익, 「김동리의 죽음 의식 — 「무녀도」를 중심으로」, 《국민어문연구》 1

1989   송하섭, 「김동리 소설의 서정성 연구」, 《대학논문집》 13

1989   안성수, 「한국 근대 단편 소설의 플롯 연구 시론」, 중앙대 대학원 박사 학위 논문

1989   이동하, 「한국 문학의 전통 지행적 보수주의 연구」, 서울대 대학원 박사 학위 논문

1989. 1. 6~10   안성수, 「죽음과 떠남의 변증법」, 《조선일보》

1989. 2   윤병로, 「1930년대 소설의 일 연구」, 《대동문화연구》

1989. 2   이동하, 「순수 문학과 독재 정권 — 김동리, 서정주, 김춘수의 경우」, 《서울시립대 대학문화》

1989. 3   김혜니, 「언술과 이야기의 서술 연구」, 《이화어문논집》 10

1989. 6   윤병로, 「김동리의 「무녀도」론」, 『이병호 박사 회갑 논총』

1989. 7   홍경표, 「민간 전승 모티프의 소설적 수용」, 《효성여대 전
               통문화연구》

1989. 7   곽경숙, 「김동리 단편 소설의 일반의미론적 연구」, 《국어교
               육》 65

1989. 10   최병우, 「보수주의의 문학적 형상화」, 『한국 현대 장편 소설
               연구』, 삼지원

1989. 11   김정숙, 「『사반의 십자가』와 『을화』」, 《월간문학》

1990   김동준, 「김동리의 소설 연구」, 경북대 대학원 석사 학위
               논문

1990   임영천, 「갈등의 종교사회학 ― 한국 문학 속의 기독교」, 《기
               독교교육》

1990   김정숙, 「현대 소설에 나타난 상징성 연구」, 중앙대 대학원
               박사 학위 논문

1990   조영민, 「김동리 단편 소설에 나타난 무속성 연구」, 관동대
               대학원 석사 학위 논문

1990. 2   고정상, 「김동리 「황토기」론」, 《제주대 백록어문》

1990. 2   이은숙, 「김동리의 「무녀도」 연구」, 《성신어문학》 3

1990. 3   이동하, 「한국 현대 소설과 기독교의 관련 양상」, 《한국문학》

1990. 10   김정숙, 「김동리 소설의 공간적 상징」, 『평사 민제 선생 회
               갑 논총』

1990. 11   김정숙, 「김동리 소설에 나타난 불의 상징적 의미」, 『돌곳
               김상선 교수 회갑 기념 논총』

1991   이정숙, 「샤머니즘의 가능성과 그 한계」, 《한성어문학》

1991   김홍순, 「김동리 단편 소설의 분석」, 부산대 대학원 석사
               학위 논문

1991   이상조, 「김동리 소설에 나타난 샤머니즘과 기독교」, 강원
               대 대학원 석사 학위 논문

1991. 9   김정숙, 「김동리 소설에 나타난 물의 상징성」, 『김종훈 교수 회갑 기념 논문집』

1992   박양호, 「김동리 소설의 인물 연구」, 《전남대 어문논총》

1992   신형기, 「순수의 정체 ─ 해방기의 김동리」, 『해방기 소설 연구』, 태학사

1992   이상구, 「「무녀도」와 「을화」의 거리」, 《명지대 인문과학연구논총》

1992   전영숙, 「「무녀도」 소설의 구조 분석 연구」, 《신흥전문대 논문집》

1992   소순희, 「김동리 「무녀도」에 나타난 샤머니즘 연구」, 원광대 대학원 석사 학위 논문

1992   이충우, 「김동리 소설의 사상적 배경 연구」, 성균관대 대학원 석사 학위 논문

1992   진영화, 「김동리 단편 소설의 구조적 의미」, 연세대 대학원 석사 학위 논문

1992   한형구, 「일제 말기 세대의 미의식에 관한 연구」, 서울대 대학원 박사 학위 논문

1992. 6   김윤식, 「정신주의에 대한 비판 ─ 소월 시와 김동리 문학」, 《서정시학》

1992. 7   류보선, 「탈근대적 지향과 전근대적 귀결」, 《문학정신》

1992. 9. 28   김윤식, 「을화」론 ─ 서사 무가와 소설 사이에 걸린 등불 하나」, 《대학신문》

1992. 10   김윤식, 「은유로서의 노벨문학상 ─ 김동리의 「을화」」, 《문학사상》

1992. 12   이명재, 「변증법적 휴머니즘의 소설 미학 ─ 김동리의 「을화」」, 《문학사상》

1993   구모룡, 「생의 형식과 서정적 소설론」, 《한국문학논총》

1993   김영건, 「김동리의 「무녀도」 연구」, 《경남어문논집》

1993   김택중, 「「무녀도」의 줄거리를 중심으로 한 층위 분석」, 《대
                전어문학》

1993   손봉주, 「김동리 『『사반의 십자가』의 분석적 연구」, 《청람어
                문학》

1993   송희복, 「순수 문학의 비평적 소명 ― 김동리론」, 『해방기
                문학 비평 연구』, 문학과지성사

1993   심영덕, 「현대 소설에 나타난 죽음의 일고찰」, 《영남어문학》

1993   강진호, 「탈이념과 '무'의 현실적 의미」, 《고려대 어문논집》

1993   박형욱, 「1930년대 김동리 문학 연구」, 서울대 대학원 석사
                학위 논문

1993   진정석, 「김동리 문학 연구」, 서울대 대학원 석사 학위 논문

1993. 여름   진정석, 「일제 말기 김동리 문학의 낭만주의적 성격」, 《외
                국문학》

1993. 7   김정숙, 「문학의 상징성」, 『양전 이용욱 교수 회갑 논문집』

1993. 가을   김윤식, 「김동리 문학의 고전적 성격」, 『소설과 사상』

1993. 가을   김윤식, 「땅끝 의식과 그 초극」, 『상상』

1994   곽종원, 「김동리 문학의 동서양 사상적 측면의 구명」, 《예
                술논문집》

1994   김정숙, 「영원히 존재하는 것의 상징」, 《문학세계》 25

1994   김택중, 「식민지 시대 소설에 나타난 현실 인식」, 《대전어
                문학》

1994   양선규, 「한국 근대 소설의 보수주의 미학 연구」, 《충북대
                인문학지》

1994   이미림, 「김동리 소설의 전반적 양상」, 《상지대 우산어문학》

1994 겨울   김윤식, 「이무기의 논리와 생리 ― 김동리 문학의 비극성」,
                《문예중앙》

1995   이영희, 「김동리 소설 연구—무속성을 중심으로」, 성신여
             대 대학원 석사 학위 논문

1995. 11   김정숙, 「포스트콜로니아리즘과 김동리 문학」, 《문학세계》

1995. 12   김정숙, 「기호학적 시각에서 본 김동리의 「무녀도」」, 《경남
             어문논집》

1996   조희경, 「김동리 소설 연구」, 성결대 인문과학연구소, 《인문
             과학논총》 1

1997   김윤식, 『『김동리와 그의 시대』, 민음사

1998   김정숙, 「「황토기」에 나타난 피의 의미」, 《중앙대 어문논집》

1999   곽경숙, 「김동리 소설에 나타난 생태학적 상상력—「먼산바
             라기」와 「늪」을 중심으로」, 《한국문학이론과 비평》 4

1999. 8   임금복, 「김동리 소설의 재생 의식 연구」, 돈암어문학회,
             《돈암어문학》 12

2000   송현호, 「노신과 김동리의 소설에 나타난 풍속에 대한 연
             구」, 《중한인문과학연구》 4

2000. 8   장소진, 「꿈과 현실의 괴리와 일치의 역설, 그 경위의 탐
             색—김동리의 「까치 소리」를 대상으로」, 한국문학이론과
             비평학회, 《한국문학이론과비평》 8

2001   홍경표, 「김동리 소설의 담론 형식 연구—설화적 '모티프'
             의 단편을 중심으로」, 한국어문학회, 《어문학》 72

2001. 5   이현식, 「현실 앞에 선 한 완고주의자의 문학적 초상—김
             동리의 문학」, 《실천문학》 62

2002   배경열, 「김동리 초기 문학 고찰」, 한국문학이론과비평학
             회, 《한국문학이론과비평》 17

2002. 5   김은경, 「1930년대—해방 공간 김동리 문학의 생명 철학적
             고찰」, 《국어국문학》 131

2002. 9   김주현, 「김동리 문학 사상의 연원으로서의 화랑」, 한국어

문학회,《어문학》77

2002. 12   송성헌,「김동리 소설의 문학사적 연구」, 우리문학회,《우리
문학연구》15

2003   홍기돈,「일제 강점기 세대 논쟁 연구」, 중앙대 인문과학 연
구소,《인문학연구》36

2003   강경화,「해방기 김동리 문학에 나타난 정치성 연구」,《현대
소설연구》18, 한국현대소설학회

2003. 3   김주현,「김동리의 사상적 계보 연구」, 한국어문학회,《어
문학》79

2003. 4   최난옥,「씨부리파의 '커랭너이터'와 김동리의 「등신불」의
비교 연구」, 세계문학비교학회,《세계문학비교연구》8

2003. 6   서재길,「1930년대 후반 세대 논쟁과 김동리의 문학관」, 서
울대 규장각 한국학 연구원,《한국문화》31

2003. 12   한수영,「'순수 문학론'에서의 '미적 자율성'과 '반근대'의
논리」, 국제어문학회,《국제어문》29

2004   김미영,「김동리 문학에 있어서 자연의 의미 — 한국전 이전
에 발표된 평론과 작품을 중심으」로,《어문학》84

2004   임영봉,「김동리 비평 연구 — 평론집『문학과 인간』을 중심
으로」,《어문연구》3

2004. 4   김병길,「해방기, 근대 초극, 정신주의」,《한국근대문학연
구》5권 1호

2004. 6   김미영,「김동리 문학에 있어서 자연의 의미」,《어문학》통
권 84

2004. 8   곽근,「김동리 역사 소설의 신라 정신 고찰」, 동국대 신라문
화연구소,《신라문화》24

2004. 9   홍경표,「김동리 소설의 세속성에 대하여」,《어문학》82

2004. 12   홍기돈,「식민지 시대 세대 논쟁 연구 — 문학 제도의 물질

적 조건을 중심으로」, 우리문학회, 《우리문학연구》 17

2005　　　　　방민화, 『김동리 소설 연구』, 보고사

2005. 6　　　홍기돈, 「'선(仙)의 이념'과 근대 초극 논리의 민족적 설정」, 중앙어문학회, 《어문론집》 33

2005. 8　　　김한식, 「김동리 순수 문학론의 세 층위」, 상허학회, 《상허학보》 15

2005. 9　　　최재선, 「제3 휴머니즘론의 문학적 구현 — 김동리의 「사반의 십자가」를 중심으로」, 한국어문학회, 《어문학》 통권 89호

2006. 2　　　곽근, 「김동리 장편 소설 『을화』 속의 경주의 의미」, 동국대 신라문화연구소, 《신라문화》 27

2006. 6　　　박상준, 「한국 현대 소설에 나타난 기독교적 구원의 문제」, 《한국현대문학연구》 19

2006. 6　　　이봉범, 「잡지 《문예》의 성격과 위상」, 상허학회, 《상허학보》 17

2006. 11　　　남금희, 「김동리 소설에 나타난 기독교 수용 양상」, 《신학과 목회》 26

2006. 12　　　김태엽, 「김동리 소설에 나타나는 경북 방언」, 우리말글학회, 《우리말글》 38

2006. 12　　　유임하, 「순수의 이데올로기적 기반」, 우리말글학회, 《우리말글》 38

2006. 12　　　이은주, 「1960년대 문학 비평의 세계주의와 미국적 가치 지향의 상관성」, 상허학회, 《상허학보》 18

2007　　　　　이희환, 「김동리와 남한 '국민 문학'의 형성」, 인하대 대학원

2007　　　　　허련화, 「김동리 소설의 현실 참여적 성격 연구」, 서울대 대학원

2007. 3　　　김주현, 「1960년대 소설의 토속성에 구현된 휴머니즘의 양상」, 중앙어문학회, 《어문론집》 36

2007. 6   김한식, 「『백민』과 민족 문학」, 상허학회, 《상허학보》 20

2007. 10   남원진, 「역사를 문학으로 번역하기 그리고 반공내셔널리
              즘」, 《상허학보》 21

2008. 3   김건우, 「김동리의 해방기 평론과 교토 학파 철학」, 민족문
              학사학회, 《민족문학사연구》

2008. 6   유임하, 「전쟁 속 휴머니즘과 '국가'의 시선」, 동국대 한국문
              학연구소, 《한국문학연구》 34

2008. 6   임영봉, 「김동리 소설의 구도적 성격」, 우리문학회, 《우리문
              학연구》 24

2008. 8   김한식, 「해방 후 순수 문단과 세계 문학의 개념」, 고려대학
              교 민족문화연구원, 《민족문화연구》

2008. 8   허련화, 「김동리 불교 소설 연구」, 한국현대문학회, 《한국현
              대문학연구》 25

2008. 12   신정숙, 「김동리 무속 소설의 에로티즘 미학」, 《국어국문
              학》 150

2009   紀偉, 「김동리와 쉬띠산(許地山) 소설에 나타난 종교의 양
              상 비교 연구」, 서울대 대학원

2009. 9   차봉준, 「김동리 소설의 기독교 전승 수용과 변이 양상 연
              구」, 한국어문교육연구회, 《어문연구》 37권 3호

2009. 11   김주현, 「김동리의 그늘과 미학화된 '역사의식'으로서의 토
              속성」, 《어문론집》 42

2009. 11   박현수, 「전후 초월주의의 그늘과 그 극복」, 부산대 한국민
              족문화연구소, 《한국민족문화》 35

2009. 12   방민화, 「김동리의 「미륵낭」에 나타난 화랑과 미륵 신앙의
              상관성 연구」, 한국문학이론과 비평학회, 《한국문학이론과
              비평》 45

2010   홍기돈, 『김동리 연구』, 소명출판사

2010. 4   정재림, 「근대 소설에 나타난 기독교 비판의 세 양상」, 서강대 인문과학연구소, 《서강인문논총》 27

2010. 4   차승기, 「동양적인 것, 조선적인 것, 그리고 《문장》」, 《한국근대문학연구》 21

2010. 4   한수영, 「김동리와 조선적인 것」, 한국근대문학회, 《한국근대문학연구》 21

2010. 6   이찬, 「김동리 장편 소설 『사반의 십자가』 연구」, 《우리어문연구》

2010. 6   진영복, 「해방 후 문화적 본질주의 글쓰기 양상 연구」, 한민족어문학회, 《한민족어문학》 56

2010. 6   홍기돈, 「김동리, 새로운 르네상스의 기획과 실패」, 우리문학회, 《우리문학연구》 30

2010. 8   허련화, 「김동리의 장편 역사 소설 『삼국기』와 『대왕암』 연구」, 한국현대문학회, 《한국현대문학연구》 31

2010. 12   김한성, 「「무녀도」 읽기: 환경 비평의 시각에서」, 문학과 환경학회, 《문학과 환경》 9권 2호

2010. 12   임영봉, 「김동리 문학의 원(原)체험」, 강원대 인문과학연구소, 《인문과학연구》 27

2011   이찬, 「김동리 문학의 반근대주의」, 《서정시학》

2011. 2   이미정, 「1950년대 '순수 문학'의 제도화 과정 연구」, 서강대 대학원

2011. 3   이찬, 「해방기 김동리 문학 연구」, 한국비평문학회, 《비평문학》 39

2011. 6   홍기돈, 「김동리 소설의 설화 수용의 의미, 근대서지학회, 《근대서지》 3

2011. 8   허련화, 「김동리 소설의 근친상간 모티프 연구」 한국현대문학회, 《한국현대문학연구》 34

2011. 8	허련화, 「동리 소설의 근친상간 모티프 연구」, 한국현대문학회, 《한국현대문학연구》 34
2011. 12	김근호, 「김동리 소설 『을화』의 인물 형상화」, 우리말글학회, 《우리말글》 53
2011. 12	홍기돈, 「문명 전환기와 김동리의 '네오 르네상스'」, 한국문학언어학회, 《어문논총》 55
2013. 2	홍기돈, 「통일신라 담론과 선교(仙敎)의 재발견」, 우리문학회, 《우리문학연구》 38
2013. 4	홍주영, 「김동리의 당대(當代) 장편 소설 연구」, 한국현대문학회, 《한국현대문학연구》 39
2013. 7	홍기돈, 「김동리의 구경적(究竟的) 삶과 불교 사상의 무(無)」, 《인간연구》 25

작성자 홍기돈 가톨릭대 교수

순수(純粹)와 독조(毒爪) 사이의 거리

김동리와 김동석 비평의 논리

이재복(한양대 교수)

순수 문학 논쟁의 형성 과정과 그 의미

김동리와 김동석은 동시대의 문인이다. 이 사실은 두 사람이 어떤 시대 정신의 자장 안에 있다는 것을 의미한다. 이 둘의 작가 연보를 보면 출생 연도가 1913년으로 같다. 문단 등단은 김동리가 1934년 《조선일보》 신춘 문예에 시 「백로」로, 김동석이 1937년 《동아일보》에 「조선 시의 편영」으로 되어 있다. 거의 비슷한 시기에 문단에 나온 두 사람의 행보는 1949년 김동석의 월북으로 새로운 전환기를 맞이하지만 이들이 함께한 10여 년간 은 우리 문학사의 시대정신의 일단을 살피는 데 더없이 중요한 기간이라 고 할 수 있다. 이들은 식민지를 거쳐 광복에 이르는 격동의 시기를 함께 하면서 동시대의 가치 혹은 시대정신을 공유하기도 하고 또 그것을 달리 하기도 한다.

이들이 보여 주는 이러한 시대정신의 면모는 개인적인 특수성을 넘어 집 단적인 보편성의 형태를 띤다. 익히 잘 알려져 있는 것처럼 김동리가 추구 한 우편향적인 논리와 김동석이 추구한 좌편향적인 논리는 단순히 이들 개인의 의식 속에서 자발적으로 형성된 것이라기보다는 식민지와 분단이라는 시대적인 집단의식 속에서 형성된 것이라고 할 수 있다. 우리에게 식민지와 분단은 우리만의 독특한 인식 체계를 만들어 내기에 이른다. 식민지 상황에서는 좌편향적인 논리든 아니면 우편향적인 논리든 모두 일제의 파시즘적인 논리에 대한 대항 논리로 작동한 것이 사실이다. 김동리가 내세운 순수 문학을 옹호하는 과정에서 얻어진 '제3휴머니즘론'이나 김동석이 유물사관과 계급적 관점을 옹호하는 과정에서 얻어진 '상아탑의 사상이나 생활의 비평'은 모두 일제의 파시즘적인 상황에서 배태된 대항 논리들이다. 다소 미묘한 차이는 있으나 이 논리들의 귀결점은 모두 '민족 혹은 민족주의'와 무관하지 않다. 좌든 우든 식민지 상황에서 민족을 기반으로 하지 않는 사상이나 이념은 파시즘의 논리에 흡수되어 그것의 정체성을 확립하기가 불가능했던 것이다.

그러나 일제의 파시즘적인 논리에 대한 대항 논리로 작동하던 좌우 논리들은 광복 이후 그 각각의 이념의 독자성을 강화하는 쪽으로 나아간다. 1949년 김동석이 월북한 것도 이것의 일환으로 볼 수 있다. 일제의 파시즘적인 논리에 대한 저항이라는 시대정신의 공유가 약화되거나 소멸하면서 좌우 이데올로기의 대립과 민족 분단의 논리는 점차 강화되기에 이른다. 김동석 등 조선문학가동맹 좌파 문인들의 월북은 일제 시대 좌익 쪽에서 내세웠던 민족의 개념이 계급이나, 당, 인민에 귀착되는 결과를 초래했으며, 김동리 등 조선청년문학가협회 우파 문인들이 내세웠던 민족의 개념이 순수, 본질, 정신에 귀착되는 결과를 초래했다. 김동석 등 좌파 문인들의 월북은 계급 문학의 대타 논리를 넘어 순수 문학의 타자 배제 논리[1]가 본격적으로 작동하게 되었다는 것을 말해 준다. 김동석 등 좌파 문인들의 월북 이후 대타적인 존재성을 상실한 김동리의 논리는 급격하게 친체제적인 성향을 띠게 된다. 이것으로 볼 때 김동석 등 좌파 문인들의 월북은 우리 문학의 발전적인 긴장 관계를 깨뜨림으로써 결국에는 한국

---

1) 김한식, 「순수 문학론의 세 층위」, 『김동리』(글누림, 2012), 165쪽.

문학의 파탄을 초래하게 되었을 뿐만 아니라 문학의 협애성을 벗어나지 못하게 했다.[2]

식민지 상황에서 민족을 매개로 전개된 좌우익 문인들의 긴장 관계의 유지는 통제와 억압이라는 시대적인 현실에 대한 저항의 한 에너지로 작용한 것이 사실이다. 비록 현실적인 한계 상황이 가로놓여 있었음에도 불구하고 식민지 시대에 주목할 만한 문인들과 작품들이 등장한 데에는 시대나 현실에 대한 긴장과 주의(attention)는 물론 이러한 좌우의 이념이나 사상 사이의 긴장과 주의가 존재했기 때문이다. 식민지 시대 문학의 융성에는 다양한 문학론의 유입과 발생이 자리하고 있으며, 이 과정에서 이것을 둘러싸고 벌어지는 논쟁이 커다란 영향을 미쳤다. 식민지 시대 논쟁의 흐름 속에서 김동리와 김동석의 논쟁은 중요한 위치를 차지한다. 흔히 '순수 문학 논쟁'으로 일컬어지는 이들 사이의 논쟁은 두 사람 사이에서만 일어난 단발적이고 국지적인 차원의 성격을 지니고 있는 것이 아니라 식민지 시대를 관통하는 문제의식과 시대정신을 포괄하는 그런 의미를 지니고 있다.

김동리와 김동석의 순수 문학 논쟁은 이미 임화의 「신인론」(《비판》, 1939. 1~2)에서 그 단초가 엿보인다. 이 글에서 임화는 신인 작가들을 향해 "기성작가의 「유니폼」을 빌려 입은 「에피―고넨」 군(群)", "통감도 못 읽고 과거를 보러 오는 것과 같은 삼문(三文) 선비의 만용"[3]을 지닌 자라고 비판한다. 임화의 이 비판은 "신인들의 작품이 순수 문학 쪽으로 흘러가는 데 대한 우려의 표명[4]"으로 볼 수 있다. 임화의 신인들에 대한 공격은 유진오의 「순수'에의 지향」,[5] 이원조의 「순수란 무엇인가」[6]로 이어지면서 강화, 확산되기에 이른다. 이들의 공격에 김동리는 물러서지 않고 격렬하게 되받아친

---

2) 권영민, 『한국 현대문학사』(민음사, 1993), 53쪽.

3) 임화, 「신인론」, 『문학의 논리』(학예사, 1940), 474쪽.

4) 유양선, 「세대―순수 논쟁과 김동리의 비평」, 《진단학보》 78, 1994. 12, 409쪽.

5) 유진오, 「순수'에의 지향」, 《문장》, 1939. 6.

6) 이원조, 「순수란 무엇인가」, 《문장》, 1939. 12.

다. 그는 기성 평론가들을 "외국에서 들여온 문자, 이를테면 리얼리즘, 휴
맨이즘, 지성, 모랄 같은 데에서 영감을 얻어 세기의 고뇌 운운하는 문자병
(文字病) 환자"[7]라고 비판한다. 그의 이러한 비판은 임화, 유진오, 이원조
등 좌파 문인들의 사상적 기반인 서구의 유물론적인 변증법을 겨냥하고
있다고 볼 수 있다. 김환태가 그의 주장에 동조하면서[8] 순수를 둘러싼 논
쟁은 범문단적인 차원으로 부상하게 된다.

　이런 점에서 볼 때 김동리와 김동석의 순수 문학 논쟁은 식민지 시대 논
쟁의 중요한 흐름 속에 놓인다고 할 수 있다. 김동석의 논리는 임화, 유진
오, 이원조 등 좌파 문인들의 논리의 자장 안에 있으며, 이것은 그의 논리
가 사회와 역사의 변증법적인 발전의 체계 혹은 계몽적 합리성의 의미를
포괄하고 있다는 것을 말해 준다. 이에 비해 김동리의 논리는 이들과의 논
쟁을 통해 외래의 우상적 이념에 사로잡힌 경향 문학의 비주체성이 아닌
"제 자신에서 배태하여 제 자신에서 빚어진 정신"을 토대로 하는 "주관의
절대성을 문학의 절대성으로 발전시키고, 이를 다시 문학의 자율성 이론
으로 뒷받침"[9]하는 미적 근대성의 문제에 그 맥이 닿아 있다. 어쩌면 김동
리의 미적 근대성의 논리는 자발적으로 생성된 측면보다는 좌파 문인들과
의 논쟁 과정을 통해 생성되고 발전된 측면이 강하다. 합리적이고 계몽적
인 근대의 논리와 그것을 비판하고 반성하는 미적 근대의 논리와의 대립과
충돌은 우리 근대 문학 정립에 결정적인 인자로 작용한 것이 사실이다. 비
록 식민지 시대의 좌우파 문인들 사이에 벌어진 순수 문학 논쟁과는 어느
정도 차이가 있지만 1960년대 이후 활발하게 전개된 순수·참여 논쟁 역시
그 근간은 문학성과 정치성, 순수와 계몽, 합리화와 주체화, 도구적 합리성
과 미학적 합리성 등과 같은 근대 혹은 근대성의 자장 안에 있다.

---

7) 김동리, 「문자 우상(文字偶像) ─ '우상론' 노트의 일절」,《조광》, 1939. 4, 306쪽.

8) 김환태, 「순수 시비(純粹是非)」,《문장》, 1939. 11.

9) 진정석, 「김동리론 ─ 근대성 비판과 비평의 이데올로기」, 『한국 현대 비평가 연구』(강,
　　1996), 46쪽.

순수의 정체와 독조 문학의 본질

김동리와 김동석 사이의 순수 문학 논쟁은 일반적인 논쟁의 형식을 온전히 갖추고 있다. 적어도 논쟁이라고 하면 선명성의 기치 아래 어떤 문제에 대해 서로 치열하게 다투는 행위를 말한다. 이때 중요한 것은 논쟁의 추이이다. 시간의 흐름에 따라 그 논쟁이 어떻게 변하면서 하나의 담론의 장을 형성하는지를 보면 논쟁의 유무와 그 정도를 파악할 수 있다. 이런 맥락에서 순수 문학 논쟁에서의 논쟁의 추이는 비교적 선명성을 유지하고 있다. 비록 두 사람 사이에서 직접적으로 행해진 논쟁의 횟수는 적지만 그것이 관계하고 있는 논쟁 혹은 논쟁자의 맥락과 담론의 장은 대단히 포괄적이다. 논쟁의 추이가 하나의 담론을 형성하려면 논쟁 당사자와 그 내용에 대한 선명한 표지와 그것의 지속적인 주고받음이 있어야 성립되는 것이다. 순수 문학 논쟁은 김동리와 김동석은 물론 임화, 유진오, 이원조, 김환태, 조연현 등을 포괄하면서 그 선명성과 함께 지속성을 담보하게 된다. 그 결과 순수 문학 논쟁은 식민지 시대 대표적인 논쟁의 하나로 자리매김하기에 이른다.

순수 문학 논쟁은 김동석의 「순수의 정체 — 김동리론」[10]에 대해 김동리가 「독조(毒爪) 문학의 본질 — 김동석의 생활의 정체를 구명함」[11]으로 응수함으로써 논쟁의 형식을 갖추게 된다. 김동석의 「순수의 정체」는 김동리의 비평과 소설 작품을 대상으로 하고 있다는 점에서 그의 문학 혹은 문학론 전체에 대한 논의를 겨냥하고 있다. 김동리가 논객에 앞서 작가라는 점을 고려한다면 김동석의 논점은 그 나름의 타당성을 지닐 뿐만 아니라 작가로서의 김동리의 태도와 자의식 그리고 세계관을 엿볼 수 있는 효과를 창출하고 있다. 이 글에서 김동석이 초점을 맞춘 것은 김동리가 내세운 '순수' 혹은 '순수 문학'이다. 그는 김동리의 순수를 부정적으로 본다. 그가 순수를

---

10) 김동석, 「순수의 정체 — 김동리론」, 《신천지》, 1947. 12.
11) 김동리, 「독조 문학의 본질 — 김동석의 생활의 정체를 구명함」, 『문학과 인간』(백민문화사, 1948. 1).

이렇게 보는 데에는 여러 이유가 있지만 그중에서도 가장 주목해 볼 만한 것은 그것을 '시대착오'로 인식하고 있는 대목이다. 그의 논리에 따르면 지금, 다시 말하면 광복 이후의 시기에 순수를 모토로 내세운다는 것은 시대착오적이라는 것이다. 그의 이 말은 순수 자체를 무조건 부정하는 것이 아니라 그것이 시대와의 관계 속에서 의미를 지닌다는 것을 말해 준다.

거북이 모가지와 팔다리를 그 껍질 속에 감추듯 조선의 문학자들이 폭압과 착취의 객관 세계로부터 이른바 '순수' 속으로 움츠러들기만 한 때가 있었다. 그러나 움츠러들었을망정 거북은 바위 조각과 스스로 달라야 할 것이 아닌가. 즉 일제라는 적이 물러났을 때 응당 모가지와 팔다리를 내놓고 움직여야 했을 것이다. 그런데 일제가 물러난 지 2년이 지난 오늘날도 사상의 모가지와 팔다리를 내놓지 못하고 순수 문학을 고집하는 동리는 결국 거북이 아니라 바위 조각이었던가? 그러나 이 바위는 이 세상에 있는 그런 4차원적 바위가 아니라 손오공을 낳은 바위 같은 기상천외의 바위인 것이다. 그러기에 이 바위는 도를 닦아 맹랑한 '제3세계관'을 낳으려 하고 있다.[12]

'거북'과 '바위'의 비유를 통해 김동리의 순수를 비판하고 있는 이 글의 요체는 '거북은 바위 조각과 달라야 한다'는 것이다. 그는 동리의 순수를 변증법적인 맥락에서 바라보고 있다. 이 관점하에서 순수는 고정된 실체가 아니라 끊임없이 변화하는 역사적인 실체가 된다. 그가 보기에 동리의 순수는 식민지 시대에는 비록 '모가지와 팔다리를 껍질 속에 감추기'는 했어도 분명 거북으로 존재했지만 '일제라는 적이 물러난' 광복 이후에는 그 껍질 속에서 모가지와 팔다리를 움직여' 빠져나와야 함에도 불구하고 그렇게 하지 못해 한낱 바위 조각으로 존재하게 되었다는 것이다. 거북에서 바위 조각으로의 변모는 역사의 변화를 따르지 않은 결과의 산물이다.

---

12) 김동석, 「순수의 정체 — 김동리론」, 『김동석 비평 선집』(현대문학, 2010), 85~86쪽.

　이러한 그의 논리는 식민지 시대 순수의 필요성을 어느 정도 인정하고 있다는 점에서 주목에 값한다. 그가 순수를 전면적으로 부정하지 못한 데에는 식민지라는 특수 상황이 작용한 결과이며, 여기에서 비롯된 딜레마는 그의 비평의 상징과도 같은 '상아탑'에 고스란히 투영되어 있다. 조선 문화의 위의과 정신을 표방하면서 창간된 《상아탑》(1945. 12. 10)에서 그가 강조한 것 중의 하나가 바로 '예술의 순수성'이다. 문화나 예술은 '경제와 정치란 흙에서 핀 꽃'이며, '속세의 더러움과 불의에 예속되지 않는 양심'[13]인 것이다. 이것은 상아탑이 '정치의 무대로부터 독립된 공간'[14]이라는 사실과 다르지 않다. 흔히 그를 순수와는 대척점에 위치한 비평가로 이해하고 있는 차원에서 보면 이 사실은 다소 의아하게 생각될 수도 있을 것이다. 하지만 그의 논리에서 순수를 배제하는 것은 그의 비평 세계를 온전히 이해하지 못하게 할 위험성이 있다. 그의 비평에서 순수는 배제되어 있는 것이 아니라 현실과의 무의식적인 동거를 하고 있다. 이런 점에서 볼 때 그의 비평의 위상을 "예술의 순수성과 시대성이 엮어 내는 긴장 관계 속에서 부동"하고 있다거나 "문학의 영역과 현실의 영역 간의 긴장은 무자각적인 형태로 혼재되어 있다."[15]라고 한 견해는 타당성을 지닌다.

　김동석의 순수에 대한 이해가 탄력적임에도 불구하고 김동리의 순수와 매개의 지점을 찾지 못한 데에는 그가 무자각적으로 그것을 인식할 정도로 현실 상황이 급박하고 또 절실했기 때문이라고 할 수 있다. 그는 이 상황을 "폭풍 속의 진공"이며 "시방 조선의 현실은 그 진공을 위협하고 있다."[16]라고 말한다. 그런데 여기에서 문제가 되는 것은 그가 말하는 현실이다. 그는 광복 이후 현실 상황을 "일본 제국주의와 봉건주의 잔재"가 청산되지 않고 지배력을 행사하는 것으로 인식하고 있다. 이 세력들이 "상아탑을 정치의

---

13) 김동석, 「문화인에게 ─ 『상아탑』을 내며」, 위의 책, 235쪽.
14) 김동석, 「학원의 자유」, 위의 책, 237쪽.
15) 손정수, 「김동석론 ─ '상아탑'의 인간상」, 『한국 현대 비평가 연구』(강, 1996), 86쪽.
16) 김동석, 「조선 문화의 현 단계 ─ 어떤 문화인에게 주는 글」, 앞의 책, 282쪽.

무대로 알고 활개를 치고 있는 한 상아탑은 더 이상 상아탑의 정신을 지킬 수 없다."[17]라는 것이 그의 논리이다. 하지만 상아탑의 진정한 주인이 이러한 일본 제국주의와 봉건주의로 대표되는 보수주의자가 아니라 진보주의자라는 점에서 보면 그의 논리는 다분히 정치적이라고 할 수 있다.

그가 꿈꾸는 상아탑이란 조선의 학원이 부족한 '과학'을 교육하는 곳이며, 이때 그가 말하는 과학이란 "과거와 현재를 비판하면서 새로운 시대를 창조하는 학문" 곧 "투쟁 없이는 전진할 수 없는 진보적인 사상"[18]을 의미한다. 현실 상황의 급박함과 절실함이 상아탑의 논리조차 정치적으로 바꿔 놓음으로써 김동리의 순수와의 매개 고리가 차단되고 그에 대한 공격은 강화되기에 이른다. 순수로부터 파생된 그에 대한 공격은 다양한 차원으로 확대된다. 먼저 주목되는 것은 그가 김동리의 순수를 "제3세계관"[19]이라고 하여 비판하는 대목이다. 그가 제3세계관이라고 한 것은 "제3기 휴머니즘"을 의미한다. 김동리는 「순수 문학의 진의 ― 민족 문학의 당면 과제로서」[20]에서 "순수 문학의 본질적 기조가 휴머니즘"에 있으며 "서양적 범주에 제한"하여 이것을 3기로 나누고 있다. "제1기는 고대의 휴머니즘"이고 이 시기의 특징은 "신화적 미신적 궤변과 계율에 대한 항거와 타파로써 가장 원본적인 인간성의 기초가 확립된 것"이다. "제2기는 르네상스 휴머니즘"이고 이 시기의 특징은 "신본주의에 대한 반발로써 시작된 이성적 인간 정신의 개화와 과학 정신의 발달과 발화"이다. 그리고 "제3기 휴머니즘"은 "과학주의 기계관의 결정체인 유물 사관을 극복하고 개성의 자유와 인간성의 존엄을 목적"으로 하는 그런 휴머니즘을 말한다. 결국 김동리가 겨냥하고 있는 궁극적인 지향은 "인간성 옹호로서의 개성과 생명의 구경적 생의 탐구"라고 할 수 있다.

---

17) 김동석, 「학원의 자유」, 위의 책, 237쪽.
18) 김동석, 「학자론」, 위의 책, 304~306쪽.
19) 김동석, 「순수의 정체」, 위의 책, 86쪽.
20) 김동리, 「순수 문학의 진의 ― 민족 문학의 당면 과제로서」, 앞의 책, 79~81쪽.

　　김동석은 김동리가 제기한 이러한 제3기 휴머니즘을 "유물론 혹은 유물사관에 대한 무지에서 비롯된 것"[21]이라고 일축한다. 그는 김동리가 "물질의 노예가 되는 것이 유물론자인 줄 알고 있다."라고 비판하면서 "진정한 유물론자란 인간을 물질의 노예가 되지 않게 하기 위하여 생각할 뿐 아니라 행동하는 사람"이라고 규정하고 있다. 그의 유물론에 대한 생각이 틀리지 않은 것처럼 김동리의 논리 또한 크게 틀리지 않은 것이 사실이다. 김동리가 제기한 휴머니즘의 역사적 발전 단계는 그 나름의 필연성을 내포하고 있으며, 실제로 이러한 흐름으로 역사가 진행되어 왔다고 볼 수 있다. 또한 유물론이 자본주의의 물질적인 타락을 비판하고 여기에 저항해 온 사실을 놓고 볼 때 김동석의 말에는 유물론의 기본 방향이 내재해 있다.

　　그런데 김동석의 말에서 우리가 주목해야 할 것은 '행동하는 사람'이라는 대목이다. 그의 논리적인 맥락에서 이 행동은 유물론적인 변증법에서 비롯된 것이며, 이것은 '과학', '진보', '투쟁', '혁명', '민족', '산문', '현대', '리얼리즘', '세계주의', '시대정신' 등의 말 속에 내재된 채 끊임없이 변주되어 드러난다. 유물론적 변증법에서 물질이 정신을 규정한다고 할 때 이 물질이라는 말 속에는 현실에 대한 변증법적인 행동, 다시 말하면 운동의 개념이 포함되어 있는 것이다. 김동석이 보기에 광복 이후는 이러한 '운동으로서의 시기'인 것이며, 역사적 발전 단계로 볼 때 운동에 동참하는 것이 당연한 것으로 이해될 수밖에 없었던 것이다. 그가 진정한 유물론자를 강조한 데에는 이러한 이유가 크게 작용했다고 볼 수 있다. 그는 휴머니즘도 이런 맥락에서 이해하고 있다. 그가 "생명이니 영혼이니 하는 문구나 합리적이요 상식적인 논리만 가지고는 도저히 인간을 해방시킬 수 없다."[22]라고 한 것도 휴머니즘의 실현이 변증법적인 합법칙성의 운동이나 행동을 동반할 때 이루어질 수 있다는 것을 염두에 두고 한 말이라고 할 수 있다.

---

21) 김동석, 「순수의 정체」, 앞의 책, 91쪽.
22) 김동석, 위의 글, 91쪽.

김동리가 휴머니즘을 역사적인 흐름에 따라 3단계로 나누어 고찰하고 있음에도 불구하고 그것을 일고에 비유물론적이라고 비판하는 것은 그가 운동성의 부재를 간과하고 있었기 때문이다. 그의 논리대로라면 김동리의 시기별 휴머니즘의 구분은 단순한 관념적인 형식 논리에 불과한 것이 되고 만다. 그의 비판은 김동리의 순수론 혹은 휴머니즘론이 근대의 초극의 의미를 담지하고 있다는 평가가 '과도한 의미 부여'[23]라는 사실과 맥을 같이한다. 김동리의 휴머니즘론에는 "조선이 경험한 근대가 무엇인가에 대한 물음이 제기되지 않"[24]기 때문에 근대 초극은 물론 미적 근대라는 평가가 타당하지 않을 수 있는 여지를 지닌다. 김동리의 순수론이나 휴머니즘론에서 말하는 세계란 시대적인 현실을 객관화하고 구체화한 것이 아니라 주관적으로 파악된 현실이면서 동시에 그것이 우주나 자연과 운명적인 관계로 규정된 그런 세계를 말한다. 이런 점에서 김동리가 말하는 리얼 혹은 리얼리즘은 우리가 일반적으로 알고 있는 것과는 차이가 있다. 그가 말하는 리얼리즘이란 "한 작가의 생명적 진실에서 파악된 세계", 좀 더 구체적으로 말하면 '리얼'은 "세계의 여율(呂律)과 작가의 인간적 맥박(脈搏)이 어떤 문장적 약속 아래 유기적으로 육체화하는 데서 성취되는 것"[25]이다. 객관적인 현실과의 관계에서가 아닌 작가의 주관적인 개성이나 생명이 세계의 율려와의 유기적인 관계 속에서 파악된다는 것은 개인의 적극적인 의지에 의해 세계가 구성되는 것이 아니라 이미 되어져 있는 세계 내의 운명을 따를 수밖에 없다는 것을 말한다. 이것은 그의 사상이 인간 존재의 근원적 의미와 운명에 대한 탐구를 겨냥하는 "초역사적 보편주의의 시각"[26]을 지니고

---

23) 이찬, 「김동리 비평의 '낭만주의' 미학과 '반근대주의' 담론 연구 — 문학과 인간을 중심으로」, 《어문논집》 54, 민족어문학회, 2006, 375쪽.

24) 한수영, 「김동리와 조선적인 것 — 일제 말 김동리 문학 사상의 형성 구조와 성격에 대하여」, 『김동리』(글누림, 2012), 68쪽.

25) 김동리, 「나의 소설 수업 — 레알리즘으로 본 당대 작가의 운명」, 《문장》 2권 3호, 174쪽.

26) 김흥규, 「민족 문학과 순수 문학」, 백낙청·염무웅 편, 『한국 문학의 현 단계 4』(창작과비평사, 1985), 189쪽.

있다는 것을 의미한다.

이런 점에서 김동리가 주장하는 리얼리즘은 낭만주의에 가깝다고 할 수 있다. 김동석의 「순수의 정체 ─ 김동리론」에 대해 김동리는 「독조 문학의 본질 ─ 김동석의 생활의 정체를 구명함」을 통해 그것을 신랄하게 반박한다. 김동석이 순수의 정체에서 거북이와 바위의 비유를 통해 그것을 적절하게 드러냈다면 김동리는 독조 문학의 본질에서 딱따구리, 수탉, 발톱(손톱), 빵의 비유를 통해 그것을 드러내고 있다. 그의 말의 요체는 인류가 빵만으로 살 수 없으며, "딱따구리의 주둥이나 수탉의 발톱이나 김동석의 손톱을 문학인 줄 착각해서는 안 된다."는 것이다. 진정한 문학은 "빵을 구하기 위한 싸움 이상의 것이어야 한다."[27]는 것이다. 이러한 맥락에 입각해서 그는 자신의 논리를 좀 더 구체화한다.

오늘날의 인류는 이미 금수가 일찍이 가지지 못하던 찬연한 정신문화란 것을 가지게 되었으며 군이 아무리 궤변을 펴더라도 이것은 이미 딱따구리의 주둥이나 수탉의 발톱이나 군들의 손톱에서 얻어진 것은 아니다. '빵'을 구하기 위하여 싸우는 '싸움' 이상의 것이 여기엔 있다. '사랑'과 '창조'와 '구제'와 '영원'이 여기서만 있을 수 있었다. 그리고 이 사실은 적어도 다음의 세 가지를 명백히 증명해 주고 있는 것이다.

첫째, 인류는 금수 이상의 '생활'을 가질 수 있다. 둘째, 문학은 인류가 가질 수 있는 금수 이상의 생활에서 창조된다. 셋째, 빵을 구하기 위하여 싸운다는 사실 그 자체만에서 인류와 금수의 우열은 규정되지 않으며, 여기서 문학이 나올 수는 없다. 이상의 논거에서 나는 군의 '생활'과 '문학'이란 용어에 대하여 다음의 세 가지 중 어느 한 가지를 군에게 논고할 수 있게 된 것이다. 첫째, '빵'을 구하기 위하여 싸우는 것은 생활이 아니다. 둘째, 문학은 생활을 위하여 하는 것이 아니다. 셋째, 김 군이 문학이라고 믿는 군의 독조는 문학

---

27) 김동리, 「독조 문학의 본질」, 『문학과 인간』(민음사, 1997), 116~117쪽.

이 아니다.[28]

이 글에 나타난 그의 주장의 요체는 문학의 본질은 빵이나 생활을 위하여 존재하는 것이 아니라 사랑, 창조, 구제, 영원과 같은 정신문화의 구현을 위해 존재하는 것이라는 점이다. 김동석의 문학관에 대한 비판은 김동리 자신의 문학관에 대한 옹호로 이어지고, 이것은 결국 김동석에 대한 비판을 강화하는 계기가 된다. 그의 김동석 비판이 겨냥하고 있는 것은 그의 '생활론'이다. 문학이 생활을 반영해야 한다는 김동석의 논리는 생활에 대한 객관적이고 사심 없는 태도를 의미한다기보다는 다분히 정치적이고 실제적인 것에 가깝다고 할 수 있다. 그는 생활을 계급적인 관점에서 바라본다. 그는 이런 관점에서 귀족적이고 부르주아적인 생활을 부정하고, 인민적이고 프롤레타리아적인 생활을 긍정한다. 그가 이태준의 소설을 평하면서 그것을 "계급적 의식의 관점에서 생활을 바라보지 않고 시인의 이상적인 관점에서 부르주아적인 생활을 부정하고 있다."[29]라고 비판한 것은 그 좋은 예이다. 김동리가 이러한 김동석의 생활론을 비판한 데에는 그것을 계급적 관점으로 보려 한 데 따른 우려와 불만이 내재해 있다. 하지만 김동리가 겨냥하고 있는 생활 또한 온전한 것은 아니다. 그 역시 생활을 생활 그 자체로 객관적으로 사심 없이 보지 않고 그것을 자신의 주관적인 관념 속에서 해석하고 있기 때문이다. 그가 빵을 구하기 위한 싸움 이상의 것으로 내세우고 있는 사랑, 창조, 구제, 영원과 같은 정신문화란 객관적이고 사심 없이 존재하는 생활을 기반으로 하지 않는 한 한낱 공허한 관념으로 남을 것이다. 이것은 김동석과 마찬가지로 김동리 역시 물질과 정신, 순수성과 역사성, 시와 산문을 포괄적이고 통합적으로 제시하지 못하고 어느 일방을 선택적으로 제시함으로써 둘 사이의 긴장의 깊이에 도달하는 데 실

28) 김동리, 위의 글, 117쪽.
29) 김동석, 「예술과 생활—이태준의 문장」, 앞의 책, 28쪽.

패했다[30]는 것을 의미한다. 둘 사이의 순수를 둘러싼 논쟁이 서로 매개 지점을 찾지 못한 채 어느 일방으로 전개된 뒤에는 바로 물질과 정신, 순수성과 역사성, 시와 산문, 문명과 자연, 개체와 전체, 샤머니즘과 과학 사이의 긴장 관계가 깊이를 확보하지 못한 것이 크게 작용했다고 볼 수 있다.

둘 사이의 논쟁이 보다 더 생산적인 방향으로 나아가지 못하고 또 긴장의 깊이에 도달하지 못함으로써 좌우의 이념은 전체주의적이고 파시즘적인 위험에 노출되게 된다. 1949년 월북 이후 김동석의 문학적인 행보는 알수 없지만 김동리의 경우에는 광복 이후 차츰 반공과 친미 이데올로기가 강화되면서 전체주의적이고 파시즘적인 민족주의의 양상을 드러내게 된다. 김동리의 좌파 진영에 대한 공격은 이념적인 정치성을 넘어 윤리적인 차원으로까지 나아간다. 좌파 진영을 반윤리적이고 비윤리적인 집단으로 규정함으로써 우파 혹은 순수 문학 진영의 타자 배제 논리를 작동하여 문단의 헤게모니를 완전히 장악하게 된다.

매개와 깊이의 논리를 찾아서

식민지와 광복이라는 동시대를 살다 간 김동리와 김동석의 행보는 이념과 이데올로기로 점철된 우리 현대사만큼이나 회복하기 힘든 궤적을 지니고 있다. 서로 다른 이념과 이데올로기를 일정한 거리를 두고 객관적으로 바라볼 수 있는 여유를 가지지 못한 채 급박하게 돌아가는 현실 상황 속에서 살아남아야 하는 지식인의 처절한 실존의 모습을 보여 주고 있다는 점에서 둘 사이에 전개된 논쟁의 의의가 있다. 하지만 이 논쟁이 서로의 차이를 포괄적이고 통합적으로 제시하지 못하고 선택적으로 제시했다는 것은 많은 문제의식을 드러낸다. 이들 이후에 전개된 순수 참여 논쟁이라든가 리얼리즘과 모더니즘 논쟁 같은 우리 문학사의 중요한 논쟁에서도 이 문제

---

30) 손정수, 앞의 글, 94쪽.

가 온전히 해결되지 않은 채 반복되고 있기 때문이다. 이런 점에서 우리 현대문학사와 현대사는 상동적인 관계에 놓인다. 우리에게 좌든 우든, 순수든 참여든, 리얼리즘이든 모더니즘이든, 서양이든 동양이든, 보수든 진보든 둘 사이를 매개할 수 있는 중간항이라든가 중도적인 길을 깊이 있게 모색한 경험이 없다는 것은 누구도 부정할 수 없는 사실이다.

두 사람의 논쟁에서 매개의 지점을 찾는다는 것은 결코 쉽지 않지만 그렇다고 불가능한 것은 아니다. 이미 앞서 언급한 것처럼 김동석의 상아탑의 사상에는 순수에 대한 그의 내적 자의식이 투영되어 있다. 그가 상아탑을 "폭풍 속의 진공"[31]이라고 규정했을 때 그 진공이란 파시즘적이고 타락한 현실과는 거리가 있는 혹은 그것과는 단절된 순수의 지대를 포괄하고 있는 것으로 볼 수 있을 것이다. 하지만 그는 일제의 파시즘과 봉건주의적인 세력이 판치는 현실과 대척적인 것으로 존재하는 진공의 세계에 유물론적인 이상을 가져다 놓음으로써 순수를 정치가 내포된 비순수한 것으로 대체하고 있다. 개인과 현실의 절박함이 이런 결과를 가져왔지만 둘 사이를 매개할 수 있는 길이 사라졌다는 점에서 아쉬움이 남는다.

사정이 이러하다면 둘 사이를 매개할 수 있는 것으로 또 다른 것을 내세우면 어떨까? 상아탑의 순수 문제는 현실적인 것이 강하게 개입할 여지가 클 수밖에 없어서 매개의 연결 고리를 찾는 일이 쉽지 않으리라는 것은 어렵지 않게 예상할 수 있다. 둘 사이의 매개 문제와 관련하여 보다 현명한 길은 이러한 현실의 개입을 간접화할 수 있는 방법을 찾는 것이다. 그것은 문학 외적인 것이 아닌 내적인 것에서 이루어질 수 있으며, 둘 사이의 논쟁 과정에서 그것은 '시와 산문'에 대한 입장과 태도를 통해 잘 드러난다. 주로 동서양 작가의 작품에 대한 비평의 과정에서 두 사람은 시와 산문 그리고 근대적인 문학 양식에 대한 견해를 밝히고 있다.

---

31) 김동석, 「조선 문화의 현 단계 ─ 어떤 문화인에게 주는 글」, 앞의 책, 282쪽.

　　소설이 근대 문학의 중추적 지위를 점령하게 된 것은 소설 양식의 강대한 종합성과 보편성이 복잡다단한 근대 생활을 담기에 적당했기 때문이다. 문학은 생활의 반영이란 말이 이미 있거니와 근대인의 물심양면으로 복잡하고 심각한 생활은 그것이 전적으로 반영될 수 있는 그만치 종합적인 문학 양식을 요구하게 된 것이며 여기서 근대의 저 찬연한 소설 문학의 전당은 건설될 수 있었던 것이다. 그러므로 소설 문학의 기능은 어디까지나 복잡다단하고 심각한 인간 생활의 종합적인 반영에 있는 것이며 그 본령은 어디까지나 산문 정신에 있어야 하는 것이다. (중략) 오늘날의 과학과 산문이 비록 인간 생활의 구경적 의의를 보장하지 못한 데서 재래된 세기적 불신임장을 접수하여 있음이 사실이라 하더라도 그것은 어디까지나 과학과 산문을 계승할 새로운 성격의 신의 출현에서만 수립될 문제이지 소박한 자연 찬미를 근거로 한 시대의 퇴각으로는 해결될 것은 아니다.[32]

　　김동리가 이효석의 소설을 평가하는 과정에서 시와 산문 그리고 근대에 관해 언급하고 있는 대목이다. 이 글에서 그는 이효석의 소설을 소설에 반하는 문학으로 평가하고 있다. 그가 이렇게 이효석의 소설을 부정적으로 평가하는 데에는 그의 소설이 '복잡다단하고 심각한 인간 생활의 종합적인 반영을 목적으로 하는 근대의 산문 정신'에 미치지 못하기 때문이다. 소설이 근대의 산문 정신을 반영하고 있는 근대적인 문학 양식이라는 평가는 '구경적 생의 형식'을 탐구해 온 그의 문학관과는 배치되어 보인다. 그렇다면 그의 이러한 발언은 자가당착에 빠진 것일까? 일견 그렇게 보일 수도 있지만 구경적 생의 형식이라는 그의 문학의 기본 원리를 포기한 것은 아니다. 그는 '오늘날의 과학과 산문이 인간 생활의 구경적 의의를 보장하지 못한다'고 말한다. 그래서 '과학과 산문을 계승할 새로운 성격의 신의 출현'이 요청된다는 것이다. 이때 그가 말하는 새로운 성격의 신의 출현이란 "근대

---

32) 김동리, 「산문과 반(反) 산문 — 이효석론」, 앞의 책, 26~37쪽.

의 산문이 지니는 강대한 종합성과 복합성에다 형이상학적 본질 세계를 추구하는 근대 이전의 시적 세계의 결합으로 탄생한 것"[33]을 의미한다. 여기에서 우리가 주목해야 할 것은 그가 근대를 산문의 세계로 인식하고 있다는 사실이다. 비록 근대의 극복이나 초월까지는 나아가지 못했지만 적어도 근대가 단순한 시적 세계로 해명이 불가능한 복잡성과 복합성을 지닌 존재라는 것을 자각하고 있었다고 할 수 있다. 그가 근대의 산문 정신이나 그 세계에 대한 깊이 있는 탐구를 통해 새로운 근대적인 성격의 산문을 정립했더라면 구경적 생의 형식이라는 시적 비전의 세계로 지나치게 경도되지는 않았을 것이다. 근대가 시가 아닌 산문의 시대라는 인식은 김동석에게도 나타난다.

김동석은 「시극과 산문 — 셰익스피어의 산문」에서 셰익스피어의 희곡에 내재해 있는 폴스타프의 산문에 대한 의의를 탐색하고 있다. 그는 '폴스타프의 산문이야말로 셰익스피어를 호머나 단테처럼 그냥 고전이라고만 부를 수 없는 현대와 직결되는 작가로 만드는 중요한 요소'라고 평가한다. 폴스타프의 산문에 대한 평가를 통해 그는 셰익스피어의 희곡에 대한 새로운 해석을 시도하지만 그가 궁극적으로 겨냥하고 있는 것은 여기에 있지 않다. 그는 "산문이 시대정신의 기조"[34]라는 사실을 강조하지만 여기에서 그가 궁극적으로 지향하는 산문은 셰익스피어의 그것, 다시 말하면 부르주아적인 산문이 아니다. 그가 궁극적으로 지향하는 산문은 "리얼리즘 혹은 인민적인 휴머니즘 문학으로서의 산문"[35]이다.

현대가 시의 시대가 아니라 산문의 시대라는 사실을 인정하면서도 그것의 궁극적인 형식이 리얼리즘 문학이 되어야 한다는 그의 논리는 폴스타프에 대해 그가 부르주아 인간상을 대변한다고 규정할 때 이미 충분히 예견된 것이다. 비록 그의 궁극적인 지향점이 부르주아적인 산문이 아니라 프

---

33) 이찬, 앞의 글, 374쪽.
34) 김동석, 「시극과 산문 — 셰익스피어의 산문」, 앞의 책, 347쪽.
35) 김동석, 「뿌르조아의 인간상 — 폴스타프론」, 위의 책, 427쪽.

108

롤레타리아적인 산문에 있지만 정작 여기에서 중요한 것은 그가 현대를 산문(그것이 부르주아적이든 프롤레타리아적이든)의 시대로 보고 있다는 점이다. 이것은 구경적 생의 형식이라는 새로운 성격의 산문을 겨냥한 김동리의 태도와 다르지 않다. 김동리 역시 현대를 복잡다단하고 심각한 인간 생활의 종합적인 반영을 목적으로 하는 산문의 시대로 규정하고 있기 때문이다. 현대가 산문 정신을 필요로 한다는 데에 두 사람이 공감하고 있다는 것은 산문 혹은 산문 정신을 매개로 하여 논쟁의 중간항을 설정할 수 있다는 것을 말해 준다. 그 중간항이 무엇인지에 대해서는 구체적인 논의가 있어야겠지만 분명한 것은 이들이 당대의 현실을 시적인 논리나 단선적인 논리로 보고 있지 않다는 점이다. 하지만 이들은 모두 이 논리로부터 자유롭지 못한 것이 사실이다. 이것은 시와 산문 혹은 순수와 현실 사이에서 갈등하고 부유할 수밖에 없었던 이들의 내면 풍경을 드러내는 것이다. 이 또한 둘 사이를 매개하는 중요한 지점임에 틀림없다.

이렇게 두 사람 사이를 매개할 수 있는 요소가 있었는데도 그것이 제대로 이루어지지 않은 것은 여러 요인을 고려하더라도 아쉬움으로 남는다. 하지만 이 못지않게 큰 아쉬움으로 남는 것이 있다. 바로 김동리의 김범부의 사상에 대한 이해와 김동석의 매슈 아널드의 비평에 대한 이해이다. 김동리가 백형인 범부의 영향을 크게 받았다는 것은 잘 알려진 사실이다. 그의 문학론의 정체성을 결정짓고 있는 샤머니즘은 전적으로 범부의 영향 아래서 이루어졌다고 할 수 있다. 가령 김동리의 신춘문예 당선 소설이 「화랑의 후예」(1935,《조선중앙일보》)인데 이때 여기에서 말하는 화랑은 범부의 관점에 따르면 곧 '무당'이다. 신라 시대의 화랑은 샤머니즘과 연관되어 존재했으며, 화랑을 이르는 '국선(國仙)'의 '선'은 샤먼 곧 무당을 뜻한다. 화랑이 수행하는 종교적 요소, 예술적 요소, 군사적 요소 등은 모두 무속과 직접 관련이 있으며, 무당이 하는 일 대부분이 고대에는 화랑이 하는 일이었다는 범부의 주장은 그대로 동리의 사상의 한 자리를 차지하게 된 것이라고 할 수 있다.[36] 무속에 대한 역사적인 기원과 사회·문화적인 전통의 의미를 체득한 그에게 무속은 단순한 미신이나 호기심의 대상이 아닌 그 자체로 우리 삶의 한 양식이며 민족의 정체성과 신과 인간, 자연과 초자연의 문제 같은 세계적인 과제를 해결하는 토대로 인식되었다고 해도 과언이 아니다.[37]

김범부로부터 물려받은 샤머니즘은 일제의 파시즘적인 현실과 결합되어 김동리의 사상을 형성하는 토대로 작용하면서 '조선적인 것의 정체성 찾기'라는 차원으로 나아간다. 조선적인 것의 정체성을 샤머니즘에서 찾으려는 그의 노력은 무시간적이고 탈역사적인 방향으로 진행되면서 서양의 근대와는 다른 차원의 근대를 그려 내기에 이른다. 그의 샤머니즘을 통한 조선적인 것의 발견은 다시 그 조선적인 것이 세계적인 것이 되는 논리로 이어진다. 이것은 "민족국가의 개성은 개성대로 남고, 개성과 개성과의 조화에서 세계 평화가 오고 세계 사회가 전개될 것"[38]이라는 범부의 논리로부터 배태된 것이라고 할 수 있다. 세계 단위의 전체성에 앞서 민족국가 단위의 개체성과 자율성이 우선해야 한다는 범부의 논리는 국수주의나 파시즘적인 것으로 비칠 수도 있지만 오히려 그의 논리는 그 반대이다. 민족 단위의 개체성과 자율성, 즉 개성이 없는 세계 단위의 종합이나 통합이야말로 전체주의적인 논리로 빠질 위험성이 있다. 이것은 조선뿐만 아니라 다른 국가나 민족에도 동일하게 적용되어야 한다. 조선적인 개체성과 자율성 못지않게 다른 국가나 민족의 개체성과 자율성 또한 중요한 것이다.

김범부의 논리가 지향한 것도 이와 다르지 않다. 또한 이것은 모든 개체가 전체와 떨어져 따로따로 존립할 개연성이 있으되, 결코 그 전체와 떨어질 수 없는 그러한 관계를 통해 끊임없이 변화하고 생성, 진화하는 전체적인 유출 활동의 일환으로 보는 우리의 전통적인 사상과도 다르지 않다. 하

---

36) 홍기돈, 「김동리의 소설 세계와 범부의 사상」, 《한민족문화연구》 12, 2003, 217쪽.
37) 이재복, 「황순원과 김동리 비교 연구―『움직이는 성』과 「무녀도」의 샤머니즘 사상과 근대성을 중심으로」, 《어문연구》 74, 어문연구학회, 2012, 433쪽.
38) 김범부, 「국민윤리 특강」, 『화랑 외사』(이문사, 1981), 122쪽.

지만 김동리의 샤머니즘에 기초한 조선적인 것의 세계화는 다른 국가나 민족, 특히 서양의 국가나 민족에 대해 폐쇄적인 태도를 보인다. 이런 점에서 그의 샤머니즘은 국수주의적인 파시즘적인 위험성을 내재하고 있다. 그의 샤머니즘에 기초한 구경적인 생의 형식이 유물론에 기초한 좌파 문인들의 논리에 대해 폐쇄적이고 독단적인 태도로 일관한 것처럼 서양의 문화와 종교 그리고 사상에 대해서도 이러한 태도를 견지한 것이 사실이다. 조선적인 것의 토대를 샤머니즘으로 보는 그의 논리의 참신함과 특수함이 세계적인 보편성의 차원으로 나아가기 위해서는 이러한 폐쇄성과 독단적인 태도를 넘어서야 한다. 그의 사상 혹은 김범부의 사상이 세계의 다른 차원의 사상과 열린 소통을 할 때 그의 문학, 더 나아가 우리 문학의 세계적인 보편성은 성립될 수 있을 것이다.

김동리 못지않게 김동석에게 아쉬움이 있다면 그것은 그가 매슈 아널드의 비평을 제대로 이해하지도 또 더 발전시키지도 못했다는 점이다. 그는 자신의 비평의 원천은 매슈 아널드이며, 그의 비평을 한마디로 '생활의 비평'이라고 명명한다.

"시는 생활의 비평이다." 아널드의 이 정의는 "시는 생활을 실재하는 그대로 보는 것이다."라고 고칠 수 있다. 비평은 아널드가 정의하기를 "대상을 실재하는 그대로 보는 것"이니까.

오늘날 우리가 이 시의 정의를 음미해 볼 때 새삼스러이 아널드의 문학관이 현대적이라는 것을 발견하게 된다. 시가 생활을 무시하고 따로 존재할 수 없는 것이 현대요, 시라고 해서 비과학적으로 생활을 보는 특권을 가질 수 없는 것이 현대다. 현대에 있어서는 시와 생활이 따로 있을 수 없고 생활의 진실을 표현함으로써만 시는 존재할 수 있는 것이다.[39]

---

39) 김동석, 「생활의 비평 — 매슈 아널드 연구」, 앞의 책, 380쪽.

김동석은 매슈 아널드의 비평을 '생활의 비평'으로 규정한다. 이때 그가 여기에서 말하는 생활이란 '대상을 실재하는 그대로 보는 것'이다. 이 생활과 시는 따로 떨어질 수 없으며, 생활의 진실을 표현함으로써만 시는 존재할 수 있는 것이다. 이 글에 나타난 대로라면 그는 아널드의 비평을 '생활'이라는 차원에 초점을 두고 이해하고 있다고 할 수 있다. 그런데 그가 말하는 생활이란 "도덕적인 무사심성이나 사념이 아닌 정치적 현실을 지시하는 소박한 것"[40]에 지나지 않는다. 그가 생활을 소박하게 이해함으로써 아널드 비평이 가지는 높은 인문 교양의 수준과 합리주의적인 정신을 드러내지 못하고 있다. 그의 정치적 현실성의 소박함은 아널드가 속물주의적인 근성을 지니고 있다고 부르주아 리버럴리즘을 비판하면서 이제 이들과는 전혀 다른 세력이 나타났다고 했을 때 그 실체를 '프롤레타리아 계급'[41]이라고 단정하는 데서도 잘 드러난다. 아널드는 그 세력의 실체를 아직 알 수 없다고 했지만 그는 그것을 프롤레타리아 계급이라고 단정하고 있는 것이다. 이것은 아널드가 말한 비평의 맥락을 이해하지 못한 채 그것을 자신의 현실적인 이해관계 속에서 도출해 낸 그의 비평의 도그마적이고 소박한 일면을 드러낸 것이라고 할 수 있다. 그가 만일 생활을 단순한 정치적 현실이 아닌 도덕이나 교양 그리고 형식과 내용의 진실성과 미적 차원으로 받아들였다면 생활의 비평에 기반한 그의 리얼리즘론은 좀 더 풍부하고 견고한 문화·예술사적인 맥락을 지니게 되었을 것이다.

순수와 독조의 현재성

김동리의 순수와 김동석의 독조는 많은 비평적인 모순과 도그마를 낳았지만 그것이 담지하고 있는 문학사적인 의의는 결코 만만치 않다. 우리 근

---

40) 손정수, 앞의 글, 92~93쪽.
41) 김동석, 앞의 글, 373쪽.

현대문학사를 추동해 온 논쟁의 기저에는 문학을 순수와 자율의 차원으로 이해하고 해석하려는 세력과 그것을 사회적이고 역사적인 현실과의 연관 속에서 진보와 발전의 논리로 이해하고 해석하려는 세력이 서로 길항의 상태를 유지하면서 존재하고 있다. 이것은 우리만의 특성이라고 볼 수 없지만 여기에서 간과하지 말아야 할 것은 순수를 옹호한 김동리도 그것을 비판한 김동석도 모두 현실 상황으로부터 자유롭지 못했다는 점이다. 김동리가 문학 내에서 순수의 기치를 내걸었지만 문학 밖 현실에서는 누구보다도 정치적이었으며, 문학 내에서 김동석은 유물론적 변증법에 기반한 리얼리즘의 기치를 내걸었지만 정작 문학 밖에서는 그 정치적인 감각을 활용하지 못한 채 생사불명으로 존재하는 아이러니를 연출하고 있다. 이것은 우리 문학사가 현실과 문학 또는 삶과 정치와의 함수 관계 속에서 문학의 특수성과 보편성을 형성해 왔다는 것을 의미한다.

김동리의 순수와 김동석의 독조는 우리 근현대문학사의 논쟁의 시발과 전개를 표상한다. 식민지 시대로부터 해방 공간과 개발 독재 시대를 거쳐 1980년대 운동으로서의 시대에 이르기까지 우리 문학사에서 순수와 독조(참여) 논쟁은 이념의 대결로 점철된 우리 근현대사의 그것과 상동적인 관계에 있다고 해도 과언이 아니다. 이런 점에서 김동리 등 순수파들이 내세운 그 순수라는 것도 억압적이고 파쇼적인 현실이 개입되는 한 결코 순수할 수 없었던 것이다. 이들에게 순수 지향은 있었지만 그것이 온전히 성취된 경우는 드물며, 순수처럼 보이는 것도 그 이면에는 정치 논리가 작동하고 있었던 것이다. 삶이나 현실의 논리가 한 개인을 억압하고 압도해 버리면 자신의 생존의 논리는 강화되고 타자는 철저하게 배제되는 이분법적인 논리가 작동하게 된다. 이분법적인 논리의 작동은 어느 한쪽으로의 쏠림을 강화하여 둘 사이의 매개라든가 중간항에 대한 설정을 어렵게 한다. 김동리와 김동석의 논쟁이 어떤 매개나 중간항을 설정하지 못한 채 자신의 논리만을 강화하면서 극단으로 치달은 데에는 이러한 이유가 작용했기 때문이다. 이것은 비단 둘 사이의 논쟁에서만 나타나는 특수한 것이 아니라 우리 논쟁사 전반에 나타나는 보편적인 현상이다. 매개나 중간항이 없는 상황에서의 논쟁은 대체로 생산적인 논쟁으로 이어지지 않는 것이 사실이다.

그러나 둘 사이의 논쟁에서 매개나 중간항의 설정 못지않게 아쉬운 것은 이들의 사상적 토대가 된 김범부의 샤머니즘 사상이라든가 매슈 아널드의 인문주의적인 사고와 교양에 대해 깊이 있게 논구하여 그것을 발전적으로 계승하지 못한 점이다. 이 사상들이 조선적인 것의 전통과 서구적인 (영국적인) 것의 전통을 풍부하게 지니고 있다는 점에서 특히 그렇다. 이들의 사상이 김동리와 김동석에 의해 제대로 체화되어 그것이 논쟁을 통해 드러났더라면 동서양의 충돌로 인한 가치관의 혼란 속에서 부유하던 당대 지식인들에게 하나의 좌표 역할을 가능하게 했을 뿐만 아니라 '지금, 여기'에서도 끝나지 않고 반복되는 이 문제를 해결하는 데 일정한 계기를 제공해 주었을 것이다. 하지만 비록 이들이 이 문제를 온전히 계승하여 발전적으로 밀고 나가는 데까지는 이르지 못했다고 하더라도 우리가 그것을 인식할 수 있도록 하는 데 일정한 계기를 제공한 것은 사실이다. 이들의 논쟁에서 제기된 순수와 참여, 샤머니즘과 과학, 휴머니즘과 기계주의, 유심론과 유물론, 시와 산문, 근대성과 전근대성, 부르주아와 프롤레타리아, 전통과 현대, 문학성과 정치성, 생활과 구경, 순수와 계몽, 합리화와 주체화, 도구적 합리성과 미학적 합리성, 정신과 물질, 민족과 세계화 등은 여전히 유효한 이 시대의 화두이다. 어떤 논쟁이 의미 있느냐 없느냐 하는 문제는 그것이 얼마나 '지금, 여기'에서의 우리의 삶과 관계되어 있는지 혹은 그것이 얼마나 우리 삶의 미래적인 가치와 전망을 내포하고 있는지 하는 데에 있는 것이다. 이런 점에서 이들 사이에 있었던 순수 문학 논쟁과 여기에서 제기된 많은 문제들은 충분히 논쟁으로서의 가치와 의미를 지닌다.

참고 문헌

권영민, 『한국 현대문학사』, 민음사, 1993

김동리, 「나의 소설 수업 ― 레알리즘으로 본 당대 작가의 운명」, 《문장》 2권 3호

_____, 「독조 문학의 본질 ― 김동석의 생활의 정체를 구명함」, 『문학과 인간』, 백민문화사, 1948. 1

_____, 「독조 문학의 본질」, 『문학과 인간』, 민음사, 1997

_____, 「문자 우상 ― '우상론' 노-트의 일절」, 《조광》, 1939. 4

_____, 「산문과 반(反) 산문 ― 이효석론」, 『문학과 인간』, 민음사, 1997

김동석, 「순수의 정체 ― 김동리론」, 《신천지》, 1947. 12

_____, 「순수의 정체 ― 김동리론」, 『김동석 비평 선집』, 현대문학, 2010

_____, 「문화인에게 ― 『상아탑』을 내며」, 『김동석 비평 선집』, 현대문학, 2010

_____, 「뿌르조아의 인간상 ― 폴스타프론」, 『김동석 비평 선집』, 현대문학, 2010

_____, 「생활의 비평 ― 매슈 아널드 연구」, 『김동석 비평 선집』, 현대문학, 2010

_____, 「시극과 산문 ― 셰익스피어의 산문」, 『김동석 비평 선집』, 현대문학, 2010

_____, 「예술과 생활 ― 이태준의 문장」, 『김동석 비평 선집』, 현대문학, 2010

_____, 「조선 문화의 현 단계 ― 어떤 문화인에게 주는 글」, 『김동석 비평 선집』, 현대문학, 2010

_____, 「학원의 자유」, 『김동석 비평 선집』, 현대문학, 2010

김범부, 「국민윤리 특강」, 『화랑 외사』, 이문사, 1981

김윤식·김현, 『한국문학사』, 민음사, 1998

김한식, 「순수 문학론의 세 층위」, 『김동리』, 글누림, 2012

김환태, 「순수 시비」, 《문장》, 1939. 11

김흥규, 「민족 문학과 순수 문학」, 백낙청·염무웅 편, 『한국 문학의 현단계 4』, 창작과비평사, 1985

매슈 아널드, 윤지관 옮김, 『삶의 비평』, 민지사, 1985

손정수, 「김동석론 ― '상아탑'의 인간상」, 『한국 현대 비평가 연구』, 강, 1996

유양선, 「세대—순수 논쟁과 김동리의 비평」, 《진단학보》 78호, 1994. 12

유진오, 「'순수'에의 지향」, 《문장》, 1939. 6

이원조, 「순수란 무엇인가」, 《문장》, 1939. 12

이재복, 「황순원과 김동리 비교 연구—『움직이는 성』과 「무녀도」의 샤머니즘 사상과 근대성을 중심으로」, 《어문연구》 74호, 어문연구학회, 2012

이찬, 「김동리 비평의 '낭만주의' 미학과 '반근대주의' 담론 연구—문학과 인간을 중심으로」, 《어문논집》 54집, 민족어문학회, 2006

임화, 「신인론」, 『문학의 논리』, 학예사, 1940

진정석, 「김동리론—근대성 비판과 비평의 이데올로기」, 『한국 현대 비평가 연구』, 강, 1996

한수영, 「김동리와 조선적인 것—일제 말 김동리 문학 사상의 형성 구조와 성격에 대하여」, 『김동리』, 글누림, 2012

홍기돈, 「김동리의 소설 세계와 범부의 사상」, 《한민족문화연구》 12집, 2003

제2주제에 관한 토론문

여태천(동덕여대 교수)

　이재복 선생님의 발표를 잘 들었습니다. 「순수와 독조 사이의 거리」는 김동석의 「순수의 정체 — 김동리론」(《신천지》, 1947. 12)과 김동리의 「독조 문학의 본질 — 김동석의 생활의 정체를 구명함」(『문학과 인간』, 백민문화사, 1948. 1)으로 인해 촉발된 '순수 문학 논쟁'을 검토하면서 그 의의와 한계를 깊이 있게 살핀 논문입니다.

　흔히 '순수 문학 논쟁'으로 일컬어지는 이들 사이의 논쟁은, 선생님께서 지적하신 것처럼, 두 사람 사이에서만 일어난 단발적이고 국지적인 차원의 성격을 지니고 있는 것은 아닙니다. '순수'와 '독조'는 한국의 근현대문학사를 추동해 온 논쟁의 기저에 깊이 내재해 있습니다. '순수'는 문학을 순수와 자율의 차원으로 이해하고 해석하려는 쪽을, '독조'는 문학을 사회적이고 역사적인 현실과의 연관 속에서 진보와 발전의 논리로 이해하고 해석하려는 쪽을 상징적으로 보여 주고 있다고 봅니다. 이와 함께 또한 눈여겨보아야 할 부분은, 김동리가 문학 내에서 순수의 기치를 내걸었지만 문학 밖 현실에서는 누구보다도 정치적이었으며, 문학 내에서 김동석은 유물론적 변증법에 기반한 리얼리즘의 기치를 내걸었지만 정작 문학 밖에서는 그 정치적인 감각을 활용하지 못한 채 생사불명으로 존재했다는 사실입니다. 선생님의 발표는 이 부분을 적시하고 있으며, 그 한계를 세심하게 밝히고 있습니다.

김동리와 김동석의 비평에 대한 깊이 있는 공부를 하지 못한 저의 입장을 이해해 주시기 바라며, 몇 가지 질문을 통해 선생님의 발표에 대한 이해를 돕고자 합니다.

첫째, 김동리의 비평은 주관의 절대성을 문학의 절대성으로 발전시키고, 이를 다시 문학의 자율성 이론으로 뒷받침합니다. 반면에 김동석의 비평은 사회와 역사의 변증법적인 발전의 체계 혹은 계몽적 합리성의 의미를 포괄하고 있습니다. 그런데 선생님은 두 사람의 비평이 개인의 의식 속에서 자발적으로 형성된 것이라기보다는 식민지와 분단이라는 시대적인 집단의식 속에서 형성된 것이라고 하셨습니다. 말하자면 김동리의 '제3휴머니즘론'이나 김동석의 '상아탑의 사상이나 생활의 비평'이 일제의 파시즘적인 상황에서 배태된 대항 논리들이라는 것입니다. 덧붙여 이 논리들의 귀결점은 모두 '민족 혹은 민족주의'와 무관하지 않다고 말씀하셨습니다. 일제의 파시즘적인 논리에 대한 대항 논리로 작동하던 좌우 논리들은 광복 이후 그 각각의 이념의 독자성을 강화하는 쪽으로 나아갔음은 주지의 사실이기도 합니다.

그런데 의문은 "김동석 등 좌파 문인들의 월북 이후 대타적인 존재성을 상실한 김동리의 논리는 급격하게 친체제적인 성향을 띠게 된다."라는 대목입니다. 이 말은 곧 김동리의 비평적 논리를 가능하게 한 근본적인 원인이 김동석을 비롯한 좌파의 논리라는 뜻처럼 들립니다. 물론 그 가능성은 없지 않습니다. 그런데 만약 좌파 문인들의 월북이 없었다면, 김동리의 비평적 논리가 친체제적이지 않을 수도 있었을까요? 그 가능성에 대해 말씀해 주십시오.

둘째, 저는 김동리의 비평적 논리는 친체제적이었다고 봅니다. 이미 그가 보여 준 세계가 익숙한 것이었으며, 그것에 기반한 그의 비평적 논리는 근대의 대척에 자리하고 있었기 때문입니다. 이 문제는 사실, 한수영이 지적한 것처럼, 김동리의 휴머니즘론에는 조선이 경험한 근대가 무엇인가에 대한 물음이 제기되지 않았다는 것과 밀접한 관련을 지니고 있습니다. 이에 대한 선생님의 생각은 어떠신지요? 선생님께서는 김동리의 작품과 비평이 "미적 근대성의 문제에 그 맥이 닿아 있다."라고 하셨기 때문에, 이 부분에 대한 보충 설명은 꼭 필요해 보입니다.

셋째, 첫 번째 질문에 연관된 것입니다. 선생님께서는 "김동리의 미적 근대성의 논리는 자발적으로 생성된 측면보다는 좌파 문인들과의 논쟁 과정을 통해 생성되고 발전된 측면이 강하다."라고 말씀하셨는데, 만약 김동리의 미적 근대성을 인정한다면, 그것은 좌파 문인들과의 논쟁을 통해 촉발된 것이지 김동리가 스스로 고안하거나 발견한 것이 아니라는 것으로 읽힙니다. 이 결론은 '순수'와 '독조'라는 논쟁에 지나치게 초점을 맞춘 결과로 보입니다.

넷째, 선생님은 김동리와 김동석 둘 사이의 순수를 둘러싼 논쟁이 서로 매개 지점을 찾지 못한 채 어느 일방으로 전개된 이유에 대해 두 사람 모두 물질과 정신, 순수성과 역사성, 시와 산문, 문명과 자연, 개체와 전체, 샤머니즘과 과학 사이의 긴장 관계의 깊이를 확보하지 못했기 때문이라고 말하고 있습니다. 그리고 그렇게 된 중요한 까닭은 "삶이나 현실의 논리가 한 개인을 억압하고 압도해 버리면 자신의 생존의 논리는 강화되고 타자는 철저하게 배제되는 이분법적인 논리가 작동하기 때문"이라고 설명했습니다. 바로 그 이분법적인 논리의 작동이 어느 한쪽으로의 쏠림을 강화하여 둘 사이의 매개라든가 중간항에 대한 설정을 어렵게 한다는 것입니다. 바로 김동리와 김동석의 논쟁이 어떤 매개나 중간항을 설정하지 못한 채 자신의 논리만을 강화하면서 극단으로 치달은 데에는 이러한 이유가 작용했기 때문이라는 해석이었습니다. 충분히 가능한 해석입니다. 또한 바로 이 대목에서 선생님은 두 사람 모두 현대가 산문 정신을 필요로 한다는 데에 공감하고 있었으며, 산문 혹은 산문 정신을 매개로 하여 논쟁의 중간항을 설정할 수 있었음을 말씀하셨습니다.

하지만 선생님의 말씀처럼 "현실의 논리가 한 개인을 억압하고 압도해 버리면 자신의 생존의 논리는 강화되고 타자는 철저하게 배제되는 이분법적인 논리가 작동"하게 된다고 할 때, 어떻게 그 중간항을 설정할 수 있겠습니까? 문학을 삶과 다르게 생각하지 않은 그들에게 '현실의 개입을 간접화할 수 있는 방법'이란 무엇일까요? 선생님 역시 중간항에 대한 구체적인 언급이 없기 때문에 이 부분에 대한 보충설명이 필요할 것 같습니다.

다섯째, 선생님은 이들 이후에 전개된 순수 참여 논쟁이라든가 리얼리즘과 모더니즘 논쟁 같은 우리 문학사의 중요한 논쟁에서도 이 문제가 온전히 해결되지 않은 채 반복되고 있다고 하셨는데, 이 또한 매우 타당한 언급이라고 봅니다. 그렇다면, 이와 같은 우리 문학사의 특별한 장면으로서의 논쟁의 반복성은 어떤 의미를 지닐까요? 저의 짧은 판단으로는 이 논쟁은 해결이 가능한 종류의 것이 아닌 것 같습니다. 이 부분에 대해 자세하게 논의할 자리가 아님을 모르지는 않지만 짧게라도 선생님의 견해를 듣고 싶습니다.

여섯째, 선생님은 김동리의 한계에 대해 "김동리의 샤머니즘에 기초한 조선적인 것의 세계화는 다른 국가나 민족, 특히 서양의 국가나 민족에 대해 폐쇄적인 태도를 보인다. 이런 점에서 그의 샤머니즘은 국수주의적인 파시즘적인 위험성을 내재하고 있다고 할 수 있다."라고 했습니다. 비록 서양의 국가나 민족에 대한 폐쇄적인 태도 때문만이 아니라도 다른 여러 상황에 따른 파시즘적인 요소, 혹은 그것으로 인한 영향은 충분히 있었다고 봅니다. 1935년부터 1937년 사이에 진행되었던 조선총독부의 심전개발정책(心田開發政策)은 무라야마 지쥰(村山智順)이나 아키바 다카시(秋葉隆) 등에 의해 추진되었습니다. 특히 무라야마 지쥰은 1929년 『조선의 귀신(朝鮮の鬼神)』을, 1932년 『조선의 무격(朝鮮の巫覡)』을 발간하면서 민간 신앙에 대해 특별히 강조했는데, 이 과정을 통해 조선인들은 조선의 무속을 조선의 전통문화라고 자각하기 시작했습니다. 말하자면 김동리의 샤머니즘 역시 내적 발견이 아닌 일제의 식민화 정책에 따른 외적 발견의 하나일 수 있다는 것입니다. 물론 일제의 무속 정책과는 거리를 둔 의도적인 행위의 결과일 수도 있습니다. 그러므로 김범부로부터 물려받은 샤머니즘이 일제의 파시즘적인 현실과 결합되어 김동리의 사상을 형성하는 토대로 작용했으며, '조선적인 것의 정체성 찾기'라는 차원으로 나아갔다는 선생님의 견해는, 이러한 논의들을 참조해서 조금 수정될 필요가 있다고 생각합니다.

일곱째, 조선적인 것의 정체성을 샤머니즘에서 찾으려는 김동리의 노력이 무시간적이고 탈역사적인 방향으로 진행되었던 것은 사실에 가깝습니다. 물론 그것은 서양의 근대와는 다른 차원의 것이었습니다. 이때의 '조선적인 것'은 당시 '문장'파가 고수하고자 했던 그것과는 일치하지 않습니다. 1936년 《중앙》 5월호에 발표한 「무녀도」에 대해 김동리가 했던 철지난 고백(「무속과 나의 문학」, 《월간문학》 114, 1978. 8)처럼, 그 작품은 민족적인 것으로 세계적인 과제를 어떻게 처리할 수 있을까를 고민한 결과일 수도 있습니다. 그런데 당시 김남천은 「민속의 문학적 개념」(《동아일보》, 1939. 5. 19)에서 당시의 민속 애호 취미를 "하나는 선진 외국인의 이국적인 것에 대한 호기벽(好奇壁)과, 하나는 복구 사상, 내지는 전통 부흥 사상에 의한 자기 애호열(自己愛好熱)이다."라고 두 가지 방향에서 고려되어야 함을 지적하기도 했습니다. 김동리가 생각했던 조선적인 것은 매우 애매한 위치에 있는 것 같습니다. 그러므로 그가 말한 '조선적인 것'의 정체성에 대한 세밀한 분석이 필요해 보입니다.

1913년　9월 25일, 경기 부천군 다주면 장의리 403번지(현 인천시 남구 숭의동)에서 태어남. 아버지 김완식과 어머니 파평 윤씨 슬하 2남 4녀 중 장남. 아명은 김옥돌(金玉乭). 1911년 손위 누이 김금순 사망. 이어 1916년에 아우 김옥구, 1918년 누이 김옥순 잇달아 사망.

1921년　경기 인천부 외리 75번지로 이사. 이 무렵부터 서당에서 한학 수학.

1922년　인천공립보통학교 입학.

1923년　인천부 외리 134번지로 이사. 부친은 경동 2층 상가에 살림집이 딸린 가게를 차려 놓고 포목잡화상 운영. 이 집에서 17년간 생활. 인천 애관극장에서 활동사진을 보고 성장함.

1928년　인천공립보통학교 졸업. 인천상업학교 입학. 우등생에 음악과 운동을 좋아함. 조용하고 모나지 않은 성격을 지님.

1930년　인천상업학교 동기인 김기양, 안경복 등과 광주학생의거 1주년 기념식 시위를 주도하다 퇴학당함.

1931년　인천상업학교 수료.[1]

1932년　소정의 입학시험을 거쳐 서울 중앙고등보통학교 4학년으로 편입. 김동석(金東錫)으로 개명.

1933년　중앙고등보통학교를 졸업하고 경성제국대학교 예과 10회로 입학.

1935년　경성제국대학교 본과에 진학하면서 영문학부로 전과. '퓨리탄', '아스

---

1) 1930년 광주학생의거 1주년 기념식 시위를 주도하다 퇴학당해 1년 3학기제인 인천상업학교를 졸업하지 못하고 3학년 2학기로 수료함.

파라가스'라는 별명을 얻음.

1937년 9월 9일부터 14일까지 4회에 걸쳐 《동아일보》에 「조선 시의 편영」을
발표.

1938년 경성제국대학교를 졸업하고 대학원에 진학. 매슈 아널드와 셰익스피
어에 관심을 가짐.

1939년 모교인 중앙고보의 영어 촉탁 교사로 부임. 이어 보성전문학교 전임
강사로 초빙되어 해방될 때까지 재직. 시와 수필 창작. 1941년까지 5
편의 수필을 발표.

1940년 여섯 살 아래인 경기여고 출신 주장옥(朱掌玉)과 결혼. 가족 모두 인
천부 경정 145번지로 이사.

1941년 누이 도순 일본인과 혼인. 장남 상국(相國) 출생.

1942년 장남 상국 사망. 이때의 슬픔을 「비애」라는 시로 남김. 분가하여 경
성부 종로구 당주정 114번지로 이사.

1943년 차남 상현(相玹) 출생. 부친 김완식 사망. 시흥군 안양읍 석수동(현
안양유원지 부근)에 있는 정원이 딸린 2층 양옥집으로 이사.

1944년 삼남 출생.

1945년 해방과 함께 선전 삐라를 만드는 등 활동을 하다 우익 테러를 당함.
서울로 이사. 《한성시보》와 《신조선보》에 시 발표. 르포 형식의 「남
원 사건의 진상」을 《신조선보》(12. 5~10)에 발표. 12월 10일, 대학
동창 노성석의 도움으로 주간 《상아탑》 창간.

1946년 시집 『길』 출간. 민주주의민족전선 결성대회에 대의원으로 초대됨.
민전 산하 전문위원회 중 외교문제위원회 연구위원에 보선. 수필집
『해변의 시』 출간. 「비판의 비판—청년 문학가에게 주는 글」 발표.
연극동맹 보선위원에 피선. 6월, 《상아탑》 폐간(7호 종간). 조선문학
가동맹 외국문학부 회원에 보선. 배호, 김철수와 수필집 『토끼와 시
계와 회심곡』 출간.

1947년 2월 4일자 《경향신문》에 「사상 없는 예술 있을 수 없다」 게재. 남조

선문화예술가 총궐기대회 준비위원. 3월, 《대중신보》에 「암흑의 광명 — 노련대표단의 인상」 게재. 4월, 「시인의 위기 — 김광균론」 발표. 여수상업고등학교 재직. 6월, 첫 평론집 『예술과 생활』 출간. 7월 15일, 《문화일보》에 「예술과 테러와 모략」 발표. 12월, 《신천지》에 「순수의 정체 — 김동리론」 발표.

1948년　문학가동맹 기관지인 《문학》 8호에 「북조선의 인상」 게재. 9월 23일에서 26일까지 《국제신문》에 「고민하는 지성 — 싸르트르의 실존주의」 발표. 《신천지》 10월호에 「실존주의 비판」 발표. 《문장》 평론 부문 추천위원. 논문 「뿌르조아의 인간상 — 폴스타프의 산문」 발표. 10월 16일부터 9회에 걸쳐 《국제신문》에 「위선자의 문학」 발표.

1949년　1월 1일자 《국제신문》에 「민족 문학의 재구상」이라는 주제로 김동리와 대담. 두 번째 평론집 『뿌르조아의 인간상』 출간. 가족과 함께 월북한 것으로 추정.

1950년　6월, 소위 계급장을 달고 서울에 내려와 문화정치 공작원 행세를 했다는 설이 있음.

1951년　11월 9일, 휴전 회담 시에 통역 장교로 참가했다는 증언이 있음. 생사불명.

김동석 작품 연보

발표일	분류	제목	발표지
1937. 9. 9~14	문학 평론	조선 시의 편영	동아일보
1940. 3	수필	고양이	박문
1940. 7	수필	꽃	박문
1940. 8	수필	녹음송	박문
1941. 1	수필	나의 돈피화	박문
1941. 5	수필	당구의 윤리	박문
1945. 10	수필	기차 속에서	신문예
1945. 10	시	알암	한성시보
1945. 11. 14	시	경칩	신조선보
1945. 11. 23	시	희망	신조선보
1945. 12. 5, 8, 10	사회 문화 평론	남원 사건의 진상	신조선보
1945. 12. 10	사회 문화 평론	문화인에게 —《상아탑》을 내며	상아탑
1945. 12. 10	수필	어떤 이발사	상아탑
1945. 12. 10. 17	문학 평론	예술과 생활 — 이태준의 문장	상아탑 1~2
1945. 12. 17	사회 문화 평론	학원의 자유	상아탑 2
1945. 12. 17~18	문학 평론	시와 정치 — 이용악의 시 「38도에서」를 읽고	신조선보

발표일	분류	제목	발표지
1945. 12. 21	기타	국수주의를 경계하라	신조선보
1946	시집	길	정음사
1946	기타	『길』을 내놓으며	『길』
1946. 1	문학 평론	문단의 소그룹 운동	서울신문
1946. 1. 14	사회 문화 평론	예술과 과학	상아탑
1946. 1. 14, 30	문학 평론	시와 행동 — 임화론	상아탑
1946. 1. 30	사회 문화 평론	상아탑	상아탑
1946. 1. 31~2. 2	사회 문화 평론	현실성 문제	중앙신문
1946. 2. 4	시	나는 울었다 — 학병 영전에서	자유신문
1946. 2. 11~4. 29	문학 평론	글 짓는 법 — 소년문장독본	주간소학생
1946. 4. 1	문학 평론	시를 위한 시 — 정지용론	상아탑
1946. 4. 1	사회 문화 평론	전쟁과 평화	상아탑
1946. 4. 17	문학 평론	나의 영문학관	현대일보
1946. 4. 21	문학 평론	희곡집 『동승』	상아탑
1946. 4. 23	수필집	해변의 시	박문출판사
1946. 4. 23	기타	『해변의 시』를 내놓으며	『해변의 시』
1946. 4. 27	사회 문화 평론	민족의 종	중앙신문
1946. 4. 30	문학 평론	순수 문학의 정체	현대일보
1946. 5	문학 평론	신연애론	신천지
1946. 5. 10	문학 평론	소시민의 문학 — 유진오론	상아탑
1946. 5. 10	사회 문화 평론	민족의 양심	상아탑

발표일	분류	제목	발표지
1946. 5~6	문학 평론	탁류의 음악 —오장환론	민성
1946. 6	수필	나의 경제학	조선경제
1946. 6. 18	사회 문화 평론	40년의 교훈	현대일보
1946. 6. 25	사회 문화 평론	애국심	상아탑
1946. 6. 25	사회 문화 평론	기독의 정신	상아탑
1946. 6. 30~7. 1	수필	뚫어진 모자	서울신문
1946. 7	수필	톡기	신천지
1946. 8	문학 평론	금단의 과실 —김기림론	신문학
1946. 8	사회 문화 평론	민족의 자유	신천지
1946. 8. 10	수필	칙잠자리	중외신보
1946. 8. 15	문학 평론	문단 1년간의 업적	중외신보
1946. 8. 17	문학 평론	신간평 『병든 서울』	예술신문
1946. 8. 27~28	사회 문화 평론	문화 서클의 성격 —문학 대중화 운동을 위하여	현대일보
1946. 9. 11~14	문학 평론	시와 자유	중외신보
1946. 10	문학 평론	시극과 산문 —셰익스피어의 산문	무대예술연 구회
1946. 10	수필	우리 살림	부인
1946. 10. 20	수필집	토끼와 시계와 회심곡	서울출판사
1946. 10. 31	문학 평론	조선 문학의 주류	경향신문
1946. 11	사회 문화 평론	조선 문화의 현 단계 —어떤 문화인에게 주는 글	신천지

발표일	분류	제목	발표지
1946. 11. 20	사회 문화 평론	문학을 지키는 일	독립신보
1946. 12. 5	문학 평론	시단의 제삼당 — 김광균의 「시단의 두 산맥」을 읽고	경향신문
1947. 1	사회 문화 평론	조선의 사상 — 학생에게 주는 글	신천지
1947. 2	사회 문화 평론	공맹의 근로관 — 지식계급론 단편	신천지
1947. 2. 4	기타	사상 없는 예술 있을 수 없다 '	경향신문
1947. 3	시	나비	우리문학
1947. 3. 30~4. 5	문학 평론	시인의 위기 — 김광균론	문화일보
1947. 4. 6~9	사회 문화 평론	암흑과 광명 — 노련대표단의 인상	대중신보
1947. 4. 24	문학 평론	민족의 종 — 『설정식 시집』을 읽고	중앙신문
1947. 5. 1	사회 문화 평론	문화인과 노동자 — 메이데이를 맞이하야	문화일보
1947. 6. 10	문학 평론	비판의 비판 — 청년 문학가에게 주는 글	예술과 생활
1947. 6. 10	문학 평론	시의 번역 — 유석빈 『시경』 서문	예술과 생활
1947. 6. 10	문학 평론	시와 혁명 — 오장환 역 『에세닌	예술과 생활

발표일	분류	제목	발표지
		시집』을 읽고	
1947. 6. 10	문학 평론	인민의 시 —오장환 역 『전위시인집』을 읽고	예술과 생활
1947. 6. 10	사회 문화 평론	학자론	예술과 생활
1947. 6. 10	사회 문화 평론	대한과 조선	예술과 생활
1947. 6. 10	문학 평론	구풍 속의 인간 —현대소설론 단편	예술과 생활
1947. 6. 10	기타	평론집『예술과 생활』을 내놓으며	예술과 생활
1947. 6. 26	기타	세계 인민의 기쁨	문화일보
1947. 7. 15	사회 문화 평론	예술과 테로와 모략 —부산예술제를 보고 와서	문화일보
1947. 10. 1	사회 문화 평론	대학의 이념	경상학보 (고려대)
1947. 11	문학 평론	순수의 정체 —김동리론	신천지
1947. 12. 8	사회 문화 평론	관념적 진로 —최재희 저『우리 민족의 갈 길』	중앙신문
1948. 4	문학 평론	비약하는 작가 —(속) 안회남론	우리문학
1948. 4. 6	사회 문화 평론	민족 문화 건설의 초석 —『조선말 사전』 간행을 축하하야	신민일보

발표일	분류	제목	발표지
1948. 6	문학 평론	부계의 문학 —안회남론	예술평론
1948. 7	사회 문화 평론	북조선의 인상	문학
1948. 7. 13	문학 평론	분노의 시 —김용호 시집 『해마다 피는 꽃』	조선중앙일보
1948. 7. 24	사회 문화 평론	연극평 —「달밤」의 감격	조선중앙일보
1948. 8. 11	사회 문화 평론	사진의 예술성	조선중앙일보
1948. 8. 28	문학 평론	행동의 시 —시집 『새벽길』을 읽고	문학평론
1948. 9. 23~26	문학 평론	고민하는 지성 —사르트르의 실존주의	국제신문
1948. 10	문학 평론	생활의 비평 —매슈 아널드 연구	문장
1948. 10	문학 평론	실존주의 비판 —사르트르를 중심으로	신천지
1948. 10.2	문학 평론	뿌르조아의 인간상 —폴스타프론	조선영문학회
1948. 10. 16~26	문학 평론	위선자의 문학 —이광수론	국제신문
1948. 12	사회 문화 평론	음악의 시대성 —박은용 독창회 인상기	세계일보
1948. 12. 23~25	사회 문화 평론	한자철폐론 —이숭녕 씨를 반박함	국제신문

발표일	분류	제목	발표지
1949. 1	수필	신결혼론	신세대
1949. 1. 1	수필	나	세계일보
1949. 1. 1	대담	민족 문학의 새 구상 — 김동리·김동석 대담	국제신문
1949. 2. 5	평론집	뿌르조아의 인간상	탐구당서점
1949. 3. 10~12	수필	나의 투쟁	조선일보
1949. 5	문학 평론	셰익스피어의 주관	희곡문학
1949. 5. 1	수필	봄	태양신문
1986	수필집	해변의 시	범우사 (박연구 편)
1988. 11. 20	평론집	이원조·김동석 외 평론선	삼성출판사
1989. 2. 5	평론집	예술과 생활	토지
1989. 2. 5	평론집	뿌르조아의 인간상	토지
1989. 11. 20	평론집	김동석 평론집	서음출판사
2009. 9. 15	평론집	예술과 생활 (외)	범우사
2010. 1. 15	평론집	김동석 비평 선집	현대문학

1939. 4	김동리, 「문자 우상 — 우상론 노트의 일절」, 《조광》
1939. 6	유진오, 「순수에의 지향」, 《문장》
1939. 11	김환태, 「순수시비」, 《문장》
1939. 12	이원조, 「순수란 무엇인가」, 《문장》
1940	임화, 「신인론」, 『문학의 논리』, 학예사
1946. 6	조연현, 「순수의 의지 — 김동석론」, 《예술부락》
1948. 1	조연현, 「무식의 폭로 — 김동석의 「김동리론」을 박함」, 《구국》
1948. 1	김동리, 「생활과 문학의 핵심 — 김동석 군의 본질에 대하야」, 《신천지》
1948. 1	김동리, 「독조 문학의 본질 — 김동석의 생활의 정체를 구명함」, 《문학과인간》, 백민문화사
1948. 1	김동리, 「순수 문학의 진의 — 민족 문학의 당면 과제로서」, 《문학과인간》, 백민문화사
1948. 2. 17 ~18	조연현, 「개념과 공식 — 백철 씨와 김동석 씨」, 《평화일보》
1949. 1. 25 ~2. 28	김광현, 「민족 문학의 재검토 — 김동리, 김동석 대담을 읽고」, 《자유신문》
1949. 2. 6	정지용, 「뿌르조아의 인간상」과 김동석, 《자유신문》
1951. 12. 12 ~13	이혜복, 「판문점 진단」, 《경향신문》
1964. 8	이혜복, 「판문점에서 만난 김동석」, 《세대》

1973   김윤식·김현, 『한국문학사』, 민음사

1975   염무웅, 「8·15 직후의 한국 문학」, 《창작과비평》 가을

1980   정한숙, 『해방 문단사』, 고려대 출판부

1980   김흥규, 「민족 문학과 순수 문학」, 『문학과 역사적 인간』, 창작과
            비평사

1982   최원식, 『민족 문학의 논리』, 창작과비평사

1984   김윤식, 『한국 근대 문학 사상 연구』 I, 일지사

1984   김흥규, 「민족 문학과 순수 문학」, 『한국 문학의 현 단계 4』, 창
            작과비평사

1986   홍정선, 「해방 후 순수참여론의 전개 양상」, 『역사적 삶과 비평』,
            문학과지성사

1988   신형기, 『해방 직후의 문학운동론』, 화다

1988   임헌영, 『한국 현대 문학 사상사』, 한길사

1988   민현기, 「해방 직후의 민족문학론」, 《문학과사회》 가을

1988   이현식, 「역사 앞에 순수했던 양심적 지식인의 삶과 문학 — 김동
            석론」, 《황해문화》 여름

1989   김시태 편, 『식민지 시대의 비평 문학』, 이우출판사

1989   김윤식·김우종 외, 『한국 현대문학사』, 현대문학

1989   권영민, 『월북 문인 연구』, 문학사상사

1990. 12   채수영, 「김동석의 시적 특질」, 《동악어문논집》 25

1991   송기한, 『해방 공간의 비평 문학 1』, 태학사

1992   김재용, 「8·15 직후의 민족문학론」, 《문학과 논리》 2

1992   하정일, 「해방기 민족문학론 연구」, 연세대 박사 논문

1992   김승환, 「해방 직후 문학 연구의 경향과 문제점」, 《문학의 논리》 2

1993   송희복, 『해방기 문학 비평 연구』, 문학과지성사

1993   권영민, 『한국 현대문학사』, 민음사

1993   황선열, 「해방기 민족문학론의 특성 연구 — 김동석을 중심으

로」, 영남대 석사 논문

1993   윤지관, 「MATTHEW ARNOLD의 비평 연구」, 서울대 박사 논문

1993. 2~8   곽종원, 「해방 문단의 이면사」,《문학사상》

1993. 12   김영진, 「김동석론: 김동석의 비평과 그 한계」,《우석어문》8

1994   김윤식, 『한국 근대 문학 사상 연구』Ⅱ, 아세아문화사

1994   안소영, 「해방 후 좌익 진영의 전향과 그 논리」,《역사비평》봄

1994   유양선, 「세대 — 순수 논쟁과 김동리의 비평」,《진단학보》78

1994. 3   홍성식, 「생활과 비평 — 김동석론」,《명지어문학》

1995   이희환, 「김동석 문학 연구」, 인하대 석사 논문

1995   이명희외, 『월북 작가에 대한 재인식』, 깊은샘

1995   유종호, 『한국 현대 문학 50년』, 민음사

1996   김윤식, 「지식인 문학의 속성과 그 계보 — 김동석을 중심으로」,
              《한국문학》봄

1996   손정수, 「김동석 — '상아탑'의 인간상」, 『한국 현대 비평가 연구』, 강

1996. 4   이현식, 「김동석 연구 1 — 역사 앞에 순수했던 한 양심적 지식인
              의 삶과 문학」,《작가연구》1

1999   홍성준, 「김동석 문학 연구」, 연세대 석사 논문

1999   강진호 편, 『한국 문단 이면사』, 깊은샘

2000   김영민, 『한국 현대 문학 비평사』, 소명

2001   유종호, 『서정적 진실을 찾아서』, 민음사

2001   손영숙, 「김동석 비평 연구」, 이화여대 석사 논문

2001   엄동섭, 「상아탑'에서 민족 문학에 이르는 해방기 지식의 변증법
              적 도정 — 김동석론」,《한국문학평론》여름

2002   권영민, 『한국 현대 문학사 1』, 민음사

2002   김민숙, 「김동석 연구 — 비평 문학을 중심으로」, 공주대 석사 논문

2003   김민숙, 「김동석 비평의 문체상의 특징 — 10여 편의 작가론을 중
              심으로」,《한국어문교육》11

2003. 12   유종호, 「김동석 연구 2 ─ 순수 문학으로부터 민족 문학으로의
            도정」, 《인천학연구》 2권 1호

2004   유종호, 「평론가 김동석의 형성」, 《예술논문집》, 대한민국예술원

2005   유종호, 「김동석 연구 ─ 그의 비평적 궤적」, 《예술논문집》, 대한
            민국예술원

2005   유종호, 「어느 잊혀진 비평가 ─ 김동석에 부쳐」, 《문학수첩》 가을

2006   하수정, 「경성제대 출신의 두 영문학자와 메슈 아널드 ─ 김동석
            과 최재서를 중심으로」, 《영미어문학》 79

2006. 6   김효신, 「김동석 시집 『길』에 나타난 순수·이념의 이분 양상 소
            고」, 《한민족어문학》 48

2007   이희환, 『김동석과 해방기의 문학』, 역락

2007   김효신, 「한국 근대 좌익 비평 문학과 이탈리아 파시즘」, 《이탈리
            아어문학》 22

2010   박태상, 「탄생 100주년 월북 문인 집중 조명: 두 개의 암초에 맞
            선 실험적 항해 ─ 탄생 100주년 월북 문인의 문학사적 의의, 《한
            국문예비평연구》 32

2012   김한식 편, 『김동리』, 글누림

2013. 5. 2 이재복, 「순수와 독조 사이의 거리 ─ 김동리와 김동석 비평의 논
            리」, 탄생 100주년 문학인 기념문학제, 대산문화재단, 한국작가
            회의

작성자 이재복 한양대 교수

고독과 신성의 변증

홍용희(경희사이버대 교수)

서론

시와 종교는 공통적으로 인간의 유한적 존재자로서의 결핍의 지점에서 연원한다. 그러나 결핍을 극복해 가는 방식은 서로 다르다. 종교는 인간의 맞은편에 충만과 영원의 절대자를 설정하고 그에 대한 순종을 통한 구원을 추구한다. 반면에 시적 창조 행위는 절대자를 선택하는 대신 인간 실존과 세계를 선택한다. 시의 세계는 불안과 고독과 절망 속에 있는 단독자로서의 존재성으로부터 스스로 진정한 자유와 영원을 성취해 나간다. 시와 종교는 기본적으로 인간의 존재론적 본질에 대한 견성에서는 공통점을 지니지만 그 초극의 방법론에서는 차이를 지니는 것이다.

김현승의 시 세계는 이러한 시와 종교적 속성의 공통 기반과 차이성을 동시에 보여 준다. 그의 시적 삶은 기독교적 세계관을 바탕으로 한다. 그러나 그의 시적 삶에서 신앙은 기복적 믿음이나 해방 신학의 실천보다 자기 탐구와 완성을 향한 구도의 대상이며 가치 척도[1]로서 전면에 부각된다. 이

---

1) 신앙의 믿음은 세 가지 유형으로 나뉜다. 첫째 기복형, 둘째 구도형, 셋째 개벽형이 그것

를테면, 그의 시 세계에서 신앙은 자신과 세계의 본질을 발견하고 이를 생활 속에서 구현하고 실현하기 위한 자기 수양과 구도의 도정으로서 의미를 지닌다. 그래서 그의 시적 삶은 초월적이면서 동시에 내재적이다. 그가 추구하는 신은 외부적 존재자이면서 동시에 내면화된 근원적 자아인 것이다. 따라서 그의 시 세계에서 기독교는 동양적 세계관에서 강조하는 수행의 궁극적 가치로서의 도(道)와 깊은 연속성을 지닌다. 도(道)란 추구할 외적 대상이면서 동시에 자신의 내적 본성에 해당하기 때문이다.

그의 시편에 집중적으로 나타나는 고독의 극점을 향한 과정 또한 초월적 신의 존재성에 다가가는 과정이면서 내재적 자기 수행의 과정이다. 여기에서 전자가 우위에 놓이면 기독교적 신앙이 전면화되고 후자가 우위에 놓이면 인간의 내재성이 전면화된다. 고독의 극점에서 그가 대면한 '영원'은 근원적인 존재론적 가치 일반으로서 기독교적 유일신과는 거리가 멀다. 이때 그의 기독교적 세계관은 방법론적 회의를 겪게 된다. 그러나 그에게 이러한 방법적 회의는 다시 신에의 완전한 귀속으로 귀결된다. 방법적 회의의 과정이 오히려 신을 향한 비약적 초월의 계기로 작용한 것이다. 그래서 마침내 "나는 이날 이후 시를 버릴지언정 나의 구원인 나의 신앙을 다시금 떠날 수는 없다."[2]라는 확신을 갖게 된다. 그는 자신의 유한적 존재자로서의 실존적 결핍에 대한 초극의 방법으로 신의 구원을 선택한 것이다. 그의 삶에서 외적 초월의 신이 인간의 내재적 가능성을 압도하는

이다. 기복형은 그 중심적 관점이 질병이나 재앙과 같은 구체적 사건을 해결하고자 하는 데에서 찾는, 이를테면 생존 동기를 갖는 믿음이다. 구도형은 자아의 완성, 진리의 탐구를 모티프로 하기 때문에 삶의 현존적 조건과 이상에 대한 깊은 각성을 추구하게 된다. 개벽형은 역사의 황금시대가 올 것이라고 기대하고 그때가 올 것을 준비하는 현실 변혁에 관심이 집중된다. 기독교에는 이들 세 가지 요소가 모두 있다. 다만, 신앙인에 따라 어느 요소가 전면에 두드러지느냐의 차이가 있을 것이다. 김현승의 시 세계는 삶의 본질을 찾는 구도의 요소가 단연 앞선다. 윤이흠, 『한국인의 종교관』(서울대 출판부, 2007), 128~129쪽 참조.
2) 김현승, 「나의 생애와 나의 확신」(시인사, 1985), 299쪽.

지점이다.

여기에서는 이러한 문제의식 속에서 김현승의 시적 삶에서 기독교적 세계관과 그 구도적 성격을 살펴보고 이를 바탕으로 고독의 의미와 방법적 회의를 통한 절대 신앙의 도달 과정을 중심으로 논의하기로 한다. 특히 그의 기독교적 세계관의 구도적 성격을 규명하기 위한 방법론으로 노자의 도(道)의 철학과의 상관성 속에서 주목해 보기로 한다. 이러한 과정은 지금까지 김현승의 시 세계에서 인간의 내재성과 신적 초월을 이원론적인 분리와 갈등 관계로 파악해 온 논의[3]를 극복하고 아울러 고독과 구도의 시적 의미의 관계성을 온전히 규명하는 데 도움이 될 것이다.

신의 창조성과 시적 모방

기독교는 어느 종교보다 지상의 모든 존재자의 창조자이며 주재자로서의 신의 권능을 종지(宗旨)로 내세운다. 인간 삶 역시 신의 예정에 의해 주재되고 인도된다. 그렇다면 이러한 상황 앞에서 문학의 창조성, 자생성, 독창성이 설 자리는 어디일까? 피조물에게 해당되는 최고선은 피조물다운, 즉 파생되거나 반사된 대상으로서의 존재성이다. 그래서 성 아우구스티누스는 자신을 창조한 하나님께 집중하기보다 자신의 내재적 가능성에 집중하는 것은 피조물로서의 교만이고 타락임을 지적한다. 이러한 원칙에 입각하면 시인은 신으로부터 반사된 숭고와 신성을 구현하는 사역의 담당자이지 미적 창조와 자기표현의 주체일 수 없다. 그리스도인은 기본적으로 마

---

3) 김현승의 시 세계에서 인간적 내재성과 신앙을 이원론적으로 조망한 대표적인 논의로는 김윤식, 「신앙과 고독의 분리 문제 — 김현승론」, 『한국 현대시론 비판』(일지사, 1975); 권오만, 「김현승과 성·속의 갈등」, 김용직 외, 『한국 현대시사 연구』(일지사, 1983); 문덕수, 「김현승 시 연구」, 《홍익논총》 1권 1호(홍익대 출판부, 1984) 등이 대표적이다. 이들의 논의는 각각 신앙의 변모에 주목하거나 신앙과 고독의 분리를 통해 고독의 탐구가 가능했다는 인식 그리고 초월자와의 갈등 등에 집중된다.

치 거울이 사물을 비추듯 그리스도를 비추어야 한다.[4]

이러한 문맥에서 김현승의 시적 삶의 세계관과 창작 방법론을 보여 주는 다음 시편은 그가 기독교 시인임을 증거하는 선명한 기반이 된다고 할 것이다.[5]

나의 육체(肉體)와 찔레나무의 그늘을 만드신
당신은,
보이지 않으나 나에게는 아름다운 시인(詩人)…….

내 눈물의 밤이슬과
내 이웃들의 머금은 미소(微笑)와
저 슬픈 미망인(未亡人)들의 눈동자를 만드신
당신은,
우리보다 먼저 오시어 시(詩)로서 지상(地上)을 윤택(潤澤)케 하신 이.

당신의 그 사랑과
당신의 그 슬픔과
그 보이지 않는 당신의 아름다운 얼굴에
나도 이제는 어렴풋이나마 육체를 입혀
어루만지듯 어루만지듯 나의 노래를 부릅니다.

—「육체」 전문

이 시편에는 두 명의 시인이 존재한다. 한 명은 "당신"이고 다른 한 명은

---

4)「고린더 후서」 3:18; C. S. 루이스, 양혜원 옮김, 『기독교적 숙고』(홍성사, 2013), 17쪽 참조.
5) 여기에서 인용하는 김현승 시집 텍스트는, 김인섭 엮음, 『김현승 시 전집』(민음사, 2005)으로 한다.

시적 화자이다. 그러나 시적 화자는 진정한 창작 주체가 아니다. 창조성은 오직 "당신"만의 특권이다. "당신"은 지상의 모든 현상은 물론이고 "나의 육체"까지 만든 당사자이다. 따라서 본래의 시인은 "당신"이다. "당신"은 "우리보다 먼저 오시어 시로서 지상을 윤택케 하신 이"이다. 시적 화자는 "당신"이 창조한 원텍스트에 "어렴풋이나마 육체를 입혀/ 어루만지듯 어루만지듯" 조심스럽게 "나의 노래를" 덧붙이는 역할을 담당할 뿐이다. 신약성경을 관류하는 하나님만의 고유한 특권으로서의 창조성을 확인할 수 있다. 시적 화자의 소임은 거울이 반사된 상을 품듯 원텍스트를 반영하고 모방하는 것이다. 그래서 "나의 노래"는 "당신"에 대한 경이와 숭배를 바탕으로 한다.

이 점은 시적 화자의 내재적 독창성의 추구에서도 동일하게 적용된다. 왜냐하면 시적 화자에게는 이미 "당신의 눈"이 내면화되어 있기 때문이다.

이맘때가 되면
당신의 눈은 나의 마음,
아니, 생각하는 나의 마음보다
더 깊은 당신의 눈입니다.

이맘때가 되면
낙엽(落葉)들은 떨어져 뿌리에 돌아가고,
당신의 눈은 세상에도 순수한 언어(言語)로 변합니다.

이맘때가 되면
내가 당신에게 드리는 가장 아름다운 선물은,
가을 하늘만큼이나 멀리멀리 당신을 떠나는 것입니다.
떠나서 생각하고,

　　그 눈을 나의 영혼 안에 간직하여 두는 것입니다!

　　낙엽(落葉)들이 지는 날 가장 슬픈 것은
　　우리들 심령에는 가장 아름다운 것…….
―「가을은 눈의 계절」 전문

　　시적 화자는 "나의 마음" 속에 "당신의 눈"이 내려와 있음을 감지하고 있다. 종교적 절대자 "당신"이 시적 화자의 외부가 아니라 내면에 존재한다. 우리의 몸은 하나님의 성전이다[6]라는 사도 바울의 정언을 환기시키는 대목이다. 이때 시적 화자에게는 "당신의 눈"의 감각을 온전히 구현하는 것이 가장 중요한 과제이다. "당신의 눈"의 감각을 구현하는 것은 자신의 근원적 본성을 찾는 것과 직접 연관된다. "당신"은 "나의 육체를" 만든 주체이기 때문이다. 시적 화자에게 자신의 내면의 "당신"이 가장 온전히 발현되는 때는 "낙엽들"이 "떨어져 뿌리에 돌아"가는 절기이다. 여름날의 무성한 장식들이 모두 스러지면서 본래의 모습이 드러나는 절기에 자신의 근원적 초상과 마주하게 된다는 것이다. 그래서 "낙엽들이 지는 날 가장 슬픈 것은/ 우리들 심령에는 가장 아름다운 것"이 된다. 이때 "당신의 눈은 세상에도 순수한 언어로 변"한다. 물론 "당신의 눈"이 세상에서 "순수한 언어"로 변한다는 것은 시적 화자의 "마음"이 "순수한 언어"를 노래할 수 있게 된다는 것을 가리킨다. 시적 화자에게 "낙엽들이 지는" 앙상한 절기는 "내가 아버지 안에 있고 아버지가 내 안에 있음을"[7] 확인하는 충만한 성령의 절기이다. 이렇게 보면, "당신의 눈은 나의 마음"이라는 명제를 지키고 구현하는 것이 김현승의 궁극적인 시 창작 방법론이고 미학적 지향임을 알 수 있다. 따라서 그가 "내 마음은 마른 나뭇가지/ 주여/ ……/ 사라지는 먼뎃

---

6) 「고린도 전서」 3:16~17.
7) 「요한복음」 14:11.

종소리를 듣게 하소서/ 마지막 남은 빛을 공중에 흩으시고/ 어둠 속에 나의 귀를 눈뜨게 하소서"(「내 마음은 마른 나뭇가지」)라는 기도는 곧 자신의 시적 감각과 감성의 열림을 위한 간구이기도 하다.

신의 존재성과 구도의 가치론

앞에서 살펴본 바처럼, 김현승에게 "나의 마음은 당신의 눈"(「가을은 눈의 계절」)이라는 명제를 구현하는 것이 자신의 본성을 찾고 완성시키는 과정이며 동시에 자신의 시 창작의 지향점이다. 따라서 그의 시적 삶은 신을 깊이 이해하고 교감하는 것이 가장 중요한 과제이다. 그래서 그의 시 세계에는 신의 존재성과 우주의 주재 원리에 대한 직시가 빈번하게 등장한다. 신의 존재성과 주재 원리에 대한 인식이 곧 자신과 세계의 근원에 대한 통찰이며 발견이다.

빛이 잠드는
따 위에
라일락 우거질 때,
하늘엔 무엇이 피나,
아무것도 피지 않네.

산을 헐어
뚫은 길,
바다로 이을 제,
하늘엔 무엇을 띄우나,
아무런 길도 겐 보이지 않네.

바람에 수런대는

아름다운 깃발들
높은 성(城)을 에워쌀 제,
하늘엔 무슨 소리 들리나,
겐 아직 빈 터와 같네.

(중략)

고국(故國)에서나
이역(異域)에서도
그 하늘을 내 검은 머리 위에
고요한 꿈의 이바지같이
내게 딸린 나의 풍물(風物)과 같이
이고 가네
이고 넘었네.

—「무형(無形)의 노래」 부분

"하늘"의 존재성을 경건한 음조로 노래하고 있다. "하늘"은 부재를 통해 현존한다. 그래서 "하늘"에 대한 노래는 "무형(無形)의 노래"가 된다. 지상에 "라일락"이 "우거"져도 "하늘엔" "아무것도 피지 않"는다. "하늘"은 아무것도 하지 않으면서 정작은 하지 않음이 없는 것이다. 이 점은 2연, 3연에서도 마찬가지로 적용된다. 지상에선 큰 "길"이 열리고, "높은 성(城)을 에워"싸는 "아름다운 깃발들"의 소리 요란해도 "하늘"에는 아무것도 보이지 않고 들리지 않는다. "하늘"은 언제나 무형지형(無形之形)이다. 그러나 "하늘"은 나의 주변에 철저히 존재한다. "검은 머리 위에/ 고요한 꿈의 이바지같이/ 내게 딸린 나의 풍물(風物)과 같이" 사소한 일상 속에서도 함께 한다.

이와 같이 "하늘"은 없으나 없지 않고, 어떤 일도 하지 않지만 하지 않음이 없다. 이와 같은 "하늘"의 존재성은 바로 동양적 우주관에서 삼라만상의 지극한 가치로 제시하는 도(道)의 존재성과 근원 동일성을 지닌다. 노자가 『도덕경』에서 설파한 도란 보아도 보이지 않고 들어도 들리지 않고 만져도 만져지지 않는 것이다. 그래서 모양 없는 모양이요, 모습 없는 모습의 무형이다. 그러나 도의 비롯함을 잡으면 이로써 오늘의 현상을 다스릴 수 있다. 천지의 근원이며 본질이 도이기 때문이다. 따라서 도를 일상생활 속에서도 일관되게 견지하는 삶의 태도가 중요시된다.[8] 여기에 이르면, 김현승의 시 세계에서 신에 대한 절대적 경배가 자신의 본성에 대한 발견과 완성을 향한 도정이라는 점을 좀 더 분명하게 확인할 수 있다. 그에게 기독교는 구도(求道)를 향한 자기 수행의 의미를 지니는 것이다.

한편, 다음 시편은 김현승의 시 세계에서 하나님과 노자가 설파하는 도의 연속성을 좀 더 구체적으로 선명하게 확인할 수 있다.

① 지우심으로
지우심으로
그 얼골 아로사겨 놓으실 줄이야······

---

8) 보아도 보이지 않는 것을 이름하여 이(夷)라 한다. 들어도 들리지 않는 것을 이름하여 희(希)라 한다. 잡아도 잡히지 않는 것을 이름하여 미(微)라 한다. 이 셋은 어떻게 할 수가 없다. 그러므로 섞이어 하나를 이룬다. 그 위는 밝지 않고 그 아래는 어둡지 않다. 이어지고 이어져서 이름을 지을 수 없다. 다시 아무것도 없는 무(無)로 돌아가는지라, 이를 일컬어 모양 없는 모양이요 모습 없는 모습이라 한다. 이를 일컬어 어리벙벙함이라 한다. 맞이해서 보되 그 머리를 볼 수 없고 따라가며 보되 그 뒤를 볼 수가 없다. 도(道)의 비롯함을 잡으면 이로써 오늘의 현상을 다스릴 수 있다. 능히 천지의 비롯함을 알면 이를 일컬어 도의 근본이라고 한다.
(視之不見名曰夷 聽之不聞名曰希 搏之不得名曰微 此三者不可致詰 故混而爲一 其上不皦其下不昧 繩繩不可名 復歸於無物 是謂無狀之狀 無物之狀 是謂惚恍 迎之不見其首 隨之不見其後 執古之道以御今之有 能知古始 是謂道紀)(『도덕경』 14장, 이 아무개 대담, 『무위당 장일순의 노자 읽기』(삼인, 2003), 「해설」 참조)

흩으심으로
꽃잎처럼 우릴 흩으심으로
열매 맺게 하실 줄이야……

비우심으로
비우심으로
비인 도가니 나의 마음을 울리실 줄이야……

사라져
오오,
영원(永遠)을 세우실 줄이야……

어둠 속에
어둠 속에
보석(寶石)들의 광채(光彩)를 기리 담아 주시는
밤과 같은 당신은, 오오, 누구이오니까!

—「이별(離別)에게」 전문

② 비어 있음을 깊이 통찰하고 고요함을 견지하면 만물의 순환 원리를 볼 수 있다. 모든 사물은 끊임없이 변하지만 저마다 제 근원으로 돌아간다. 근원으로 돌아오는 것을 고요함이라 하고 고요함을 존재의 운명의 순응이라고 한다. 이것이 존재의 실재이다. 실재를 모르면 재앙을 부르고 실재를 알면 모든 것을 품는다. 모든 것을 품는 것은 사(私)가 없는 공(公)이고 공이 곧 가장 높은 왕이고, 가장 높은 왕이 곧 하늘이다. 하늘이 곧 도요, 도가 곧 영원함이니 몸은 죽어도 죽지 않고 영원하다.

(致虛極 守靜篤 萬物竝作 吾以觀其復 夫物芸芸 各復歸其根 歸根曰靜 是謂復命 復命曰常 知常 曰明 不知常 妄作凶 知常容 容乃公 公乃王 王乃天 天乃道 道

乃久 沒身不殆)

— 노자, 『도덕경』 16장

①과 ②가 서로 긴밀한 연속성을 지닌다. ①은 ②의 시적 표현이고 ②는 ①의 산문적 진술로 해석된다. 이를 서로 연관해 읽어 보면 다음과 같다. ①의 시적 정조는 텅빈 고요를 직시하는 하염없이 깊고 그윽한 자세를 드러낸다. "致虛極 守靜篤(치허극 수정독)", 즉 고요한 가운데 깨어 있어서 비어 있음을 그윽하게 통찰하는 자세인 것이다. 시적 화자는 "당신"은 "지우심으로" "그 얼골 아로사겨 놓으"시고, "흩으심으로" "열매 맺게 하"시는 것을 발견한다. "萬物竝作 吾以觀其復(만물병작 오이관기복)", 즉 만물이 저마다 번성했다가 근원으로 돌아가는 무위(無爲)의 질서가 "지우심"이고 "흩으심"이다. 3연의 "비우심으로/ 비우심으로/ 비인 도가니 나의 마음을 울"린다는 것은 텅 빈 고요가 삼라만상이 회귀하는 현묘한 근원임을 암시한다. "歸根曰靜 是謂復命(귀근왈정 시위복명)", 즉 모든 삼라만상의 근원 회귀는 고요함을 운명적 속성으로 한다는 것을 노래하고 있다. 또한 여기에서 "비인 도가니"는 "지우심"과 "흩으심"을 관장하는 대상으로도 이해된다. "비인 도가니"가 피조물이 아니라 "나의 마음을 울리는" 생성 주체이기 때문이다. 텅 빈 고요가 삼라만상의 출발과 회귀의 원점인 것이다. 그래서 4연에 오면, "사라져/ 오오,/ 영원을 세우실 줄이야"라는 깨달음의 탄성을 울리게 된다. "沒身不殆(몰신불태)", 즉 몸은 죽어도 죽지 않는 "당신"의 속성을 가리킨다. 모든 인위적 집착으로부터 벗어나 있고, 초월해 있고, 비어 있으므로 마치 가장 높은 차원의 하늘이며 영원한 도(道)라는 것이다.(公乃王 王乃天 天乃道 道乃久) 4연은 하늘 혹은 도의 영원성을 노래하고 있는 것이다. 沒身不殆(몰신불태)는 사도 바울의 '썩을 육신의 옷을 벗고 영원히 썩지 않는 옷을 갈아입는 것이 곧 부활'이라는 언명과 상통한다. 따라서 5연에서 "어둠 속에/ 어둠 속에/ 보석들의 광채를 기리 담아 주시는/ 밤과 같은 당신"은 곧 부활하는 그리스도를 가리키는 것으로 이해된다. 그리고 이

것은 또한 시적 화자가 추구하는 궁극적 삶의 가치이며 철학으로서 도와 상통함을 알 수 있다.

여기에 이르면 김현승의 시 세계에서 초월적 신앙은 구도(求道)의 생활 철학으로 존재하는 것임을 좀 더 분명하게 확인할 수 있다. 그렇다면, 생활 철학의 궁극적 가치에 해당하는 그리스도와의 만남과 구도(求道)의 성취는 어떻게 가능할까? 그것은 스스로 "사라져/ 오오,/ 영원을 세우"는 방법론을 따르는 것이다. 김현승의 시 세계에서 고독한 자아를 향한 치열한 과정은 이러한 배경에서 연원하는 것으로 보인다.

고독의 극점과 영원성의 대면

절대자 "당신"은 "사라져" "영원"(「이별에게」)을 세운다. "많은 진리들 가운데 위대한 공허를 선택하여/ 나로 하여금 그 뜻을 알게"(「가을의 시」) 하는 것이다. "당신"은 자신을 지우고, 비우는 "공허"를 통해 존재하는 "영원"이다. 그렇다면, 이러한 "당신"을 만날 수 있는 방법은 무엇일까? 그것은 현실의 인위적, 세속적 질서와 절연된 "고독"을 지향하는 것이다. "고독"이 단독자로서의 자기 자신에 대한 실존적 각성의 방법론적 형식[9]인 것이다.

나로 하여금
세상의 모든 책을 덮게 한
최후(最後)의 지혜(智慧)여,
인간(人間)은 고독하다!

우리들의 꿈과 사랑과
모든 광채(光彩) 있는 것들의 열량(熱量)을 흡수(吸收)하여 버리는

---

9) 유성호, 『근대시의 모더니티와 종교적 상상력』(소명, 2008), 161쪽.

최후(最後)의 언어(言語)여,
인간(人間)은 고독하다!

(중략)

신앙을 가리켜 그러나 고독에 나리는 축복이라면
깊은 신앙은 우리를 더욱 고독으로 이끌 뿐

—「인간은 고독하다」 부분

"고독"은 "나로 하여금/ 세상의 모든 책을 덮게 한/ 최후의 지혜"이다. 세상의 어떤 지혜보다 더욱 절대적인 지혜를 "고독"을 통해 대면할 수 있다. 또한 "고독"은 현실 속의 "모든 광채 있는 것들"을 흡수해 버린다. 그렇다면, 이러한 "고독"의 실체는 무엇인가? 그것은 "신앙"과 대면할 수 있는 삶의 자세이다. "신앙"은 "고독에 나리는 축복이"기 때문이다. 그래서 "깊은 신앙은" 자신을 더욱 깊은 "고독으로 이"끈다.

물론, 여기에서 "신앙" 역시 삶의 철학적 지향점으로서 도(道)와 등가적인 의미를 지니는 것으로 해석된다. 따라서, 노자 『도덕경』의 어법으로 설명하면, 사람들한테서 배우기를 그만두면 근심이 없다. 세상 사람들은 똑똑해서 아는 것도 많건만 나 홀로 어둡고 둔하여 고요하기가 바다와 같으며, 나 혼자 세상 사람과 달라서 어머니(道 혹은 하나님)한테 양육되는 것을 귀하게 여긴다(絕學 無憂 (……) 俗人察察 我獨悶悶 澹兮 其若海 飂兮 似無所止 眾人皆有以 而我獨頑且鄙 我獨異於人 而貴求食於母)[10]는 외로운 구도의 자세와 동일성을 지닌다.

이와 같이 절대적 가치와 합치하는 "고독"의 자세가 "절대 고독"의 경지로 극대화되면 "영원"을 대면하게 된다.

---

10) 노자, 『도덕경』 20장.

나는 이제야 내가 생각하던
영원의 먼 끝을 만지게 되었다.

그 끝에서 나는 눈을 비비고
비로소 나의 오랜 잠을 깬다.

내가 만지는 손끝에서
영원의 별들이 흩어져 빛을 잃지만,
내가 만지는 손끝에서
나는 내게로 오히려 더 가까이 다가오는
따뜻한 체온을 새로이 느낀다.
이 체온으로 나는 내게서 끝나는
나의 영원을 외로이 내 가슴에 품어 준다.

그리고 꿈으로 고이 안을 받친
내 언어의 날개들을
내 손끝에서 이제는 티끌처럼 날려 보내고 만다.

나는 내게서 끝나는
아름다운 영원을
내 주름 잡힌 손으로 어루만지며 어루만지며
더 나아갈 수도 없는 나의 손끝에서
드디어 입을 다문다 ── 나의 시(詩)와 함께.

──「절대 고독」 전문

　"절대 고독"의 지점에서 "영원"을 감지한다. 이때 "비로소" "나는 눈을
비비고" "나의 오랜 잠을 깬다." 그렇다면, "영원"의 실체는 무엇인가? 그것

은 바로 자신의 근원이다. 그래서 "내가 만지는 손끝에서/ 나는 내게로 오히려 더 가까이 다가오는/ 따뜻한 체온을 새로이 느낀다.""고독을 진정으로 아는 사람은 고독 속에 빠지는 것이 아니라 그 고독 속에서 자신을 건져 내게 된다."[11]는 것을 스스로 터득하고 증거하는 자리이다. 그는 "고독"을 통해 "인생의 본질적 상태를 인식"[12]하고 있는 것이다. 근원과 본질로서의 "영원"은 언어로 감각화할 수 없는 절대적 무한의 속성을 지닌다. 이것은 마치 노자가 『도덕경』 1장에서 강조한 "도(道)를 말로 하면 말로 된 도(道)가 도(道) 그 자체는 아니다. 이름을 붙이면 이름이 곧 이름의 주인은 아니다.(道可道 非常道 名可名 非常名)"[13]라는 언명을 환기시킨다. 절대적 근원의 "영원"은 이미 말에 얽매이지 않는 언어도단의 영역에 거점을 둔다. 그래서 시적 화자는 "나는 내게서 끝나는/ 아름다운 영원을/ 더 나아갈 수도 없는 나의 손끝에서/ 드디어 입을 다문다 ─ 나의 시와 함께"라고 진술하게 된다.

방법적 회의와 절대 신앙의 귀속

김현승의 시 세계는 "견고한 고독"의 지점에서 "내 언어의 날개들을" "티끌처럼 날려 보내"는 "영원"을 감지한다. 이때 "나는 끝나면서/ 나의 처음까지도 알게 된다."(「고독의 끝」) 그러나 여기에서 성현(聖顯)에 대한 구체적인 감각은 등장하지 않는다.

나는 끝나면서
나의 처음까지도 알게 된다.

---

11) 김현승, 「커피를 끓이면서」, 『김현승 전집 2』(시인사, 1985), 366쪽.
12) 위의 책, 366쪽.
13) 노자, 『도덕경』 1장.

　　신은 무한히 넘치어
　　내 작은 눈에는 들일 수 없고,
　　나는 너무 잘아서
　　신의 눈엔 끝내 보이지 않았다.

—「고독의 끝」 부분

시적 화자는 "고독의 끝"에서 "신"과의 교감을 얻지 못하고 있다. 오직 "나의 끝"과 "처음"이 있을 따름이다. 이때 그는 "절대 고독"에서 도달한 "영원"과의 대면이 초월적 신의 주재가 아니라 인간의 내재성의 산물이라고 인식하게 된다. 여기에 이르면 "고독"은 "설사 그 출발이 기독교적 사유에서 발단되었다 하더라도 결정적으로 기독교적인 것일 수 없다."[14] 그래서 그가 대면한 "영원"은 수도자가 터득한 절대적 가치 일반에 해당한다. 이때 그는 예수도 구도의 길을 추구한 인간에 지나지 않는 것이 아닐까?라는 근본적인 회의를 갖기에 이른다.

　　내가 불교나 유교를 믿지 않는 까닭은 그들의 종주(宗主)는 한결같이 불완전한 인간이기 때문이다. 이와 꼭 같은 이유로써 나는 인간 예수를 신앙의 대상으로 한 기독교라면 이러한 종교에선 도덕적 수양 이상의 가치를 인정할 수 없다.[15]

예수 역시 "도덕적 수양 이상의 가치"를 지니지 않는다는 인식은 기독교에 대한 근본적인 부정이다. 기독교에서 그리스도는 스스로 있는 자이며 영원자[16]이고, 이제도 있고 전에도 있었고, 장차 올 자요 전지전능한

---

14) 김윤식, 「신앙과 고독의 분리 문제」, 『한국 현대시론 비판』(일지사, 1976), 148쪽.
15) 위의 책, 368쪽.
16) 「시편」 90:2.

자[17]라는 전제 속에서 출발한다. 그러나 예수가 전지전능한 초월적 메시아가 아니라 도덕적 수양을 통한 지선상(至善上)의 구도적 인간이라고 인식하게 되면, 기독교의 유일신 숭배 사상은 거점을 잃게 된다. 이때 "네가 나를 찾았을 때/ 나는 성전(聖殿)에 있지 않았고,/ 나는 또 돌을 들어 떡을 만든 것도 아니다."(「부재(不在)」)라고 신의 부재를 노래하게 된다. 이렇게 되면, 김현승의 시적 삶이 추구해 온 "고독은 마침내 목적이 된다."(「고독한 이유」)

신(神)도 없는 한세상
믿음도 떠나,
내 고독을 순금(純金)처럼 지니고 살아왔기에
흙 속에 묻힌 뒤에도 그 뒤에도
내 고독은 또한 순금처럼 썩지 않으련가.

그러나 모르리라.
흙 속에 별처럼 묻혀 있기 너무도 아득하여
영원의 머리는 꼬리를 붙잡고
영원의 꼬리는 또 그 머리를 붙잡으며
돌면서 돌면서 다시금 태어난다면,

그제 내 고독은 더욱 굳은 순금이 되어
누군가의 손에서 천년이고, 만년이고
은밀한 약속을 지켜 주든지,

그렇지도 않으면

---

17) 「요한계시록」 1:8.

안개 낀 밤바다의 보석(寶石)이 되어

뽀야다란 밤고동 소리를 들으며

어디론가 더욱 먼 곳을 향해 떠나가고 있을지도…….

—「고독의 순금」 부분

"신도 없는 한세상"이란 인식 속에서 "믿음도 떠나"게 되자, "고독"이 "순금"이 되고 있다. "고독이 목적"이 되면서 사물화되고 있는 것이다. 사물화된 "고독"은 "흙 속에 묻힌 그 뒤에도" "썩지 않"을 것이다. 그러나 사물로서의 "고독" 앞에 놓인 "영원"은 너무도 아득하고 허망하다. 그것은 "구원에 이르는 고독이 아니라, 구원을 잃어버리는, 구원을 포기하는 고독이"[18]기 때문이다. 그래서 시적 화자는 "영원의 머리는 꼬리를 붙잡고/ 영원의 꼬리는 또 그 머리를 붙잡으며/ 돌면서 돌면서 다시금 태어"나기를 바란다. 사물화된 "고독"의 소생을 바라는 것이다. 마지막 연의 "그렇지도 않으면"에서 보조사 "도"는 사물화된 "고독"에 대한 비관적 체념을 드러낸다. "안개 낀 밤바다의 보석이 되어" "어디론가 더욱 먼 곳을 향해 떠나"간다는 것은 비관적 체념이 낳은 퇴폐적 감상성으로 읽힌다.

그는 신을 부정할 때 해방감이 아니라 비관주의에 빠지고 있는 것이다. 이것은 그의 기독교적 회의가 기본적으로 방법적 회의[19]임을 알 수 있다. 그의 기독교에 대한 회의는 부정을 목적으로 한 것이 아니라 믿음에 대한 확

---

18) 김현승, 「나의 문학 백서(文學白書)」, 위의 책, 277쪽.

19) 데카르트가 제기한 방법적 회의란 확실한 인식 체계를 구축하기 위해 불확실해 보이는 모든 것을 의심해 봄으로서 절대적으로 확실한 토대를 마련하고 그 위에 확실한 인식을 쌓아 가려는 방법이라고 볼 수 있다. 방법적 회의에는 두 가지가 있는데, 하나는 불확실한 기존 학문 전체를 허물고 확실한 철학, 즉 형이상학의 토대 위에 확실한 인식 체계로서의 보편 학문 체계를 구축하기 위해 기존 학문 및 선례와 관습 모두를 의심하는 것이고, 다른 하나는 좁은 의미의 철학, 즉 형이상학을 확고한 토대 위에 구축하기 위해 불확실한 모든 것을 의심하는 회의이다. 두 가지 방법적 회의 모두 불확실한 것을 제거하고 확실한 토대를 마련하고자 한다는 점에서는 동일하다. 박철호, 『데카르트 방법 서설』(김영사, 2008), 6~30쪽 참조.

신을 목표로 하고 있는 것이다. 실제로 그는 스스로 다음과 같이 진술한다.

> 신을 모든 조건에서 일일이 부정하다가도 이 양심의 존엄성에 생각이 미치면, 그것은 진화의 결과이기보다는 누군가에게 주어진 것 같다고 생각하지 않을 수 없게 된다. 모든 면에서 나로부터 추방을 당한 신이 나의 이 양심이라는 최후의 보루에서 나에게 마지막 저항을 하고 있는지도 모른다. 혹은 이 거점을 점차로 확대하여 그의 실지(失地)를 나의 내부에서 회복할 기회를 기다리고 있는지도 모른다.[20]

신의 창조설을 "양심"의 존재성을 통해 견지하고 있다. 신의 절대성에 대한 부정 속에서도 신과의 연속성의 끈을 결코 놓지 않고 있다. "내가 믿사오니, 주여, 나의 믿음 없음을 도와주소서."[21]라는 「마가복음」의 방법적 회의의 언명을 환기시킨다. 그러나 물론, 그의 신앙에 관한 방법적 회의에 대한 해결이 이것으로 가능할 수는 없다. 그렇다면 신의 존재성을 입증할 수 있는 지성적 논리는 무엇일까? 그것은 없다. 신을 신 이외의 다른 것으로 증명한다는 것은 모순이기 때문이다.[22] 신의 존재성은 이미 언어도단의 영역에 거점을 두기 때문이다. 그가 신앙인으로 회귀하는 과정도 지성적 논리가 아니라 치명적인 우연의 사건이다.

> 얼마 만에 나는 다시 의식을 회복하고 살아나게 되었었다. 죽음 가운에서 누가 과연 나를 살렸을까? 나는 확신한다! 그분은 하나님이시다. 나의 부모와 나의 형제들, 나의 온 집안이 모두 믿고 지금도 믿고 있는 우리의 신이, 하나님이 나에게 회개의 마지막 기회를 주시려고 이 어리석은 나를 살려 놓으신 것이다. …… 이날 이후 나는 시는 버릴지언정 나의 구원인 나의 신앙을

---

20) 김현승, 「나의 문학 백서」, 위의 책, 278쪽.
21) 「마가복음」 9:24.
22) 칼 뢰비트, 임춘갑 옮김, 『지식과 신앙, 그리고 회의』(다산글방, 2007), 61쪽.

다시금 떠날 수는 없다.[23]

"신에게 무제한으로 마음을 쏟고 신에게 꼭 매달리고, 신을 전폭적으로 신뢰하고, 신에게 일체를 기대하는"[24] 절대 신앙인의 자세이다. 결과론적으로 반추할 때, 그에게 일어난 치명적인 질병의 경험은 신의 존재성의 응답의 사건이다. 이제 그는 성령의 품속으로 지체 없이 뛰어든다. 이때 신은 구도의 의미를 넘어선 절대적 호교(護敎)의 대상이다. 그의 시 세계에서 신의 초월성이 인간의 내재성을 압도하는 국면이다.

당신의 불꽃 속으로
나의 눈송이가
뛰어듭니다.

당신의 불꽃은
나의 눈송이를
자취도 없이 품어 줍니다.

—「절대 신앙」 전문

맺음말

김현승의 시 세계는 기독교적 세계관을 기반으로 한다. 그래서 그에게 시적 창조는 신의 창조성에 대한 모방의 성격을 지닌다. 기독교에서 창조성은 신만의 특권이기 때문이다. 그러나 그에게 신은 초월적 절대성으로만 존재하는 것이 아니라 내적 본성이기도 하다. 초월적 절대자인 "당신의 눈은

---

23) 김현승, 『김현승 전집 2 산문』(시인사, 1985), 289~290쪽.
24) 칼 뢰비트, 위의 책, 17쪽.

나의 마음"(「가을은 눈의 계절」)이기도 하기 때문이다. 그래서 그에게 시와 종교는 긴밀한 연속성을 지닌다. 시의 기반을 이루는 인간의 내재성과 종교의 외적 초월성이 합치되고 있기 때문이다. 김현승의 종교시가 성서의 소재주의와 송가적 호교(護敎) 문학의 범주에 떨어지지 않고 정서적 밀도와 긴장력을 유지할 수 있는 배경도 여기에 있는 것으로 보인다.

한편, 이와 같은 인간의 내재성과 신의 초월성의 연속성은 신의 존재성에 대한 탐구에서도 동일하게 드러난다. "비인 도가니"(「이별에게」)와 같은 텅 빈 고요를 통해, 우주만물을 주재하는 신의 존재성은 동양적 우주관의 종지를 이루는 무위(無爲)의 도(道)와 상동성을 지닌다. 따라서 그가 신에게 다가가는 길은 곧 자기완성을 향한 구도의 과정이기도 하다. 그는 자기 본성을 찾아가는 고독의 극점에서 "영원"(「절대 고독」)과 대면한다. 그러나 여기에서 기독교적 유일신의 성현을 체험하지는 못한다. 그가 대면한 "영원"은 존재론적 근원 일반으로 이해된다. 이 점은 그의 시적 출발이 "기독교적 사유에서 발단되었다 할지라도 결정적으로 기독교적인 것일 수 없"음을 드러낸다. 이때 그는 신앙에 대한 방법적 회의에 빠진다. 그의 지성적인 논리로 전개되는 방법적 회의에 응답을 준 것은 치명적인 우연의 질병 체험이다. 그는 다시 "절대 신앙"의 길로 기울게 된다. 이때 그의 유한적 존재자로서의 결핍에 대한 초극의 방법론은 절대자를 통한 구원으로 귀결된다. 인간의 내재성을 외적 초월이 압도하는 국면이다. 그의 삶에서 시와 종교의 연속성에 균열이 일어나는 지점이다. 이때, 그의 종교 시편에는 주로 송가적 호교의 성향이 표 나게 드러난다.

권오만, 「김현승과 성·속의 갈등」, 김용직 외, 『한국 현대시사 연구』, 1983, 일
　　지사

「고린더 후서」 3:18

「고린도 전서」 3:16~17

김윤식, 「신앙과 고독의 분리 문제」, 『한국 현대시론 비판』, 일지사, 1976

김인섭 엮음, 『김현승 시 전집』, 민음사, 2005

「마가복음」 9:24

문덕수, 「김현승 시 연구」, 《홍익논총》 1권 1호, 1984, 홍익대 출판부

박철호, 『데카르트 방법 서설』, 김영사, 2008

윤이흠, 『한국인의 종교관』, 서울대 출판부, 2007

이 아무개 대담, 『무위당 장일순의 노자 읽기』, 삼인, 2003

칼 뢰비트, 임춘갑 옮김, 『지식과 신앙, 그리고 회의』, 다산글방, 2007

C. S. 루이스, 양혜원 옮김, 『기독교적 숙고』, 홍성사, 2013

제3주제에 관한 토론문

오형엽(고려대 교수)

　홍용희 선생님의 「고독과 신성의 변증—김현승론」을 잘 읽었습니다. 이 글의 중심 논지는 다음 두 가지로 요약될 수 있습니다. 이 글은 김현승의 시적 삶에서 기독교적 세계관과 그 구도적 성격을 살피고 이를 바탕으로 고독의 의미와 방법적 회의를 통해 절대 신앙에 도달하는 과정을 논의합니다. 그리고 김현승의 기독교적 세계관이 가진 구도적 성격을 규명하기 위해 동양적 세계관에서 강조하는 수행의 궁극적 가치로서 도(道), 특히 노자적 도(道) 철학과의 상관성을 주목합니다. 후자의 주장은 기존의 김현승론에서 찾기 힘든 독창적이고 야심적인 논의에 해당합니다. 전체적으로 이 글은 이러한 중심 논지를 적절한 작품 분석과 전거 제시를 통해 성공적으로 제시하고 있다고 생각됩니다. 질의를 맡은 토론자의 임무를 수행하기 위해 몇 가지 의문 사항을 말씀드리고자 합니다.

　첫째는 큰 틀의 문제로서, 김현승의 기독교적 세계관이 가진 구도적 성격과 노자적 도 철학과의 상관성을 엄밀히 입증할 수 있는가라는 문제입니다. "그의 시적 삶은 초월적이면서 동시에 내재적이다. 그가 추구하는 신은 외부적 존재자이면서 동시에 내면화된 근원적 자아"라는 언급은 어느 정도 이해되지만, "도(道)란 추구할 외적 대상이면서 동시에 자신의 내적 본성에 해당하기 때문"에 김현승의 시에서 초월적 신앙이 구도(求道)의 생활 철학으로 존재한다거나, '부활하는 그리스도'가 시적 화자가 추구하는 궁극적 삶의 가치이며 철학으로서의 도(道)와 상통한다고 언급하는 것은 어떤 공백을 건너뛰는 논리적 비약이라고 봅니다. 이 글 전반에서 양자의 상관성에 대한 언급과 근거 제시가 지속적으로 나타나는데, 한 가지 예를 든다면 3장에서 김현승 시 「이별에게」와 노자 『도덕경』 16장을 비교하면서 김현승 시의 하나님과 노자적 도(道)의 연속성을 확인하는 대목입니다. 이 글은 텅 빈 고요, 혹은 비어 있음이 삼라만상의 출발과 회귀의 원점이라는 점에서 양자가 상통한다고 보는데, 이는 내용적 유사성이고 그 내용을 받치고 있는 사유 구조는 전자에서 동사(지우심, 아로새겨 놓으실/흩으심, 열매 맺게 하실/비우심, 마음을 울리실/세우실)의 주체가 당신(하나님)인 반면, 후자에서 동사(통찰하고, 견지하면/모르면, 알면)의 주체는 존재의 실재를 파악하고 깨닫는 인간이라는 점에서 상반됩니다. 김현승 시의 초월적 신앙은 하나님이 주체가 되고, 노자의 도 사상은 인간이 주체가 된다는 점에서 연속성보다는 차별성이 부각된다고 볼 수 있습니다. 요약하면, 김현승 시의 기독교적 사유가 어느 정도 구도적 양상을 가진다 하더라도 이 구도는 인간 주체가 아니라 하나님이 주체가 되는 차원에서의 구도라는 점에서 노자적 도(道) 철학과의 상관성을 강조하는 것은 다소 무리가 있다고 생각됩니다.

둘째는 세부적인 텍스트 해석의 문제이지만, 앞의 큰 틀에서의 첫째 문제를 구체적으로 입증하는 차원과도 관련됩니다. "신의 창조성과 시적 모방"에서 필자는 「고린도 후서」 3:18에 대해 C. S. 루이스를 인용하면서 "그리스도인은 기본적으로 마치 거울이 사물을 비추듯 그리스도를 비추어야 한"다고 서술합니다. "거울"을 사물을 반영하는 매개체로 해석하고, 이처럼 기독교인이 그리스도를 반영해야 한다는 관점과 연관해 김현승의 「육체」를 해석하면서 "시적 화자의 소임은 거울이 반사된 상을 품듯 원텍스트를 반영하고 모방하는 것"이라고 말합니다. 그리고 다시 「가을은 눈의 계절」을 해석하면서 "시적 화자에게는 '당신의 눈'의 감각을 온전히 구현하는 것이 가장 중요한 과제이다. '당신의 눈'의 감각을 구현하는 것은 자신의 근원적 본성을 찾는 것과 직접 연관"된다고 말하면서, 김현승의 시적 삶의 세계관과 창작방법론을 신의 창조성을 모방하는 시적 모방의 차원으로 설명합니다. 이러한 해석에서 논지의 핵심은 신을 모방하는 주체로서 시인 자신을 설정하고 이를 통해 근원적 본성을 찾는 구도적 과정을 설명한다는 점입니다. 그런데 「고린도 후서」 3:18의 정확한 구절은 "우리가 다 수건을 벗은 얼굴로 거울을 보는 것같이 주의 영광을 보매 저와 같은 형상으로 화하여 영광으로 영광에 이르니 곧 주의 영으로 말미암음이니라"(『한글 개역 성경』)입니다. "거울을 보는 것같이 주의 영광을 보"는 것은 "수건을 벗은 얼굴" 때문에 가능해집니다. 구약 시대에는 특정인만이 하나님의 말씀을 들었고, 하나님과 직접 대면하는 것이 금지되었기 때문에 대제사장도 성소와 지성소에 들어갈 때 수건으로 얼굴을 가렸습니다. 그러나 예수의 십자가 죽음과 부활 이후 신약 시대에는 그 대속의 결과 누구나 수건을 벗고 하나님과 직접 대면할 수 있는 자격이 주어집니다. 따라서 "수건을 벗은 얼굴로 거울을 보는 것같이"는 직접 하나님과 대면하여 그 영광을 선명하고 투명하게 본다는 의미로 해석하는 것이 온당하고, "거울이 사물을 비추듯 그리스도를 비"춘다는 의미로 해석하기 어렵습니다. 그리고 이렇게 주와 직접 대면하여 그 영광을 볼 때 "저와 같은 형상으로 화"하는 것은 성화(聖化)의 과정을 의미하는데, 이 모든 과정은 인간의 노력에 의한 것이 아니라 "주의 영으로 말미암"은 것입니다. 예수의 대속의 능력 덕분에 주의 영광을 직접 보고 그의 형상으로 변화하게 되었기 때문입니다.

　이와 관련하여 「육체」의 3연 해석도 재고할 필요가 있습니다. 시적 화자는 "'당신'이 창조한 원텍스트"가 아니라 "그 보이지 않는 당신의 아름다운 얼굴"에 육체를 입힌다고 고백합니다. 발표자는 원텍스트를 하나님이 창조한 세상 만물로 간주하고, "시적 화자의 소임은 거울이 반사된 상을 품듯 원텍스트를 반영하고 모방하는 것”이라고 서술하지만, 사실 시적 화자는 보이지 않는 하나님의 얼굴에 육체를 입혀서 자신의 노래를 부르고 있습니다. 1연과 2연에서 화자는 자신의 육체뿐만 아니라 세상 만물을 창조하신 하나님을 찬양한 후, 3연에서 그 하나님에게 언어의 옷을 입혀 육화(肉化)시키는 것이 자신의 노래라고 말합니다. 즉 1연의 “육체”는 화자의 몸이고, 3연의 “육체”는 화자의 언어입니다. 결국 이 시는 김현승이 시적 화자의 목소리를 빌려 자신의 시작(詩作)이 보이지 않는 하나님의 얼굴에 언어의 옷을 입혀 육화시키는 작업임을 고백하는 작품입니다. 여기에서 언어를 통한 육화는 “어렴풋이나마”와 “어루만지듯”이 암시하듯 하나님의 창조성에 근접할 수 없는 유한성과 미숙성을 가집니다. 이것은 반영이나 모방의 차원과는 거리가 있는데, 왜냐하면 반영이나 모방의 주체는 인간인 반면, 언어를 통한 육화의 주체는 표면적으로 시인 자신인 듯하지만 실상은 이것도 하나님의 능력에 기인하기 때문입니다. 이러한 관점은 「고린도 후서」 3:18의 “거울을 보는 것같이 주의 영광을 보”는 것이 “주의 영으로 말미암”은 것과도 연관되고, 「가을은 눈의 계절」에서 “그 눈을 나의 영혼 안에 간직하여 두는 것”과도 연결됩니다. 이 구절은 하나님이 창조한 세상 만물을 모방하고 언어로 번역해서 시가 생겨나는 것이 아니라, 하나님의 눈을 영혼 속에 간직하고 세상 만물을 볼 때 언어가 얻어진다는 의미로 해석되기 때문입니다. “당신의 눈은 세상에도 순수한 언어로 변합니다.”라는 비문(非文)에 가까운 문장은 이런 연유로 생겨납니다. 요약하면, 2장에서 김현승의 시적 삶의 세계관과 창작방법론을 신의 창조성을 모방하는 시인 주체의 모방의 차원으로 설명하고, 이를 통해 근원적 본성을 찾는 내면적 자아의 구도적 과정을 강조하는 발표자의 논지는 다소 부정확한 텍스트 해석에 근거하고 있다고 생각됩니다.

김현승 생애 연보

1913년 4월 4일(음력 2월 28일), 평양에서 부친 김창국, 모친 양응도 사이의
       6남매 중 2남으로 태어남. 이후 6세까지 부친의 목회 첫 부임지인 제
       주 성내 교회가 있는 제주읍에서 성장.

1919년 4월, 7세 되던 해에 부친의 교설 전근지인 전남 광주시로 이주하여 미
       션계의 숭일학교 초등과에 입학.

1926년 3월, 상기 초등과를 졸업.

1927년 4월, 부친의 뜻에 따라 친형이 먼저 유학하고 있던 평양의 숭실중학
       교에 입학.

1932년 4월, 숭실전문학교 문과에 입학.

1933년 4월, 위장병 악화로 2학년에의 진급을 마치고 1년 동안 광주에서 휴양.

1934년 4월, 다시 복교했으나 1년의 세월을 허송함. 5월, 그러나 학업의 지연
       을 보상하기라도 하듯 중학 이래의 숨은 포부였던 시작에 열중했고
       그해의 2주간 남짓한 겨울 방학에는 하향을 단념하고 4층 건물 기숙
       사에 홀로 남아 밤낮을 가리지 않고 시작에 전념한 결과 2편의 장시
       를 얻게 됨. 이 2편의 시가 당시 시인이며 문과 교수였던 양주동 교수
       의 눈을 끌어 《동아일보》 문화난에 발표됨으로써 문단에 데뷔함.

1936년 3월, 문과 3학년을 수료한 후 졸업 학년 진급을 목전에 두고 숙환인
       위장병이 다시 악화되어 휴양을 목적으로 귀향함. 한편 모교인 숭일
       학교에서 교편을 잡음.

1937년 3월, 교회 내의 작은 사건이 신사참배 문제로 과대되어 청년 십수 명
       과 함께 광주 경찰서에 사상범으로 검거되어 물 고문과 재판 등을 체

험함. 백씨 김현정의 황해도 홍수원 교회에서 장로 안수 받음.

1938년 2월, 교육자요 기독교 장로인 장맹변 씨의 딸 장은순과 결혼. 4월, 1년 간 휴향의 계획이 2년으로 연장 지체된 후 복교하기 위하여 평양을 다시 찾았으나, 그해 그달에 신사참배 문제로 교문이 닫히고 말았으므로 제2의 고향인 평양을 돌아섬. 학업은 중단되고 교사의 직에서는 관의 압력에 의하여 해고되고 시작은 현실적으로 중단됨. 구직을 위하여 평안남도의 두메산골까지 방황을 하고 마침내는 기질에도 맞지 않고 원치도 않았던 회사 등의 직장에서 연명을 위하여 생활 아닌 생존을 계속함. 이때 모친상을 당하고 삶의 무상을 체험함.

1945년 8월, 광복과 함께 광주 소재의 호남신문사 기자로 입사했으나 곧 그만둠.

1946년 6월, 광복과 함께 광주 교회의 청년들을 중심으로 모교인 숭일중학교의 복교를 이룩하고 초대 교감으로 취임.

1948년 상기 학교 이사회의 결정에 의하여 교장에 승진 발령이 내렸으나 사퇴함. 그리고 계속 문단 활동에만 열중함.

1949년 6월, 상기 교사직을 사임함.

1950년 8월, 부친상을 당함.

1951년 4월, 조선대학교 문리과 대학 부교수에 취임함.

1953년 5월, 광주 지방의 문인을 중심으로 동인지《신문학》을 창간하고 주간이 됨.

1955년 4월, 한국시인협회 제1회 시인상 수상 대상으로 선정되었으나 수상을 거부함. 5월, 한국문학가협회 중앙위원에 피선됨. 7월, 전라남도 제1회 문화상 문학부문상을 수상함. 10월 29일, 백씨 김현정 목사 별세.

1957년 5월, 한국문학가협회 상임위원에 피선됨. 12월, 제1시집『김현승 시초』(문학사상사)를 발간함.

1960년 4월, 모교의 후신인 숭실대학교의 부교수로 취임. 이 무렵 전직 조선대학교에서 문리과대학장에 취임 교섭을 받았으나 사절함.

1961년   12월, 한국문인협회 이사에 피선됨.

1962년   12월, 상기 직에 재선됨.

1963년   6월, 제2시집 『옹호자의 노래』(선명출판사) 발간.

1964년   3월, 숭실대학교 교수 승진. 4월, 전북대학교 대학원 국문과 강사로
         출강. 이후 3년 동안 계속함.

1965년   9월, 연세대학교 대학원 국문과 강사 출강.

1966년   12월, 한국문인협회 시분과위원장에 피선됨.

1968년   1월, 제3시집 『견고한 고독』(관동출판사) 발간.

1969년   장남 김선배 목사 안수 받음.

1970년   1월, 한국문인협회 부이사장에 선임. 11월, 제4시집 『절대 고독』(성문
         각) 발간.

1971년   1월, 상기직에 재선. 3월, 서라벌 예술대학 문예창작과 출강.

1972년   3월, 숭전대학교 문리과대학 학장에 3선되었으나 사임함. 3월, 고혈압
         으로 졸도했으나 다행히 병세가 호전됨. 5월, 서울특별시 문화상 문
         학부문상 수상함.

1974년   5월 25일, 관동출판사에서 『김현승 전집』 간행.

1975년   4월 11일, 숭전대학교 채플 시간에 기도하다가 지병인 고혈압으로 쓰
         러져 서울특별시 서대문구 수색동 119-10 자택에서 별세함.(오후 7시
         20분) 11월 25일, 창작과 비평사에서 사후 시집 『마지막 지상에서』를
         펴냄.

1977년   3월 25일, 지식산업사에서 산문집 『고독과 시』 발간.

1984년   3월 26일, 문학세계사에서 김현승 평전 『지상에서의 마지막 고독』 간
         행. 9월 25일, 예전사에서 산문집 『가을에는 기도하게 하소서』 간행.

1986년   7월 15일, 시인사에서 『김현승 전집』 1, 2, 3 간행.

2005년   11월 5일, 민음사에서 『김현승 시 전집』 간행.

김현승 작품 연보

발표일	분류	제목	발표지
1934. 5. 25	시	쓸쓸한 겨울 저녁이 올 때 당신들은	동아일보
	시	어린 새벽은 우리를 찾아온다 합니다	동아일보
1934. 6	시	아침	조선중앙일보
1934. 7	시	황혼	조선중앙일보
1934. 9. 28	시	새벽은 당신을 부르고 있습니다	동아일보
1935. 4	시	묵상수제(默想數題)	조선시단
1935. 5	시	아침과 황혼을 데리고 갈 수 있다면	
1935. 6	시	너와 나	조선중앙일보
1935. 7	시	까마귀	조선중앙일보
1935. 10	시	동굴의 시편	조선중앙일보
1935. 10		기일(基一)	
1935. 10	시	동굴의 시편	조선중앙일보
1935. 10		기이(基二)	
1935. 10	시	떠남	조선시단
1935. 10	시	새벽	조선시단

발표일	분류	제목	발표지
1935. 11	시	밤마음	조선중앙일보
1936. 2. 18	시	새벽 교실	동아일보
1936. 3	시	이별의 곡	승전
1936. 3	시	유리창	승전
1936. 3	시	철교(鐵橋)	승전
1945. 8	시	시(詩)의 겨울	문예
1946. 4	시	내일	민성
1946. 6	시	창	경향신문
1947. 5	시	조국	경향신문
1947. 6	시	자화상	경향신문
1950. 3	시	동면(冬眠)	문예
1950. 3	시	명일(明日)의 노래	백민
1950. 3	시	생명의 날	경향신문
1950. 10	시	가을 시첩(視瞻)	경향신문
1950. 10	시	생명의 합창	미상
1952. 7	시	내가 나의 모국어로 시를 쓰면	신문예
1953. 6	시	푸라타나스	문예
1954. 1	시	내가 가난할 때	문예
1954. 6	시	인생 송가	시정신
1954. 6	시	안개 속에서	문학예술
1954. 6	시	러시아워	시작
1954. 6	시	옹호자의 노래	현대문학
1954. 6	시	오월의 환희	현대문학
1954. 6	시	어제	예술집단

발표일	분류	제목	발표지
1956. 4	시	호소	현대문학
1956. 6	시	고전주의자(古典主義者)	시연구
1956. 8	시	여름방학	현대문학
1956. 9	시	사랑을 말함	시정신
1956. 11	시	기도	문학예술
1956. 12	시	박명(薄明)의 남은 시간 속에서	자유문학
1957. 1	시	십이월	현대문학
1957. 1	시	눈물보다 웃음을	현대시
1957. 4	시	인간은 고독하다	현대문학
1957. 8	시	슬픈 아버지	현대문학
1957. 10	시	갈구자	현대문학
1957. 11	시	내 마음은 마른 나무가지	현대문학
1957. 12. 10	제1시집	김현승 시초	문학사상사
1958. 3	시	독신자	현대문학
1958. 6	시	낭만평야	현대문학
1958. 6	시	산줄기에 올라	신태양
1958. 9	시	육체	한국평론
1958. 9	시	슬퍼하지 않는 것은	현대문학
1958. 11	시	지상의 시	미상
1958. 11	시	양심의 금속성	지성
1959. 1	시	신설(新雪)	동아일보
1959. 1	시	삼림의 마음	현대문학
1959. 4	시	밤안개 속에서	신태양
1959. 5	시	저녁 그림자	신시학

발표일	분류	제목	발표지
1959. 6	시	슬픔	현대문학
1959. 9	시	가로수	사상계
1959. 10	시	빛	현대문학
1960. 3	시	일천구백육십 년의 연가	현대문학
1960. 4	시	속죄양	현대문학
1960. 9.26	시	자유	총대학보
1960. 10	시	수평선	사상계
1960. 11	시	신성(神聖)과 자유를	현대문학
1960. 12	시	가을은 눈의 계절	자유문학
1960. 12	시	나무와 먼 길	현대문학
1961. 5	시	보석	현대문학
1961. 5	시	체념이라는 것	사상계
1961. 6	시	우리는 일어섰다	자유문학
1961. 7	시	가을의 포도(鋪道)	예술원보
1961. 11	시	밤은 영야이 풍부하다	현대문학
1962. 1	시	종소리	사상계
1962. 1	시	그냥 살아야지	사상계
1962. 4	시	일천구백육십삼 년에	자유문학
1962. 8	시	유성(遊星)에 붙어	현대문학
1962. 11	시	내가 묻힌 이 밤은	현대문학
1963. 2	시	시인의 산하	현대문학
1963. 4. 8	시	부활절에	크리스챤신문
1963. 6. 30	제2시집	옹호자의 노래	선명문화사
1963. 8	시	산포도	현대문학
1963. 11	시	자의식 과잉	신사조

발표일	분류	제목	발표지
1963. 11	시	나의 심금을 우리는 낡은 제목들	사상계
1963. 12	시	나는 언제나 구체적이다	현대문학
1964. 5	시	출발의 문을 열고	문학춘추
1964. 7	시	무형의 노래	현대문학
1964. 12	시	제한의 창	현대문학
1965. 1	시	겨울 까마귀	신동아
1965. 2	시	신앙과 이상	크리스챤신문
1965. 2	시	너를 세우지라	숭대
1965. 3	시	영혼과 중년	기독교 시단
1965. 4	시	희망이라는 것	시문학
1965. 5	시	일요일의 미학	한국일보
1965. 8	시	가장 아득한 제목	기독교시단
1965. 10	시	길	기독교시단
1965. 10	시	견고한 고독	현대문학
1965. 11	시	희망에 붙여	문학춘추
1966. 1. 1	시	새날의 제목	조선일보
1966. 1	시	새날의 거룩한 은혜와 기도	크리스챤신문
1966. 1	시	신년 송가	전남매일
1966. 1	시	형설(螢雪)의 공(功)	세대
1966. 6	시	시의 맛	현대문학
1966. 7	시	형광등	문예수첩
1966. 8	시	병(病)	시문학
1966. 9	시	가을의 서시	문학시대
1967. 1	시	겨우살이	사상계

발표일	분류	제목	발표지
1967. 1	시	이 어둠이 내게 와서	기독교문학
1967. 2	시	마음의 집	현대문학
1967. 3	시	부재	사상계
1967. 5	시	아벨의 노래	동아춘추
1967. 6	시	참나무가 탈 때	기독사상
1967. 9	시	가을 저녁	경향신문
1967. 10	시	파도	현대문학
1967. 11	시	조국의 흙 한 줌	시와 시론
1967. 12	시	크리스마스와 우리 집	기독교문학
1967. 12	시	눈물	현대문학
1968. 1. 1	시	빛나는 조국의 새 아침	서울신문
1968. 1	시	저 빛을 가슴에 안고	전남매일신문
1968. 1	시	겨레의 명서	경찰신문
1968. 1. 20	제3시집	견고한 고독	관동출판사
1968. 2	시	목적	신동아
1968. 봄	시	고독	창작과비평
1968. 봄	시	어리석은 갈대	창작과비평
1968. 봄	시	나의 한계	창작과비평
1968. 봄	시	미래의 날개	창작과비평
1968. 봄	시	불완전	창작과비평
1968. 4	시	상상법	동아일보
1968. 4	시	내 마음 흙이 되어	자유공론
1968. 6	시	아침안개	세대
1968. 7	시	치아의 시	현대문학
1968. 8	시	검은빛	현대문학

발표일	분류	제목	발표지
1968. 11	시	당신마저도	현대문학
1968. 12	시	절대 고독	세대
1968. 12	시	절대 신앙	세대
1968. 12	시	선을 그으며	세대
1968. 12	시	나의 시	세대
1968. 12	시	시는 없다	세대
1969. 1	시	달밤	현대문학
1969. 1	시	나의 만찬	한국시
1969. 4	시	우주인에게 주는 편지	현대문학
1969. 5	시	그 날개	한국일보
1969. 7	시	연(鉛)	현대문학
1969. 7	시	나의 진실	신동아
1969. 9	시	서시	문학시대
1969. 10	시	평범한 하루	월간중앙
1969. 10. 6	시	펜 하나 비록 가냘퍼도	경향신문
1969. 12	시	우주 시대에 붙여	시인
1969. 12	시	나의 지혜	시인
1969. 12	시	고독의 순금	시인
1969. 12	시	고독한 싸움	시인
1969. 12	시	빈 손바닥	시인
1970. 1	시	영혼의 고요한 밤	기독교문예
1970. 1	시	이상	시문학
1970. 4	시	고독의 끝	현대문학
1970. 4	시	신년송	현대문학
1970. 4	시	완전 겨울	현대문학

발표일	분류	제목	발표지
1970. 4	시	겨울 실내악	현대문학
1970. 4	시	고독한 이유	현대문학
1970. 6	시	군중 속의 고독	월간문학
1970. 10	시	다형(多形)	신동아
1970. 10	시	현상	시문학
1970. 10	시	사랑의 동전 한푼	다리
1970. 가을	시	사실과 관습	창작과비평
1970. 11. 1	제4시집	절대 고독	성문각
1970. 12	시	하늘에 세우는 크리스마스 추리	크리스챤신문
1971. 1	시	순수	숭대
1971. 1	시	꽃피어라	숭대
1971. 2. 21	시	잠이 안 온다	주간조선
1971. 3	시	꿈을 생각하며	세대
1971. 4	시	사는 것	월간중앙
1971. 6	시	그림자	월간문학
1971. 6. 8	시	질주	조선일보
1971. 7	시	나의 소리는	세계
1971. 8. 10	시	하운 소묘(夏雲素描)	경향신문
1971. 9	시	자유의 양식	창조
1971. 10	시	고독의 시	기독교시민
1971. 12	시	낙엽 후	신동아
1972. 1	시	불을 지키며	지성
1972. 1	시	이 손을 보라	지성
1972. 1	시	사행시	지성

발표일	분류	제목	발표지
1972. 1	시	감사	크리스챤신문
1972. 1	시	신년 기원	월간문학
1972. 2. 5	시	진리의 강자	숭대학보
1972. 3	시	인생을 말하라면	심상
1972. 4. 1	연구서	한국 현대시 해설	관동출판사
1972. 봄	시	산까마귀 울음소리	창작과비평
1972. 봄	시	인내	창작과비평
1972. 봄	시	민족의 강자	창작과비평
1972. 봄	시	가을에 월남에서 온 편지	창작과 비평
1972. 5	시	형광등	월간중앙
1972. 8	시	고요한 밤	새시대문학
1972. 9	시	가상	월간문학
1972. 9. 26	시	성장	전남매일
1972. 11	시	재	70년대
1972. 11	시	전환	문학사상
1973. 봄	시	봄이 오는 한 고비	문화비평
1973. 봄	시	오른손에 펜을 쥐고	문화비평
1973. 봄	시	역설	문화비평
1973. 3	시	천국은 들에도	한국일보
1973. 3. 20	시	우리의 진실	숭대
1973. 5	시	촌 예배당	서울신문
1973. 6	시	이 어둠이 내게 와서	신동아
1973. 6. 19	시	그림자	한국일보
1973. 9	시	비약	자유공론
1973. 12	시	낙엽 이후	한국문학

발표일	분류	제목	발표지
1973. 12	시	가을의 시편	중앙일보
1973. 12	시	피는 물보다 짙다	북한
1973. 12	시	지상에서	서울신문
1974. 봄	시	희망	창작과비평
1974. 봄	시	사랑의 동전 한 푼	창작과비평
1974. 봄	시	식물성의 고요한 밤	창작과비평
1974. 봄	시	흙 한 줌 이슬 한 방울	창작과비평
1974. 4	시	근황	심상
1974. 4. 28	연구서	세계 문예 사조사	고려출판사
1974. 4. 28	시	고백의 시	심상
1974. 5	시	낚시터 서정	낚시춘추
1974. 5. 25	시집	김현승 시 전집	관동출판사
1974. 6	시	무기의 노래	한국문학
1974. 11	시	샘물	월간문학
1974. 11	시	나무	월간문학
1974. 11	시	영혼의 고요한 밤	월간문학
1974. 12	시	크리스마스의 모성애	신앙계
1974. 12	시	영혼의 명절	크리스챤신문
1975. 2	시	행복의 얼굴	현대문학
1975. 2	시	지각	현대문학
1975. 2	시	마지막 지상에서	현대문학
1975. 3	시	부활절에	월간문학
1975. 4	시	마음의 새봄	월간중앙
1975. 4. 1	시	백지	동아일보
1975. 6	시	비약	현대문학

발표일	분류	제목	발표지
1975. 6	시	울려라 탄일종	현대문학
1975. 11. 15	사후 시집	마지막 지상에서	창작과비평사
1977. 3. 25	산문집	고독과 시	지식산업사

1964   김선영, 「사막과 선인장」, 『기독교와 정신문화』, 대한기독교서회

1968. 여름   김종길, 「견고에의 집념 ― 김현승의 스타일을 중심으로」, 《창작
              과 비평》 10

1969. 5   장백일, 「원죄를 이끌고 가는 고독 ― 김현승 시 세계의 탐색」,
              《현대문학》 173

1969. 12. 27   박두진, 「12월의 시단 ― 김현승, 사상으로 정립된 높은 차원의
              고독」, 《동아일보》

1970   조연현, 「김현승」, 『한국 현대 작가론』, 문명사

1971. 1   윤동호, 「시인과 패배 정신」, 『한양』

1971. 2   이형기, 「감정과 그것에서의 이탈 ― 『절대 고독』, 『춘하추동』,
              『식칼론』」, 《문학과 지성》 2-1

1971. 2   정태용, 「한국 현대시인 연구 7 ― 김현승론」, 《현대문학》 194

1973   김해성, 「김현승론 ― 건강한 지성적 시관고」, 『한국 현대시인
              론』, 진명문화사

1973   박홍원, 「김현승론」, 《국어국문학》 1, 조선대

1973   손광은, 「사물의 가치추구시론 ― 『김현승 시초』를 중심으로」,
              《용봉논총》 2, 전남대 인문과학연구소

1973   조선대, 「고독의 끝에 이르러 보니 ― 김현승 시인과 한 시간,
              대담 취재」, 《국어국문학》 1, 조선대

1973   김기출, 「다형의 생애와 시편력」, 《숭전어문학》 2, 숭전대

1973   홍기삼, 「김현승론」, 《숭전어문학》 2, 숭전대

1973. 1　　　　천상병, 「김현승론」,《시문학》 18

1973. 5. 10　　김현, 「보석의 상상 체계」,《숭전대학신문》

1973. 5. 10　　홍기삼, 「고독과 르네상스의 딜레마」,《숭전대학신문》

1974　　　　　김광림, 「사상의 정서화」,『존재의 향수』, 조광문화사

1974　　　　　박두진, 「시와 고독」,『현대시의 이해와 체험』, 일조각

1974　　　　　박두진, 「정신의 승리」,『한국현대시론』, 일조각

1974. 여름　　오규원, 「비극적 종교의식과 고독 ―『김현승 시 전집』: 서평」,
《문학과 지성》

1974. 겨울　　김종철, 「견고한 사물의 의미 ―『김현승 시 전집』: 서평」,《창
작과 비평》

1974. 12　　　범대순, 「시적 고독 ― 김현승의 경우」,《현대시학》 69

1974. 12　　　홍기삼, 「시와 종교적 이데의 충돌」,《현대시학》 69

1975　　　　　김상업, 「현대시에 나타난 기독교적 영향」, 단국대 석사 학위
논문

1975　　　　　김윤식, 「신앙과 고독의 분리 문제: 김현승론」,『한국 현대시론
비판』, 일지사

1975　　　　　김주연, 「퓨리턴의 주관과 정관 ― 김현승 편」,『나의 칼은 나의
작품』, 민음사

1975　　　　　채만묵, 「김현승론 ― 스타일, 시적 사상을 중심으로」,《국어국
문학》 17, 전북대 국어국문학회

1975. 6　　　박봉우, 「김현승 선생의 고독과 시 세계 ― 시와 고독은 보석보
다 아름답다」,《한국문학》 20

1975. 6　　　원형갑, 「김현승 시인의 고독」,《수필문학》

1975. 6　　　이동주, 「시와 다(茶)와 고독한 산책」,《현대문학》

1975. 6　　　이성부, 「신, 인간, 민족의 탐구」,《현대문학》 246

1975. 6　　　이성부, 「김현승 스승의 편린」,《시문학》

1975. 여름　　최하림, 「수직적인 세계 ― 김현승의 인간과 문학」,《창작과 비평》

1976   오규원, 「비극적 종교 의식과 고독 — 김현승의 시 세계」, 『현실
            과 극기』, 지성사

1976   이중구, 「한국 기독교 시인의 시에 나타난 사상」, 서울대 석사
            학위 논문

1976   장은순, 「가장으로서의 다형」, 《숭전어문학》 5

1976   정태용, 「김현승론」, 『한국 현대시인론』, 어문각

1976   조재훈, 「다형문학론 1 — 내용을 중심으로」, 《숭전어문학》 5

1976. 봄   이성부, 「사랑의 실체」, 《창작과 비평》

1976. 8   장백일, 「고독 속에서 찾는 구도」, 《기독교 사상》

1977   김희보, 「김현승의 시와 기독교적 실존 — R. M. 릴케 시와의
            비교」, 『한국 문학과 기독교』, 현대사상사

1977   박민수, 「다형 김현승론」, 《경희대 교육논총 1》, 경희대 교육대
            학원 석사 학위 논문

1977   박이도, 「다형문학고 — 그의 시정신을 중심으로」, 《숭전어문
            학》 6, 숭전대 석사 학위 논문

1977   박정도, 「김현승 연구 — 시 형식의 변천 과정과 기독 사상을
            중심으로」, 고려대 교육대학원 석사 학위 논문

1977   이성부, 「김현승 선생의 생애와 문학」, 『고독과 시』, 지식산업사

1977. 3~4   안수환, 「다형 문학과 기독교」, 《시문학》 68·69

1978   김종철, 「견고한 것들의 의미 — 김현승 시」, 『시와 역사적 상상
            력』, 문학과지성사

1978   문효치, 「김현승 연구 — 시 의식의 변천 과정을 중심으로」, 고
            려대 교육대학원 석사 학위 논문

1979   김기출, 「다형 김현승론」, 《육군제3사관학교 논문집》 9

1979. 7   이영걸, 「기독교와 한국의 현대시」, 《현대시학》

1980   권영진, 「김현승 시 연구 — 고독의 의식화와 시적 변용」, 고려
            대 석사 학위 논문

1980   김영호, 「김현승의 시 세계—시정신의 내적 추구 면에서」, 전
      남대 교육대학원 석사 학위 논문

1980   윤춘식, 「김현승론—시정신의 변모를 중심으로」, 부산대 교육
      대학원 석사 학위 논문

1980   장정식, 「다형 김현승 시에 관한 연구」, 전남대 교육대학원 석
      사 학위 논문

1980   조남기, 「김현승 편」, 『기독교 세계 문학』, 성광문화사

1980. 2 신익호, 「고독 속에 나타난 성서관과 무덤 의식」, 《현대문학》

1980. 6 박기웅, 「김현승론—침전하는 신성의 영상 사고」, 《시문학》

1980. 7 박철석, 「김현승론」, 《현대시학》 136

1980. 11 김희보, 「시인과 하나님—릴케의 「가을날」과 김현승의 「가을
      의 기도」, 《기독교사상》

1981   곽광수, 「김현승의 「이별에게」—사라짐의 가치」, 『한국 현대
      시 작품론』, 문장사

1981   김병선, 「김현승 시 연구」, 《국어국문학연구》 3, 전북대 국어국
      문학연구회

1981   김우창, 「김현승의 시—세 편의 소론」, 『지상의 척도』, 민음사

1981   김현, 「김현승」, 『한국문학사』, 민음사

1981   남상학, 「김현승 시에 나타난 기독교 사상 연구—성서와의 관
      련을 중심으로」, 고려대 교육대학원 석사 학위 논문

1981   손자희, 「김현승 시에 나타난 고독에 관한 고찰」, 《어문논집》
      15, 중앙대

1981   이영걸, 「기독교와 한국 현대시」, 『영미 시와 한국 시』, 문학예
      술사

1981   진병도, 「김현승 문학 연구—신앙과 고독을 중심으로」, 연세
      대 교육대학원 석사 학위 논문

1981   홍기삼, 「김현승론」, 『상황문학론』, 동아출판공사

1981. 5   김영석, 「도덕의식의 사물화 — 김현승론」, 《월간문학》

1981. 6   박이도, 「너와 나의 관계 — 하나님에 대한 긍정과 회의의 추
               구」, 《기독교사상》

1981. 10   곽광수, 「김현승 시에 있어서 사라짐과 영원성」, 《신동아》

1982   곽광수, 「사라짐과 영원성」, 『한국 현대시 문학 대계 17: 김현
               승』, 지식산업사

1982   김윤식, 「견고한 고독 — 김현승」, 『한국 현대 문학 명작 사전』,
               일지사

1982   문덕수, 「김현승」, 『현대시의 해석과 감상』, 이우출판사

1982   문덕수, 「김현승 시의 한 방법적 가능성」, 『한국 현대시 논총』

1982   박영자, 「김현승론 — 고독의 의미」, 동국대 교육대학원 석사
               학위 논문

1982   박정례, 「한국 현대시의 종교성에 대하여 — 김현승, 박두진, 박
               목월」, 충북대 교육대학원 석사 학위 논문

1982   박철석, 「김현승론」, 『한국 현대시인론』, 학문사

1982   우명자, 「김현승론」, 상명여사대 석사 학위 논문

1982   정재완, 「한국 현대시와 '소외'의 의미 — 다형 김현승의 후기 시
               세계를 중심으로」, 《용봉논총》 12, 전남대 인문과학연구소

1982   채규판, 「김광섭과 김현승」, 『한구 현대 비교시인론』, 탐구당

1982. 6   문덕수, 「김현승의 「슬퍼하지 않는 것은」」, 《시문학》

1982. 7. 14   김용성, 「절대 고독의 김현승 — 천상과 지상에서의 고독한 생
               애」, 《한국일보》

1983   권오만, 「김현승과 성·속의 갈등」, 『한국 현대시사 연구』, 일지사

1983   김은희, 「김현승 시에 나타난 소멸과 생성의 의미」, 《문리대논
               집》 3, 효성여대

1983   박영자, 「김현승론」, 《동국대교육논총》 3

1983   박춘덕, 「다형 김현승의 시 연구 1 — 기독교적 관점에서 한 고

찰」,《경남공전 논문집》11

1983 백남상,「김현승 시 연구」, 중앙대 교육대학원 석사 학위 논문

1983 윤안궁,「김현승 시의 연구」, 조선대 교육대학원 석사 학위 논문

1983 윤영천,「김현승 ─ 시인의 현실 수용에 관련하여」,《청주사대 논문집》12

1983 이운룡,「김현승 시 연구사 조명」,《한국언어문학》22, 한국언 어문학회

1983 이운룡,「김현승 시 연구」, 한남대 석사 학위 논문

1983 조병천,「다형 김현승 연구」, 연세대 교육대학원 석사 학위 논문

1983 최하림,「시와 고독」,『시와 부정의 정신』, 문학과 지성사

1983 황항윤,「김현승 시 세계의 변천 연구」, 조선대 석사 학위 논문

1983. 4 박춘덕,「김현승의 생애와 시 정신」,《월간고신》

1984 김용성,「김현승」,『한국 현대문학사 탐방』, 현암사

1984 김용태,「김현승 시에 나타난 시간 의식의 제 양상」, 부산대 교 육대학원 석사 학위 논문

1984 김주연,「한국 현대시와 기독교」,『현대 문학과 기독교』, 문학 과 지성사

1984 박이도,「한국 현대시에 나타난 기독교 의식 ─ 윤동주, 김현승, 박두진을 중심으로」, 경희대 박사 학위 논문

1984 서범석,「김현승 시에 나타난 고독의 형상화 과정」,《국제어문》5

1984 유중하,「김현승과 신석정의 후기 시 비교 연구」,《홍익어문》3

1984 이미영,「다형 문학고」, 성균관대 교육대학원 석사 학위 논문

1984 이운룡,『지상에서의 마지막 고독: 김현승 평전』, 문학세계사

1984 조태일,「김현승 시 연구 ─ 기본 정신과 시의 변모 과정을 중심 으로」, 경희대 석사 학위 논문

1984 최규창,「원죄에서 추구한 고독의 생애」,『한국 기독교 시인 론』, 대학기독교서회

1984. 8~11   문덕수, 「김현승 시 연구 1, 2, 3」, 《시문학》 158~160

1985   권영진, 「시와 종교적 상상력 1—김현승 시에 나타난 사물(자연)의 심상 구조와 '까마귀'의 상징성을 중심으로」, 《숭실어문》 2

1985   문덕수, 「김현승론」, 『현실과 휴머니즘 문학』, 성문각

1985   우종상, 「김현승 시에 나타난 기독교 사상고」, 계명대 교육대학원 석사 학위 논문

1985   유중하, 「김현승 연구—시에 나타난 밝음과 어둠의 이미지 분석」, 홍익대 석사 학위 논문

1985   임영신, 「한국 현대시에 나타난 기독교적 영향—다형 시의 신앙과 고독의 함수 관계」, 《성심어문논집》 8

1985. 10   김사림, 「부재로부터의 출발—김현승 시의 시적 모티브」, 《예술계》

1986   고성일, 「까마귀를 통해서 본 김현승의 시 세계 고찰」, 조선대 석사 학위 논문

1986   국효문, 「김현승 시 연구」, 성신여대 석사 학위 논문

1986   김재홍, 「다형 김현승—가을 정신, 또는 고독의 사상」, 『한국 현대시인 연구』, 일지사

1986   김형필, 「김현승 시 연구—시 의식과 언어를 중심으로」, 《한국외대 논문집》 19

1986   박기순, 「김현승의 시 의식 고찰」, 조선대 교육대학원 석사 학위 논문

1986   양왕용, 「김현승의 숭실전문 시절 시의 화자와 태도」, 『국문학 자료 논문집 5 운문편』, 대제각

1986   윤여선, 「한국 기독교 시에 나타난 신앙적 갈등」, 연세대 석사 학위 논문

1986   이승하, 「한국 기독교적 시 의식 연구—인생관, 죽음관을 중심으로」, 중앙대 석사 학위 논문

1986   정지원, 「다형 김현승론」, 연세대 교육대학원 석사 학위 논문

1986   최영환, 「다형 김형승론」, 충남대 교육대학원 석사 학위 논문

1986   추명희, 「김현승 시 변천고」, 성균관대 교육대학원 석사 학위
               논문

1986. 여름   안수환, 「신의 부재와 초월성 ― 다형 시를 중심으로」, 《문예중
               앙》

1987   김봉군, 「다형 김현승의 시 연구」, 성심여대 석사 학위 논문

1987   박이도, 「한국 현대시와 기독교」, 『종울림 문학 총서 2』, 종로
               서적

1987   신갑선, 「김현승 시 연구」, 국민대 교육대학원 석사 학위 논문

1987   신익호, 「한국 현대 기독교 시 연구 ― 김현승, 박두진, 구상 시
               를 중심으로」, 전북대 박사 학위 논문

1987   이운룡, 「시와 기독교 사상 ― 김현승 시」, 『한국 현대시 사상
               론』, 친우출판사

1987   이인복, 「김현승의 회의주의」, 『한국 문학과 기독교 사상』, 우
               신사

1987   이회주, 「김현승의 시에 나타난 기독교적 표상에 관한 시론」,
               감신대 석사 학위 논문

1987   정인아, 「김현승 시의 시간과 공간에 관한 연구」, 이화여대 석
               사 학위 논문

1987   최하림, 『김현승: 시가 있는 명상 노오트』, 일월서각

1988   강신주, 「김현승 연구 ― 종교의식과 고독감」, 숙명여대 교육대
               학원 석사 학위 논문

1988   김성영, 「가형 시와 목월 시의 비교 연구 ― 기독교 신앙시를 중
               심으로」, 단국대 석사 학위 논문

1988   김인섭, 「김현승 시의 공간 연구」, 《숭실어문》 5

1988   김현자, 「김현승」, 『한국 현대시 작품 연구』, 민음사

1988   민병철, 「김현승 시에 나타난 기도와 고독의 통일 양상」, 고려
           대 교육대학원 석사 학위 논문

1988   손진은, 「김현승 시 연구」, 경북대 석사 학위 논문

1988   신익호, 「기독교와 한국 현대시」, 한남대 출판부

1988   안혁수, 「김현승 시 연구—그의 시에 나타난 초월성을 중심으
           로」, 명지대 박사 학위 논문

1988   이기반, 「김현승 시 「절대 고독」의 정체」, 《전라문화연구》 2, 전
           북향토문화연구회

1988   이병문, 「김현승 시 연구」, 《광주보건전문대 논문집》 13

1988   이운룡, 「한국 기독교 시 연구—김현승, 박두진, 구상을 중심
           으로」, 조선대 박사 학위 논문

1988   임명섭, 「김현승 시의 의미 구조 해석」, 고려대 석사 학위 논문

1989   유일환, 「김현승 시 연구—시 의식의 변모 과정을 중심으로」,
           《어문학보》 12, 강원대 사범대 국어교육과

1989   이기반, 「김현승의 절대 고독」, 『한국 현대시 작품 연구』, 한국
           시문학회편

1990   김경복, 「김현승 시의 바람과 돌의 상상력 연구」, 부산대 석사
           학위 논문

1990   박정례, 「김현승 시 연구」, 인하대 박사 학위 논문

1990   신익호, 「김현승 시에 나타난 기독교 의식」, 《한국언어문학》 28

1990. 12   권영진, 「김현승 시에 나타난 형이상적 상상력」, 《현대시》 1

1991   강신주, 「한국 현대 기독교 시 연구—정지용, 김현승, 윤동주,
           최민순, 이효상의 시를 중심으로」, 숙명여대 박사 학위 논문

1991   김선중, 「김현승 시와 휴머니즘」, 경희대 교육대학원 석사 학위
           논문

1991   김형배, 「김현승의 기독교 시 연구」, 원광대 교육대학원 석사
           학위 논문

1991   신정자, 「김현승 시 연구 — '나'/'너'의 관계 양상을 중심으로」, 홍익대 교육대학원 석사 학위 논문

1991   조태일, 「김현승 시 정신 연구 — 시의 변모 과정을 중심으로」, 경희대 박사 학위 논문

1991. 2   박정례, 「김현승 시 연구」, 인하대 대학원 박사 학위 논문

1991. 8   장병훈, 「김형승 시의 실존 양상 연구」, 관동대 교육대학원 석사 학위 논문

1992   곽경희, 「김현승 시에 나타난 기독교적 특성 연구」, 중앙대 석사 학위 논문

1992   김병익, 「김현승 시의 사상에 대한 연구 — 기독교 정신을 중심으로」, 원광대 교육대학원 석사 학위 논문

1992   이상인, 「김현승 시 세계의 순환 과정 연구」, 호남대 석사 학위 논문

1992   은혜로, 「노천명과 김현승의 시에 나타난 고독 의식 비교 연구」, 숙명여대 석사 학위 논문

1992   정경은, 「김현승 시 연구」, 서울여대 석사 학위 논문

1993   김인섭, 「김현승 시의 화자 연구 — 고독 시편을 중심으로」, 《숭실어문》 10

1993   박윤기, 「김현승 말기 시의 기독교적 상상력 연구」, 부산외국어대 석사 학위 논문

1993   박춘덕, 「한국 기독교 시에 있어서 삶과 신앙의 상관성 연구 — 윤동주·김현승·박두진을 대상으로」, 부산대 박사 학위 논문

1993   이미자, 「김현승 시 연구 — 시정신과 시적 방법을 통해」, 전남대 교육대학원 석사 학위 논문

1993   조수진, 「김현승 시 연구 — 기독교 신앙을 중심으로」, 한국외국어대 교육대학원 석사 학위 논문

1994   박종회, 「한국 현대 기독교 시 연구 — 김승현과 박두진을 중심으로」, 충북대 교육대학원 석사 학위 논문

1994   손은주, 「김현승 시 연구 — 이미지와 상징 분석을 중심으로」, 경희대 교육대학원 석사 학위 논문

1994   이헌영, 「김현승 시 세계 연구 — 시 세계에 나타난 기독교 의미를 중심으로」, 수원대 교육대학원 석사 학위 논문

1994   황대성, 「김현승 시의 상징성 연구」, 충남대 석사 학위 논문

1995   김삼순, 「김현승 시에 나타난 어휘 연구」, 전북대 교육대학원 석사 학위 논문

1995   김인섭, 「김현승 시의 상징 체계 연구 — '밝음'과 '어둠'의 원형 상징을 중심으로」, 숭실대 박사 학위 논문

1995   박귀례, 「다형 김현승 시 연구」, 성신여대 박사 학위 논문

1995   이해직, 「김현승 시 연구 — 시에 나타난 기독교 정신을 중심으로」, 경원대 교육대학원 석사 학위 논문

1996   김봉철, 「김현승 시 연구 — 가치 추구의 변증법적 과정을 중심으로」, 공주대 교육대학원 석사 학위 논문

1996   김태경, 「김현승 시 연구」, 경원대 석사 학위 논문

1996   박진희, 「김현승 후기 시 연구 — 고독과 신앙을 중심으로」, 경희대 교육대학원 석사 학위 논문

1997   김지연, 「김현승 시의 고독 연구」, 고려대 석사 학위 논문

1997   박경숙, 「다형 김현승 시 연구 — 기독교 정신을 중심으로」, 성신여대 교육대학원 석사 학위 논문

1997   신홍규, 「한국 현대시에 나타난 기독교 의식 연구」, 건국대 교육대학원 석사 학위 논문

1997   유성호, 「김현승 시의 분석적 연구」, 연세대 박사 학위 논문

1998   권향, 「한국 현대시에 나타난 기독교 사상 연구 — 윤동주, 김현승, 박목월을 중심으로」, 명지대 교육대학원 석사 학위 논문

1998   이민경, 「김현승 시 연구―시정신에 나타난 기독교 의식을 중심으로」, 서울여대 석사 학위 논문

1998   박현미, 「한국 현대시에 나타난 기독교 의식 연구―윤동주·김현승을 중심으로」, 중앙대 교육대학원 석사 학위 논문

1998   이유묘, 「김현승 시 연구」, 국민대 교육대학원 석사 학위 논문

1998   황남순, 「김현승 시에 나타난 '까마귀' 이미저리 연구―'고독' 상징과 연관시켜」, 한국외국어대 교육대학원 석사 학위 논문

1999   박명자, 「한국 현대시의 눈물의 시학 연구―한용운, 김현승, 서정주 시를 중심으로」, 원광대 박사 학위 논문

1999   장주연, 「김현승 시의 상징성 연구―시어의 상징성을 중심으로」, 경희대 교육대학원 석사 학위 논문

1999   정경은, 「한국 기독교 시 연구―박두진, 박목월, 김현승 시를 중심으로」, 서울여대 박사 학위 논문

1999   천영숙, 「김현승 시의 은유 연구」, 한남대 석사 학위 논문

1999   한홍자, 「한국 기독교 시 연구」, 성신여대 박사 학위 논문

2000   오재홍, 「김현승 시의 고독과 실존 의식 연구」, 대전대 석사 학위 논문

2000   유인숙, 「김현승 시 연구」, 전북대 교육대학원 석사 학위 논문

2000   이은무, 「김현승 시 연구―중심 주제: 가을, 고독, 신앙을 중심으로」, 건양대 석사 학위 논문

2000   임명순, 「김현승 시의 종교적 상상력 연구」, 영남대 교육대학원 석사 학위 논문

2000   정영숙, 「김현승 연구―작품 세계의 변모 양상을 중심으로」, 안동대 석사 학위 논문

2000   한영일, 「한국 현대 기독교 시 연구―윤동주, 김현승, 박두진 시의 상징성을 중심으로」, 성균관대 박사 학위 논문

2000   황해영, 「김현승 시에 나타난 '고독'과 '사랑'의 변형 양상」, 인

하대 석사 학위 논문

2001   김옥성, 「김현승 시에 나타난 전이적 상상력 연구─고독의 심미성과 상상력의 층위를 중심으로」, 서울대 석사 학위 논문

2001   김용식, 「김현승 시의 '고독' 이미지 연구」, 동국대 교육대학원 석사 학위 논문

2001   김정식, 「시적 직관에 있어서 상승 구조─김현승 시를 중심으로」, 동덕여대 여성개발대학원 석사 학위 논문

2001   김주홍, 「김현승 시에 나타난 까마귀의 이미지 연구」, 수원대 교육대학원 석사 학위 논문

2001   박현민, 「다형 김현승 시 연구」, 조선대 교육대학원 석사 학위 논문

2001   송지은, 「김현승 시에 나타난 성서의 이미지」, 한남대 교육대학원 석사 학위 논문

2001   오형중, 「김현승의 시에 나타난 고독과 기독교 사상과의 관계성 연구」, 호남신학대 석사 학위 논문

2001   이상린, 「윤동주와 김현승의 시에 나타난 기독교 정신 비교 연구」, 영남대 교육대학원 석사 학위 논문

2001   이선미, 「김현승 시의 기독교 구원관 연구」, 한국외국어대 교육대학원 석사 학위 논문

2001   이승희, 「김현승 시 연구─기독교적 상상력을 중심으로」, 세명대 교육대학원 석사 학위 논문

2001   이현정, 「김현승 시 연구─시의 변모 과정을 중심으로」, 성신여대 교육대학원 석사 학위 논문

2001   한정옥, 「김현승의 종교시 연구─종교와 실존의 길항 관계를 중심으로」, 경성대 석사 학위 논문

2002   김경순, 「김현승 기독교 시 연구」, 단국대 석사 학위 논문

2002   정민영, 「김현승 시의 상징과 기독교 사상 연구」, 부산외국어대

교육대학원 석사 학위 논문

2002   함진원, 「김현승 시의 이미지 연구」, 조선대 석사 학위 논문

2002   형남옥, 「김현승 시 연구─고독 이미지를 중심으로」, 성균관대
         교육대학원 석사 학위 논문

2003   김명숙, 「김현승 시 전개 양상」, 여수대 교육대학원 석사 학위
         논문

2003   김병동, 「김현승 시 연구」, 창원대 교육대학원 석사 학위 논문

2003   정창선, 「김현승 시에 나타난 낙원 이미지」, 명지대 석사 학위
         논문

2003   조규대, 「김현승 문학에 나타난 기독교 사상」, 경기대 교육대
         학원 석사 학위 논문

2003   조규화, 「김현승 시 연구」, 연세대 교육대학원 석사 학위 논문

2003   천기수, 「한국 현대시에 나타난 기독교 정신 연구」, 영남대 석
         사 학위 논문

2003   한영자, 「김현승 시의 기독교적 동일성 연구」, 동의대 석사 학
         위 논문

2003. 6 박몽구, 「시적 기법과 발언의 조화: 김현승의 문학론 연구」,
         《한중인문학연구》 10, 한중인문학회

2003. 6 박춘덕, 「김현승 시 연구」, 《현대문학이론연구》 19, 현대문학이
         론학회

2003. 9 유혜숙, 「김현승 시의 '검은빛' 강박 이미지 연구: 반대 이행적
         개명 의지로서의 '검은빛'과 '절대 고독'」, 《한국문학이론과비
         평》 7, 한국문학이론과비평학회

2003. 9 최용석, 「윤동주와 김현승 시에 구현된 의식 지향성 고찰: 두
         시인의 초기 시를 중심으로」, 《인문학연구》, 중앙대 인문과학
         연구소

2003. 12 강홍기, 「김현승 시에 나타난 고독의 양상」, 《개신어문연구》

20, 개신어문학회

2004   권성훈, 「한국 현대시에 나타난 기독교 의식 연구 ─ 김현승·박두진·구상 시를 중심으로」, 경기대 석사 학위 논문

2004   박몽구, 「김현승 시 연구 ─ 시어를 중심으로」, 한양대 박사 학위 논문

2004   박몽구, 「김현승의 기독교 시 연구」, 《한국시학연구》 11, 한국시학회

2004   배미영, 「김현승 시 연구 ─ 시에 나타난 기독교 정신을 중심으로」, 경원대 석사 학위 논문

2004   서미정, 「다형 김현승 시 연구」, 순천향대 교육대학원 석사 학위 논문

2004   유성호, 「한국 현대시에 나타난 종교적 유토피아 의식」, 《한국학연구》 21, 고려대 한국학연구소

2004   유진희, 「김현승 시 연구 ─ 성서적 이미지를 중심으로」, 인하대 교육대학원 석사 학위 논문

2004   윤관식, 「김현승 시의 종교적 상상력과 시정신 연구」, 전남대 석사 학위 논문

2004. 3   박몽구, 「김현승 시의 까마귀 이미지 연구」, 《만해학보》 7, 만해학회

2004. 여름   김인섭, 「한국 현대시에 나타난 기독교의 구원 의식: 윤동주, 김현승 시를 중심으로」, 《문학과 종교》 9, 한국문학과종교학회

2005   강윤희, 「김현승 시에 나타난 기독교 의식 연구」, 아주대 교육대학원 석사 학위 논문

2005   권영진, 「김현승의 인간적인 면모와 시 세계」, 《인문학연구》 35, 숭실대 인문과학연구소

2005   김용진, 「기독교 문학과 문학 교육 연구 ─ 윤동주와 김현승 시 작품을 중심으로」, 단국대 교육대학원 석사 학위 논문

2005   김윤식, 「인류적 보편성과 개인적 기질의 분리 문제: 김현승의 경우」, 《인문학연구》 35, 숭실대 인문과학연구소

2005   안세희, 「김현승 시의 전개 양상에 따른 상상력 연구」, 경기대 교육대학원 석사 학위 논문

2005   윤일오, 「김현승 시에 나타난 '고독'의 의미 연구」, 목포대 교육대학원 석사 학위 논문

2005   이정연, 「한국 현대시에 나타난 기독교적 상상력에 대한 연구―김현승·김종삼을 중심으로」, 홍익대 교육대학원 석사 학위 논문

2005   홍문표, 「기독교적 구원의 두 양상 연구―키에르케고르의 신학적 고독과 김현승의 시적 고독을 중심으로」, 서울기독교신학전문대학원 박사 학위 논문

2005. 3   이경, 「김현승 시에 나타난 눈물의 상징성 연구: 「가을에는 기도하게 하소서」」, 《창조문예》 9, 크리스챤서적

2006   곽광수, 「나의 김현승 시인의 발견」, 《인문학연구》 36, 숭실대 인문과학연구소

2006   김영미, 「절정의 수직과 고체성: 김현승, 「가을의 기도」」, 《비평문학》 23, 한국비평문학회

2006   김재혁, 「김현승과 릴케」, 《인문학연구》 36, 숭실대 인문과학연구소

2006   김지현, 「김현승의 릴케 수용 연구―고독의 모티브를 중심으로」, 고려대 석사 학위 논문

2006   김창완, 「김현승 시 연구」, 《한남어문학》 30, 한남대 한남어문학회

2006   김태환, 「김현승 시의 고독에 대한 분석심리학적 고찰」, 아주대 교육대학원 석사 학위 논문

2006   유성호, 「김현승 시의 구조와 방법」, 《인문학연구》 36, 숭실대

인문과학연구소

2006   유혜원, 「기독교 세계관으로 본 김현승의 시」, 총신대 교육대학원 석사 학위 논문

2006   이동순, 「김현승 시에 나타난 자연물의 상징성」, 《현대문학이론연구》, 현대문학이론학회

2006   이영섭, 「소외와 회복의 시학 — 김현승 시 연구」, 《인문언어》 8, 국제언어인문학회

2006   진장진, 「김현승 시 연구」, 호남대 석사 학위 논문

2006   최유난, 「김현승 시의 까마귀 이미지 연구」, 조선대 교육대학원 석사 학위 논문

2006   한영자, 「일제 강점기 한국 기독교 시 연구」, 동의대 박사 학위 논문

2006. 12   김석환, 「김현승 시인의 초기 기독교 시 연구: 시적 시간의 특징을 중심으로」, 《한국문예비평연구》 21, 창조문학사

2007   김인섭, 「김현승 시의 표기 변화와 개작 양상 고찰」, 《우리문학연구》 22, 우리문학회

2007   유혜원, 「김현승의 중기 시에 나타난 신과 인간의 문제 탐구」, 《기독교와 어문학》 4, 한국기독교어문학회

2007   임창경, 「다형 김현승 시 연구 — 기독교 정신을 중심으로」, 인하대 교육대학원 석사 학위 논문

2007   정진, 「김광균과 김현승 시의 고독 의식 연구」, 조선대 교육대학원 석사 학위 논문

2007   황은이, 「김현승 시 연구」, 순천대 석사 학위 논문

2007. 여름   김문주, 「기독교 신앙과 근대적 주체의 문제: 정지용과 김현승의 시를 중심으로」, 《문학과 종교》 12, 한국문학과종교학회

2007. 8   금동철, 「김현승 시에서 자연의 의미」, 《우리말글》 40, 우리말글학회

2008　　　　박원미, 「한국 현대시에 나타난 기독교적 세계관 연구—김현 승·박목월의 후기 시를 중심으로」, 강원대 교육대학원 석사 학위 논문

2008　　　　유혜원, 「김현승의 후기 시에 나타난 인간 예수와 존재론적 고 독」,《기독교와 어문학》 5, 한국기독교어문학회

2008　　　　이기종, 「작가의 성화에 관한 연구—김현승·조성기의 경우」, 백석대 기독교예술대학원 석사 학위 논문

2008　　　　장시내, 「김현승 시의 나무 이미지 변모 양상 연구」, 수원대 교 육대학원 석사 학위 논문

2008. 2　　박종철, 「김현승 시와 3원적 구조」,《우리문학연구》 23, 우리문 학회

2008. 3　　김옥성, 「김현승 시의 종말론적 사유와 상상」,《한국문학이론 과 비평》 12, 한국문학이론과 비평학회

2008. 6　　최승호, 「김현승 시의 서정화 방식 연구」,《한국언어문학》 65, 한국언어문학회

2008. 겨울　황현산, 「관념시에서 구체성의 자리: 김현승론을 위한 메모」, 《시와시학》 72, 시와시학사

2009　　　　손성미, 「김현승 시 연구」, 강원대 교육대학원 석사 학위 논문

2009　　　　송기한, 「김현승 시에서의 성과 속의 길항 관계—자연의 이미 지 변이를 중심으로」,《비교한국학》 17, 국제비교한국학회

2009　　　　송인동, 「시에서 문화 서사로: 그 기초 모형 탐색—김현승의 시를 중심으로」,《신학리해》 37, 호남신학대

2009. 4　　김기중, 「김현승 시 시계의 내면 구조 연구: 양면적 시 의식의 양상과 아이러니적 효과를 중심으로」, 『한국 문예 비평 연구』, 창조문학사

2009. 9　　유혜숙, 「김현승 시에 나타난 '어둠·밤' 이미지」,《비평문학》 33, 한국비평문학회

2009. 10	박이도 발표, 정종명, 「김현승 문학을 재점검한다: 다형 김현승의 '고독', 형이상학적 미학(신앙과 이성의 경계를 넘어(토론)」, 《문학》 42, 한국문인협회

2009. 겨울	김문주, 「기독교 신앙과 양심의 인간주의: 김현승의 시를 중심으로」,《문학과 종교》 14, 한국문학과종교학회

2009. 겨울	김인섭, 「다형 김현승과 재북 시인 김조규의 초기 시 대비 고찰: 숭실전문 시절의 종교적 성향과 역사 의식을 중심으로」,《문학과종교》 3, 한국문학과종교학회

2009. 겨울	이운룡, 「다형의 후기 시와 인간적 고뇌」,《계절문학》 9, 한국문인협회

2009. 12	박선영, 「김현승의 『마지막 지상에서』에 나타난 은유 미학」,《어문연구》 62, 어문연구학회

2010	고윤석, 「김현승 시 의식의 변용 양상 연구―종교성과 낭만성을 중심으로」, 전남대 석사 학위 논문

2010	박선영, 「김현승 후기 시의 사물화 양상: 광물에 토 한 사물을 중심으로」,《우리문학연구》 31, 우리문학회

2010	이정우, 「근대시에 나타난 기독교 의식의 수용 양상―윤동주, 김현승, 박두진을 중심으로」, 건국대 석사 학위 논문

2010. 4	김윤정, 「기독교 해석학적 관점에서 본 김현승의 문학: '이신론(理神論)'적 특징에 대한 고찰」,《한중인문학연구》, 한중인문학회

2010. 10	김기중, 「한국 현대시에 나타난 기독교적 시 의식 연구: 박두진, 박목월, 김현승의 시 의식을 중심으로」,《국제언어문학》, 국제언어문학회

2010. 12	박선영, 「김현승 후기 시의 은유적 전이 양상: 시에 나타난 자연물을 중심으로」,《어문연구》 66, 어문연구학회

2010. 12	박선영, 「김현승 후기 시에 나타난 '동물'의 은유화 양상」,《우리말글》 50, 우리말글학회

2011   박선영, 「김현승의 『새벽 교실』의 시간과 은유에 관한 고찰」, 《우리문학연구》 34, 우리문학회

2011   신용숙, 「말줄임표의 시적 효과에 대하여: 서정주, 김현승, 천상병 시를 중심으로」, 동국대 석사 학위 논문

2011   진임, 「김현승 시의 공간기호론적 해석」, 충남대 석사 학위 논문

2011. 2   송용구, 「한국과 독일의 시인들 10인」, 《시문학》 41, 시문학사

2011. 8   박선영, 「김현승 초기 시의 식물과 은유 양상」, 《우리말글》 52, 우리말글학회

2012   김지선, 「김현승 시의 현실 인식 양상 연구」, 《어문학》 115, 한국어문학회

2012. 봄   권성훈, 「한국 기독교 시에 나타난 치유성 연구」, 《종교연구》 66, 한국종교학회

2012. 5   장미영, 「둘의 언어성에 관한 비교문학적 소고: 고트프리트 벤, 파울 첼란, 김현승의 시학적 시를 중심으로」, 《외국문학연구》 46, 한국외대 외국문학연구소

2012. 8   서영애, 「김현승 시의 종교적 상상력」, 《한국문예창작》 11, 한국문예창작학회

2012. 겨울   권성훈, 「김현승 시 '고독'에 대한 라캉의 정신 분석」, 《문학과 종교》 17, 한국문학과종교학회

2013   정숙인, 「김현승 시의 상상력 연구」, 조선대 박사 학위 논문

2013   이은실, 「김현승 시에 나타난 시간 의식 연구: 형상화 방법과의 관련성을 중심으로」, 한양대 박사 학위논문

2013   홍용희, 「고독과 신성의 변증」, 2013 탄생 100주년 문학인 기념문학제 발표

작성자 홍용희 경희사이버대 교수

【제4주제 — 이태극론】

시조, '국민사상'과 '국민 시가'의 사이

최현식(인하대 교수)

이태극, 시조를 다시 호명하다

"시조가 하도 좋아/ 나도 읽어 보던 것이// 그 벌써 한 이십 년/ 어제론 듯 흘렀구료"(「시조송(時調頌)」)[1]라고 월하(月河) 이태극(李泰極)이 노래하던 때는 한국 전쟁의 참화에서 겨우 벗어난 1955년 봄이었다. 이 진술에 기댄다면 그의 시조 창작은 1930년대 중반 시작되었다. 과연 그의 회고록은 1935년 해금강을 찾던 길에서 지은 「하루살이」를 최초의 시조로 적고 있다. 20여 년 사이에 상당량의 시조가 창작되었지만, 그의 등단작은 전시 수도 부산에서 발간된 《시조연구》 창간호(시조연구회, 1953. 1. 5)에 실린 「갈매기」였다. "푸른 선 아스라 넘어" "날라 날라 가"는 갈매기의 비상과 유영이 리듬감 있게 묘파되어 인상적인 시편이다.

월하의 등장에서 「갈매기」 못지않게 주목되는 것은 동 학술지에 실린 「시조부흥론」이다. 이병기, 이희승, 정병욱 등이 역대 시조의 작풍, 시조 감상, 시조집의 전통 체계 등 주로 과거와 접속되어 있다면, 이태극 홀로 시

---

1) 이 글의 시조들은 이숭원 교수가 엮은 『월하 이태극 시조 전집』(태학사, 2010)에서 취한다.

조 부흥의 당위성과 현대성 획득의 필요성을 호소하고 있는 형국이다. 이런 단기필마의 '시조부흥론'은 당연히도 20여 년간 지속되어 온 시조 창작에 밑받침되어 있다. 또한 식민지와 한국 전쟁에 따른 민족적·국가적 위기에 대한 미학적 응전에서 발동된 것이다. 물론 그는 1920년대 '국민문학파'를 중심으로 벌어진 '시조부흥론'을 알뜰하게 기억하고 있다. 가령 《신민》(1927. 3)의 특집 「시조는 부흥할 것이냐」 소재의 시조 부흥을 둘러싼 찬반 양론을 꼼꼼하게 복기(復碁)하는 모습을 보라. 그는 당대 제일의 필력을 자랑하던 가람과 횡보, 무애와 노산, 지용, 그리고 '시조부흥론'의 실질적 책임자였던 육당을 호출함으로써 자기주장의 정당성과 미래성을 적절하게 건축했던 것이다.

'시조부흥론'은 시조의 현재적 패퇴에도 불구하고 시조의 창작과 향유가 절실한 까닭에 대한 대중적 설득과 공감 없이는 성립 불가능한 위기의 담론이다. 그가 설정한 위기의 성격과 본질에 대한 검토가 먼저 필요한 이유다. 1950년대 중반을 전후한 민족적·국가적 위기의 타임라인을 설정한다면, 첫째는 일제의 식민 통치, 둘째는 광복 후 고조된 남북의 이념적 대결과 처참한 결과로서의 한국 전쟁이다. 1950년대 '전통론'자들이 그러했듯이 월하도 시조 퇴락의 결정적 요인을 일제 강점기의 '문자 언어의 말살'과 '자아주체 의식의 망각 쇠퇴'에서 찾는다.[2] 한국 전쟁은 시학의 정치성과 이념성을 갈라놓았을지는 몰라도 시조의 기초인 민족 정체성과 민족어의 억압과 배제와는 비교적 무관하다는 판단의 결과물일 것이다.

식민지 시대는 일본에서 전래된 박래품 '자유시'가 목소리의 개성과 자율성을 중심으로 대중들의 내면과 취향을 장악해 가던 시기였다. 하지만 "현대인의 생활과 사상 감정"(이태극)의 포착과 감염에 뛰어났던 외래종은 어느새 '조선적인 것'의 한 켠을 스스로 허물고 또 새로 구성했다. 일제를 시조 쇠퇴의 외부적 조건으로, 자유시의 이입과 토착을 시조 패퇴의 실질

---

2) 이태극, 「시조부흥론」, 《시조연구》 1, 시조연구회, 1953, 34쪽.

적 동인으로 볼 수 있는 까닭이다. 요컨대 시조를 향한 활인술(活人術)의 적용과 실천은 '조선어'(=조선심)를 충분조건으로, 근대적 개성과 내면을 필요조건으로 하는 어딘지 이상야릇한 미적 근대성을 부지불식간에 요청했던 것이다.

이 시조사의 전후에 육당과 가람이 서 있음을 우리는 잘 알고 있다. 숭고한 민족혼 '조선심'을 강조했던 육당은 시조의 '집단적 공리성' 창출에 주목했다면, 개성적 서정의 흘러넘침과 그 토대로서 일상생활을 강조했던 가람은 '격조의 변화'에 초점을 맞추었다.[3] 일제 강점기 '시조부흥론'의 대체적 흐름은, 육당과 가람의 삶과 미학이 대변하듯이, 오히려 후자 쪽에서 그 현대성과 미래성을 찾아가는 형국이었다. 부상하는 전통으로서의 시조는 결과적으로 민족 이념보다는 민중의 실생활 속에서 그 활로가 개척되었던 것이다. 이 길은 시조가 내선일체의 구호 아래 일제의 전통 미학으로 고지되던 『만요슈(萬葉集)』의 하위 체계로 편제되는, 또는 거기에 스민 천황의 팔굉일우(八紘一宇) 사상을 모방해야 하는 차이와 소멸, 식민화의 위기를 견디고 벗어나는 비밀의 통로이기도 했다. '이념'의 강단보다는 '격조'의 온유야말로 하위 주체 중심의 전통의 기원과 현대성을 입체적으로 결속하는 주요 심급에 가까웠던 것이다.

월하가 1920년대 '시조부흥론'에 계발받았음은 '국민사상' 및 '국민 시가'의 창조와 확장이라는 모토에 비교적 선명하다. 1950년대 최남선과 접속될 시조를 통한 '국민사상'의 진작은 단순히 민족 정체성의 재발견과 가치화에 소용되는 것이 아니었다. 화랑도니 풍류 사상이니, 한이니 은근과 끈기니 하는 고유한 민족 전통과 심성의 발명은 새로운 '국민 국가 만들기' 과정에서 적극 요청된 미학적 매개물이었다. 가령 이태극은 『국민사상과 시조 문학』[4]에서 "시조 문학에서 본 국민사상"을 총 10가지로 분류했다. 긍

---

3) 보다 자세한 내용은 최현식, 「노래하는 민족, 읽는 서정 ─ 최남선과 이병기의 시조론 재고(再考)」, 《한국학연구》 28, 인하대 한국학연구소, 2012 여기저기 참조.
4) 이 저서는 1955년 10월 22일 '국민사상연구원'에서 비매품으로 발간되었는데, 「시조부

정적 사상으로는 '충효', '신애(信愛)', '사정개결(邪正介潔)', '우국개세(憂國慨世)', '자유협동', '면학수덕(勉學修德)'을 뽑았는바, 시조의 사상적 원천인 유학의 재도지문(載道之文)에 합당한 요소들이다. 부정적 면모로는 '도피체념', '무상탕일(無常蕩逸)', '자연침잠', '남녀관'을 들었다.[5] 이것은 기실 유흥과 패배에 노출된 시조뿐만 아니라 근대 이후 개진된 신민요나 어떤 자유시들의 약점이기도 했다. 물론 이 책에 천명된 시조의 전통성과 정통성은 벌써 「시조부흥론」의 일절이었다.

여기에서 국민 도의(道義)를 부르짖고 국민사상의 올바름을 진작시키려 하고 있으며 각 개인도 나를 알고자 하는 자성적 계몽에까지 도달해 오고 있는 이때 내 것의 정통을 찾아 이를 취사선택하여 자력으로서 자가를 수리 개축하고 진찰 요양하여 건강한 국민 문화 재건과 건전한 국가 민족을 재편 확립치 아니치 못할 시기에 도달한 것이다. 호절기(好絶期)인 만치 시조도 본궤도를 찾아들어 시대적 지원을 받게 되리라 믿는다.[6]

근대 들어 한국에서 '단일 민족'이 '국민 국가'를 압도하며 그 법리와 내면을 장악해 갔음을 부인하기 어렵다. '단일 민족' 사상은 일본과 북한에 대한 효과적 견제와 국민의 이념적 결집에 유용한 그물망이었다. 하지만 "건강한 국민 문화 재건"과 "건전한 국가 민족"의 재편이라는 구호만으로 '국민 도의'와 '국민사상'의 앙양은 쉽게 성취될 수 없다. 시조 내용에 대한 10가지 분류와 그 가치 매김은 경험의 부재상 극히 추상적일 수밖에 없는

홍론」의 '국민사상'의 성격과 내용을 구체화한 것으로 보아 무방하다. 출판 기관이 암시하듯이, 한국 전쟁 후 본격화된 자유 이념 중심의 '국민사상' 보급과 '대한민국' 만들기의 일환으로 요청된, 전통성과 정통성 표방의 미학적 선언문인 셈이다.

5) 『국민사상과 시조 문학』은 1950년대 시조론 및 시조사 연구를 대표하는 이태극의 『시조개론』(새글사, 1956) 중 시조 원리론의 일부로 그대로 옮겨졌다. 그때는 '시조의 문학성'이라는 중분류 아래 '시조의 내용성'이라는 소항목으로 분류되었다.

6) 이태극, 「시조부흥론」, 36쪽.

200

'국민 국가'의 실질과 내용을 구체화하는 효과를 지닌다.

그런데 문제는 '우국충정'류의 긍정적 이념들이 전체성의 기율을 확립하는 데 유용하지만, 그것의 가치와 실천을 구성하고 수행하는 '국민'의 실생활과 내면적 감각의 토로에는 무딜 수밖에 없다는 사실이다. 요컨대 자아의 실존을 재구성하고 그에 따라 삶의 기획을 펼쳐 가는 '감각의 재분배'와 멀어질 위험이 존재한다는 것이다. '국민사상'의 이념성과 추상성을 극복하며 자아의 개성적 내면에 귀를 기울이고 자유롭게 분출하는 감각과 형식의 현대성에 대한 요청은 따라서 필연적이다.

> 그러나 현대시조는 어디까지나 시로서의 창작이래야 하겠고 이 창작된 시조는 고래의 창법에만 구애될 것이 아니라 현대적 창법으로 발전시켜야 할 것이며 자연 연구 개법(改法) 되어야 할 것이라 믿는다. 창작도 평시조의 3장 6구로만 제한될 것이 아니라 그 발전적 형태를 고찰 연구하여야 시대에 호응된 자가발전이 있으리라 믿으며 시조 부흥 또한 활개를 높일 것이라 믿는다.[7]

월하는 '노래 시조'와 '묵독 시조'를 동시적 향유 대상으로 소환한다는 점에서 특징적이다. 물론 '현대시조'의 향유란 결국 '묵독 시조'로 모아진다는 것을 그가 몰랐을 리 없다. 과연 그는 '시조 부흥'의 형식적 고려로 ① 사설시조 형태에서의 발전적 창조[8] ② 2장 또는 4장 연시의 창설(향가, 고려가사(歌詞), 이조가사(歌辭) 형태에도 많이 쓰였다.) ③ 가사 형태와 연관 지은 자유시적 창안 ④ 기사법(記事法)의 연구(장구(章句) 양식에만 구애되지 말

---

7) 이태극, 「시조부흥론」, 36쪽.

8) 이후 이태극은 시조의 명칭을 단시조, 중시조, 장시조로 통일할 것을 주장한다. 여기에 대응하는 평시조, 엇시조, 사설시조는 어디까지나 창법(唱法)상의 구분이라는 이유 때문이다. 창작과 향유의 변화에 따른 시조의 현대성, 그러니까 '읽는 시조'에 대한 자각과 수용의 결과일 것이다. 이런 방식의 명칭 구분은 이미 『시조 개론』(1956)에 선연하다. 이를테면 '長時調(辭說時調 長型時調)'의 형식으로 명칭을 분류하여 제시하는 태도와 방법이 그렇다.

일)를 제시한다.[9] '사설시조'와 '자유시' 운운은 단순히 '단가(短歌)'의 돌파와 '장가(長歌)'로의 자유를 위한 형식의 개조(改造)로 환원될 수 없다. '사설'이니 '자유'니 하는 수사 자체가 벌써 개성과 내면, 일상과 실감의 자유로운 포착과 구조화를 전제하고 있다. 이것은 '시조부흥론'의 초점이 '국민사상'이 요구하는 형식의 정제나 구축보다는, 이병기의 견해를 빌린다면 '실감실정(實感實情)'과 '격조의 변화'에 입각한 '국민사상'의 구체화에 맞춰졌음을 암시한다.

스승 이병기와 제자 이태극은 전통적 시조 양식의 참조와 발전적 개조, 시조를 이탈하지 않는 자유시 형식의 창안, 쓰기의 변주를 통한 읽히는 시조의 확장 등을 '시조 부흥'의 핵심 방법으로 공유한다. 유달리 구별되는 점이 있다면, 가람은 현대시조의 미장센을 사설시조와의 교섭과 결속보다는 평시조의 세련과 심미화에서 찾았다는 사실이다. 가람은 개별 정서의 자유분방한 분출보다는, '정형적(整形的) 자유시'라는 조어가 암시하듯이, 아어(雅語)주의에 기반한 진실성, 간정성, 장중성, 고아(古雅)성의 표현에 시조의 가치를 두었다.[10] 그러니까 가람은 '실감실정'의 표현을 자유시와 공유하되 시조의 핵심을 개방형의 '정형성(整形性)'에 둠으로써 그 장르적 본질과 속성을 보지, 견인했던 것이다.

이에 비하면 월하는 적어도 1950년대 중반 무렵에는 내면 정서의 자유와 해방보다는 시조 형식의 자유(물론 전통 형식을 벗어나지 않는 한도 내에서)에 초점을 맞추었던 것으로 보인다. 이런 형식 의지는 시조 부흥을 향한 개인적 신념의 발로일 수도 있지만 특히 평시조를 압도하는 자유시의 형식적·내용적 개방성과 확장성을 고려한 방법적 대응으로 보인다. 또한 '국민사상'과 '국민 도의'의 추상성과 집단성을 완화하고 구체화하기 위한 미학적 전략의 일환으로 이해된다. 우리는 이후 월하 시조의 실제를 관통해 감으로써 '사

---

9) 이태극, 「시조부흥론」, 36쪽.
10) 이병기의 현대시조를 향한 방법적 고찰과 지향 등은 『가람 문선』(신구문화사, 1966)에 수록된 「시조와 그 연구」(1928), 「시조는 혁신하자」(1932)에 일목요연하게 제시되어 있다.

설시조'로 대변되는 언어·형식의 확장과 정서 표출의 자유를 향한 자발적 요청이 어떤 변화와 굴곡을 경험하는가를 새삼 확인하게 될 것이다.

잠시 되돌아가건대, 나는 월하가 '시조부흥론'의 한 전략으로 '사설시조'의 참조를 제시했음과 함께, 그것이 일종의 장르 경쟁자였던 현대시의 현황과도 밀접한 관련이 있음을 언뜻 밝혔다. 월하는 「시조부흥론」 이후 『국민 사상과 시조 문학』과 『시조 개론』의 저술, 신문지상에서의 시조 개괄과 작품론[11] 집필을 통해 시조 부흥과 현대화에 골몰했다. 그의 시조 부흥을 향한 지속적 열망과 관심이 1950년대 중반 제2차 시조 부흥 운동의 주요 촉발점이 되었음은 주지의 사실이다.[12] 시조 부흥을 향한 담론적 논의와 실천에는 창작과 비평, 연구를 겸한 이태극을 제외하면, 김동욱, 정병욱, 이능우, 양주동, 백철, 이희승 같은 학교 제도권의 연구자들이 주로 참여한다. 이들은 대체로 시조의 민족 미학적 전통성과 정통성을 충분히 인정하되, 시조의 현대시로의 부활 가능성에는 꽤나 회의적인 태도와 입장을 견지했다.

이를테면 정병욱은 시조를 '제2의 예술'로 위치 짓기를 제안하며, "본격적인 예술 문학으로서의 시는 현대시에게 그 자리를 물려주고, 시조는 제2 예술로 은퇴하여 하나의 도(말하자면 국민적인 교양으로서)의 경역(境域)으로 그 자리를 옮김으로 말미암아 부흥의 길을 찾음이 옳다."[13]라는 견해를 표방했다. 정병욱의 입장은 압도적 모더니티에 처한 시조의 실상과 가능성을 토대로 그 한계와 가능성을 짚어 냈다는 점에서 사실적이고 객관적이다. '국민사상'이 아닌 '국민 교양'의 시조는 정치성과 이념성보다는 심미성과

---

11) 이태극, 「문화 재건과 시조 문학」, 《조선일보》 1955. 3. 17; 「시조의 과거와 현재」, 《조선일보》 1955. 4. 20; 「시조 재건의 해」, 《조선일보》 1955. 12. 29; 「일보 전진의 기세」, 《동아일보》 1956. 2. 4; 「오붓한 수확」, 《동아일보》 1956. 4. 25 등이 대표적이다.

12) 1950년대 중반 벌어진 제2차 시조 부흥 운동의 전말과 의미에 대해서는 임곤택의 「2차 시조 부흥 운동'의 전개와 의의」(《현대문학이론연구》 49, 현대문학이론학회, 2012)가 자세하다.

13) 정병욱, 「시조 부흥 비판」, 《신태양》, 1956. 6. 여기에서는 임곤택, 위의 논문, 277쪽에서 재인용함.

대중성의 확보에 보다 집중할 기회를 연다. 또한 현대시와의 서열적 공존은 시조가 내면성과 자유율의 압박에서 벗어나 스스로의 전통에 충실하면서 그 기원성과 역사성을 살뜰히 보존하는 '가치 체계'로의 진입 계기를 부여한다. 일상성과 현대성에서의 일방적 후퇴라기보다는 '전통'으로의 스밈과 짜임을 통한 생존과 애호의 획득 전략이라 할 만하다. 그러나 시조를 '고도(古都/孤島)'에 안치시킨 용인술은 시조 스스로의 혁신과 도약보다는 현대시와의 관계 속에서 그 실질적 영토와 심상 지리를 계산하고 상상하는 정도의 소극적 행위를 현대시조의 문법과 숙명으로 마름질했다. 이후 시조의 형세가 대중적 향유와 소통보다는 전문가의 취향과 애호에 따라 그 부침이 결정되었다는 판단은 그래서 가능한 것이다.

이런 상황을 고려하면, 오늘날 월하 시조(론)의 현대성은 언어 행위 이전에 '제2의 예술'로의 길을 거부한 독자성의 추구와 그 방법의 고안에서 먼저 찾아질 듯하다. 그는 『꽃과 여인』(1970)을 필두로 한 5권의 시조집과 이를 상회하는 수의 시조 연구서 및 시조 작법을 저술함으로써 현대시조로의 길과 기틀을 묵묵하게 다졌다. 또한 거의 개인적 공력에 의지한 《시조문학》(1960)을 창간, 운영함으로써 시조의 대중화와 후속 세대 양성에도 나름의 성과를 거두었다. 이 모두가 시조를 '제2의 예술'로 안치해 그 전통과 위엄을 살고자 했던 '고전회귀론'자들의 암묵적 합의를 이겨 내며, 시조를 생활 예술의 일부로 현대화하려는 의지의 실천물이라 할 것이다.

물론 대중의 호응과 시조 혁신의 틀로 월하 시조의 성취를 엄격하게 가늠한다면 썩 만족스럽지 못할 수도 있다. 하지만 저 연면하고도 열렬한 시조에의 의지와 사랑은 우리 현대시조사에서 그를 "정형시의 미학을 훌륭히 견지하면서도 근대적인 자기 인식과 자연 인간 사이의 유추적 관계를 형상화한"[14] 시인으로 기록하는 토대가 되었다. 우리는 그 과정과 결과가

---

14) 유성호, 「자연과 인간의 공존, 시조를 통한 자기 인식—월하 이태극의 시조 세계」, 《배달말》 36, 배달말학회, 2005, 234쪽.

한국 현대시조의 분투, 그러니까 "기본적으로 형식적 제약을 받아들이면서 바로 그 안에서 시적 자유를 확보하는"[15] 일대 사업의 한 모델이자 역사임을 이 자리에서 구체적으로 확인하게 될 것이다.

국민사상, 애국지정, 삶의 소리

"건강한 국민 문화의 재건"과 "건전한 국가 민족의 재편"은 월하의 시조 인생을 꿰뚫는 핵심 지표 가운데 하나다. '국민사상', '애국지정', '삶의 소리'는 그의 시조집과 연구 저작에서 뽑아 본 구체적 시의(詩意)들이다. 어떤 시의든 세계를 낯설게 하는 정서적 감응과 참여의 자발성을 퉁아 내지 못하는 한 산문적 당위와 진술의 틀에 구속되기 마련이다. 따라서 저 시의들을 삶의 유곡(幽谷)과 영혼의 심연으로 밀어 넣어 주체와 타자의 동시적 도약과 변화를 추동하는 시정(詩情)의 창조와 현현은 피할 수 없는 과제에 해당한다.

1950년대 전통의 심미화와 그를 통한 '민족 정서'와 '국민 도의'의 확장을 꾀한 대표적 시인은 미당 서정주였다. 물론 불안한 난국의 상황에서 미당의 '영원성' 지향은 현실 대타협과 현실 순응주의라는 부정적 평가를 함께 불러들였다. 하지만 '위국(爲國)'과 '우국(憂國)'의 정서 아래 새로운 국민 국가를 향한 '민족적인 것'의 모델 발굴과 그것의 심미화를 향한 시적 방법의 창안과 세련화에서 그는 득의만만했다. 이를테면 미당은 『신라초』에서 설화성과 흥미성이 분분(芬芬)한 『삼국유사』에 붉은 관주(貫珠)를 치며 그것을 국민의 심성과 민족의 도의로 정서화하는 데 심혈을 기울였다. 임금과 백성의 도타운 사랑을 말하는 선덕여왕과 지귀의 어긋난 만남(「선덕여왕의 말씀」), 가난의 고통을 풍요로운 떡방아 노래로 감싸 안은 백결 선생의 지혜(「백결 선생」), 신라 최고의 상품 솜(목화꽃)과 쌀 이야기(「신라의 상품(商

品)」)가 대표적인 경우이다. 미당은 지난한 역사를 말하되 그 주체이자 대상인 현실적 인간의 이상과 완결성을 비벼 넣음으로써 '한국적인 것'의 전통성과 미래성을 긍정의 맥락으로 승화했다.

장르 전통으로 본다면 고사(古史/故事)의 취택과 심미화는 오히려 시조에 적합할 듯하다. 하지만 시조의 현대성이라는 목전(目前)의 과제는 그 주제에 못지않게 현실에 조응하는 실감 실정과 격조의 창조와 유인이 무엇보다 중요했다. 월하가 시조집의 서문에서 "지성과 현실감을 정감으로 여과하고 승화시켜 보고자"16) 했음을 지속적으로 강조했던 것도 이와 관련될 것이다. 실제로 월하는 현실과 이격된 특정 가치나 관념의 심미화보다 분단과 산업화가 강제한 존재의 소외와 일탈에 시조의 음영을 갈피갈피 넓혔다. 물론 그 음영은 피폐와 고통의 현장을 드러내는 날선 언어보다 그것의 배경이나 비유적 상관물로 작동하는 자연의 심상을 통해 투사되었다.

구름 빛도 가라앉고
섬들도 그림 진다.

끓던 물도 검푸르게
잔잔히 숨더니만,

어디서 살진 반달이
함(艦)을 따라 웃는고.

—「서해상(西海上)의 낙조(落照)」(1957) 부분

서해 어딘가에서 마주친 낙조, 그러니까 일몰의 한 지경(至景)을 노래한

---

16) 이태극, 「책머리에」, 『소리·소리·소리』(문학신조사, 1981). 여기에서는 『월하 이태극 시조 전집』, 172쪽.

시편이다. 핏빛 일몰은 언제나 그 아름다움 너머로 삶의 완성과 멸절에 관한 뜻밖의 상기(想起)를 함께 불러오기 마련이다. 월하는 거기에서 빚어지는 황홀과 순응, 활기와 체념을 노래하기보다, 일몰의 서사적 이미지를 담백하게 그려 나가는 데 주력한다. 이런 감정과 언어 절제의 핵심 요인은 자연의 숭고함 못지않게 자아의 시공간적 위치와 밀접히 관련된 것으로 보인다. 그는 1957년 8월 해군 함정으로 제주를 찾아 바다를 달리는 중인 것이다. 향토애와 위국(爲國), 분단의 상념과 우국(憂國)의 정조가 동시에 환기되는 현실은 얼마든지 가능하다. 궁극적 심리 정황은 그러나 "살진 반달이/ 함(艦)을 따라 웃는고"에서 보듯이, 위국의 뜨거움이 우국의 냉정함을 다소 압도하는 형국이 아닌가 한다. 함정과 병사와의 동행은 당연히도 위국과 완결된 자연의 심상이 더욱 적절하고도 바람직한 시적 장치인 것이다.

하지만 정직한 우국 없는 포즈로서의 위국은 타자에 대한 되돌아봄 없는 맹목적 애국 사상을 전면화할 위험성이 없잖다. 성찰의 상관물로서 자연의 요청과 풍경화가 필연적일 수밖에 없는 까닭인 것이다. 월하의 자연에 대한 관심과 그것의 인간화 작업은 애국 사상의 실감실정을 높이기 위한 방법이기도 했던 것이다. 가령 자연은 특히 동양적 전통에서는 자족적이며 완결적인 존재로 이해되고 추구되었다. 산하(山河)니 청산(靑山)이니 하는 영원한 자연 표상은 삶의 무상함과 존재의 결여를 그대로 되비추는 침묵의 언어 자체였다. 그러나 근대 이후 자연은 계량과 예측의 도구적 합리성과 물질문명으로 무장한 인간의 행복과 욕망을 위해 개척, 지배되는 식민화의 대상으로 빠르게 전락해 갔다. 그 비극적 국면을 벤야민은 "강의 흐름이 나아갈 운하를 파는 대신 기술은 인간의 흐름을 전쟁의 참호 속으로 흘러 들어가게 하고, 또 비행기를 통해 씨를 뿌리는 대신 화염 폭탄을 도시에 뿌리고 있"[17]다고 표현한 바 있다.

---

17) 발터 벤야민, 반성완 편역, 「기술 복제 시대의 예술 작품」, 『발터 벤야민의 문예 이론』(민음사, 1983), 231쪽.

이런 인간의 피탈과 자연의 파괴는 피식민 시대와 한국 전쟁기의 엄연한 현실이었고 그것이 은폐된 형태로 소시민의 갈등과 소외를 나날이 증폭시켜 간 것 역시 산업화 시대의 진실이었다. 「내 산하(山河)에 서다」는 이런 역사적 경험, 특히 일제와 한국 전쟁의 폭력성과 피폐성을 진솔하게 반영하고 성찰하는 의욕적 시편 가운데 하나다.

2
진달래 피어 들고 단풍잎 불타 나고
부르며 바라보는 어배들의 보금자리
배리(背理)는 화사(花蛇)의 습성 굳어만 가는 마음벌!

3
얼룩진 수의이기 되씹는 회한인가
깁소매 접어 넣고 활짝 열자 닫힌 창을
섭리는 새날의 기수 지켜 서는 내 강토.
—「내 산하에 서다」(1965) 2·3연

'배리'는 자연과 민족의 원초성과 영원성을 뒤엎는 내외부의 적의 본질과 원리를 일컫는 것이겠다. 폭력적 외세의 강압과 지배 못지않은 '배리'로는 절대 권력에 결속된 아집과 독선의 지배자가 우선 꼽히겠다. 하지만 지배 권력에 손쉽게 순응하거나 협력하는 하위 주체들의 '도피체념'과 '무상탕일', '자연침잠'은 스스로의 갱신과 변혁을 무력화한다는 점에서 더욱 문제적인 '배리'에 해당한다. 2연 초·중장과 3연 초·중장은 자연의 완결성과 세간의 협위성(脅威性)을 대비함으로써 "화사의 습성"에 대한 거부와 "얼룩진 수의"에 대한 간절한 기억의 필요성을 역설한다. "화사의 습성"과 같은 인간적 '배리'가 "새날의 기수 지켜 서는 내 강토"의 '섭리'에 의해 패배하는 2연과 3연의 종장은 그것들의 초·중장을 전제로 성립하는 반어적 대구라 할 만하다. 요컨대 외인(外因)에 의한 주체의 패배를 변호하기보다 내인(內因)의 발굴과 성찰에 충실함으로써 주체의 회복과 갱신을 호소하는 대립적인 동시에 중층적인 구문인 것이다. 자연과 민족의 동시적 승리는 둘의 무매개적 통합이 아니라 상호 전제를 요청하고 실현하는 이 지점에서 비로소 가능해지는 것이다.

자연과 민족의 통합 서사를 설정한다면, 월하의 「소리」 연작[18]은 그것을 통해 심화·확장되는 '국민사상'의 구조화 과정을 뜨겁고도 냉정하게 영사(映寫)한다는 점에서 주목에 값한다. 「소리」 연작은 단군 시대부터 1980년대 중반까지 외세 침략과 일제 식민화, 한국 전쟁으로 대표되는 민족 수난사와 그 위기 상황을 극복하는 겨레의 지혜를 본편 19수, 속편 3수로 노래한 야심작이다. 시간의 소용과 시편의 규모만으로도 월하의 애국 사상과 민족의식을 대표하는 시조로 손색이 없는 것이다.

국토와 겨레의 수난사는 자칫 내외부의 적들에 대한 날선 비판과 그들에게 짓뭉개지는 민중들의 고통과 비극적 삶이 전면화되기 십상이다. 이를테면 일제의 강압적 통치를 다룬 "돌이켜 귀 담으면/ 곡성(哭聲)만이 충천하여/ 숨통을 보듬어 안고/ 동트기만 헤이다"(「소리 12」) 같은 구절은 그런 위험성을 충분히 피하지는 못한 것으로 보인다. 그러나 "말도 잃고 글도 빼앗겨/ 벙어리 냉가슴으로" "사랑의 금지환도/ 가전(家傳)의 쇠붙이도/ 허망의 이름을 쓴 채/ 앗기고야 말았다" 같은 표현들은 사실과 경험에 즉해 식민지 민중의 분노와 좌절을 압축함으로써 그 '실감실정'을 더욱 강화하는 바 있다.

그러니 "황폐했던 가시밭을 파고 삽을 댔다/ 망명의 나그네도 내 흙내에 울어 댔고/ 내 살림 길이 이루려 손에 손을 잡았다"(「소리 13」)라는 해방의 기쁨과 새 나라 건설의 희망이 자연스러워지는 것이다. '가시밭', '삽', '흙내', '살림'과 같은 소재들이 하나의 비유이거나 상징임은 누구나 알 만한

---

18) 총 22수에 달하는 「소리」 연작은 1977년부터 1884년까지 7년여에 거쳐 창작되었으며, 제3시조집 『소리·소리·소리』(문학신조사, 1982)에 15수, 제4시조집 『날빛은 저기에』(시민문화사, 1990)에 7수가 나뉘어 실렸다.

사실들이다. 하지만 이것들은 여전히 농업 위주의 삶에 구속되어 있던 당대 조선인들의 '생명줄', 다시 말해 생활의 근거이기도 했다. '지성'과 '현실감'을 '정감'으로 여과하고 순화하고자 했던 월하의 미적 규율은 자칫 추상화되거나 관념화되기 쉬운 '애국 사상'의 표현과 전파 과정에서 더욱 엄정하게 작동되었다는 말은 그래서 가능하다.

국민 시가, 삶의 정감, 밝은 날빛

'국민 시가'의 제일 조건은 국민의 공통 감각을 구성하고 실천할 수 있는 언어 조직에 맞춰진다. 따라서 당대 현실을 향한 실감실정의 기입과 표상이 무엇보다 절실한데, 현대성과 대중성 획득이 그 다른 표현이겠다. 1950년대 후반 '시조부흥론'의 혹자들은 '국민 교양'의 전통을 유지·확장함으로써 시조상의 공통 감각을 나누는 것이 합당하다는 주장을 펼쳤다. 월하는 그러나 '제2예술'로서의 시조라는 타이틀에는 애초부터 무관심했으며 거기에서 시조의 길을 찾지도 않았다. 그렇다고 그가 집단적 도의(道義)의 당위성과 윤리성을 정형률로 실현하려는 시조가 내면 정서의 분방한 표출이나 파격적 형식 실험에 보다 치중하는 현대시를 따를 수 없다는 사실을 몰랐을 리도 없다. 월하의 다음 발언은 '국민 시가'로서의 시조 청원이 이 한계 지점에서 출발하고 있음을 짐작게 한다.

시조 또한 현대인이 현대어로 현대 생활을 묘사한 것이라면 이것이 현대시가 아닐 수 없으며 현대시 범주 안에 들지 않을 수 없다. 또한 형식 문제인데 현대시는 자유시에 한한다 하면 별문제이지만 시의 역사를 통하여서도 현대에는 정형시(定型詩)는 존재할 수 없다는 철칙이 세워질 리 만무하단 말이다.[19]

---

19) 이태극, 「시조부흥론」, 35쪽.

시조의 현대성 문제는 시조 특유의 이념과 사상보다 '정형률'의 보존과 보다 밀접히 연관되어 있다. 가람은 '실감실정'의 표현과 격조 변화의 핍진한 묘사를 위해 토착어는 물론 외래어의 과감한 채용을 주장했다. 물론 이런 혁신은 '정형률(定型律)' 대신 '정형성(整形性)'을 시조의 율격 원리로 취함으로써 가능한 것이었다. 가람의 개방성은, 노래가 환기하는 정서적 공감을 지향하는 애초의 '민요시'를 주체의 개성적 정서를 동일한 정서의 상태로 평균화하는 '격조시'로 후퇴시켜 간 김억, 주요한의 폐쇄성[20]과 흥미롭게 대비된다. 요컨대 안서와 요한이 되레 '정형률' 쪽으로 자유시의 행보를 가늠했다면, 가람은 율격의 구속에서 보다 자유로운 '정형성' 쪽으로 시조의 현대성을 밀어 갔던 것이다.[21]

사실 위의 인용문만으로 월하가 가람 방식의 '정형성' 지향을 시조의 율격으로 취했다는 의견을 곧바로 상정하기 어렵다. 무엇보다 그는 스승 가람의 신조어 '정형성(整形性)' 대신 '정형시(定型詩)'를 분명하게 취했던 것이다. 하지만 앞서 말한 대로 그는 시조 형식의 발전적 변혁을 위해 사설시조 형태의 발전적 창조, 2장 혹은 4장 연시(聯詩)의 창설, 가사(歌辭) 형태와 연관 지은 자유시적 창안, 기사법(記事法) 변화의 연구를 제안했다. 네 조항은 '정형률' 개조 및 혁신과는 크게 상관되지 않는다. 하지만 시조 쓰기의 다양한 형식과 형태의 혁신을 향한 심사숙고는 자유시와의 경쟁 혹은 공존을 향한 열정과 욕망을 충실히 지시한다. 현대시 전공의 필자는 부끄럽게도 현대시조의 변화와 혁신에 거의 무지하다. 그럼에도 알량한 지식을 동원한다면, 사설시조와 비견되는 '장시조'의 지속적 창작, 전통적 장구(章句) 양식과 구분되는 기사법의 실험과 정착 등은 시조의 현대성을 향한 월하의 집념과 실천을 증례(證例)하는 바 있다.

---

20) 김억의 민요시와 격조시의 한계에 대해서는 한수영, 『운율의 탄생—한국 근대시의 언어 공간과 7·5조』(아카넷, 2008), 223쪽 참조.
21) 이상의 논의에 대해서는 최현식, 「노래하는 민족, 읽는 서정 — 최남선과 이병기의 시조론 재고(再考)」, 24~31쪽 참조.

물론 시조의 현대성은 형식과 율격의 혁신에만 제한될 수 없다. 무엇보다 현대인의 '실감실정', 다시 말해 '현대 생활'에 대한 묘사와 그것의 정서화 및 심미화 방법에 대한 공감과 동의 역시 빠질 수 없다. 이것은 애국과 충효 같은 '국민사상'과는 다른 차원에서 민족적·개성적 자아의 사유와 정서를 재구하는 작업에 해당한다. 그 의식과 형태가 또렷하지는 않지만, 우리의 삶과 존재 근거에 숱한 변화와 질곡을 초래한 산업화 시대의 풍경과 정서에 대한 월하의 시적 관심과 표현의 관찰은 그래서 중요하다.

멀리 고향이 어리우는 포플러 여린 손길
터지듯 기적은 울어 여울짓는 가슴가슴
미움도 기약도 안개로 엇갈리는 레일 길—.

—「서울역」(1966) 2연

장(章) 간 공간의 확장, 2연 형식의 배치, 정제된 감정과 아어(雅語) 형식의 적용은 언어의 자율성에 기초한 시조 현대성의 단면을 대표한다. 그런데 '서울역'이라는 공간은 이런 심미성의 가치를 의외의 방향으로 이끈다. 근대 들어 기차의 원점이자 배치점으로 재구조화된 서울역은 정치·경제·문화의 집중점이자 소외점으로 양가화되었다. 권력과 재화의 승리자들에게 기차는 행복과 성공으로의 끝없는 질주로 찬미되었지만, 패배자들에게 그것은 가난과 노동의 삶을 더욱 가속하는 끔찍한 치차(輜車)로 원망(怨望)되었다. 이 틀을 빌려 「서울역」을 읽어 본다면 어떨까.

인용 앞부분은 이향(離鄕)한 자들의 향수(鄕愁)와 슬픔을 포플러와 기차에 비견한다는 점에서 투어리즘의 객수(客愁)로 읽어 문제될 것 없다. 하지만 1연의 "높푸른 하늘 아래 허둥이는 발부리들", "무언가 두고 가는 듯 바라 오는 듯"이나 2연의 "미움도 기약도 안개로 엇갈리는 레일 길—."은 '산업 역군'과 '공돌이'의 양 갈림길을 떠도는 산업화 시대 국민의 상황과 내면에 대한 비유로 읽는 편이 더욱 적실할 듯하다. 성공과 좌절로 난 그

212

갈랫길을 오가는 긴장감과 공허감, 욕망의 충족과 기대의 좌절, 삶의 불안과 희망의 엇갈림이 장(章) 사이의 확장된 공간에서 웅성거리고 있다면 과장일까. 나직하게 정제된 격조와 세련된 아어(雅語)의 채용이 오히려 내면과 시대의 명랑성보다 서글픔을 돋을새김한다는 느낌도 그런 정서의 복합성과 개방성 때문일 것이다.

> 밤낮을 이어 온 허허(虛虛)로운 바람 속에
> 망각(忘却)의 세월(歲月) 단청으로 섰는 오늘
> 엇바뀐 역사(歷史) 갈피에는 노을만이 붉는가
>
> 희비(喜悲)의 사연들로 엮어진 고갯마루
> 철새들은 오늘도 어제를 지저귀나
> 그렇게 살아온 나날이예 내일 비는 자세로
>
> ──「자하문」(1972) 1·3연

월하에게 '자하문' 권역은 일종의 원형 공간에 해당한다. 첫 생명수로 스며든 화천(華川)의 원초성을 대체할 수는 없겠지만, '자하문' 근방은 월하가 가장 오랫동안 삶의 행장을 꾸려 간 실생활의 근거지였다. 그곳이 삶의 화양연화(花樣年華)를 터뜨린 매혹적 공간이었음은 스스로 가꾼 48가지의 화목(花木)을 노래한 '자하산사의 화목보' 연작 24편[22]에 또렷하다. 그러나 월하가 자연을 삶의 완전성에 소용되는 심미적 모방체로만 취택했다면 '서울역'의 '실감실정'은 역사 현실과 자아 성찰의 또 다른 신호탄으로 격발되

---

22) 이태극, 『날빛은 저기에』(시민문화사, 1990). 서곡에 따르면 '자하산사'는 4계절 내내 꽃들이 분분한 영원성의 세계다. 개나리/진달래-모란/난초/장미화/무궁화-국화꽃/담쟁이-흰 눈꽃으로 만화방창(萬化方暢)을 이루는 곳이다. "흰 눈꽃"의 자발적 내속(內屬)과 공존에서 보듯이, 이것은 단순한 '화목' 예찬이 아니라 자연과 주체가 조응된 심미적 풍경의 발로(發露)로 읽힐 수 있다.

지 못했을지도 모른다.

「자하문」 역시 「서울역」처럼 생활 현실과 사건 경험의 구체성을 낱낱이 드러내지 않는다. 또한 역사 현실이 부과하는 상처와 패배를 이른바 '하위 주체'의 유난한 경험으로 특화하지도 않는다. 월하의 시조가 보수적이며 체제 안정적 성향을 띤다는 판단이 가능해지는 지점이다. 하지만 "엇바뀐 역사(歷史) 갈피"니 "희비(喜悲)의 사연들로 엮어진 고갯마루"니 하는 수사는 그가 지배 체제의 예속물로 문득 전락해 간 어제와 오늘의 하위 주체의 간난과 비극을 늘 염두에 두고 있음을 암시한다. "호서의 큰 장마 울부짖음 귀를 막네/ 그 영(嶺)도 삶의 한 마루 또 넘어 가는 길"[23]과 같은 차라리 무심한 연민과 슬픔의 표출도 간난한 삶의 아우성이 내면화되어 있기 때문에 가능한 일일지도 모른다. 유성호가 월하 시조를 "충실한 자기 인식과 정체성에 대한 지향을 환기함으로써, 인간의 존재 형식에 대한 끊임없는 질문을 생산해 내는 언어적 실체"[24]에 가까운 것으로 의미화한 것도 이와 무관치 않겠다.

> 아우성 쓸어안고
> 꽃망울은 터지는데
>
> 길 잃은 무리들이
> 골목골목 서성인다
>
> 그 언제 저 날빛 더불어
> 봄 노래를 부를까

—「봄 노래」(1989) 전문

---

23) 이태극, 「영(嶺)을 넘어」(1987), 『날빛은 저기에』. 여기에서는 『월하 이태극 시조 전집』, 358쪽.
24) 유성호, 「자연과 인간의 공존, 시조를 통한 자기 인식—월하 이태극의 시조 세계」, 243쪽.

월하의 정련된 내면과 삶에의 포용, 다시 말해 "맑은 물 위에서/ 닦인 거울 속에서/ 제 모습 찾으려는/ 마음의 나울들/ 부산한 삶의 노을이/ 다시 이는 영역"[25]을 노래한 시조를 꼽으라면 「봄 노래」를 빼놓을 수 없다. 이 만년작(晩年作)은 시조 특유의 상춘(賞春)의 감각보다 이른바 춘래불사춘(春來不似春)의 소회가 압도한다. 물론 월하라고 해서 "환희와 좌절을 디딘/ 지순이여 빛이여"[26]와 같은 원초적·심미적 쾌미에 데면데면했을 리 없다. 자연 시편의 상당수가 오히려 이런 '지순'과 '빛'의 완결성과 명랑성에 바쳐졌다고 해야 옳겠다.

월하는 그러나 홀로의 '봄 노래'에 그치지 않고 "엇바뀐 역사" 속 "길 잃은 무리들"의 "갈 봄 여름 없이"(김소월) 피는 '꽃'을 향한 희원 또한 잊지 않았다. 그들의 "꽃망울" 속 "아우성"은 민족과 계급을 다 아우르는 '음률'일 수도 있고 어느 한편으로 보다 경사된 '외침'일 수도 있다. 아마도 이 관계성을 향한 가치 판단은 월하의 미적 성향에 대한 이해와 독자의 현실 경험에 의해 그 파장과 무늬가 달라질 것이다.

따라서 우리의 마지막 과제는 월하의 시조에 대한 오랜 의지, "그 형태정형(形態定型)이면서 자유자량성(自由自量性)이 있고 우리 감정에 맞고 우리 언어성에 합당되고 내용이 현대 생활을 표시함에 부족이 없음"[27] 여부를 묻는 것이 아닐까 한다. '봄'에서 '봄 이전'을 보는 냉정한 실감실정, 정형률 속의 내면 자유와 격정의 뉘앙스는 '국민 시가'를 향한, 또 시조 현대화를 위한 월하의 언어 실천을 넉넉히 표상한다. 월하는 그러나 이 과제의 완성과 향유로서 '봄 노래'를 기대와 희망의 차원으로 또다시 밀어 넣음으로써 시조의 지속과 갱신을 향한 시조단의 열정과 의무를 여전히 독려하고 있는 중인 것이다.

---

25) 이태극, 「삶이여」(1986), 『날빛은 저기에』. 여기서는 『월하 이태극 시조 전집』, 319쪽.
26) 이태극, 「항아리」(1983), 『날빛은 저기에』. 여기서는 『월하 이태극 시조 전집』, 318쪽.
27) 이태극, 「시조부흥론」, 37쪽.

또다시, 현대시조의 길을 묻다

월하의 시조(론)를 읽어 오는 내내 채 공론화하지 못한 문제가 하나 있다. 그 '시조 부흥'의 조건으로 내세운 4가지 사항 중 "사설시조 형태에서의 발전적 창조"와 "가사(歌辭) 형태와 연관 지은 자유시적 창안"과 관련된 문제다. 두 요소는 현대 생활의 참신한 반영과 미적 현대성을 성취하기 위한 포에지(poésie)의 표방으로 보아 무방하다. 그런데 어쩐 일인지 월하는 얼마 안 있어 '사설시조' 및 '가사'와 관련된 논의를 '장시조(長時調)'로 치환했다. 단·중·장시조란 명칭의 사용은 읽는 시조, 즉 문학 형태를 강조하기 위한 것으로, 창법(唱法)상의 명칭 평시조·엇시조·사설시조를 대체하기 위한 고안이었다.[28]

하지만 적어도 현재의 관점에서는 이런 형태상의 치환에서 미묘한 문제가 발생한다. '사설시조'와 '가사'를 말하되 '형태' 운운하는 화법은 시조의 현대성 문제를 율격 중심으로 이해하고 추구한 것으로 받아들이게 한다. 이럴 때 '장시조'는 시로서의 시조, 그러니까 시조의 율격을 보지하며 자유시적 개방을 취할 수 있는, 리듬과 길이의 상호 보족적 선택이랄 수 있겠다. 실제로 월하는 시조의 내용과 정서에서는 서론에서 말한바 '국민사상'의 범주와 용례에서 크게 벗어나지 않았다. 물론 자연과 산하, 일상을 노래하더라도 부정적 측면에 해당될 '도피체념', '무상탕일', '자연침잠'에 빠져들지 않음으로써 '실감실정'의 현대적 제시와 표현에서 뚜렷한 성취를 거두었음은 따로 적기해 두어 괜찮겠다.

그러나 문제는 특히 '사설시조' 하면 적어도 필자와 같은 일반 독자에게는 그 기의가 음률이나 창법의 지시로 멈추지 않는다는 것이다. 김홍규에 따르면 사설시조는 인간의 욕망을 육체성, 물질성, 세속성의 차원에서 그리는 한편, 유교적 도덕관념의 허위성을 비판하기 위해 풍자와 해학의 수사학에 익숙하다. 그러나 거기에서 발생하는 '웃음'은 세속적 쾌락주의를

---

28) 이태극, 『시조 개론』(새글사, 1956), 69쪽.

216

목적한다기보다 인간의 욕망과 세계 사이의 불균질한 역학을 드러내기 위한 방법적 사랑 또는 부정을 지향한다. 그런 점에서 사설시조는 '웃음의 복합성'과 '웃음 뒤에 남은 것'을 보다 깊이 그리고 명랑하게 파지하기 위한 글쓰기의 형식인 것이다.[29] 우리는 사설시조의 이 발화를 율어(律語)를 통한 산문 정신의 표백이라고 불러도 큰 잘못은 아닐 것이다.

여기서 현재의 관점을, 더군다나 '민중 언어'와 '카니발'의 요소를 충분히 원용한 의론(議論)을 '사설시조'에서 '장시조'로의 치환 문제에 접속하는 까닭은 현대시조의 제약과 관련된 역사성을 한번쯤 살펴보기 위함이다. '민족(국민) 사상'에 치중했던 육당도 '민족(국민) 시가'에 심취했던 가람도 연시조나 장시조를 창작하더라도 평시조(단시조)의 기율에 충실했다는 것은 주지의 사실이다. 마찬가지로 월하 역시 '실감실정'을 일상생활과 정서에서 찾았을지언정, 주체의 욕망과 세계의 완고성이 어긋나며 발생하는 '웃음'과 '범속'의 지평에 의식적으로 접속하지는 않았다. 왜 그랬을까? 그 까닭을 과거와 당대의 시조가 처했던 상황과 관련지어 약술해 본다면 다음 두 사항을 거론해야 될 듯하다.

첫째, 사설시조 특유의 '웃음'과 '욕망'은 중세적 억압에 저항하는 동시에 새로운 전망을 내포하는 개성 해방 지향의 면모를 띤 것으로 흔히 평가된다. 사설시조의 진보성과 민중성은 여기서 찾아진다고 해도 틀리지 않는다. 하지만 사설시조가 이런 긍정적 면모만을 발현하지 않았음 역시 부인할 수 없는 사실이다. 고미숙에 의해 "통속적 정조와 낭만주의"로 특화된 19세기의 사설시조는 "사랑의 성취보다는 이별 뒤의 슬픔을, 열렬한 지향보다는 체념과 좌절에 초점이 맞춰"지게 된다.[30] 이런 퇴보적 잔영들이 식민지 시대 신민요 및 대중가요의 주조음으로 떠올랐음은 주지의 사실이다.

이런 환경에서 문화민족주의의 핵심 장르임을 자처하던 현대시조는, 그

---

29) 김홍규, 「누추한 삶과 욕망의 온도: 사설시조의 세계」, 한국연구재단 인문학 강의 영상물, 2012.
30) 고미숙, 『19세기 시조의 예술사적 의미』(태학사, 1998), 217쪽.

것이 '전통'과 '민족'의 지평(최남선)을 향하든 '현대'와 '일상'의 지평(이병기)을 향하든, 정서의 통속화와 감상적 내용의 극복을 우선의 과제로 취할 수밖에 없다. 육당의 '조선심'이나 가람의 '격조'에 대한 강조는 이런 시대적 분위기와 밀접히 연관되어 있었던 것이다. 이들의 후예이면서 식민지 잔재 극복과 분단 상황의 성찰 과제까지 주어진 이태극 등 중간 세대의 입장에서 보면, 삶의 무상감이나 그것을 극복할 요량의 감상적 유희성으로 채워진 사설시조는 일정한 거리와 극복을 필요로 하는 과거의 전통으로 낙착되었을 가능성이 농후하다.

둘째, 식민지와 분단 상황은 아무래도 특정 집단이나 계급의 욕망보다는 '민족적/국민적인 것'의 탐색과 심미화에 보다 보편적인 가치를 부여했을 것이다. 다시 강조하거니와, '국민사상'과 '국민 도의'를 현대시조의 핵심으로 삼는 입장에서는 오히려 그것과 대별되는 사설시조를 전통 계승의 모델로 삼기보다, 그것을 향한 새로운 변용과 갱신이 더 필요했을 것이다. 이른바 '장시조'로의 명칭 변경은, 묵독(黙讀) 관습을 시조 읽기의 문법으로 승인하기 위한 것이기도 했지만, 사설시조의 통속성과 유희성과 결별하기 위한 전략적 선택이었는지도 모른다. 이태극과 그를 이은 시인들의 '장시조'는 그럼으로써 현대인 특유의 '웃음'과 '욕망'을 새롭게 주조해 내는 일에는 미약했지만, 새로운 국민 국가의 건설과 그 과정에 담긴 국민들의 애환을 담백한 어조와 형식으로 부감시키는 일에는 어느 정도의 성취를 거두었던 것이다.

하지만 물경 100여 년에 이르는 현대시조의 영토와 틀을 개척하고 거기에 새로운 지번을 매겨 온 육당과 가람, 월하의 사상과 언어가 사설시조 특유의 '웃음'과 '욕망'에 일정한 거리를 취했다는 것은 문학사적으로 꽤나 큰 상실과 좌절이 아니었나 생각된다. 가장 급박하고 위험했던, 그만큼 변화무쌍했고 파국을 늘 상정해야 했던 역사 현실에 포위된 조선인(한국인)의 삶의 행로와 방법을 회한과 비극, 계몽의 범주에서뿐만 아니라 웃음과 일탈, 거기 스민 반어와 역설의 지평에서 구조화했다면 시조의 현대성과 대중성은 꽤나 다른 면모를 살아왔을지도 모른다.

위기 국면의 지속은, 사설시조의 최대 강점이자 성취였던, 고착된 계급적·이념적·미학적 형식에 대한 반발과 혁신의 전통을 괄호 치고, 민족 정체성과 국민 의식의 집단적 획득과 통합을 향한 결속의 미학을 지속시켜 나갔다. 그 길은 이념과 형식의 혁신을 통한 역사적 현실의 극복 및 초월을 밀고 나간 동시대의 자유시와 더욱 멀어지는 행로의 일종이었다. 하지만 이런 경향에 대한 반동과 극복으로서, 세계상에 대한 감정 확장의 자유(풀이성)와 규범적 미학을 향한 희화적 내용과 감각(놀이성)에 투철한 사설시조의 후예가 등장하지 않았다고 한다면 그것 역시 진실을 외면한 말에 지나지 않는다. 특히 1980년대 이후 사설시조의 후예들은 저런 풀이성과 놀이성을 현대시조의 핵심으로 삼아, 이를테면 "극도의 곤궁이라는 심각하고 무거운 주제를 비통과 분개의 정서"보다는 "희극적 위안이라는 거리 두기와 경쾌 발랄한 시적 율동의 장치를 통해 탁월하게 묘출"하는 성과를 거두어 왔다.[31] 허나 이런 성과는 오늘날의 현대시조에서 여전히 변방의 형식에 속한다는 것을 아주 부인할 수도 없으니, 현대시조의 보편적 의미와 가치로 쉽사리 밀어 올리기 어려운 형편인 것이다.

이런 현실과 비교한다면, 육당에서 월하에 이르는 '시조 부흥'의 목소리들은, 역사 현실의 변혁과 시조 혁신의 과정을 일치시키기보다는, 그것을 비껴가는 방식으로 민족과 국민, 격조와 도의 같은 보다 관념적이며 추상적 가치의 표현과 성취에 더욱 집중했다. 이 말은 누구보다 시조의 현대화와 일상화에 고군분투한 현대시조 1, 2세대를 부정하거나 비판하기 위한 것이 아니다. 저 보편과 결속의 욕망과 더불어, 그것이 가져올 그늘에 대한 비판적 성찰과 표현의 노력이 함께 진행되었더라면, '현대성'을 향해 긍정적으로 분열하고 역동적으로 저류하는 현대시조의 탄생과 성장이 보다 빠르

---

31) 윤금초와 이지엽 등의 사설시조에 대해 행해진 이 비평은 김학성, 「시조의 아버지 상(像)과 그 현대적 변주」, 열린시조학회, 『시조의 형식 미학과 현대적 계승』(고요아침, 2010), 48~53쪽 참조.

고 풍부했을 것이란 아쉬움 때문이다. 이런 결여의 지평은 벌써 극복된 것이기는커녕 여전히 성취되어야 할 과제에 속한다. 그러니 현대시조를 향한 가장 뜨겁고 뛰어난 사유와 상상, 이념과 미학을 보여 주었던 1, 2세대의 사설시조에 대한 제약과 거리 두기는 우리들에게 더더욱 애처로운 미망으로 남겨질 수밖에 없다.

제4주제에 관한 토론문

유성호(한양대 교수)

　월하 이태극 선생은 우리 현대시조의 역사를 여러 면에서 개척해 간 선구적 존재입니다. 선생은 시조 시인으로서는 물론, 시조 학자로서, 시조 운동가로서 매우 왕성하고도 지속적인 활동을 보여 주었습니다. 1953년 「갈매기」를 《시조연구》에 발표하면서 창작 활동을 시작한 후 다수의 작품을 발표하여 현대시조의 미학적 발전에 크게 기여했고, 1960년에는 시조 전문지 《시조문학》을 창간하여 편집, 발행인으로 현대시조 운동에 앞장섰으며, 국문학 연구에도 몰두하여 많은 저술을 펴낸 바 있습니다. 선생의 시집으로는 『꽃과 여인』(1970), 『노고지리』(1976), 『소리·소리·소리』(1982), 『날빛은 저기에』(1990), 『자하산사(紫霞山舍) 이후』(1995) 등이 있습니다. 이태극 초기 시편은 자연 형상을 선명하고도 개성적으로 담아내는 데 주력했습니다. 하지만 더욱 중요한 것은, 참신한 조어를 통해 현대시조가 우리말(토박이말, 고어, 방언, 새로운 조어)과 매우 밀접한 관련을 가지며 펼쳐질 수 있는 양식임을 입증한 사실일 것입니다. 그만큼 선생은 우리말 어휘를 독창적으로 매만져서 시어 발굴에 애썼습니다. 최현식 교수의 발제문은 이러한 월하 시학의 면모를 그 발생론적 근저에 대한 메타적 탐색으로부터 실제

창작에 이르기까지 광폭으로 살펴본 연구 결과입니다. 식민지 시대로부터 말년까지, 논(論)에서 작(作)까지, 거시적 역사에서 미시적 작품론까지 비교적 많은 정보량과 적절한 의미 부여가 이루어져 있다고 읽었습니다. 월하의 구상과 실천 그리고 그의 시학적 기원과 한계에 대한 적절한 제언이라 생각됩니다. 전체 논지에 대한 이견보다는 세부 사항에 대한 두어 가지 범주의 질문으로 소박하게 토론에 임하겠습니다.

먼저 월하 선생이 인식하고 창작한 시조의 현대성 문제입니다. 근대 자유시가 개성적 목소리의 자율성을 중심으로 대중들의 내면과 취향을 장악해 가던 식민지 시대에, 월하 선생이 "현대인의 생활과 사상 감정"의 포착과 감염을 현대시조의 가능성으로 보았다는 점이 현실적으로 혹은 시사적으로 어떻게 평가될 수 있는가 하는 점입니다. 더불어 월하 선생이 "현대시조는 어디까지나 시로서의 창작이래야 하겠고 이 창작된 시조는 고래의 창법에만 구애될 것이 아니라 현대적 창법으로 발전시켜야 할 것"이라고 했을 때, 선생이 추구한 시조 형식의 자유나 현대성은 과연 어떤 것인가 하는 점을 고구해야 할 것입니다.(예컨대 월하 선생이 '장시조'의 지속적 창작을 수행했을 때 그것이 가지는 현대적 의미는 무엇인가.) 그리고 이러한 관점이 월하 선생의 실제 창작에서 어떻게 반영되는지 하는 것이 연구 과제가 아닐까 합니다.

그다음은 시사적인 문제입니다. 육당, 위당, 가람 주도의 1920년대 시조 부흥 운동과 월하 중심의 1950년대 시조 부흥 운동 사이에 개재하는 역사적 공통점과 낙차는 어떤 것인가 하는 점이 먼저 궁금합니다. 그리고 식민지와 분단 상황이 앗아 간 우리 시조에서의 '웃음'과 '욕망' 범주 문제인데, 이것들이 빈곤한 상황에서 최근 시조 시인들 가운데 그 극복 가능성이 비치는 실례는 없는지 하는 점이 궁금합니다.

1913년　7월 16일, 강원 화천군 간동면 방천리 방현포에서 이근욱(李根旭)과 김경진(金慶珍) 사이의 장남으로 태어남.

1922년　서당 등에서 한문 수학.

1924년　4월 1일, 양구보통학교에 입학.

1928년　3월, 성적 우수자로 월반하여 5학년 졸업.

1928년　4월, 공립 춘천고등보통학교 입학.

1929년　봄, 강원도 양구 김주부 댁 장녀 김옥수(金玉洙, 1912년생)와 결혼.

1930년　12월, 장녀 춘계(春桂) 출생.

1933년　춘천고등보통학교 5학년 졸업.

1933년　5월부터 1934년 4월까지 강원도청 농무과 근무.

1934년　보통학교 교원 시험에 합격하여 5월부터 1945년 10월까지 강원도 춘천, 홍천, 인제 등지에서 보통학교 교원으로 근무.

1936년　4월부터 1938년 5월까지 통신교육으로 와세다 대학교 전문부 문과 수학.

1943년　11월, 차녀 정자(正子) 출생.

1945년　10월부터 1947년 9월까지 춘천여자고등학교 교사로 재직.

1946년　9월, 삼녀 인자(仁子) 출생.

1947년　10월, 서울대학교 문리과대학 국어국문학과 2학년으로 편입하면서 동대문구 숭인동으로 이주하고 동덕여자중고교 교사로 재직.

1950년　5월, 서울대학교 국어국문학과 졸업.

1950년　6·25 전쟁을 맞아 남하했다가 1951년 8월에 부산으로 피난하여 동덕여고 전시학교 주임으로 근무.

1952년 　9월부터 서울대학교 문리대 강사 및 교양학부 대우 교수.

1952년 　「고전 연구 서설」(《국어국문학》 2호) 발표.

1953년 　1월, 《시조연구》 창간호에 창작 시조 「갈매기」와 평론 「시조부흥론」
　　　　발표.

1953년 　9월, 이화여자대학교 국어국문학과 조교수로 부임.

1955년 　3월 17일, 《조선일보》에 「문화 재건과 시조 문학」 발표.

1955년 　4월, 장남 숭원(崇源) 출생.

1955년 　『국민사상과 시조 문학』(국민사상연구원) 출간.

1956년 　2월 4일, 《동아일보》에 「일보 전진의 기세 ― 시조 문단의 전망」 발표.

1957년 　국어국문학회 제4대 대표 이사를 맡음. 제5대와 제7대에 재임함.

1957년 　「현대시조의 작풍관」(상)~(하)를 《현대문학》 4~5월호에 발표.

1958년 　『현대시조 선총』(새글사) 출간.

1958년 　「거리의 한글 표정 ― 우리 '한글'의 사용 실태의 일면」(《한글》 119호)
　　　　발표.

1959년 　『시조 개론』(새글사) 출간.

1960년 　6월 1일, 시조 전문지 《시조문학》을 창간하여 편집인과 발행인을 맡음.

1961년 　3월, 동대문구 창신동으로 이사.

1961년 　「새 가사의 하나인 화가(花歌)」에 대하여」(《국어국문학》 24호) 발표.

1962년 　「고대 소설의 자연배경론」(《한국문화연구논총》 3권) 발표.

1963년 　3월, 서대문구 충정로3가로 이사.

1964년 　한국시조시인협회 발족, 부회장을 맡음.

1964년 　「가사 개념의 재고(再考)와 장르고」(《국어국문학》 27호) 발표.

1965년 　『시조 연구 논총』(을유문화사) 출간.

1966년 　「한국 고대시가의 계보적 형태고」(《한국문화연구원논총》 6권) 발표.

1967년 　5월, 서대문구 남가좌동으로 이사.

1967년 　「한국 문학사의 시대 구분에 대한 일(一) 시안」(《한국문화연구원논총》 10권) 발표.

1968년　「한시가 시조에 끼친 영향 (1): 특히 그 상론(詳論)을 위한 관견」(《한
　　　　　국문화연구원논총》 12권) 발표.

1969년　「한시가 시조에 끼친 영향 (2): 특히 도연명 시의 영향을 중심으로」
　　　　　(《한국문화연구원논총》 13권) 발표.

1970년　5월, 서대문구 충정로3가로 다시 이사.

1970년　11월 30일, 제1시조집 『꽃과 여인』(동민문화사) 출간.

1971년　5월, 종로구 부암동으로 이사.

1972년　「「빗기」에 대한 고찰」(《국어교육》 18호) 발표.

1973년　「고금 시조를 통해 본 애국 사상」(《한국문화연구원논총》 23권) 발표.

1974년　2월, 「시조의 형태적 연구: 특히 그 장구법과 운율 작용에 대하여」로
　　　　　이화여대에서 문학 박사 학위 취득.

1974년　『시조의 사적 연구』(선명문화사), 『한국 명시조선』(정음사) 출간.

1974년　8월, 《시조문학》 계간으로 전환하여 출판.

1976년　8월 15일, 제2시조집 『노고지리』(일지사) 출간.

1977년　『태백의 시문』(강원일보사)을 최승순과 함께 간행.

1978년　한국시조시인협회 회장.

1978년　8월, 이화여자대학교 정년 퇴임. 『고전 문학 연구 논고』(이화여대 출
　　　　　판부) 출간.

1978년　11월, 동곡문화상 수상.

1979년　3월부터 1년간 상명여자대학교 대우 교수.

1981년　『현대시 조작법』(정음사) 출간.

1982년　1월 15일, 제3시조집 『소리 · 소리 · 소리』(문학신조사) 출간.

1983년　3월, 외솔상 수상.

1984년　『세종대왕의 어린 시절』(세종대왕기념사업회) 출간.

1984년　『우리의 옛 시조: 이해와 감상』(경원각) 출간.

1984년　9월, 장남 승원, 윤유경(尹裕璟)과 결혼.

1985년   12월, 중앙시조대상 수상.

1985년   「장시조의 형태고」(《겨레어문학》 9권) 발표.

1986년   6월, 장손 문기(文基) 출생.

1986년   11월, 육당시조상 수상.

1987년   9월, 차손 준기(俊基) 출생.

1989년   5월, 노원구 상계동으로 이사.

1990년   6월 25일, 제4시조집 『날빛은 저기에』(시민문화사) 출간.

1990년   10월, 대한민국 문화예술대상 수상.

1990년   12월, 『현대시조의 이론과 실제』(동백문화) 출간.

1991년   4월 29일, 62년간 동고동락한 부인 김옥수 여사 별세.

1992년   『덜고 더한 시조개론』(반도출판사) 출간.

1994년   2월, 송파구 잠실동으로 이사.

1994년   10월, 대한민국 문화훈장(보관장) 서훈.

1995년   5월 25일, 제5시조집 『자하산사 이후』(토방출판사) 출간.

1996년   1월, 회고록 『먼 영마루를 바라 살아온 길손』(국학자료원) 출간.

2001년   1월 1일, 시조 선집 『진달래 연가』(태학사) 출간.

2003년   4월 24일, 오후 2시 50분 노환으로 별세.

2010년   2월, 장남 이숭원 교수가 엮은 『월하 이태극 시조 전집』(태학사) 출간.

2010년   7월, 월하의 고향 강원도 화천군 화천읍 호음로에 월하이태극문학관
          개관. 월하의 시조 창작 및 연구 업적을 기리고 시조 문학의 장(場)
          과 교류를 넓히며, 화천을 대표하는 문화관광자원으로 키워 나감으
          로써 지역민의 자긍심을 높이기 위해 마련되었음.

2013년   2월, 만해사상실천선양회 간행 '한국 대표 명시선 100'의 한 권으로
          『이태극: 내 산하에 서다』 간행.

이태극 작품 연보

발표일	분류	제목	발표지
1930	시조	하루살이	미발표
1945. 8	시조	서리 외 30여 수	미발표
1948	시조	조동식 교장	동덕
1950~1953	시조	뇌우탄막 외 300수	미발표
1953	시조	갈매기	시조연구
1955. 9	시조	산딸기	한국일보
1955. 9	시조	시조령 외 2수	새교육
1955. 11	시조	추음이제 외 1수	자유신문
1955. 11	시조	머루	이대 학보
1956	시조	삼월은	서울신문
1956. 1	시조	영신보	서울신문
1957. 10	시조	해녀 외	서울대 신문
1957. 10	시조	서해상의 낙조	서울대 신문
1958. 1	시조	철조망	사상계
1958. 5	시조	노들언덕에서	현대문학
1958. 8	시조	소양강을 찾아서	자유문학
1959. 8	시조	개천절 외 1수	자유문학
1959. 12	시조	대관령	자유문학
1960. 6	시조	교차로 외 1수	시조문학

발표일	분류	제목	발표지
1961. 6	시조	내일을	자유문학
1961. 7	시조	동해 바다	시조문학
1962. 2	시조	청산이여	현대문학
1962. 5	시조	칠월은	자유문학
1964. 3	시조	거목오제(巨木五題)	현대문학
1965	수필	속(續) 내것 네것론	기독교사상
1966	수필	고지대	기독교사상
1966. 9	시조	삼인화갑찬	시조문학
1966. 9	시조	주막	시조문학
1967. 2	시조	갈대	시조문학
1967. 6	시조	그 새날	현대문학
1967. 6	시조	여로에서	시조문학
1968. 3	시조	교차로	현대문학
1968. 4	시조	우음(偶吟)	시조문학
1969. 3	시조	사도(思悼)의 장	한국시단
1969. 4	시조	세종로	월간문학
1969. 6	시조	산	현대문학
1969. 12	시조	점화	시인
1970	시조집	꽃과 여인	동민문화사
1970. 2	시조	관동 5경	현대문학
1970. 9	시조	하일(夏日) 이제(二題)	현대문학
1970. 11	시조	종로에서	시조문학
1970. 12	시조	지리산 소음(小吟)	월간문학
1971. 6	시조	춘일산음(春日散吟)	시조문학
1971. 8	시조	어촌 일기	월간문학

발표일	분류	제목	발표지
1971. 11	시조	의상영일(義湘迎日)	시조문학
1974. 2	시조	울릉도	한국문학
1974. 6	시조	한	시문학
1974. 11	시조	물과 여인	문학사상
1975. 2	시조	독버섯	시조문학
1976. 6	시조	비, 비야 오려마	월간문학
1975. 9	시조	무영탑	시조문학
1976	수필	승패	기계산업
1976	시조집	노고지리	일지사
1976. 1	시조	빛	월간문학
1976. 10	시조	사계상(四季像)	한국문학
1976. 12	시조	춘천 호반에서	시조문학
1977	수필	운(運)이라는 것	기계산업
1977. 2	시조	미로	현대문학
1977. 8	시조	소리 1	시조문학
1977. 11	시조	소리 2	시조문학
1978. 3	시조	소리 3	시조문학
1979. 3	시조	소리 6	시조문학
1980. 3	시조	소리 14	시조문학
1980. 12	시조	산나리꽃	시조문학
1981. 2	시조	봄을 찾으려	조선일보
1981. 6	시조	소리 15	시조문학
1981. 9	시조	자하문	시조문학
1982	시조집	소리·소리·소리	문학신조사
1982. 6	시조	이 봄아	시조문학

발표일	분류	제목	발표지
1983. 6	시조	철새들	시조문학
1983. 7	시조	화초보	월간문학
1983. 9	시조	화초보 (3)	시조문학
1984. 7	시조	군상기(群像記)	현대문학
1984. 10	시조	호숫가에서	월간문학
1985. 6	시조	박제	현대문학
1986. 3	시조	무명초	시조문학
1986. 7	시조	삶의 의미	현대문학
1986. 6	시조	연탄의 의미	월간문학
1986. 11	시조	보길도를 찾아서(소시집)	시조문학
1987. 5	시조	황토길	현대문학
1987. 5	시조	동시조 2제	월간문학
1988. 7	시조	태백 사설	월간문학
1988. 11	시조	워싱턴에서 뉴욕으로	시조문학
1989. 3	시조	구름 외	문학사상
1989. 5	시조	길	현대문학
1989. 5	시조	장애자	월간문학
1990	시조집	날빛은 저기에	시민문화사
1990. 2	시조	중랑천	월간문학
1991. 3	시조	낙화의 별	문학사상
1991. 3	시조	마지막 일력을 넘기며	현대문학
1992. 2	시조	정(情)이란 외 1편	문학사상
1993. 6	시조	러시아 및 북구 3국 기행 시조(17편)	시조문학
1993. 9	시조	설령(雪嶺) 바라	현대문학

발표일	분류	제목	발표지
1993. 11	시조	북구 3국을 찾아서 외	시조문학
1994. 6	시조	어린이 놀이터 외 1편	문학사상
1994. 11	시조	대판(大阪)에 내려서 외 8편	시조문학
1995	시조집	자하산사 이후	토방출판사
1995. 1	시조	실제(失題)	월간 샘터
1995. 3	시조	중국 기행 시조 1 외 10편	시조문학
1995. 8	시조	저 하늘은	문학사상
1996. 9	시조	앙천봉에서	시조문학
1999. 6	시조	하루살이 외 4편	시조문학
2000. 6	시조	교차로 외 6편	시조문학

이태극 연구서지

1990   오승희, 「월하 이태극론」,《국어국문학》 10, 동아대 국어국
               문학과

1993. 봄   이선희, 「월하 이태극의 시조에 나타난 전통 인식」,《문예
               운동》

1995. 12   김준, 「월하 이태극」,《조선문학》

2000. 6, 9   오승희, 「월하 이태극론」(1)~(2),《시·시조와 비평》

2003   고경애, 「이태극 시조 연구」, 한국교원대 석사 학위 논문

2003   김민정, 「현대시조의 고향성 연구: 김상옥, 이태극, 정완영
               을 중심으로」, 성균관대 박사 학위 논문

2003   김성일, 「월하 이태극 시조 연구: 이미지 분석을 중심으
               로」, 한국교원대 석사 학위 논문

2003   김성일, 「월하 이태극 연구」,《교육논총》 21, 인천교대 초
               등교육연구소

2005   유성호, 「자연과 인간의 공존, 시조를 통한 자기 인식―월
               하 이태극의 시조 세계」,《배달말》 36, 배달말학회

2005. 여름·가을 김민정, 「이태극 시조의 고향성 영구―순수로서의 고향 의
               식」(1)~(2),《시조문학》

2005. 겨울   김창현, 「월하(月河, 1913~2003) 동시조의 진실적 전개
               양상」,《시조문학》

2010. 7·8   유성호, 「자연 현상과 근원적 자기 탐색의 시학」,《유심》

2012   임곤택, 「2차 시조 부흥 운동'의 전개와 의의」,《현대문학

이론연구》49, 현대문학이론학회

2012   박영우, 「이태극 시조에 나타난 노년·죽음 의식 연구」,
《국어문학》53, 국어문학회

2013   최현식, 「시조, '국민사상'과 '국민 시가'의 사이—이태극
론」, 《현대문학의연구》50, 한국문학연구학회

2013. 4   이숭원, 「시조 사랑의 외길」, 《문학사상》

작성자 최현식 인하대 교수

【제5주제─양명문론】

절대적 존재성에의 낭만적 인식

양명문의 시 세계

박윤우(서경대 교수)

서론

자문(紫門) 양명문 시인은 1913년 평양에서 출생하여 1920년 평양 종로 공립보통학교에 입학했다. 이 학교에서 황순원, 김이석, 이중섭 등과 교유했다. 1935년 일본으로 유학, 도쿄 센슈대학[專修大學]에서 법학을 전공했다. 유학 시절 동향인 작곡가 김동진과 깊은 교분을 쌓았으며, 1940년 도쿄에서 시집 『화수원(華愁園)』을 발간하며 작품 활동을 시작했다. 1943년 대학을 졸업한 이후, 1944년까지 도쿄에 머무르면서 문학 창작에 몰두하다가 국내로 돌아와 광복 후까지 평양에서 창작 활동을 지속했다. 이때 두 번째 시집 『송가(頌歌)』(1947)를 출간했고, 6·25 전쟁 발발 이후 1·4 후퇴 때 단신 월남했다.

1951년부터 전국문화단체총연합회 구국대원으로 활약했고, 육군 종군작가단원으로 종군했다. 1955년부터 1958년까지 서울 문리사대, 국방부 전시연합대학, 수도의과대학, 청주대학 등에서 시론과 문예 사조를 강의했고, 1960년에는 이화여자대학교 부교수로 시론을 강의했으며, 1966년 이후에는 국제대학교 국어국문학과 교수로 재직했다.

1970년에는 대만에서 개최된 아시아작가회의에 한국 대표로 참석했으며, 1957년 우리나라에서 열린 국제펜클럽 제29차 세계작가회의에 한국 대표단의 일원으로 참석하기도 했다. 한국문학가협회 회원, 전국문화단체총연합회 중앙위원, 한국자유문학자협회 중앙위원, 국제펜클럽 한국 본부 중앙위원, 한국시인협회 이사, 한국문인협회 이사 등을 역임했고, 1974년 제1회 대한민국 문학상 수상을 수상한 바 있다.

그는 생전 일본에서 간행한 처녀 시집 『화수원』(청수사, 1940)을 비롯하여, 『송가』(중앙문화사, 1947), 『화성인(火星人)』(장왕사, 1955), 『푸른 전설(傳說)』(동신문화사, 1959), 시선집 『이목구비(耳目口鼻)』(정음사, 1965)·『묵시록』(정음사, 1973)과 3인 신앙 시집인 『신비한 사랑』(연산출판사, 1983), 『지구촌(地球村)』(양림사, 1984) 등 6권의 개인 시집을 상재했으며, 2010년 현대문학사에서 작고 문인 선집으로 『양명문 시선집』이 간행되었다. 대체로 지금까지 양명문 시를 바라보는 시각은 전통적 서정주의 혹은 낭만적 관념주의의 시인으로 평가되어 왔다.[1] 다음과 같은 시사적 평가 역시 이러한 관점의 연장선상에 서 있다는 점에서 다르지 않다.

양명문의 시는 복잡한 현대인의 감정 회로에 숨겨져 사뭇 생소하기까지 한, 소박한 정서를 길어 올린다. 대상을 향해 뿜어내는 원색적 감흥은 즉각적이라 오히려 단순 명쾌한 기쁨을 준다. 분명한 감정의 발산은 소통에 대한 굳건한 믿음에서 생겨나는 것이리라. 환희와 기쁨, 슬픔과 눈물겨움, 그리움 등 삼원색처럼 선명한 정서들이 생활 언어와 무심한 가락을 타고 분출한다. 그의 시편들은 1950년대 이후 우리 시단의 강력한 흐름, 전통 서정시의 줄기를 단단하게 엮어 놓은 하나의 매듭으로 자리한다.[2]

---

1) 박선영, 「결핍과 지향의 매듭으로 묶은 삶의 연속성」, 『양명문 시선집』(현대문학사, 2010) 해설과, 최도식, 「고향 상실과 '회귀성'의 시학」, 《다층》, 2006. 겨울호의 글이 대체로 이러한 관점에 서 있다.
2) 박선영, 「책머리에」, 『양명문 시선집』, 7쪽.

그러나 이 같은 생애와 활동 이력에서 보듯, 그는 우리 현대시 100년사에서 가장 폭넓은 활동 반경과 사회적 위상을 누린 시인들 중에 속한다는 점에서 그에 대한 보다 포괄적이고도 종합적인 시각을 요한다. 그것은 첫째, 평양 출신의 유복한 가정 환경과 지적(종교적) 영향력 아래 성장했다는 점과, 둘째, 광복과 전쟁을 거치면서 월남한 세대라는 점이며, 이는 그의 시 세계의 일정한 정신적 지향성을 형성하는 데 중요한 계기로 작용한다.

요컨대 양명문 시가 지닌 서정성은 존재성에 대한 시인 고유의 관념 표백의 형식으로 구현된 것이며, 이는 그의 전 생애를 통해 보다 강화된 양식성을 획득한다. 특히 월남인으로서 뿌리 깊은 고향 상실에 대한 자의식적 대응과, 사회주의 체제와 자유민주주의 체제를 넘나들면서 형성된 이념에 대한 반응 및 사회적 존재성의 표출은 그를 단순한 전통적 서정시인의 부류에 머물도록 두지 못한다. 그런 의미에서 탄생 100주년을 기념하는 이 자리를 통해 양명문 시인의 작품 세계를 재조명하고 그 정신세계의 의미를 규명하는 것은 광복 후 우리 시단의 보편적 주류로 자리매김 받아 온 '전통 서정시'에 대한 성찰의 기회가 될 것으로 본다.

생활로서 자연 인식과 전통적 표현 미학의 현실화

대학 졸업 후 고향인 평양으로 돌아온 양명문은 광복 직후 조만식을 위원장으로 하여 결성된 평남건국준비위원회에 참여하는 등 현실에 적극적인 관심을 보인바, 1947년 상재한 두 번째 시집 『송가』는 사실상 그의 초기 시의 미학적 지향을 보여 주는 핵심적 시집인 동시에, 분단과 내전으로 이어지는 광복 정국의 현실에 대응한 시인의 내적 현실 인식의 소산이라는 점에서 의미가 크다.

이 시집에는 시골 정경과 풍물을 소재로 하여 전통적 서정의 세계를 그려 낸 작품들이 주종을 이룬다. 그런 의미에서 그의 시의 원형은 되찾은 조국의 땅에서 행복했던 유년 기억 속의 농촌 공동체를 되찾고자 하는 기대감과 낙관적 희망을 담고 있다. 반면 4부로 묶인 교향시 작품 「조국 창건」에서 보듯 북쪽의 사회주의 체제에 대한 경의와 찬양의 이념적 성향을 드러내는 작품들이 혼재되어 실려 있다.

그럼에도 불구하고 그의 초기 시는 대상에 대한 화자의 관조적 시선을 통해 자연과 인간이 분리되지 않은 이상적인 삶의 원형질을 추구하여 관념으로부터 자유로운 모습을 보여 준다는 점에서 주목할 만하다. 「살림살이」, 「어머니」, 「동지」 등의 작품은 토속어와 지방색 어린 생활문화와 풍속을 재현함으로써 생기 넘치는 활력을 생성시키고 있으며, 「단오」, 「추석」과 같은 작품에서는 평남 방언을 전면에 구사하면서 사람들의 일상생활을 장면화하여 그려 내고 있다. 그의 시에 나타나는 이러한 재현적 심상의 표현은 경물에 주관적 정서를 투영하는 전통적 서정시의 표현 미학에 토대하면서도 대상의 객관적 제시를 위한 이미지의 형상성에 대한 인식을 구현한 결과인바, 이러한 표현 미학은 관념의 현실성을 획득하는 데 기여한다.

한편 「거리의 노래」, 「바다의 노래」 등의 작품에서 양명문 시인은 사회주의에 입각한 인민민주주의공화국 건설에 대한 긍정적 찬양과 낙관적 희망을 '노래'의 이름으로 그려 낸다.

인민경제계획의 싸이렌이 울리면
공장은 굴뚝마다
검누른 연기를 빨아올리고
거리는 웅장한 교향악을 시작한다

—「거리의 노래」 부분

거세인 함성과 아울러
어기어차 소리 잦아오는
민주조선의 어항엔

태극기도 줄기차게 나부낀다

—「바다의 노래」 부분

　　인용된 부분의 표현에서 보듯 이들 시에는 근로자나 어부들의 조국 건설을 향한 굳은 의지가 활기차고 희망찬 모습으로 전형화되어 나타난다. 이러한 경향의 체제 예찬의 시들은 이념적 선동성을 강하게 드러내는 대신 대상에 대한 화자의 묘사적 태도를 통해 사회주의 리얼리즘 미학의 계기로서 혁명적 낭만주의의 역동적이고 낙관적인 정서를 매우 자연스럽게 형상하고 있는바,[3] 이는 양명문 시인의 시적 지향의 근원이 공동체의 생명력 있는 삶의 현실성에 대한 애착과 긍정의 시선에 뿌리하고 있었던 데 힘입은 바 크다고 할 수 있다.

　　그 연장선상에 「풍경」, 「달구지」와 같은 작품들이 있다. 마을에서 인민 대표를 뽑는 날의 환희는 '덕석부리 영감'과 '고집쟁이 할머니'와 같은 이들의 형상을 통해 정서화되며(「풍경」), 흥에 겨워 '양산도'를 부르는 '갑덕이', '영철이', '춘삼이'와 마을 앞 '봉선화'나 '백일홍'으로 전경화되는바(「달구지」), 그의 시가 보여 주는 생활로서 자연적 심상의 인식은 우리 현대시사에서 '서정'의 인식을 새롭게 하기에 충분하다.

　　한국 전쟁을 겪고 월남하여 이른바 '새로운 조국'을 갖게 된 시인에게 고향을 통한 존재성의 확인은 일정 부분 현실적 의미를 상실하게 되는 것으로 보인다. 제3시집 『화성인』(1955)의 세계에서 이러한 긍정의 공간은 분명한 의식의 흔적으로 기억되며, 그에 따른 상실감과 비애의 정서가 나타나기 시작한다. 피난 수도 부산에서의 이방인 생활을 거쳐 환도 후 서울에 정착한 뒤로도 시인은 고향 상실의 정서적 박탈감으로부터 벗어나지 못한

---

3) 이러한 표현들은 모두 사회주의 건설의 찬양에 토대한 생산예술론이나 긍정적 주인공의 형상화를 강조하는 사회주의 리얼리즘의 창작 방법에 부응한다.(루나찰스키 외, 김휴 엮음, 『사회주의 리얼리즘』(일월서각, 1987), 122쪽; 문학예술연구소 엮음, 『현실주의 연구 1』(제3문학사, 1990), 134쪽 참조)

것으로 보인다. 서울에 생활의 터전을 마련하면서 이 시기 그는 특히 도심의 거리와 풍경을 부감하는 관찰자의 시선을 통해 일상에 대한 보다 세밀한 감정의 이동에 천착하는 모습을 보이는바, 이러한 자의식은 「거리」와 같은 작품에서 직설적인 어조로 고향 상실감을 토로하기도 하지만, 대체로 '화석'의 이미지(「호수 속에서」)나 '초라하고 우울한 날개'를 펴고 북악을 넘는 이방인의 존재(「독수리의 비가」)와 같이 소멸과 부유의 관념으로 형상화된다.

정신주의의 초월적 지향과 관념의 고유성

제4시집 『푸른 전설』(1959)에서 제5시집 『묵시록』(1975)에 이르는 1960~1970년대는 양명문 시인의 시 세계에서 가장 정점에 해당하는 시기이자, 초기 시에서 보여 주었던 현실적 자연의 생활 서정의 세계로부터 관념과 정신주의의 초월적 세계로 이동하는 후기 시의 모습을 갖추는 시기라 할 수 있다.

완전한 시공간 내지 절대성에의 지향은 자연물에 대한 인식을 피력하는 명상적 시편들을 통해 확인할 수 있다. 이 시기 그의 시에 소재로 등장하는 자연물들은 소나무, 학, 바위, 거북이 등 시간적 흐름을 초월하는 영원한 존재성으로서의 전통적 상징성을 가진 대상들이다.

"바늘끝만치도 빈틈없고 헛됨이 없는/ 이들의 엄연한 질서"(「송가」)에 대한 경이로움의 표시는 우주적 질서에 대한 동경으로 확산되어 나타나며, '먼 훗날의 죽음'과 '천년 삶'에의 열망(「학」)을 전아한 어조로 자술하는 것과 같은 모습은 전통적 시가에서 강조하는 격조의 형식을 내면화함으로써 그의 초월에의 욕망에 정당성을 부여한다.

이와 관련하여 그는 「수상단장(隨想短章)」[4]이라는 글을 통해 사물과 인

---

4) 이 글은 시인이 국제대학교 교수로 재직하던 시절 쓴 것으로, 국제대학교 학회지인 《청

식적 대상에 대한 아포리즘을 집중적으로 쏟아내고 있는바, '하늘', '태양', '달', '별', '지구', '바다', '산' 등으로 분장된 150개의 단언들은 이 시기 그의 정신주의적 지향이 우주적 세계관으로 무한 확대되어 있음을 여실히 보여 준다.

> 1 유한과 무한을 내포한 무한, 인간의 지혜로는 영원히 알 수 없는 영의 세계, 태허(太虛)('하늘')
>
> 16 나의 宇宙 속에 가장 찬란한 덩어리. 역시 끝내 알 수 없는 덩어리.('태양')
>
> 31 밤하늘에 던져진 짝 잃은 사람의 거울.('달')
>
> 58 Polaris. 그대만의 믿을 수 있는 방향의 표준. 침묵의 여왕.('별')
>
> 77 지구는 한 개의 둥글한 무덤, 인간은 이 무덤을 타고 지금도 죽음의 축제를 벌이고 있다.('지구')
>
> 112 바다에는 절망이 있을 뿐이다. 어쩔 수 없는 절망의 파도를 보라. 인간은 바다에게서 절망을 배운다.('바다')
>
> 131 산은 인간의 최상의 휴식처, 마침내는 사람이 영원히 잠드는 곳.('산')

명제화되어 있는 단언들만을 추려 보아도 알 수 있듯이, 우주적 대상물에 대한 시인의 인식은 자연의 무한성과 대비되는 인간의 유한한 존재성에 대한 절망감과 죽음에 대한 인식으로 점철되어 있다. 그러나 이러한 상념들을 허무주의의 그것으로 치부하기에는 그의 상상력이 보여 주는 자유분방함이 시인의 고유한 관념 세계를 형성하고 있다는 점 역시 주목해야 한다. 그것은 말하자면 현실적 삶의 변화무쌍한 환경으로부터의 분리를 의미하는 것이며, 동시에 관념의 절대적인 경지에 대한 희구를 드러내는 것이기도 하다.

야》 5호(1977. 12), 131~140쪽과 동 6호(1978. 12), 119~134쪽에 수록되어 있다.

가곡 작시의 문화적 의미

양명문의 시는 김소월의 경우 이상으로 우리 가곡의 가사로 원용되었다는 특별한 위상을 가지고 있다. 그것은 모두 작곡가 김동진에 의해 이루어진 것으로, 평안남도 안주 출신인 김동진은 평양숭실전문학교에서 서양 음악을 배우고, 졸업 후 일본으로 건너가 일본고등음악학교 기악과를 1938년에 졸업한바, 유학 시절 동향인으로서 두 사람의 교유는 단지 작곡가로서 김동진이 시인 양명문의 작품을 가사로 집중 채택했다는 사실 이상으로 중요한 의미를 갖는다.[5]

가곡은 본래 그 나라 민족 정서와 예술성이 짙게 밴 고유의 성악곡이라는 점에서 1930년대 이후 주로 활동한 우리의 근대 가곡 1세대 작곡가로서 김동진은 나운영, 김성태, 조두남 등과 더불어 국민적 색채를 강조한 민족적 가곡의 형성에 지대한 영향을 끼쳤다. 그의 작품 세계는 자유로운 악상 전개, 서정적 선율 진행 등에 토대한 낭만적 예술 가곡의 형식으로 정착된 것으로 평가되는데, 이는 일제 강점기 말 비애와 감상성을 주조로 한 음조의 가곡의 경향이 광복 이후 우리 가곡이 서정적 가사를 통한 낭만적 정서 표출의 방식으로 미학화되면서 회고적 의식에 기반한 고향, 그리움 등의 정서를 전형적인 주제 의식으로 구현하도록 하는 결과를 낳았다.[6] 양명문의 시를 가사로 활용한 작품들은 대부분 1950년대에 작곡한 것으로, 양명문의 초기 시가 대상이 됨으로써 향토색 짙은 자연적 서정의 작품들이 선택되고 있다는 점에서 이러한 미학적 의도를 충실히 반영한다.

그 정점에 1955년 발표한 「조국 찬가」가 있다. 이 작품은 본래 국방부 정훈국이 주최한 칸타타 공연 「조국 찬가」에 작사를 맡아 쓴 것으로, 김동진은 음악을 맡아 양명문 시를 집중적으로 가곡 작품으로 옮겼는데, 그 가사

---

5) 김동진은 81편의 가곡 작품을 작곡했는데, 그중 양명문의 시를 가사로 한 것이 「신아리랑」, 「샘가에서」, 「칠월의 노래」, 「낙동강」 「조국 찬가」, 「명태」, 「농부가」, 「솔메골」, 「나들이」, 「낯선 마을에서」, 「풍년가」, 「추석」, 「그리움」, 「별은 창 너머로」 등 14편에 이른다.
6) 한국예술종합학교 예술연구소 편, 『한국 현대 예술사 대계 1』(시공사, 1992).

에서 보듯 종전 후 월남 세대로서 분단된 조국을 바라보는 시인의 목소리
는 그의 초기 시에 이미 형성된 방법론으로서 전형적인 송가 형식을 통해
대한민국 건국의 가치와 미래에 대한 낙관적 희망의 고취라는 주제 의식이
선명한 당위성을 띤 채 구현되어 있다. 아울러 이 곡은 그 취지에 부합하도
록 웅장한 행진곡풍으로 작곡되어 계몽적 기능을 수행하는 데 매우 효율
적으로 작용한다.[7]

그런 의미에서 양명문의 시가 가곡의 가사로 광범위하게 활용되었다는
사실은 그의 시가 회귀적이고 낭만적인 정서의 보편적 특질을 지니고 있음
을 반증하는 것이기도 하지만, 다른 한편으로 그만큼 그의 시 세계의 정신
적 지향성이 우리의 근대 예술 가곡의 세계관과 매우 닮아 있음을 말해 주
는 것이다.

이러한 관점에서 볼 때 양명문 시가 본래 지니고 있던 '고향'의 본질은 광
복과 한국 전쟁, 1960년대 광범위한 반공주의와 유신 체제를 거치면서 매우
본격적인 의미의 형질 변화를 초래한 것으로 볼 수 있다. 그것은 이상적 세
계로 열려 있는 공간과 장소로서의 존재성이 관념에 충실한 정신주의의 세
계를 지향하면서 수반된 이념적 가치에 대한 경도와 그에 따른 닫힌 공간의
견고한 성역으로서의 보수적인 회귀적 세계로의 변모라 할 수 있다.

---

7) 이 곡은 특히 1970년대 유신 체제 아래 전 국민의 정신적 계도라는 목적으로 각종 방송
   이나 합창 대회 등에 널리 전파되는 한편, 중등 과정의 음악 교과서에 실려 청소년들에
   게 애창되었다는 점에서 당시 유신 정권의 유지를 위해 국가의 개입을 통한 대중문화의
   정치적 이데올로기 구축과 그에 따른 '엄숙주의'의 강요라는 시대적 파급력을 낳게 되었
   다는 점에서 매우 문제적이다. (참고로 유신 정권은 1973년 제1차 문예진흥 5개년계획
   을 공포하고 민족사관의 정립과 민족 예술의 창달, 예술의 생활화와 대중화, 문화 예술
   을 통한 국위 선양을 기치로 내세우는 한편, 1977년에는 대통령이 직접 전통문화 유산
   과 호국의 얼을 정신적 지주로 삼을 것을 교시로 밝힌바, 이는 예술 작품의 문화적 수용
   과정에서 빚어지는 이데올로기 형성의 한 단면을 여실히 보여 준다. 김창남, 『대중문화
   의 이해(전면 2개정판)』(한울, 2009), 149~159쪽 참조)

이상에서 살펴본바, 광복 전후부터 1980년대까지 40여 년의 긴 기간 동안에 걸친 양명문의 시작 활동은 일본 생활과 월남으로 이어진 그의 생애사적 특수성을 배경으로 이루어진 고유한 시 세계와 시적 특성에 대한 이해를 동반하지 않고서는 정당한 시사적 평가가 어렵다. 그것은 그만큼 광복과 한국 전쟁을 거쳐 형성된 현대시단의 흐름이 '순수 서정'의 이름으로 그 외연을 한정시키게 된 사정과 관련된다.

시 세계의 변천 과정을 중심으로 볼 때, 양명문의 시는 우리 현대시사의 내용성을 구성하는 데 있어 다음 몇 가지 측면의 인식을 유도하는 데 매우 중요한 계기를 제공한다.

첫째, 평양 출신의 월남 세대로서 시인의 사회 역사적 존재성은 광복과 한국 전쟁을 거친 우리 사회에서 문화예술계를 포함한 문단 전반에 형성된 반공과 보수주의의 이념적 지향과 일정한 상호 의식성을 배태하게 되었던 바, 가곡 작시에 대한 집중은 그의 예술적 관심이 당대 현실의 이념성에 제약되는 결과를 초래했다.

둘째, 그럼에도 불구하고 양명문의 시에서 인식 태도상의 관념 지향성은 표면상 현대시사상의 주류적 서정의 흐름과는 일정한 거리를 유지한 고유의 양식적 특징을 생성해 낸바, 우주적 상상력을 바탕으로 한 호방한 시풍과 자유에의 인식적 토대를 바탕으로 존재론적 사유의 공간을 창출해 낸 점은 우리 시의 인식론적 확대라는 측면에서 중요한 의의를 갖는다.

셋째, 그런 의미에서 양명문의 시에 대한 접근은 단순한 서정의 성격이나 양식성에 대한 탐색에 머물 수 없는 보다 근원적인 면에서의 역사주의적이고도 미학적인 시각의 검토를 요한다. 그것은 그의 초기 시에 대한 세밀한 재평가 작업을 의미하는데, 일본 유학 시절의 시 창작 과정과, 광복 전후의 시에서 그린 자연과 생활에 밀착된 시편들의 낙관주의와 낭만성 및 그로 인한 외화된 시적 공간의 미적 형상성에 대한 재평가가 수반될 때, 우리 현대시사에서 양명문 시의 가치에 대한 정당한 인식이 가능할 것이다.

참고 문헌

김시철, 『김시철이 만난 그때 그 사람들 1』, 시문학사, 2006

김창남, 『대중문화의 이해(전면 2개정판)』, 한울, 2009

김학동 편, 『한국 전후 문제 시인 연구 6』, 예림기획, 2010

루나찰스키 외, 김휴 엮음, 『사회주의 리얼리즘』, 일월서각, 1987

문학예술연구소 엮음, 『현실주의 연구 1』, 제3문학사, 1990

박두진, 『한국 현대시론』, 일조각, 1974

박선영 편, 『양명문 시선집』, 현대문학사, 2010

박선영, 「초월 세계로의 회구와 고향 의식」, 《돈암어문연구》, 2009

상허학회 편, 『한국 현대 문학의 정치적 내면화』, 깊은샘, 2007

서동수, 『한국 전쟁기 문학 담론과 반공 프로젝트』, 소명출판, 2012

임철순, 「내 사랑하아는 짝들과 명태」, 《대산문화》, 2012. 가을

최도식, 「고향 상실과 '회귀성'의 시학」, 《다층》, 2006. 겨울

한국예술종합학교 예술연구소 편, 『한국 현대 예술사 대계 1』, 시공사, 1992

제5주제에 관한 토론문

조강석(인하대 교수)

　양명문은 전후 우리 문단에서 '전통서정시' 계열의 시들이 주류를 형성하는 데 있어 여러 의미에서 중요한 역할을 수행한 시인이다. 그럼에도 불구하고 그간 양명문 시인에 대한 연구는 그리 활발히 이루어지지 못했다. 그런 점에서 볼 때 박윤우 선생님의 발표는 비단 양명문의 시 세계에 대해서뿐만 아니라 우리 시단에 전통서정시가 어떤 문학 내적·외적 요인과 논리에 의해서 주류로 자리를 잡게 되는가에 대해서도 시사하는 점이 많다.

　발표문이 압축적으로 정리되었기 때문에 여기서는 조금 더 부연 설명이 필요하다고 생각되는 것들을 중심으로 질문을 던져 보고자 한다.

　첫째, 양명문 시인이 월남하기 전에 발표한 시들을 분석하면서 발표자는 이 작품들이 "혁명적 낭만주의의 역동적이고 낙관적인 정서를 매우 자연스럽게 형상화하고 있"다고 말하고 있다. 그리고 이는 "공동체의 생명력 있는 삶의 현실성에 대한 애착과 긍정의 시선"을 담고 있다고 부연한다. 그런데 이채로운 것은 이 시기 양명문의 작품이 "생활로서 자연적 심상의 인식"을 보여 준다는 설명이다. 발표자는 이를 두고 우리 현대시사에서 '서정'의 문제를 새롭게 생각해 보게 한다고 그 의의를 설명한다. 그렇다면 혁명

적 낭만주의—공동체 의식과 삶의 긍정—자연적 심상, 이 세 가지 항목
이 어떤 논리적 관계를 지니고 있는지에 대해 조금 더 설명이 필요할 듯하
다. 왜냐하면 이는 월남 이후 양명문의 작품에 나타나는 자연에 대한 의식
과의 대비 속에서 전후 한국 시의 주류 '서정'을 해명하는 논리적 패턴이
될 수도 있기 때문이다. 설명을 부탁드린다.

둘째, 발표문에 제시되어 있듯이 양명문은 광복 이후 사회주의 노선을
지지하고 그에 따른 '인민민주주의공화국' 건설에 대한 "긍정적 찬양과 낙관
적 희망"을 노래했다가 월남 이후에는 소의 '문협 정통파' 흐름의 문학 단체
활동을 활발하게 해 나갔다. 양명문의 이런 변모를 이념의 차원에서 보아야
할 것인가, 그렇지 않으면 생활의 차원이나 문학 내적 논리의 차원에서 보아
야 할 것인가, 그것도 아니라면 또 다른 맥락에서 보아야 할 것인가?

셋째, 발표자에 의하면 광복 이후 혁명적 낭만주의를 드러내며, 삶에 대
한 긍정, 생활로서의 자연적 심상을 노래했던 양명문은 1950년대에는 상실
의식과 정서적 박탈감에 빠졌다가 1960년대부터는 정신주의적 초월과 관
념적 절대성을 지향하는 시로 나아갔다고 한다. 이 변화의 현상에 대한 기
술은 있지만 문학 내적 계기에 대한 설명은 빠져 있는 듯하다. 이 문제에
대한 설명을 더 듣고 싶다.

1913년 11월 1일, 평남 평양에서 태어남.

1920년 평양의 종로공립보통학교 입학. 이후 소설가 황순원과 김이석, 화가 이중섭, 김병기 등과 이 학교를 함께 다님.

1926년 종로공립보통학교 졸업.

1935년 도쿄 유학 중 시인 김동진을 만남.

1940년 12월 30일, 제1시집 『화수원』을 청수사(靑樹社)에서 발간.

1942년 화가 이중섭, 시인 구상 등과 교유.

1943년 일본 도쿄 센슈대학교(專修大學) 법학부 졸업.

1944년 일본 유학을 마치고 고향인 평양으로 귀향. 5월, 이중섭의 결혼식에서 축시 낭독.

1945년 8월, 평양에서 조만식이 위원장을 맡은 평남건국준비위원회에 참여. 12월, 시 「명태」의 사상이 불순하다 하여 심문을 받음.

1947년 제2시집 『송가』를 중앙문화사에서 출간.

1950년 한국 전쟁 발발, UN군이 북진했을 때 월남. 11월, 서울에서 조지훈의 소개로 박목월을 만남.

1951년 4월, 최전방 순회 근무. 김동진과 함께 전방을 돌며 사단가, 연대가 등의 군가를 지어 줌. 7월, 「7월의 노래」를 지음. 11월, 전국문화단체총연합회 구국대원으로 활동.

1952년 2월, 아내가 되는 김자림을 만남. 8월, 부산에서 김자림과 결혼. 박종화, 오상순, 이헌구 등이 축사를 함. 《주간문학예술》에 김소운의 수필집 『마이동풍첩』에 대한 신간평 게재.

1954년 서울로 상경. 장충동에 거처를 마련함.

1955년 국방부 정훈국 주최 '조국 찬가' 칸타타에서 김백봉이 춤을, 양명문이
        작사를, 김동진이 작곡을 맡음. 신촌으로 이사. 이화여자대학교에 재
        직. 12월, 제3시집『화성인』을 장왕사에서 출간.

1956년 자유문인협회 중재위원을 맡음.

1957년 일본 도쿄에서 개최된 제29차 펜 국제대회 한국 대표로 참석.

1959년 제4시집『푸른 전설』을 동신문화사에서 출간.

1960년 종로구 내자동 양옥으로 이사.

1961년 부산 해운대 인근 이촌 마을인 민락동 해수욕장에서 여름을 보냄. 문
        인협회 이사를 맡음.

1965년 시선집『이목구비』를 정음사에서 출간. 월탄, 소천, 백철 등이 축사
        를 함.

1966년 이화여자대학교에서 국제대학교 국어국문학과 주임 교수로 옮김.

1968년 6월 16일, 김수영의 사고 소식을 듣고 병원으로 가서 그의 임종을 지
        켜봄.

1970년 6월, 대만에서 열린 제3차 아시아작가회의에 안수실, 박종화, 주요섭,
        조연현, 김자림 등과 함께 한국 대표로 참석.

1973년 10월, 제5시집『묵시록』을 정음사에서 출간.

1974년 제1회 대한민국 문학상 수상.

1975년 11월, 오스트리아 빈에서 개최된 국제펜작가회의에 한국 대표로 참
        석. 이후 아내 김자림과 유럽 전 지역과 미주를 유람.

1976년 2월, 하와이에서 휴양. 3월, 해외 여행을 마치고 귀국. 12월, 반포 아
        파트로 이사.

1979년 국제대학교 대우 교수가 됨.

1980년 브라질 리우데자네이루에서 열린 국제펜세계작가회의 참석. 이때의
        경험은 시「코파카바나」로 발표됨.

1981년 세종대학교 초빙 교수로 강의.

1983년   장수철, 임성숙과 함께 3인 공동 시집 『신비한 사랑』을 연산출판사에
          서 출간.
1984년   6월, 시집 『지구촌』을 양림사에서 출간.
1985년   11월 21일, 지병으로 사망.
2010년   작고 문인 선집으로 『양명문 시선집』을 현대문학사에서 출간.

양명문 작품 연보

발표일	분류	제목	발표지
1940. 12	시집	화수원	청수사
1943. 2	시	후지산에 부쳐	국민문학
1947	시집	송가	중앙문화사
1951. 11	잡문	무쇠 같은 단결로서 분투	국방
1952. 4	시	수도사단에 드리는 찬가	전선문학
1952. 6	시	달밤―낭독을 위하여	국방
1952. 7	시	조국을 위하여	지방행정
1952. 8	미확인	왜 하필 홀아비가 되었던고!	신태양
1953. 1	시	선(線)	신사조
1953. 4	시	메알이	전선문학
1953. 7	시	총진군	국방
1953. 9	시	부두의 만가	문화세계
1953. 11	수필	고양이	문예
1954. 1	수필	자연 3장	문화세계
1954. 1	시	길―노자에의 반문(反問)	지방행정
1954. 2	수필	자연 24장	문화세계
1954. 3	시	느티나무	애향
1954. 4	시	거리(距離)	시작(詩作)
1955. 2	시	광야에서	지방행정

발표일	분류	제목	발표지
1955. 6	시	일요일	문학예술
1955. 7	시	낙동강	청사
1955. 8	시	푸른 비둘기	현대문학
1955. 8	시	느티나무	황해공론
1955. 10	시	명태	시작
1955. 11	시	종탑	영문
1955. 11	시	파성(巴城) 형에게	영문
1955. 12	수필	사색·감흥·구상·표현	문학예술
1955. 12	시집	화성인	장왕사
1956. 4	시	곤유동	문학예술
1956. 5	시	한류	지방행정
1956. 8	시	단애	자유문학
1956. 11	시	달	문학예술
1956. 11	시	후조(候鳥)	영문
1957. 2	시	푸른 전설	사상계
1957. 2	시	'나의 낮과 밤'에 부치는	사상계
1957. 2	시	야상곡	신태양
1957. 4	시	청류벽(淸流壁)	문학예술
1957. 4	시	문인극(文人劇)	현대문학
1957. 5	시	달	한글문예
1957. 6	시	구비(口碑)	새벽
1957. 6	수필	나무와 인간	신태양
1957. 8	시	두루미의 노래	자유문학
1957. 8	시	나의 순례가(巡禮歌)에서	자유문학
1957. 10	시	학	현대시

발표일	분류	제목	발표지
1957. 11	시집	푸른 전설	동신문화사
1958. 3	시	숙명	자유문학
1958. 5	시	독수리의 비가(悲歌)	신조문학
1958. 7	시	남산 십득(南山拾得)	자유문학
1958. 9	수필	인생은 멋	신문화
1958. 11	시	칠현금	신태양
1958. 12	시	은행나무 산조	자유문학
1958. 12	시	문	사조
1959. 3	시	은행나무 밑에서	서울대 문리사대
1959. 4	시	봄의 향연	연합레메디아
1959. 7	시	나의 여정을 위한 담시	자유문학
1959. 7	시	송가	자유문학
1960. 1	시	동방 서시 — 1960년에의 서곡	자유문학
1960. 1	시평	극시(劇詩) 소고: 문학	서울대 국어국문학 1집
1963. 3	시	분노의 계절	자유문학
1963. 3	시	한와집(寒臥集)	자유문학
1963. 4	시	해인사	신사조
1963. 4	시	구봉(九峯) 씨	신세계
1963. 10	시	상수리나무	신세계
1963. 10	시	10월의 단장	신세계
1965. 1	시	일월 속을	지방행정
1965. 3	시집	이목구비	정음사
1965. 7	시	비가(秘歌)	여원
1965. 12	시	기러기를 위한 사행시	신동아

발표일	분류	제목	발표지
1965. 12	시	변신	문학춘추
1966. 9	시	서울 부감(俯瞰)	사상계
1967. 1	시	부육(腐肉)	현대문학
1967. 2	시	가족	현대문학
1967. 9	시	민락기(民樂記)	동서춘추
1967. 12	시	송가	현대문학
1968. 2	르포	농촌 자립의 전초지를 찾아	지방행정
1968. 5	시	묵시록	사상계
1968. 8	시	밤나무	현대문학
1969. 12	시	환상곡	월간문학
1969. 12	시	한라 소묘	중앙
1970. 1	시	발음	현대문학
1970. 12	시	강변초	월간문학
1973. 10	시집	묵시록	정음사
1975. 5	시	반포 비가	한국문학
1978. 7	시	파리 시초	한국문학
1979. 4	시	서울 광시곡	현대문학
1980. 6	평론	6·25가 한국 시에 미친 영향	심상
1980. 8	시	코파카바나에서	신동아
1982. 8	시	민족의 대행진	자유공론
1983	시집	신비한 사랑(3인 공동 시집)	연산출판사
1984	시집	쏘렌토 회상	소설문학
1986. 6	시	눈물	문학사상
1986. 8	시	날은 날에게 밤은 밤에게	동서문학
1986. 12	시	가을에	문학사상

발표일	분류	제목	발표지
2010. 1	시선집	양명문 시선집	현대문학 (박선영 편)

2006. 겨울	최도식, 「고향 상실과 '회귀성'의 시학 ─ 양명문론」,《다층》
2009	박선영, 「초월 세계로의 회구와 고향 의식: 양명문론」,《돈암어문학》 22, 돈암어문학회
2010	「결핍과 지향의 매듭으로 묶은 삶의 연속성」, 『양명문 시 전집』, 현대문학
2013	곽효환, 「해방기 재북 시인 양명문의 이상과 현실 갈등 연구 ─ 북에서 발간한 시집 『송가』를 중심으로」,《한국문예창작》 12권 1호(통권 27호)
2013	박윤우, 「절대적 존재성에의 낭만적 인식」, 대산문화재단·한국작가회의 주최, 2013년 탄생 100주년 문학인 기념문학제 '겨레의 언어, 사유의 충돌' 발표문

작성자 조강석 인하대 교수

조영출(조명암) 시문학의 위상

이숭원(서울여대 교수)

전기적 사실과 서지 자료의 보완

조영출은 시인으로 출발할 당시 본명인 조영출로 작품을 발표했으며, 유행 가요의 가사를 발표할 때는 조명암이라는 필명을 주로 사용했고, 월북 이후에는 줄곧 본명 조영출로 활동했다. 조영출에 대해 가장 많은 자료를 모아 놓은 책은 이동순 교수가 편찬한 『조명암 시 전집』(도서출판 선, 2003) 이다. 이 책에는 조영출이 1913년 1월 10일 충청남도 아산시 탕정면 매곡 리에서 태어난 것으로 되어 있다. 이것은 호적을 근거로 한 것이다. 그런데 보성고등보통학교 학적부와 와세다 대학교 학적 자료에는 둘 다 11월 10일 이 출생일로 기록되어 있다. 이렇게 된 경위에 대해서는 알려진 바가 없다. 1921년에 부친이 별세하여 아들인 조영출이 호주 승계했으며 모친과 함께 절로 들어가 모친은 함경남도 안변 석왕사에서, 조영출은 강원도 고성 건봉사에서 생활했다고 한다.

그가 보성고보로 진학하기 전 건봉사의 봉명학교에서 수학한 것으로 『전집』[1]의 연보에 기록되어 있다. 그러나 봉명학교는 1906년에 개교하여 그 이듬해 폐지된 이후 정식 학교가 아니라 불교 강원 형태로 운영되었다.[2] 이런 까닭 때문인지 보성고보 학적부에는 석왕사보통학교 졸업으로 기재되어 있다. 석왕사 역시 31본산의 하나로 경원선의 석왕사역 근처에 석왕사보통학교를 운영하고 있었다. 조영출은 건봉사에 승적을 두고 학비 지원을 받고 있었으므로 건봉사의 불교 강원인 봉명학교에서 공부했으나 고등보통학교 진학을 위해 석왕사보통학교를 졸업한 것으로 서류를 만들었을 것이다. 이때 보성고보도 조선 불교 중앙교무원이 운영을 맡고 있어서 입학하는 데 무리가 없었을 것이다.

1930년 보성고보에 입학했을 때 그의 나이가 18세로 동급생보다 나이가 많고 건봉사에 승적을 둔 신분이어서인지 학업 성적도 우수했고 생활 태도에서도 매우 높은 평가를 받았다. 그는 1932년부터 신문과 잡지에 시를 발표하기 시작하는데 대부분 본명으로 발표했고 특별한 경우에만 명암이라는 필명을 사용했다. 《조선일보》에 조중련(趙重連)이라는 이름으로 게재된 「부두 없는 새벽의 항구」가 『전집』에 1933년 9월에 발표된 것으로 기재되어 있으나 1934년 4월 11일에 발표된 것이다. 또 보성고보를 졸업할 때 쓴 「항로 — 혜화 성림(聖林)을 떠나며」가 『전집』에 1935년 3월 5일 《조선일보》에 발표된 것으로 되어 있으나 같은 날짜의 《동아일보》에 발표되었다.

2004년에 최원식 교수가 조영출의 민속시 6편을 학계에 소개했다.[3] 출처는 알 수 없지만 일제 강점기에 발표된 시와 평론을 모아 붙인 스크랩북에 있는 것을 소개한 것이다. '민속시초 남사당편'이라는 표제 아래 「남사당」을 비롯한 6편의 작품이 들어 있는 자료다. 『전집』에는 「남사당」이 1939년 9월 《초원》에 발표된 것으로 되어 있다. 《초원》은 함경남도 원산에서 간행된 시 동인지인데 1939년 9월에 1호가, 1939년 12월에 2호가, 1940년 3월에 3호

---

1) 『조명암 시 전집』(도서출판 선, 2003)을 이렇게 약칭한다.
2) 한계전, 「만해와 건봉사 봉명학교」, 《유심》 4, 2001. 봄, 67쪽.
   이홍섭, 「조선 불교 유신론에 담긴 한용운의 세계관과 건봉사와의 관계」, 《한국어문학연구》 43, 2004. 8, 86쪽.
3) 최원식, 「풍속의 외피를 쓴 성장시」, 《민족문학사연구》 28, 2004. 11, 364~373쪽.

가 나오고 종간된 것 같다.[4] 『전집』에 「남사당」이 《초원》(1939. 9)에 발표되었다는 기록을 믿고 서영희는 자신의 박사 논문에서 "남사당 연작시는 1939년 《초원》에 발표되었다."라고 서술했다.[5] 그러나 《초원》 1호(1939. 9)에 「남사당」은 들어 있지 않고 「적멸보궁」만 들어 있을 뿐이다. 그것도 《초원》 1호의 실물은 보지 못하고 남아 있는 목차만 확인한 것이어서 『전집』에 수록되지 못한 「적멸보궁」은 제목만 알 수 있다. 《초원》 2호는 지금 확인할 길이 없고 《초원》 3호는 고려대학교에 소장되어 있는데 여기에는 「유언서」가 수록되어 있다. 《초원》이 동인지라는 점을 감안할 때 동인들이 매 호 작품을 실었을 것이라고 보면 《초원》 2호에 「남사당」이 발표되었을 가능성은 있다. 그러나 그것은 짐작만으로 그칠 뿐 쉽게 단언할 수 없는 일이다.

『전집』에 폴 베를렌 시의 번역 작품으로 소개된 「내 마음에는 눈물이 날려」의 출전이 《금강저(金剛杵)》로 되어 있을 뿐 발표 시점이 나와 있지 않은데, 1939년 1월 15일에 나온 《금강저》 23호에 발표되었다. 《금강저》는 조선불교동경유학생회에서 간행한 것으로 1924년부터 연 1회를 목표로 간행되었다. 제목의 표기는 「내 마음엔 눈물이 날여」로 되어 있는데 이것을 지금 표기로 바꾸면 「내 마음엔 눈물이 내려」가 될 것이다. 따라서 『전집』의 제목 「내 마음에는 눈물이 날려」는 수정되어야 한다. 그리고 "까닭을 모르니 짝 없이 괴로워"가 한 행으로 되어 있으나 이것도 두 행으로 분리되어야 한다. 4연 4행으로 되어 있는 원시의 구조를 살려 번역했기 때문이다.

《금강저》 22호가 1937년 1월 30일에 간행되었는데 여기에 들어 있는 조선불교동경유학생회 회원 일람표에 조영출은 건봉사 소속의 와세다 제2고등학원 학생으로 기재되어 있다. 와세다 대학교 학적부의 기록에도 1935년 4월에 와세다 제2고등학원에 입학하여 1937년 3월에 수료한 것으로 되어 있다.

---

4) 이응백 외, 『국어국문학 자료 사전』(한국사전연구사, 1998); 《동아일보》 기사(1939. 9. 13; 1939. 12. 16) 참조.
5) 서영희, 「조명암 시 연구」, 영남대 박사 학위 논문, 2007. 12, 109쪽.

조선 반도의 고등보통학교를 나왔기 때문에 정식 대학에 입학하기 위한 예과 과정을 제2고등학원에서 이수한 것이다. 그리고 《금강저》 23호(1939. 1. 15)의 회원 일람표에는 역시 건봉사 소속으로 와세다 대학교 불문학부로 기재되어 있다. 2002년 유족 조혜령이 요청한 와세다 대학교 학적 조사에 의하면 조영출은 1938년 4월에 문학부 문학과 불어불문학 전공에 입학하여 1941년 3월에 졸업한 것으로 되어 있다. 이 시기의 와세다 대학교 성적표와 학적부가 공습에 일부 소실되었지만 학생 명부와 졸업 증서 원부에 의해 확인한 것이다. 그런데 그다음에 간행된 《금강저》 24호, 25호에 수록된 1940년 5월과 1941년 9월 기준의 회원 일람표에는 조영출의 이름이 나오지 않고 졸업 축하생의 명부에도 나오지 않는다. 1938년 이후 조영출은 대중가요 작사에 전념하여 1939년부터 1941년까지 한 해에 70편이 넘는 작사를 했다. 이것은 그에게 상당한 경제적 수입을 보장해 주었을 것이다. 이러한 이유로 건봉사의 학비 지원에서 벗어나면서 조선불교동경유학생회에서도 멀어진 것이 아닌가 추측된다.[6]

이외에 추가로 언급할 사항은 『전집』에 수록된 기행문 「경주 순례기」의 출전이 "《불교》, 1932"로 되어 있는데 자료를 확인해 본 결과 1933년 4월부터 7월까지 《불교》지 106호, 107호(5·6월 합병호), 108호에 분재된 것이다. 10월 3일 경성역에서 여행을 떠난 것으로 되어 있으니 1932년 보성고보 3학년 때의 경주 수학여행 과정을 장편의 기행문으로 작성한 것이다. 군데군데 '중략' 표시가 되어 있는데도 200자 원고지 70매가 넘는 분량이니 정성을 기울여 쓴 글임을 알 수 있다. 그는 이 기행문에서 나라 잃은 백성으로서 역사 유적을 대하는 여러 가지 감회를 드러내고 있는데 특히 신라의 불교 유물이 자아내는 숭엄한 아름다움에 경탄과 애상의 정조를 기탄없이

---

6) 윤여탁이 건봉사 출신의 최재형과 면담한(1991. 11. 2) 내용에 의하면 건봉사가 학비를 지급하는 경우에는 불교를 공부할 것을 전제로 했고, 불교와 관계없는 인문학부는 절에서 모르게 다녔다고 한다. 윤여탁, 『모더니즘에서 리얼리즘에로의 선택 — 조영출의 문학과 삶」, 《만해학보》 1, 1992. 6, 180쪽.

표현하고 있다. 기행문 여기저기에 화려하게 펼쳐지는 애절한 비탄의 어조는 나중에 그가 쓰게 되는 가요시의 정조와 유사하다. 그리고 이 글에는 그의 자작시 2편과 시조 3편이 적절하게 삽입되어 있는데, 이 중「이 동굴 안을 거니는 자여」는《신동아》(1932. 12)에 따로 발표했다.

부산행 기차를 타고 천안을 지날 때 그는 고향인 아산을 생각하며 비통한 심정에 사로잡혀, "세상을 원망해 무슨 소용이 있으련마는 쓰디쓴 세파에 밀리고 부대끼어 표랑의 길 위에 한 조각 생을 더듬어 헤매는 자신을 생각할 때 심장이 에어지는 듯한 느낌이 없지 않았다."[7]라고 고백한다. 고향이 어디냐고 누가 물으면 고향이 없다고 대답하는 것이 습관이었는데, "내 낳은 영인산 밑 조그만 초가집은 지금 어찌 되어 있는지" 애처로운 감회에 사로잡히다가도 고향이 점점 멀어지자 눈물을 삼키고 "'그래도 큰 뜻 먹었으니 웃음 짓고 나가지' 하며 부르짖었다."라고 적었다. 기행문 끝 부분에 신라 유적 탐방의 마무리를 지으며 작가는 조시와 같은 호곡의 율조로 비탄의 감정을 털어놓는다. 이 문체를 보면 그의 감상적 언어 운용이 거의 천부적인 재능에 바탕을 둔 것이고 모더니즘의 외피를 두른 자유시보다 가요시 창작이 그의 소질에 더 맞는 일이라는 점을 깨닫게 된다.

오, 신라의 제전이여! 동도(東都)의 넋이여, 그만 울라! 가을 하늘은 넓고 내 마음의 우수는 끝도 없이 길다. 신라의 고운 사랑이 피던 폐허의 흘리는 눈물은 기구한 운명에 휘말리는 이 땅의 한 싹을 받아 난 이 몸의 구곡간장을 천 갈래로 쏘느니. 포말같이 스러진 과거는 너무도 큰 애상의 존재이다. 그러나 긴 밤의 끝엔 여명이 오고, 스러지는 눈 밑엔 새싹이 돋으리니 신라의 옛터여! 맘 놓고 평온한 꿈의 거리를 침묵에 걸으라. 가뜩이나 멍든 이 몸의 옷깃엔 손을 대지 말라. 폐허여, 잘 있으라.

7) 이동순 편, 『조명암 시 전집』(도서출판 선, 2003), 579쪽. 이하 『전집』에서 인용하는 경우는 주를 따로 달지 않음.

이외에 그가 광복 전과 후에 공연한 연극 대본이 발견됨으로써 희곡 쪽의 자료가 새로 보완되었다. 1945년 2월에 열린 제3회 국민연극경연대회 출품작 「현해탄」이 미국 하버드 옌칭도서관에 소장된 것이 발굴 소개되었고,[8] '조선작가동맹'과 '조선연극동맹'의 공동 주최로 열린 제2회 3·1기념 연극대회에서 공연된 연극 대본 「위대한 사랑」이 발굴 소개되었다.[9] 이와 함께 와세다 대학교 우리동창회에서 간행한 《회지》 3호(1939)에 실린 조영출의 시론 「서사(序詞)」가 발굴 소개되었다.[10] 그에 대한 자료는 앞으로도 더 나올 가능성이 있다.

자유시의 주지적 색채

조영출은 1932년에 《조선일보》에 학생 투고로 「밤」을 발표한 이후 1933년에 각 신문 잡지에 10편이 넘는 작품을 발표했고 1934년에는 한 해 동안 30편 정도의 많은 작품을 발표했다. 1935년 이후 자유시 작품 발표 수가 줄어들어 1937년에 5편, 1938년에는 1편만을 발표하고 있을 뿐이다. 여기에 비해 대중가요 작사는 1938년부터 집중적으로 늘기 시작해 1년에 수십 편씩 양산했다. 요컨대 그의 자유시 창작은 1938년 이후 가요시 창작으로 전환되었다고 말할 수 있다. 1933년에 발표된 작품을 보면 《조선일보》에 발표된 4편의 자유시가 현대적 감각을 살리고 있고 《신여성》에 발표된 작품들은 시조 형식이거나 민요조의 가요시 형식이어서 이미 습작 초기부터 자유시와 가요시를 병행해서 창작하고 있음을 알 수 있다.

《조선일보》에 발표된 「젊은 시인의 광상곡」(1933. 9. 10)은 새로운 요소가 많은 자유시다. 젊은 시인의 고뇌를 "광인의 젖가슴같이 후들거리는 붓

---

8) 이미원, 조명암의 「현해탄」, 《국민연극》 4, 월인, 2003.

9) 박명진, 「해방기 조영출의 공연 희곡 연구」, 《한국극예술연구》 32, 2010. 10, 221~260쪽. 대본은 《한국극예술연구》 33, 2011. 4, 326~409쪽에 실림.

10) 염철, 「조영출 시론 '서사'에 대하여」, 《근대서지》 4, 2011. 12, 280~303쪽.

끝/ 붓 끝에 질질 흐르는 붉은 피"라는 처절한 가시적 형상으로 형상화하면서 "노예해방은 기만의 붉은 술잔에 빠져죽고/ 육욕은/ 저울대 위에 황금을 올려놓고/ 위훈의 월계화는/ 비명을 아뢰우고 넘어진 병정의/ 푸른 탄식에 시들어지외다"처럼 관념을 가시적 형상으로 풀어놓거나 가시적 대상을 관념의 영역과 결합하는 표현 수법을 발휘하고 있다. 「인간」(1933. 11. 7)은 시상이 전체적으로 정돈되지 못했으나 "빛만 한 줄거리 미래파의 화폭을 아로새기외다"라든가 "아하, 겁(劫)의 공간은/ 크나큰 퀘스쵼을 물고 전율하는구나" 같은 현대적 감각의 시행을 배치하고 있다. 「GO STOP」은 신호등과 네온사인이 명멸하는 도시의 거리를 부정적으로 묘사하면서 20세기의 종언을 예고하고 겉으로만 화려한 문명은 결국 "용해(溶解)"와 "재결정(再結晶)"이 있을 뿐이라고 선언하고 있다. 도시 문명에 대한 부정적 의식을 구체적인 도시 풍물의 열거를 통해 표현한 점이 새롭다.

이러한 조영출의 연속적인 투고를 지켜본 《조선일보》 학예부 기자 김기림은 그해 말에 쓴 1933년 시단 총평에서 조영출의 시를 신석정의 전원풍 서정시와 대비하여 "도회 시인으로서의 비범한 소질"과 "남달리 빛나는 위트의 편린"을 들어 높이 평가했다. 모더니스트 김기림답게 신석정의 시에 결여된 "주지적 색채"와 "주지적 정신"이 조영출의 시에 나타난 것을 긍정적으로 평가한 것이다.[11] 조영출은 뜻하지 않은 김기림의 평에 커다란 자극을 받았을 것이다. 그래서 이후 그의 시작은 주지적 색채와 주지적 정신을 강화하는 쪽으로 전개된다. 그의 시 「은반 위에 날개를 편 젊은 인어들」(《동아일보》, 1. 30)은 김기림의 긍정적 평가에 대해 심혈을 기울여 제작한 답가라 할 수 있다.

코바르트 하늘의 한낱 제왕의 빛나는 화살이
청춘의 끝 모를 희열을 물고 은반 우에 무수히 꽂혔다

---

11) 김기림, 「1933년 시단의 회고와 전망」, 《조선일보》, 1933. 12. 12.

얼어붙은 겨울의 사색. 우울 ──
백랍을 씹는 느긋느긋한 생의 권태를 벗어져 나온 인어들의 난무여

은반 우에 날뛰는 개화한 백어(白魚)들이여
세기의 가슴은 카나리아의 가수를 포옹한다
지극히 뜨거운 열정으로 얼어붙은 창조의 손들을 녹이련다

오색 빛 신기루의 처마 끝에 매달려
환허(幻虛)의 둥주리를 트는 철없는 제비들의 분칠한 마음들
대공(大空)의 검은 소리개가 좀먹은 심장을 물고
조그만 그림자를 던지는 들창 앞에서 무엇을 보니
지금 저 은반 우엔 새로운 보표(譜表)들이
젊은 인어들의 빛나는 발톱으로 아로새겨진다
푸른 목도리
붉은 목도리
바람은 그대들의 불붙는 마음을 흩날리고 있다

직장에서 학창에서
혹은 낙원동 국경의 동쪽 거리에서
계절을 경멸하는 수선화들이 날개를 펴고 나왔다
명랑한 하늘과 땅 그 사이에 희망의 붉은 피가 넘쳐흐르는
조그만 심장들을 찬 인어들이 날뛰고 있다

돌(咄) ── (그러나 우리는 무조건하게 기뻐하기는 싫다)

세기여 너는 너의 진단의 손으로
날개를 편 수선화들의 가슴을 어루만져 보라

은반 우에 달리는 인어들의 흰 두 유방 사이를 더듬어 보라
아, 나는 가슴을 조인다
태양으로부터 세기의 레포가
검은 기폭으로써 들려지지 않기를 기다린다.
—「은반 위에 날개를 편 젊은 인어들」 전문

이 시 끝 부분에는 "1934. 1. 27. 한강에서 김기림 씨의 시 「날개를 펴려무나」를 생각하며"라는 말이 첨부되어 있다. 김기림이 1934년 1월 1일 신년 시로 《조선일보》에 발표한 「날개를 펴려무나」[12]를 읽고 거기에 나오는 "우리의 병든 날개를 햇볕의 분수에 씻자"라는 역동적 시구에 호응하는 뜻에서 한강에서 스케이트를 타는 밝은 모습을 시로 표현한 것이다.

첫 연은 푸른 하늘 아래 은반 위에서 햇살에 빛나며 희열에 찬 모습으로 스케이트를 타는 젊은이들의 풍경을 나타냈다. "코발트색 하늘"이라는 말로 현대 감각을 살렸고 빛나는 햇살을 제왕이 쏘아 올린 화살이 은반 위에 무수히 꽂히는 형상으로 전환 표현했다. 이러한 경쾌한 난무가 "백랍을 씹는 느긋느긋한 생의 권태"와 대립된다는 것을 "코발트"와 "백랍"의 시각적 대비를 통해 표현했다. "은반 우에 날뛰는 개화한 백어"라는 표현은 매우 신선하다. 이 이미지는 "오색 빛 신기루의 처마 끝에 매달려/ 환허의 둥주리를 트는 철없는 제비"의 이미지로 이어진다. 이처럼 경쾌한 스케이트 타는 젊은이들과 반대쪽에 있는 일상의 대중들은 "대공의 검은 소리개가 좀먹은 심장을 물고/ 조그만 그림자를 던지는 들창 앞"에서 답답한 세상을 바라보는 처지로 대비된다. 은반 위에 스케이트 지나간 자국이 어지럽게 엇갈려 보이는 것을 "지금 저 은반 우엔 새로운 보표들이/ 젊은 인어들의 빛나는 발톱으로 아로새겨진다"라고 표현한 것도 시각적 형상을 음악을

---

12) 이 시는 시집 『태양의 풍속』(학예사, 1939)에 「분수」라는 제목으로 수록되었다. 김학동 편, 『김기림 전집 1·시』(심설당, 1988), 67쪽.

담은 악보로 비유한 기발한 표현법이다. 그야말로 "도회 시인으로서의 비범한 소질"과 "남달리 빛나는 위트의 편린"이 남김없이 드러난 작품이다.

이뿐 아니라 시인은 마지막에 이러한 명랑한 희망의 윤무가 펼쳐짐에도 불구하고 우리가 예상할 수 있는 세기의 우울한 진단에 대해 경계해야 한다는 지성적 성찰, 다시 말하여 "주지적 정신"을 배치해 놓았다. "은반 우에 달리는 인어들의 흰 두 유방 사이"라는 관능적 표현과 함께 시인은 태양으로부터 이 세기에 대한 진단이 "검은 기폭" 같은 부정적 보고가 오지 않게 되기를 가슴을 조이며 기다린다고 끝을 맺었다. 경쾌하고 명랑한 현상 뒤에 얼마든지 부정적 국면이 다가올 수 있음을 경계한 것이다. 시작 연륜이 길지 않은 스물한 살의 보성고보 4학년생의 시로서는 김기림의 피상적 모더니즘 시를 능가하는 복합적 형상성이 돋보인다.

그런데 조영출의 이후의 시는 참신한 주지적 색채가 점점 줄어들고 감상적 요소가 늘어나고 영탄과 돈호의 어법이 전면에 드러난다. 주지적 절제의 정신이 점차 퇴보하는 현상을 보이는 것이다. 1934년에 들어 그는 이런저런 지면에 가요시 5편을 발표했다. 가요시를 쓰게 되면서 그의 자유시도 가요시 형태로 전환되기 시작한다. 「창조의 길」(《조선시단》, 1934. 2)도 가요시와 성격이 유사하고 「봄비」(《신여성》, 1934. 4)도 길이는 길지만 2행 1연의 가요시 형식에 감상적인 내용을 담고 있다. 「보헤미안」(《조선중앙일보》, 1935. 12. 4), 「밤」(《동아일보》, 1935. 12. 19), 「Nostalgia」(《조선문단》, 1936. 1), 「신기루」(《동아일보》, 1938. 10. 2) 등도 유사한 성격을 보인다. 이러한 사정으로 볼 때 그는 김기림이 칭찬한 주지적 색채와 주지적 정신에서 점차 등을 돌리고 감상적인 가요시 쪽으로 기울고 있음을 알게 된다. 그의 후기 시 중 그래도 애상의 정서가 지성적 절제와 균형을 이루고 있는 작품은 「칡넝쿨」(《조광》, 1937. 11)[13] 정도다.

---

13) 이 작품의 제목이 「칡넝넝」으로 표기되어 있으나 「칡넝쿨」의 오자로 보고 제목을 「칡넝쿨」로 정한다.

하늘이 하도 높아 땅으로만 기는
강원도 칡넝쿨이
절간 종소리 숙성히도 자라났다

메뚜기 베짱이들이
처갓집 문지방처럼 자조 넘는 칡넝쿨

넝쿨진 속에 계절이 무릎을 꿇고 있다
여름의 한나절 꿈이 향그럽다
줄줄이 뻗어간 끝엔
뾰죽뾰죽 연한 순이 돋고

어린 소녀의 사랑처럼 온 칡
모르게 모르게 무성해 간다

가사(袈裟)를 수한 젊은 여승이
혼자 다니는 호젓한 길목에도
살금살금 기어가는 칡넝쿨이언만

해마두 오는 가을을 넘지 못해
목을 움츠리고 뒷걸음을 치는 식물

칡넝쿨이 안 보이면
먼뎃절엔 등불이 한 개 두 개 열린다

— 「칡넝쿨」 전문

이 시에는 감상적 색채가 비치지 않고 가시적 상황을 통해 감정의 배면을 암시하는 절도가 보인다. 감정 상태를 드러내는 말은 "어린 소녀의 사랑처럼 온 칡"이라는 구절뿐이다. 그야말로 지성적 절제가 시 전편을 지배하고 있는 상태다. "도회 시인으로서의 비범한 소질"은 보이지 않지만 "남달리 빛나는 위트의 편린"은 여전히 눈부시게 반짝이고 있다. 토속적 소재를 다루고 있지만 주지적 정신으로 대상을 바라보고 독특하게 변형해 표현하는 방법은 여전히 새로운 느낌을 준다.

1연은 위로 오르지는 않고 땅으로만 퍼져 가면서도 성장 속도가 빠른 칡넝쿨의 속성을 절간 종소리를 끌어들여 감각적으로 표현했다. 산중에서만 자라기 때문에 풀벌레들이 자유롭게 넘나들고 여름에 보라색 꽃이 피면 향내가 사방으로 퍼진다. 줄줄이 퍼져 나간 줄기에서는 연한 순이 돋아난다. 생명력이 강하여 숲에서 벗어나 여승이 다니는 호젓한 산길에도 줄기를 내민다. 그것을 "살금살금 기어가는 칡넝쿨"이라고 표현한 것이 재미있다. 가을이 되어 어쩔 수 없이 시들어 잎은 떨어지고 줄기만 남은 것을 "목을 움츠리고 뒷걸음을 치는 식물"이라고 표현했다. "살금살금 기어가는 칡넝쿨"이건 "목을 움츠리고 뒷걸음을 치는 식물"이건 칡을 어린애와 같은 천진한 대상으로 보는 동화적 시선을 느낄 수 있다. 칡넝쿨이 완전히 사라지게 되는 때는 가을이 짙어 겨울이 될 무렵이니 해는 일찍 지고 멀리 있는 절에 등불이 하나둘 열리게 된다. "먼뎃절엔 등불이 한 개 두 개 열린다"는 시행은 칡넝쿨에 등불이 열매처럼 한 개 두 개 열리는 모습을 연상시킨다. 역시 시인의 천진한 시선을 느끼게 해 주는 구절이다. "어린 소녀의 사랑", "가사를 수한 젊은 여승", "목을 움츠리고 뒷걸음을 치는 식물" 등의 구절에서 옅은 애상의 정서가 환기되면서도 그것을 시행의 배면에 미묘하게 은폐하는 수법은 그렇게 흔한 장면이 아니다. 이 당시 이용악이나 오장환의 시에 충분히 비견될 수 있는 서정적 성취를 이룬 작품으로 평가된다.

가요시의 감응력과 문학적 격조

조영출은 1932년부터 신문에 독자 투고 형식으로 작품을 보냈을 뿐만 아니라 각종 현상 공모에 적극적으로 응모했다. 1933년 12월에 공고한 《동아일보》 신춘 현상 문예 공모에 응모하여 신시 「동방의 태양을 쏘라」가 당선작이 되고 가요 「서울 노래」가 가작으로 입선되었다. 「동방의 태양을 쏘라」는 조명암으로 투고하고 「서울 노래」는 '명암'이라는 이름으로 투고했다. 이때 상금은 신시는 5원이고 가요는 10원이어서 가요 부문의 상금이 더 높았다. 1934년에는 『별곤건』에서 주최한 '신유행소곡대현상모집'에 응모하여 조영출 이름으로 낸 「청춘곡」이 2등 입선하고 조명암 이름으로 낸 「고구려 애상곡」은 선외가작으로 뽑혔다. 이때 김종한, 고한승 등도 작품을 내서 입선했다.[14]

이 당시 각 신문사가 유행 가요 가사를 경쟁적으로 현상 공모했는데 그 배면에는 음반 회사의 지원이 있었다. 유행 가요의 대중적 감화력을 일찍이 간파한 시인들은 이미 가사 창작에 참여하고 있었다. 김동환은 1931년부터, 홍사용은 1932년부터 가사를 창작하고 있었고, 김억, 이하윤, 유도순 등도 1934년부터 가사를 창작하기 시작했다. 이 당시 신문의 논설에서도 유행 가요의 수준을 높이기 위해 문학인들이 앞장설 것을 당부하기도 했다. 이러한 분위기 속에서 조영출은 조명암이라는 필명으로 자연스럽게 가요시 창작의 길로 나아가게 되었다. 현상 공모의 상금도 유행 가요 가사가 신시의 두 배였고 작사료 수입은 시 원고료의 3배가 넘었으니 수입에 있어서도 대단한 이익이 있었다.[15] 1년에 70편 이상을 양산한 조명암의 수입은 대단했을 것이고 대중적 영향력 역시 시와는 비교가 되지 않는 것이었다. 1937년 이후 가요시 창작에 전념하면서 자유시 창작은 자연스럽게 축소되었다. 그 반면 가요시의 수준은 날로 높아져 문학적 향취가 있는 가사

---

14) 구인모, 「시인의 길과 직인(職人)의 길 사이에서」, 《한국근대문학연구》 24, 2011. 10, 237쪽.
15) 위의 글, 245~260쪽 참조.

가 대량으로 산출되었다.

유행 가요가 대중들의 마음을 끌려면 우선 제목이 간단하면서도 마음을 사로잡는 감칠맛이 있어야 한다. 조명암은 그런 쪽에 매우 탁월한 재능을 발휘했다. 「꼬집힌 풋사랑」은 박시춘이 작곡하고 남인수가 불러 1938년 3월에 취입한 곡이다. '풋사랑'이라는 말도 당시에는 흔히 쓰지 않던 말인데 거기 '꼬집힌'이라는 수식어를 붙여 안타까운 사랑의 감정이 연상되게 했다. 제목 자체가 대중들의 마음을 끌어당기고 심금을 울렸을 것이다. 여기 "밤거리 사랑이란 담뱃불 사랑/ 맘대로 피우다가 버리는 사랑"이라는 가사가 들어가니 "꼬집힌 풋사랑"의 어설픈 아픔이 덧없이 버림받는 실연의 슬픔으로 변환되는 감정의 곡절을 느끼게 한다. 조명암은 김기림이 칭찬했던 "도회 시인으로서의 비범한 소질"과 "남달리 빛나는 위트의 편린"을 도시 대중의 감성을 자극하는 데 적극 활용한 것이다. 그가 창작한 가사의 독창적이면서도 문학적인 제목을 눈에 띄는 대로 열거하면 다음과 같다.

「토라진 눈물」 — '토라진'은 사람의 마음이나 표정을 나타내는 말인데 '눈물'을 수식하는 말로 변형시켰다.

「앵화(櫻花) 폭풍」 — 벚꽃이 만발한 모습과 구경하는 사람의 흥성거림을 '폭풍'이란 말로 과장적으로 표현했다.

「처녀 야곡(夜曲)」 — 세레나데를 뜻하는 '야곡'에 '처녀'라는 말을 넣어 수줍은 사랑을 표현했다.

「미소의 코스」 — 달리는 버스 안의 대화를 재미있게 구성했다.

「인생 간주곡」 — 연극의 막간에 연주하는 간주곡처럼 인생사의 분절된 슬픔을 간단히 노래한다는 뜻이다.

「돈 반 정 반」 — 화류계의 사랑이 돈으로 맺어진 것인지 진정한 정으로 맺어진 것인지 자신도 알지 못하겠다는 탄식의 노래다.

「조각달 항로」 — 항로를 조각달에 비유하면서 조각달이 떠 있는 쓸쓸한 배경도 함께 나타내는 제목이다.

「눈물의 사변(事變)」 — ‘사변’이란 사람의 힘으로 파할 수 없는 큰 사건을 말하는데 여기에 ‘눈물의’라는 수식어를 붙여 표현의 묘미를 살렸다.

「꿈꾸는 처녀원(處女園)」 — 처녀의 애타는 마음을 처녀의 동산으로 나타내고 거기에 ‘꿈꾸는’이라는 수식어를 붙여 사랑의 허망함을 표현했다.

「순정 특급」 — 급행열차처럼 덧없이 사라진 순정의 사랑에 대한 탄식을 표현했다.

「항구야 울지 마라」 — 항구를 의인화하여 자신의 슬픔을 투사했다.

「화류 잡기장」 — 화류계 여인의 착잡한 심정을 잡기장에 비유했다.

「꿈꾸는 백마강」 — 백마강을 내가 꿈꾸는 것인지 백마강이 꿈꾸는 것인지 백마강 위에서 지난 일을 꿈꾸는 것인지 제목만으로는 애매한, 그래서 시적인 제목이다.

「분 바른 청조(靑鳥)」 — 화류계 여인을 파랑새에 비유하여 세월의 슬픔을 노래했다.

「푸념 사거리」 — 푸념만이 이어지는 인생의 길을 표현했다.

「마음의 화물차」 — 눈물을 실어 보낼 화물차를 기다리는 애절한 마음을 이렇게 표현했다.

「즐거운 상처」 — 전쟁에서 입은 상처가 오히려 자랑스럽다는 역설적 의미의 표현이다.

이외에 매력적인 제목으로 「산호빛 하소연」, 「청노새 탄식」, 「항구의 무명초(無名草)」, 「파묻은 편지」, 「바다의 교향시」, 「외로운 화장대」, 「울리는 만주선」, 「눈물의 신호등」, 「청춘 야곡」, 「코스모스 탄식」, 「모래성 탄식」, 「살랑 춘풍」, 「항구의 붉은 소매」, 「애송이 사랑」, 「울리는 백일홍」, 「가거라 똑딱선」, 「여인 행로」, 「무정 천리」, 「청춘 항구」, 「목포는 항구」, 「추억의 청춘가」 등을 들 수 있다.

이러한 제목들에 대해 유형별 분류도 가능하다. 형식적으로 보면 ‘명사 + 명사’ 형으로 된 제목과 ‘수식어 + 피수식어’ 형으로 된 제목이 압도적으로 많다. '수식어 + 피수식어' 형의 경우는 수식어가 용언으로 된 형태와 조사 '의'로 연결된 형태로 나눌 수 있다. 그 외에 항구야 울지 마라, 가거라 똑딱선처럼 명령형 어미가 활용된 경우도 조금 있다. 이렇게 제목의 유형을 분류해 놓고 그것의 의미와 정서적 효과를 검토해 보면 흥미로운 결과가 나올 수 있을 것이다.

매력 있는 제목에 매력 있는 가사가 붙으면 그 노래는 유행가로 히트하게 마련이다. 유행가는 보통 2절이나 3절로 구성되는데 각 절이 의미상 연결되는 대구의 구성을 갖는다. 보통 유행 가요 가사의 경우 대중에게 먼저 전달되는 1절의 제작에 힘을 기울이고 2절이나 3절은 대충 처리하는 경우가 많다. 그런데 조명암은 1, 2, 3절의 내용이 긴밀하게 호응을 이루면서 2절, 3절로 갈수록 더욱 애절한 느낌을 주도록 가사를 배치했다. 이렇게 되면 그 노래를 끝까지 듣게 되는 이점이 있다. 조명암은 가요시에 문학성을 부여하여 하나의 작품을 만든다는 생각으로 가사를 지은 것이다. 그런 특징을 지닌 가요시의 대표적인 예를 들어 보겠다.

홍라사 떨쳐입고 찾아갈거나
분칠로 단장하고 찾아갈거나
이 어느 남문 턱에 해만 저물어
오늘도 벼르다가 주저앉는다

머리칼 휘어듬고 발버둥치나
지척이 천리 같다 그대 있는 곳
차창에 기대앉아 바라보느니
눈물만 거침없이 흘러내린다

인물로 살 수 있는 인정이더냐
맘씨로 살 수 있는 정분이더냐

앞치마 걷어잡고 생각할수록
미운 정 고운 정은 살 수 없구나

—「미운 정 고운 정」(1938. 4)

　1절은 색깔 고운 비단옷을 입고 찾아갈까, 분칠로 단장을 하고 찾아갈까 생각하지만 마음만 일으킬 뿐 실행에 옮기지 못하고 하루가 저물게 됨을 노래했다. 2절은 그대가 있는 곳은 아주 가까운데 갈 수 없는 처지이기에 천리처럼 멀게 느껴지고, 갈 수 없으나 가고 싶은 마음을 버리지 못해 머리칼 휘어잡고 발버둥도 쳐 보지만 아무것도 할 수 없으니 차창에 기대어 눈물만 흘릴 뿐임을 노래했다. 3절에서 비로소 자신이 괴로워하는 이유가 밝혀진다. 그것은 내가 그대의 사랑을 얻지 못했기 때문이다. 사람 사이의 정분은 얼굴이 잘생겨서 생기는 것도 아니요 마음이 좋아서 얻는 것도 아니다. 사람의 노력으로 어찌할 수 없는 것이 바로 정이다. "앞치마 걷어잡고 생각할수록/ 미운 정 고운 정은 살 수 없구나"라는 마지막 가사에 인생의 진실이 담겨 있다. 사람 사이의 정은 돈으로 살 수 있는 것도 아니요 노력으로 얻어지는 것도 아니다. 알 수 없는 운명의 장난에 의해 맺어지는 것이 사랑이다. 그 점을 잘 알기 때문에 하루 종일 마음만 졸이다 주저앉고 차창에 기대앉아 울기만 하고 앞치마 걷어잡고 시름에 잠기는 것이다. 이러한 사정을 알면 "인물로 살 수 있는 인정이더냐/ 맘씨로 살 수 있는 정분이더냐"라는 대구의 호응이 얼마나 절묘하게 이루어진 것인지 알 수 있다.

　해당화 꽃잎을 따서 눈물 씻으며
　바닷가 백사장에 써 보는 글자
　다시 못 올 그대의 이름입니다
　다시 못 올 추억의 나머짐니다

　바닷가 모래를 모아 성을 쌓아놓고

울면서 모래 속에 파묻은 편지
다시 못 올 그대의 선물입니다
다시 못 올 사랑의 무덤입니다

──「파묻은 편지」(1938. 6)[16]

해당화 꽃잎을 따서 눈물을 씻는다는 첫 소절부터가 신선하게 마음을 울린다. 그렇게 눈물을 씻으며 써 보는 글자는 그대의 이름인데, 그대는 다시 오지 못하는 사람이니 그 이름은 다시 돌이킬 수 없는 추억의 흔적, "추억의 나머지"에 불과하다. 바닷가에 모래성을 쌓아 놓고 모래 안에 그대의 편지를 파묻었는데 그 편지가 그대가 남긴 선물이긴 하지만 다시 오지 못하는 그대의 선물이기에 "사랑의 무덤"에 불과하다. 이처럼 1절의 "바닷가 백사장에 써 보는 글자"와 2절의 "울면서 모래 속에 파묻은 편지"가 의미의 호응을 이루며, "추억의 나머지"와 "사랑의 무덤"이 호응을 이룬다. 글자로 쓴 것이 편지이고 추억의 남은 자취가 사랑의 무덤이니 1절과 2절이 얼마나 교묘하게 맺어진 것인지 경탄스러울 정도다.

한바탕 울어 볼까 한바탕 웃어 볼까
사랑이란 쓰디쓴 한잔 술이냐
모르고 마신 술에 입맛이 쓰다

한바탕 속아 볼까 한바탕 속여 볼까
사랑이란 한 개피 성냥불이냐
불붙는 가슴속에 마음이 탄다

한바탕 사정할까 한바탕 떼나 쓸까

---

16) 후렴구나 반복구를 빼고 가사만 정리했다. 앞으로도 이와 같이 인용한다.

사랑이란 꽃피는 가시밭이냐
모르고 달려들어 울고 말았다

──「사랑은 가시밭」(1938. 7)

　비슷한 말을 나열한 것 같지만 각 절의 느낌이 서로 다르다. "울어 볼까", "웃어 볼까"의 간명한 대조는 "속아 볼까", "속여 볼까"로 이어지고 그것은 다시 "사정할까", "떼나 쓸까"로 이어진다. "속아 볼까", "속여 볼까"의 대조는 한 음절의 교체만으로 정반대의 의미를 나타내니 기민하고 절묘한 어법에 경탄이 저절로 나온다. 1절은 사랑을 술에 비유하여 모르고 마신 술에 입맛이 쓰다고 했고, 2절은 사랑을 성냥불에 비유하여 가슴에 불이 붙어 마음이 탄다고 했고, 3절은 꽃핀 가시밭에 비유하여 꽃으로 알고 달려들었다가 가시에 찔려 우는 처지를 나타냈다. 핵심은 3절에 있다. 뒤로 갈수록 의미가 강화되는 절묘한 비유의 연쇄가 주는 감흥을 노래를 떠나 가사만으로도 충분히 즐길 수 있다.

술 좋다 안주 좋아 얼큰한 세상
곱빼기 약주 술이 제격이란다
부어라 꾹꾹 눌러 잔이 터지게
에계 고까짓 것 한 모금이다
으으 정말 취한다

때 좋다 세월 좋아 노래도 좋지
젓가락 장단 맞춰 춤도 추어라
아서라 이러다간 바람나겠네
아차 월급봉투 거덜이 났네
으으 술맛 쓰겠다

찢어진 월급봉투 손에 들고서
마누라 잘못했소 빌 생각하니
아찔한 머릿속에 찬바람 불어
건들건들 술잔 드는 손이 떨린다
으으 술맛 싱겁다

—「월급날 정보」(1938)

　김정구의 유머러스한 창법이 돋보이는 노래다. 유머러스한 곡에 맞게 익살스러운 가사를 지었다. 1절은 잔이 터지게 먹으며 호기를 부리는 장면, 2절은 노래하고 춤추며 신나게 먹고 놀다가 월급봉투가 거덜 나는 장면, 3절은 마누라에게 빌 생각에 정신이 번쩍 들고 손이 떨리는 장면을 제시했다. 서사적 단계를 거칠 때마다 "부어라", "아서라", "아찔한" 등 거기에 맞는 적절한 어사를 구사했다. "취한다", "쓰겠다", "싱겁다"로 이어지는 변화도 재미있다. 일상적인 단순한 말들을 모아 상황을 적절히 구상한 것이 흥미와 쾌감을 일으킨다.

오늘은 이 마을에 천막을 치고
내일은 저 마을에 포장을 치는
시들은 갈대처럼 떠다니는 신세여
바람 찬 무대에서 울며 새우네

사랑에 우는 것도 청춘이러냐
분홍빛 라이트에 빛나는 눈물
서글픈 세리프에 탄식하는 이 내 몸
마음은 고향 따라 헤매입니다

불 꺼진 가설극장 포장 옆에서

타향에 달을 보는 쓸쓸한 마음
북소리 울리면서 흘러가는 몸이여
슬프다 유랑 극단 피에로 신세

—「방랑 극단」(1939. 2)

박시춘의 애절한 곡을 남인수가 구성지게 부른 노래다. 정형적 율조로
이어진 애수의 사연들이 쓸쓸한 가슴으로 파고드는 느낌을 주는 가사다.

우연히 정이 들어 얽혀진 사랑을
네가 먼저 끊을 줄은 꿈에도 몰랐다
가려무나 미련 없이 가거라
차라리 네 사랑에 혼자 미치마

세상을 바친대도 시들한 사람아
정이 식어 가는 너를 어이 할쏘냐
가려무나 속 시원히 가거라
이왕에 속은 사랑 나도 버리마

못 믿을 그 사랑에 내 눈이 어두워
애를 태운 내 가슴에 눈물만 남았다
가려무나 너 갈 데로 가거라
애당초 속은 나만 웃음거리다

—「청춘 야곡」(1939. 3)

이 가사는 각 절의 끝 구절의 심화 양상이 절절한 느낌을 준다. "차라리
네 사랑에 혼자 미치마"라는 자포자기의 격정이 "이왕에 속은 사랑 나도
버리마"에서 자신의 능동적인 포기로 바뀌고 "애당초 속은 나만 웃음거리

다"에서 다시 자신에 대한 자책으로 바뀌는 심리의 곡절이 실연당한 청춘
의 속마음을 여실히 드러내면서 인생의 진실을 깨닫게 한다.

코스모스 피어날 제 맺은 인연도
코스모스 시들으니 그만이더라
국경 없는 사랑이란 말뿐이더냐
웃으며 헤어지던 두만강 다리

해란강에 비가 올 제 다정한 님도
해란강에 눈이 오니 그만이더라
변함없는 마음이란 말뿐이더냐
눈물로 손을 잡던 용정 플랫폼

두만강을 건너올 제 울던 사람도
두만강을 건너가니 그만이더라
눈물 없는 청춘이란 말뿐이더냐
한없이 흐득이던 나진행 열차

— 「코스모스 탄식」(1939. 12)

1939년 12월에 취입된 노래라 두만강 너머 만주의 해란강과 용정이 나오
고 함경북도 동해 끝 나진항이 나온다. 국경을 넘어 오가던 조선인의 한 많
은 심사를 달래 주던 노래다. 조명암 가요시의 특징인 유사한 어구의 반복
적 변화가 눈에 띄며 "웃으며 헤어지던 두만강 다리", "눈물로 손을 잡던
용정 플랫폼", "한없이 흐득이던 나진행 열차"로 이어지는 지명과 관련된
명사형 끝맺음이 우리의 아픈 심사를 더욱 뜨겁게 울린다.

다음은 지금도 많은 사람들에게 애창되는 유명한 두 곡의 가사다. 노래
를 부르며 가사의 내용을 음미해 보면 가사와 곡조가 절묘하게 호응하여

기막힌 감흥을 일으키는 것을 알 수 있다. 이 노래들의 감흥이 곡조에서만
온 것이 아님을 확연히 파악할 수 있을 것이다.

백마강 달밤에 물새가 울어
잊어버린 옛날이 애달프구나
저어라 사공아 일엽편주 두둥실
낙화암 그늘에서 울어나 보자

고란사 종소리 사무치면은
구곡단장 오로지 찢어지는 듯
누구라 알리요 백마강 탄식을
깨어진 달빛만 옛날 같으리

──「꿈꾸는 백마강」(1940. 11)

울려고 내가 왔던가 웃으려고 왔던가
비린내 나는 부둣가엔 이슬 맺힌 백일홍
그대와 둘이서 꽃씨를 심던 그날도
지금은 어디로 갔나 찬비만 내린다

울려고 내가 왔던가 웃으려고 왔던가
울어 본다고 다시 오랴 사나이의 첫 순정
그대와 둘이서 희망에 울던 항구를
웃으며 돌아가런다 물새야 울어라

울려고 내가 왔던가 웃으려고 왔던가
추억이나마 건질 건가 선창 아래 구름을
그대와 둘이서 이별에 울던 그날도

지금은 어디로 갔나 파도만 묻힌다

—「선창」(1941. 7)

맺음말

조영출은 보성고보에 재학 중인 1932년부터 시 창작에 많은 관심을 갖고 여러 신문과 잡지에 시를 투고하여 좋은 반응을 받았다. 특히 1933년에 여러 편의 작품을 《조선일보》에 투고한 것이 김기림의 눈에 띄어 연말 총평에서 긍정적인 평가를 받음으로써 창작 의욕이 더욱 고양되었다. 김기림이 조영출의 시에서 긍정적으로 평가한 것이 "주지적 색채"와 "주지적 정신"이었기 때문에 그의 시작은 이런 경향을 심화하는 방향으로 전개되었다. 이 시기의 가장 뛰어난 작품은 「은반 위에 날개를 편 젊은 인어들」이다.

이러한 자유시 발표와 함께 그는 가요시 창작에도 관심을 보였는데, 그의 이러한 소질은 기행문 「경주 순례기」라든가 1933년에 발표한 민요조의 가요시 형식의 작품, 그리고 1934년에 현상 공모에 입선한 가요시 작품에서 뚜렷이 드러난다. 문제는 가요시를 쓰게 되면서 그의 자유시도 가요시 형태로 전환되기 시작한다는 점이다. 시간이 지날수록 조영출의 시에서 참신한 주지적 색채는 점점 줄어들고 감상적 요소가 늘어나고 직선적인 감정 토로의 어법이 전면에 드러나게 된다. 1934년에 자유시 발표가 가장 많았으나 1935년을 지나면서 자유시 창작은 현저히 줄어들고 1938년 이후에는 가요시 창작에 전념하게 된다. 이러한 그의 변화의 요인으로는 가요시에 대한 재능을 그 스스로 자인하게 된 점과 자유시에 비해 가요시의 반응이 대중들에 의해 즉각적으로 나타난다는 점, 그리고 그의 경제적 수입에도 큰 변화가 일어난다는 점을 들 수 있다. 그러나 애상의 정서가 지성적 절제와 균형을 이루고 있는 「칡넝쿨」은 이용악이나 오장환의 시에 충분히 비견될 수 있는 서정적 성취를 이룬 작품이다.

조명암은 가요시 창작 분야에서 남이 따라갈 수 없는 독보적인 자리를 개척했다. 김기림이 칭찬했던 "도회 시인으로서의 비범한 소질"과 "남달리 빛나는 위트의 편린"을 적극 활용하여 도시 대중의 감성을 자극하는 데 성공한 것이다. 특히 간단하면서도 창의적인 문학적인 제목은 대중들의 마음을 휘어잡았다. 그러한 제목과 어울린 노래의 가사 역시 1, 2, 3절의 내용이 긴밀하게 호응을 이루면서 뒤로 갈수록 더욱 애절한 느낌을 주도록 구성되어 대중의 심금을 울렸다. 그리고 그가 만든 가요시 대부분이 대중적 감응력과 문학적 격조를 동시에 유지하는 매력을 골고루 나누어 가지고 있다는 사실이 더욱 중요하다. 이러한 매력적인 제목과 문학적인 가사는 당시 유행 가요의 수준을 높이는 동시에 아픔과 슬픔에 시달리는 대중들의 마음을 달래고 순화하는 역할도 했다.

제6주제에 관한 토론문

이상숙(문학평론가)

　이숭원 선생님의 발표 「조영출(조명암) 시문학의 위상」 잘 들었습니다. 선생님의 면밀한 분석과 명료한 판단을 통해 당시 재능 있는 시인이자 유능한 작사가였던 조영출에 대해 이해할 수 있는 좋은 기회였습니다. 질문이라기보다는 선생님의 견해를 청해 듣는 질문을 몇 가지 드리겠습니다.

　첫째, 김기림은 "도회 시인으로서의 비범한 소질", "남달리 빛나는 위트의 편린" 등의 수사로 조영출을 칭찬했고 이는 조영출 시의 '주지적 색채'와 '주지적 정신'을 긍정적으로 평가한 것이라고 이숭원 선생님은 말씀하셨습니다. 그의 가요 가사에는 감상적 요소와 직선적 감정 토로가 드러난다고 하셨습니다. 양쪽 다 장점일 것 같습니다. 좀 더 나아가 시 창작과 가요시 창작 사이의 관계에 대해 주목해 생각해 보면, 아마도 조영출은 가요시라는 장르를 의식하여 감상성과 직설적 어법을 적용했을 것이고, 시를 쓸때는 '주지', '지성', '절제' 등을 의식했을 것 같습니다. 그러나 1930년대 후반 조영출의 시는 감상성에 경도되는 것 같은데요, 이를 창작자가 짐짓 취하는 장르 의식의 관점에서 본다면 어떻게 평가할 수 있을지 궁금해졌습니다. 시 창작에서 감정적 균형과 장르 의식을 지키지 못한 조영출의 실패인지 시와 가요시 등 다른 장르를 동시에 창작할 때 틈입하고 혼재하는 당연한 현상인지 이에 대해 여쭙고 싶습니다.

둘째, 그는 1989년 8월호 《조선문학》에 발표한 「시를 쓰고 싶었노라」에서 자신의 20대를 "망국의 폐허, 무너진 성벽 아래/ 달빛만 처량히 흐르고/ 풀벌레 구슬피 우는 밤// 가슴에 설움이 타올라 심장이 터지도록 울고 싶어/ 잃어버린 그 님을 불러 부르며/ 내 가슴 타다가 재가 되도록/ 내 시를 쓰고 싶었노라"라고 표현한 바 있습니다. 1930년대 가요시의 한 부분처럼 느껴지기도 합니다. 이 시에서 70을 넘긴 노시인은, 자신의 20대를 '망국의 한'을 품고 좌절한 시인으로 회고합니다. 그렇다면 정작 그의 일제 강점기 말의 행보는 무엇이었는지 궁금해졌습니다.

셋째, 20대의 조영출이 시인과 작사가였다면, 분단 후 30대가 된 그는 사회주의 시인이었습니다. 이후 1993년 작고하기까지 반세기 가까운 세월을 그는 북한의 시인, 작사가로 살았습니다. 이와 같은 삶의 행로는 조영출만의 경우는 아닐 것입니다. 탄생 100주년을 맞는 문인들의 20~30대 청춘은 식민지 청년 문인, 분단 국가의 문인으로 살아가는 등 비슷했을 것 같습니다. 얼른 생각해도 백석, 박세영, 박팔양을 비롯한 몇몇 시인들이 떠오릅니다. 일찍이 카프에 가담했건 안 했건 그들은 젊은 시절을 식민지 국가의 시인으로 살았고 반평생을 사회주의 국가의 시인으로 살면서 삶의 결절점을 가진다는 것은 공통적입니다. 월북 혹은 재북 문인으로 사회주의 문학 안에서 보인 그들의 문학적 행로 역시 함께 살펴볼 필요가 있을 것 같습니다.

선생님의 논문에 언급된 시들 중 몇 편은 1957년 북한에서 발표된 『조령출 시선집』에서 발견할 수 있었습니다. 흥미롭게도 『조령출 시선집』에 실린 그 시들은 부분 개작이라기보다는 전면 변개라고 할 만큼 큰 변화를 보여주었습니다.

《조선일보》에 발표된 「젊은 시인의 광상곡」(1933. 9. 10)은 새로운 요소가 많은 자유시다. 젊은 시인의 고뇌를 ① "광인의 젖가슴같이 후들거리는 붓 끝/ 붓 끝에 질질 흐르는 붉은 피"라는 처절한 가시적 형상으로 형상화하면서 ② "노예해방은 기만의 붉은 술잔에 빠져죽고/ 육욕은/ 저울대 위에 황금을 올려놓고/ 위훈의 월계화는/ 비명을 아뢰우고 넘어진 병정의/ 푸른 탄식에 시들어지외다"처럼 관념을 가시적 형상으로 풀어놓거나 가시적 대상을 관념의 영역과 결합하는 표현 수법을 발휘하고 있다. 「인간」(1933. 11. 7)은 시상이 전체적으로 정돈되지 못했으나 ③ "빛만 한 줄거리 미래파의 화폭을 아로새기외다"라든가 "아하, 겁(劫)의 공간은/ 크나큰 퀘스촌을 물고 전율하는구나" 같은 현대적 감각의 시행을 배치하고 있다.

①의 구절은 찾아볼 수 없었고, ②부분은 "노예해방은/ ……/ 언제나 언제나 축배를 들 것이냐// 자본주의의 사랑은/ 저울대 우에 황금을 올려놓고/ 훈장의 월계화는/ 쓰러진 병정의 탄식에 시들어지고"로 바뀌었으며, ③은 "폭풍의 예보와 같이/ 계단을 비쳐 미래의 화폭을 그리는/ 한 줄기 광명", "아아, 시간은, 공간은/ 이 무서운 폭풍에 전율하외다."와 같이 바뀌어 있었습니다.

시인들이 선집을 낼 때 기존의 시를 개작하거나, 편집자 직권으로 시를 개작하는 것은 북한 문단에서 통상적인 것입니다. 그렇다 하더라도, 이처럼 광복 전 자신의 시를 전면적 변개에 가깝게 스스로 바꾸어 놓은 예를 만나는 일이 흔한 것은 아닙니다. 변개에 개입한 시인의 자의식과 그 문학적, 정치적 배경이 고스란히 드러납니다. 개작 과정에서 빠진 것은 '시인의 고뇌', '관념', '관념의 가시적 형상화', '현대적 감각'뿐만이 아닙니다. 시 전문을 밝혀 분석해야 하지만 위의 부분만을 살펴보아도 '어휘', '어조'는 물론 '주제' 또한 전혀 다르게 읽어야 합니다. 당시 조영출의 의식을 지배한 것은 '사회주의 시인, 자본주의와 부르주아의 냄새를 풍기지 않아야 한다' 가 아니었을까 싶습니다. 이념에 의한 분단이 보여 주는 전형적인 모습일 것입니다. 그의 다채로운 전변의 삶을 되짚어 보게 됩니다. 이러한 조영출을 분단국가의 문학인이라는 관점에서 조망한다면 어떻게 평가할 수 있을지 선생님의 의견을 듣고 싶습니다. 조금은 거창해서 의미 없는 질문으로 생각됩니다만, 우리 문학사의 수많은 문인들을 바라보는 시사점이 될 수 있을 듯하여 여쭈어 보았습니다.

조명암 생애 연보[1]

1913년   1월 10일, 충남 아산 탕정면(湯井面) 매곡리(梅谷里) 643번지에서 부친 양주(楊州) 조씨(趙氏) 조경희(趙慶熙)와 모친 조희정(趙熙定) 사이에서 태어남. '영출(靈出)'이라는 이름은 고향 마을 뒷산 영인산(靈仁山)에서 유래된 것이라 전함.

1917년   서울로 이주함.

1921년   부친 별세.

1928년   모친과 함께 절로 들어가 모친은 함남 안변 석왕사에서, 조영출은 강원 고성 건봉사에서 생활했으며, '중련(重連)'이라는 법명을 사용했다고 함.

1929년   불교 잡지 《회광(回光)》 창간호에 산문 「가을」을 발표함.

1930년   건봉사 부설 봉명학교를 다녔다고 하는데, 학적부에는 석왕사보통학교를 졸업하고 서울 보성고보에 입학한 것으로 기재되어 있음.

1932년   5월에 시 「밤」을 《조선일보》에 처음으로 발표하고, 12월에 시 「이 동굴 안을 거니는 자여」를 《신동아》에 발표함.

1933년   기행문 「경주 순례기」를 《불교》(106~108호, 4월호, 5·6월호, 7월호)의 독자 문단에 투고함.

1934년   동아일보 신춘문예에 시 「동방의 태양을 쏘라」가 당선됨. 가요시 작품 「서울 노래」를 '명암(鳴巖)'이라는 필명으로 동아일보에 발표함.

---

1) 이동순 교수가 편찬한 『조명암 시 전집』(도서출판 선, 2003)을 기초로 자료를 수정 보완했음.

《별건곤》지에서 주최한 유행 소곡 현상 공모에 「청춘곡(靑春曲)」으로 2등 입선함. 이때 '조명암(趙鳴巖)'이라는 필명으로 「고구려 애상곡」을 함께 투고했으나 이 작품은 선외가작으로 뽑힘.

1935년　보성고보 졸업을 앞두고 《동아일보》에 졸업의 감회를 담은 시 「항로(航路)」를 발표. 일본으로 건너가 4월에 와세다 제2고등학원에 입학함. 이때부터 대중가요 가사를 짓기 시작함. 금운탄(金雲灘)이라는 필명으로 발표하다가 '조명암'을 함께 사용하고, 1940년 이후에는 '이가실(李嘉實)'이라는 필명도 함께 사용함.

1936년　10여 편의 가요시를 연이어 발표하고 자유시 발표는 줄어들기 시작함.

1937년　3월에 와세다 제2고등학원을 수료하고 4월에 와세다 대학교 불문과에 입학함. 이때 이후 1년에 70편 이상의 가요시를 발표함.

1941년　와세다 대학교를 졸업하고 귀국하여 건봉사 등에서 후배들을 지도하는 한편 많은 가요시를 발표함.

1943년　장연옥(張蓮玉)과 혼인. 《조선문학》, 《인문평론》 등에 시를 발표함. 서울 동대문구 숭인동 72-163번지에 거주. 이 무렵 악극단 활동을 주도하여 극본을 창작하고 연출도 맡음. 장녀 용희(龍姬) 출생.

1945년　광복이 되자 조선프롤레타리아예술동맹에 가입. 11월 17일부터 조선악극단에서 톨스토이의 「부활」을 악극 「카츄우샤」로 각색 연출하여 동양극장에서 공연함. 12월 24일부터 소련 희곡 「남부 전선」을 번역하여 동양극장에서 공연함. 시 「슬픈 역사의 밤은 새다」와 「모든 강물은 바다로 흐른다」를 발표함.

1946년　조선연극동맹을 중심으로 좌파 연극인들과 교유하며 활발한 연극 운동을 전개함. 2월 26일부터 동양극장에서 창작 희곡 「독립군」 공연. 「도화 만리」, 「뻐꾹새」, 「열사의 화원」 등 많은 악극을 공연함. 차녀 혜령(惠齡) 출생.

1947년　3월 7일부터 3·1 기념 연극 대회 일환으로 「위대한 사랑」을 공연하고 6월 16일부터 채만식의 소설 「미스터 방」을 각색하여 공연함. 7월

이후 이 두 작품을 전국 순회 공연함. 8월 17일부터 중앙극작에서 창작극 「조선의 어머니」를 공연하려 했으나 동맹원의 검거로 취소됨. 삼녀 남희(南姬) 출생.

1948년　동맹원 함세덕, 안영일, 주영섭 등이 월북하자 6월경 월북함. 이때 38선을 넘던 심정을 담은 시 「북조선으로」를 발표함. 평양에서 국악인 김관보(金觀普)와 재혼함. 이후 세 아들을 낳음. 북한 문화선전성 창작위원회 위원으로 일함. 시, 가사, 희곡 등을 발표함.

1949년　평양에 거주하며 민요 개사(改詞) 운동을 주도함. 「모란봉」, 「도라지」, 「양산도」, 「울산타령」 등을 개사함.

1950년　6·25 전쟁 중에는 인민군 종군 작가로 활동. 전쟁 가요 「조국보위의 노래」, 「어머니, 우리 당이 바란다면」 등을 작사함.

1951년　남한의 부인 장연옥이 두 딸(용희, 남희)을 데리고 월북함.

1953년　북한 작가동맹 중앙상무위원회 후보위원으로 선출됨.

1954년　동독에서 개최된 실러문학제에 북한 대표로 참가함.

1956년　작가동맹 중앙위원으로 선출됨.

1957년　북한 국립민족예술극장 총장에 취임했고, 북한 영화문학창작사 초대 주필이 됨. 『조령출 시 전집』이 조선작가동맹출판사에서 발행됨.

1958년　북한 교육문화성 예술국장. 북한 예술단 단장으로 중국을 방문함.

1960년　북한 교육문화성 부상을 지냄. 북한의 「피바다」, 「꽃 파는 처녀」 등 5대 혁명 가극을 무대화하는 대본의 창작 책임자로 활동함.

1961년　『조령출 희곡집』을 조선작가동맹출판사에서 간행함. 「량반전」, 「선화공주」, 「리순신 장군」 등 3편이 이 책에 수록됨.

1962년　북한 조선문학예술총동맹 중앙위원회 부위원장.

1964년　이집트 민족무용단 북한 방문 환영회에서 연설.

1966년　평양가무단 단장으로 버마 방문.

1968년　『사성기봉』(공저) 출판.

1973년　북한의 '국기훈장 제1급'과 '김일성상 계관인'을 받음.

1977년 평양학생소년예술단장으로 버마와 불가리아 방문 공연.

1978년 북한 시나리오창작사(현재의 영화문학창작사)의 초대 주필을 지냄.

1982년 '김일성상 계관인' 칭호와 '국기훈장 제1급'을 받음. 북한 친선협회 부위원장으로 중국 방문.

1984년 『온달전』을 간행함.

1988년 피바다식 가극 대본 『춘향전』을 평양예술단 공연 작품으로 제작. 「사랑 사랑 내 사랑」, 「심청전」, 「꽃신」, 「견우와 직녀」, 「선화 공주」, 「배뱅이굿」, 「량반전」, 「바다의 처녀들」, 「온달전」, 「리순신 장군」 등 수많은 가극과 희곡 및 영화 대본을 발표함. 음악무용극 「곡산 광산의 노래」, 「밝은 태양 아래」 등을 발표함. 가사 「만경대의 노래」, 「압록강 이천리」, 「모란봉」 등을 발표함. 시작품 「바다의 노래」, 「해당화」, 「어머님전 상서」 등을 발표함. 시집 『밝은 태양 아래』를 출간함.

1992년 킹레코드사가 제작한 「레코드로 듣는 한국 가요사」 발매에 즈음하여 문공부에 제출한 '월북 작가 조명암의 일제 시대 작사에 대한 해금 청원서'가 접수되어 그동안 금지되어 오던 가요시 작품 중 61편이 해금됨.

1993년 5월 8일, 평양의 자택에서 사망.

1997년 「알뜰한 당신」, 「선창」, 「고향초」 등 그의 대표작들이 분단 이후 작사가가 바뀌어 전해져 왔으나, 남한의 혈육인 차녀 혜령 부부의 노력에 의해 서울지방법원 최종 판결로 저작권을 회복함. 현재 확인 정리된 가요시의 분량은 대략 500여 곡이며, 조명암 이름으로 된 것이 330여 곡으로 가장 많고 금운탄, 이가실 이름으로 각각 30여 곡이 됨. 김다인 이름으로 된 것은 조명암의 작사가 아니라는 설이 많아 재고될 필요가 있음.

1999년 강원도 건봉사 경내에 조영출 시비가 건립됨.

2003년 서울의 선출판에서 『조명암 시 전집』(이동순 편)이 발간됨.

조명암 작품 연보[2]

1 조명암 시 작품

발표일	제목	발표지
1932. 5. 40	밤	조선일보
1932. 10	사군(思君)	만국부인
1932. 12	이 동굴 안을 거니는 자여	신동아
1933. 3. 1	낡은 해골(외 1편)	불청운동(佛靑運動)
1933. 5	응시	전선
1933. 7	젊은 시인의 랩소디	조선일보
1933. 9	눈물의 부두	신여성
1933. 9	전원 풍조	신여성
1933. 9. 10	젊은 시인의 광상곡	조선일보
1933. 9. 19	어버이에게 올리는 시	조선일보
1933. 10	국경의 소야곡	신여성
1933. 10	짓밟힌 여인의 비애	신여성
1933. 11	고민	신여성
1933. 11. 7	인간	조선일보
1933. 12. 2	GO, STOP	조선일보

---

2) 이동순 교수가 편찬한 『조명암 시 전집』(도서출판 선, 2003)을 기초로 자료를 수정 보완
했음.

발표일	제목	발표지
1934. 1. 1	동방의 태양을 쏘라	동아일보
1934. 1. 3	서울 노래	동아일보
1934. 1. 25	탄식하는 가로수	조선일보
1934. 1. 30	은반 우에 날개를 편 젊은 인어들	동아일보
1934. 2	아세아의 광상(狂想)	조선시단
1934. 2	창조의 길	조선시단
1934. 2	도성의 밤에 이상(異狀) 있다	형상
1934. 3	해저의 환상	형상
1934. 3	단편	중앙
1934. 4	봄비	신여성
1934. 4. 3	파잎	동아일보
1934. 4. 6	녹색의 3시	조선일보
1934. 4. 7	위험 신호	조선중앙일보
1934. 4. 11	부두 없는 새벽의 항구	조선일보
1934. 5	청춘곡	별건곤
1934. 5	응시	전선
1934. 5. 16	묵도(黙禱)	조선중앙일보
1934. 5. 27	압록강	동아일보
1934. 5. 30	남포의 비가	조선일보
1934. 5. 31	무제	조선일보
1934. 6	개척자	신동아
1934. 6	해골과 장미	신동아
1934. 6. 1	추억의 소야곡	동아일보
1934. 7	평원	중앙
1934. 9. 6	등롱(燈籠)의 항로	조선일보

발표일	제목	발표지
1934. 9. 7	은하수	동아일보
1934. 10	추억의 건축	신동아
1934. 11	야송(夜頌)	신동아
1934. 11	황금촌(黃金村)	중앙
1934. 11. 2	도성(都城)의 밤	조선일보
1935	향수	조령출 시 선집
1935. 3. 5	항로	동아일보
1935. 12. 4	보헤미안	조선중앙일보
1935. 12. 19	밤	동아일보
1936. 1	Nostalgia	조선문단
1936. 1. 25	제3해협	조선일보
1936. 3	향도	을해명시선
1936. 3. 3	북행 열차	조선일보
1936. 7	꿈	조광
1936. 7	마담…	조광
1936. 9	마을 정차장	조광
1937. 5	붉은 날개의 전설	조광
1937. 6. 8	태양의 묘지	조선일보
1937. 7. 6	목련화	조선일보
1937. 8	서재	조선문학
1937. 11	칡넝넝	조광
1938. 10. 2	신기루	동아일보
1939	해당화	조령출 시 선집
1939	청풍의 낙엽	조령출 시 선집
1939. 1	운명장(運命章)	여성

발표일	제목	발표지
1939. 1. 15	내 마음에는 눈물이 날여	금강저
1939. 6. 21	명상하는 조약돌	동아일보
1939. 6. 30	장미의 상례(喪禮)	조선일보
1939. 9	적멸보궁	초원
1939. 12	남사당	초원
1940. 3	유언서(遺言書)	초원
1940. 5	유리의 방	인문평론
1940. 8	백촉(白燭)의 심야	인문평론
1940. 12	청풍의 상자	인문평론
1943. 12	學びの窓巾	조광
1945. 12	모든 강물은 바다로 흐른다	신문예
1945. 12	슬픈 역사의 밤은 새다	예술운동
1946. 11	총총이 배긴 별들아	문학
1947. 2	그리운 거리에서	신천지
1947. 3	공화국	연간조선시집
1948	북조선으로	조령출 시 선집
1949	조국을 지키리라	조령출 시 선집
1950	산으로 간 나의 아들아	조령출 시 선집
1950. 9	락동강 전선	조령출 시 선집
1951	가슴의 끓는 피로서 말하노니	조령출 시 선집
1951. 1. 4	이 밤도 기적이 울린다	조령출 시 선집
1952	강변에서	조령출 시 선집
1952	가을의 노래	조령출 시 선집
1952. 1	나의 편지	조령출 시 선집
1953	잊을 수 없는 이야기	조령출 시 선집

발표일	제목	발표지
1953	영웅의 탑	조령출 시 선집
1953	단야장의 처녀	조령출 시 선집
1953. 9	선광장에서	조령출 시 선집
1953. 10	광산의 『호랑이』	조령출 시 선집
1954. 7	쓰딸린 거리에서	조선문학
1955	국경의 봄	조령출 시 선집
1955	깃발 아래서	조령출 시 선집
1955	선물	조령출 시 선집
1955. 5	백림이여	조령출 시 선집
1955. 5	친선의 잔을 든다	조령출 시 선집
1955. 5	쉴러의 집을 찾아	조령출 시 선집
1955. 5	시인에게 영광을	조령출 시 선집
1955. 5	탑지기 로인의 이야기	조령출 시 선집
1955. 5	영웅 도시의 아침	조선문학 1
1956	헌화가	조령출 시 선집
1956	탄부와 신부	조령출 시 선집
1956. 2	당의 부름을 받고	당의 기치 높이
1956. 5	위대한 날의 노래	조령출 시 선집
1956. 9	탄의 노래	조령출 시 선집
1956. 12	복받은 땅에	조령출 시 선집
1957	나의 마음은 날은다	조령출 시 선집
1957	푸른 하늘에 취해 보자	조령출 시 선집
1957	가야금	조령출 시 선집
1957	애급의 신화	조령출 시 선집
1957. 11	영원한 사랑아	조령출 시 선집

발표일	제목	발표지
1962. 8	만경대에 드리는 노래	조선문학
1965. 5	해도 십 년 달도 십 년	조선문학
1968. 1	수령이시여 만수무강하시라	조선문학
1970. 4	먼 대양과 대륙의 끝에서도	조선문학
1972. 4	천 년을 살아도 만 년을 살아도	조선문학
미상	령을 넘어	조령출 시 선집
미상	한 자루 백묵을 쥐고	조령출 시 선집
미상	행복의 언덕	조령출 시 선집
미상	철령이라 높은 고개	조선문학
1984. 6	조선의 태양 우러러	조선문학
1989. 2	시를 쓰고 싶었노라	조선문학
1990. 7	잊을 수 없는 영광의 그날	조선문학

2 가요시 및 기타 작품

■ 조영출 명의로 발표한 작품

발표일	회사	번호	곡명	구분	작곡자	가수
1934. 12	폴리돌	19166	왕소군(王昭君)의 노래(상)	유행가	김범진	왕수복
1934. 12	폴리돌	19166	왕소군의 노래(하)	유행가	김범진	왕수복
1935	폴리돌	19173	도성의 밤노래	재즈	김탄포	김용환
1935. 1	폴리돌	19172	바다의 청춘	유행가	김면균	윤건영
1935. 1	폴리돌	19173	고원(高原)의 새벽	유행가	박벽계	김용환
1935. 3	폴리돌	19187	청춘 부두	유행가	박벽계	김용환

발표일	회사	번호	곡명	구분	작곡자	가수
1934. 4	콜롬비아	40508	서울 노래	유행가	안일파	채규엽
1935. 2	오케	1760	섬색씨	민요	손목인	김연월
1935. 4	콜롬비아	40606	추억의 소야곡	유행가	김준영	박헌익
1935. 5	콜롬비아	40612	눈물의 부두	유행가	김준영	채규엽
1935. 8	콜롬비아	40629	님이여 잘 잇거라	유행가	김준영	강홍식
1936	콜롬비아	40726	청춘무정	유행가	김준영	안명옥
1936	콜롬비아	40734	춘몽	신민요	김준영	강홍식
1936	콜롬비아	40742	가시면 못 오시나	유행가	김준영	김초운
1936. 5	오케	1896	목화를 따며	유행가	김해송	장세정 이난영
1936. 8	콜롬비아	40705	황야에 해가 저무러	유행가	김준영	강홍식 김초운
1936. 12	오케	1943	추억의 등대	유행가	손목인	이난영
1937. 5	오케	1998	무정곡	유행가	박시춘	장세정
1937. 12	빅터	KJ-1132	알뜰한 당신	유행가	전수린	황금심
1937. 12	빅터	KJ-1132	한양은 천리원정	신민요	이면상	황금심
1938	오케	12131	네 꼭 정말요	유행가	손목인	장세정
1938	오케	12131	추억의 장한몽	유행가	박시춘	유향
1938	오케	12185	거리의 낙화	유행가	엄재근	이난영
1938	오케	12185	청춘 공장	유행가	박시춘	남인수
1938	오케	12186	월급날 정보 (情報)	만요	박시춘	김정구
1938. 3	오케	12110	꼬집힌 풋사랑	유행가	박시춘	남인수
1938. 3	오케	12110	토라진 눈물	유행가	양상포	장세정

발표일	회사	번호	곡명	구분	작곡자	가수
1938. 3	오케	12111	앵화 폭풍 (櫻花暴風)	만요	박시춘	김정구
1938. 3	오케	12113	산호빗 하소연	유행가	박시춘	이난영
1938. 4	오케	12122	처녀 야곡	유행가	손목인	장세정
1938. 4	오케	12122	청노새 탄식	유행가	손목인	남인수
1938. 4	오케	12123	애당초붙어	유행가	박시춘	이난영
1938. 4	오케	12123	하누님 맙쇼	만요	손목인	김정구 장세정
1938. 4	오케	12124	국경열차	유행가	박시춘	송달협
1938. 4	오케	12124	미운 정 고운 정	신민요	손목인	이은파
1938. 6	오케	12147	꽃피는 항구	유행가	손목인	이은파 이난영
1938. 6	오케	12147	총각 진정서	만요	박시춘	김정구
1938. 6	오케	12148	파무든 편지	유행가	손목인	이난영
1938. 7	오케	12139	외로운 화장대	유행가	박시춘	장세정
1938. 7	오케	12140	바다의 교향시	유행가	손목인	김정구
1938. 7	오케	12145	신작 노래가락	경기 잡가		장학선
1938. 7	오케	12145	신작 창부타령	경기 잡가		장학선
1938. 7	오케	12151	목노의 탄식	유행가	박시춘	송달협
1938. 8	콜롬비아	40823	낙화의 꿈	유행가	정진규	유종섭
1938. 9	오케	12156	타향의 술집	유행가	이시우	김정구
1938. 9	오케	12164	님 전상서	유행가	박시춘	이난영
1938. 9	오케	12164	울니는 만주선 (滿洲線)	유행가	손목인	남인수
1938. 9	오케	12165	남장 미인	유행가	박시춘	장세정

발표일	회사	번호	곡명	구분	작곡자	가수
1938. 9	오케	12165	신접사리 풍경	유행가	大久保德二郎	이난영남인수
1938. 9	오케	12168	항구마다 괄세드라	유행가	박시춘	남인수
1938. 9	오케	12168	병든 장미	유행가	이봉룡	이난영
1938. 9	오케	12169	철나자 망녕	유행가	박시춘	장세정
1938. 10	오케	12175	기로의 황혼	유행가	박시춘	남인수
1938. 12	오케	12190	꼴망태 목동	신민요	김영파	이화자
1938. 12	오케	12190	님전(前) 화푸리	신민요	김영파	이화자
1938. 12	오케	12191	홍등가의 반월	유행가	박시춘	서봉희
1938. 12	오케	12193	눈물의 신호등	유행가	박시춘	김정구
1938. 12	오케	12193	무정 해협	유행가	박시춘	김남홍
1938. 12	오케	12195	섬진강 탄곡	유행가	김영파	남인수
1938. 12	오케	12195	흘너간 고향집	유행가	김영파	남인수이난영
1939	리갈	C-452	청춘 해협	유행가	정진규	김춘희
1939. 1	오케	12202	불쩌진 정차장	유행가	박시춘	김난홍
1939. 1	오케	12203	모던 관상쟁이	만요	김영파	김정구
1939. 1	오케	12203	세상은 요지경	만요	김영파	김정구
1939. 1	오케	12204	인생 간주곡	유행가	박시춘	남인수
1939. 1	오케	12205	산호 채죽	유행가	김영파	고복수
1939. 1	오케	12205	소복 단장	신민요	김준영	이은파
1939. 1	오케	12212	미녀도	신민요	김영파	이화자
1939. 1	오케	12212	어머님전(前) 상백(上白)	자서곡(自敍曲)	김영파	이화자

발표일	회사	번호	곡명	구분	작곡자	가수
1939. 1	오케	12213	얼너본 타관 여자	유행가	김영파	남인수
1939. 1	오케	12213	항구의 무명초	유행가	엄재근	장세정
1939. 1	오케	12214	돈타령	신민요	김영파	김정구
1939. 1	오케	12214	제삼일요일	유행가	김영파	이난영 남인수
1939. 1	오케	12247	남행열차	유행가	박시춘	이난영
1939. 2	오케	12216	돈 반 정 반	유행가	박시춘	이난영
1939. 2	오케	12216	방랑극단	유행가	박시춘	남인수
1939. 2	오케	12218	가을의 황혼	유행가	김영파	고복수
1939. 2	오케	12218	쌍도라지고개	신민요	박시춘	이은파
1939. 3	오케	12222	오로라의 눈썰매	유행가	김영파	남인수
1939. 3	오케	12222	청춘 야곡	유행가	박시춘	남인수
1939. 3	오케	12223	금강산 절경	신민요	김영파	이화자
1939. 3	오케	12223	화초 신랑	만요	김영파	김정구
1939. 3	오케	12224	제이 타향	유행가	김광남	고복수
1939. 4	오케	12225	쪼각달 항로	유행가	엄재근	이인권
1939. 4	오케	12225	홍염(紅炎)의 가등(街燈)빗	유행가	이봉룡	이난영
1939. 4	오케	12233	무정사(無情詞)	유행가		김해송
1939. 4	오케	12236	복덕(福德) 장사	만요	김영파	김정구
1939. 4	오케	12236	산심야심 (山深夜深)	신민요	김영파	이화자
1939. 6	오케	12238	내 마음은 이럿소	유행가	박시춘	이인권
1939. 6	오케	12238	연애 기술	유행가	박시춘	이난영
1939. 6	오케	12247	비련의 출발	유행가	손목인	이인권

발표일	회사	번호	곡명	구분	작곡자	가수
1939. 6	오케	12248	겁쟁이 촌처녀	만요	손목인	이화자
1939. 6	오케	12248	편지와 전화	유행가	손목인	장세정
1939. 6	오케	12250	안개 속에 처녀	유행가	손목인	고복수
1939. 6	오케	12250	춘풍 신호	유행가	손목인	김정구 장세정
1939. 7	오케	12255	초록색 해안선	유행가	이봉룡	남인수
1939. 7	오케	12256	일허버린 아버지	유행가	손목인	이난영
1939. 7	오케	12258	양등(洋燈) 이천리	유행가	박시춘	김정구
1939. 7	오케	12258	젊머나 좃치	신민요	박시춘	이화자
1939. 7	오케	12259	사각봉투	유행가	박시춘	장세정
1939. 8	오케	12245	초가삼간	신민요	박시춘	이화자
1939. 8	오케	12246	사막의 자장가	유행가	박시춘	남인수
1939. 8	오케	12263	눈물의 태평양	유행가	손목인	남인수
1939. 8	오케	12263	바다의 꿈	유행가	박시춘	이난영
1939. 8	오케	12264	순정과 운명	유행가	박시춘	이인권
1939. 8	오케	12264	우편마차	유행가	이봉룡	이인권
1939. 8	오케	12265	삽살개 타령	민요	김영파	이화자
1939. 8	오케	12265	수박 행상	만요	손목인	김정구
1939. 8	오케	12266	비오는 신작로	유행가	손목인	장세정
1939. 8	오케	12267	피장파장	유행가	박시춘	고복수
1939. 10	오케	12272	만주 아가씨	유행가	鈴木哲夫	김룽자
1939. 10	오케	12272	서울 쌕루쓰	유행가	大久保 德二浪	이인권
1939. 10	오케	12273	연락선 비가	유행가	손목인	이난영

발표일	회사	번호	곡명	구분	작곡자	가수
1939. 10	오케	12275	마음의 자물쇠	유행가	손목인	장세정
1939. 10	오케	12282	그리운 그대	유행가	박시춘	김릉자
1939. 10	오케	12282	다방의 푸른 꿈	유행가	김해송	이난영
1939. 10	오케	12283	가을의 만유기 (漫遊記)	유행가	손목인	김정구
1939. 10	오케	12283	십오야 타령	신민요	낙랑인	이화자
1939. 10	오케	12285	청공(靑空) 일기	유행가	손목인	남인수
1939. 11	오케	12292	마차의 은방울	유행가	손목인	김정구
1939. 11	오케	12295	달뜨는 주교 (舟橋)	유행가	손목인	이인권
1939. 12	오케	20003	순정 특급	유행가	김해송	박향림
1939. 12	오케	20003	코스모스 탄식	유행가	김해송	박향림
1939. 12	오케	20004	담배집 처녀	유행가	손목인	이난영
1939. 12	오케	20006	무정 고백	유행가	박시춘	박향림
1939. 12	오케	20006	울며 헤진 부산항	유행가	박시춘	남인수
1939. 12	오케	20007	사공의 딸	유행가	박시춘	이난영
1939. 12	오케	20007	애수의 끼타	유행가	박시춘	이인권
1939. 12	오케	20008	반우슴 반눈물	유행가	채월탄	이화자
1940. 1	오케	20010	일홈이 기생이다	유행가	박시춘	남인수
1940. 1	오케	20010	중국 아가씨	유행가	박시춘	장세정
1940. 1	오케	20011	쓸쓸한 여관방	유행가	박시춘	박향림
1940. 1	오케	20011	영자야 가거라	유행가	박시춘	이인권
1940. 2	오케	20020	가등의 소야곡	유행가	낙랑인	이인권
1940. 2	오케	20020	애수의 압록강	유행가	손목인	이난영
1940. 2	콜롬비아	C-2022	불 꺼진 사롱	유행가	김준영	송금령

발표일	회사	번호	곡명	구분	작곡자	가수
1940. 2	오케	20017	내 어이 왓나요	유행가	채월탄	장세정
1940. 2	오케	20017	꼿 업는 화병	유행가	손목인	남인수
1940. 2	오케	20018	북경의 달밤	유행가	손목인	김정구
1940. 2	오케	20019	슬기찬 천리마	유행가	손목인	남인수
1940. 2	오케	20019	연지곤지	유행가	손목인	이난영
1940. 3	오케	20024	화류춘몽	유행가	김해송	이화자
1940. 3	오케	20024	화륜선아 가거라	유행가	김해송	이화자
1940. 3	오케	20025	항구야 울지 마라	유행가	박시춘	이난영
1940. 3	오케	20025	향수열차	유행가	박시춘	이인권
1940. 3	오케	20026	살랑 춘풍	유행가	박시춘	이화자
1940. 3	오케	20026	유쾌한 봄소식	유행가	채월탄	김정구
1940. 3	오케	20027	벙어리 이별	유행가	박시춘	박향림
1940. 3	오케	20027	화류 잡기장	유행가	박시춘	박향림
1940. 3	오케	20028	남쪽의 연가	유행가	김해송	남인수
1940. 3	오케	20028	봄 안개 봄 치마	유행가	송희선	서옥자
1940. 3	오케	20029	동생을 차저서	유행가	박시춘	이인권
1940. 5	오케	20033	고향을 이젓느냐	유행가	송희선	이인권
1940. 5	오케	20033	사랑은 불사조	유행가	박시춘	이인권
1940. 6	오케	20045	망향(望鄕)의 뺀취	유행가	손목인	남인수
1940. 6	오케	20049	청루홍루	유행가	박시춘	박향림
1940. 6	오케	20050	봄 극장	유행가	박시춘	박향림
1940. 6	오케	20051	신작 노들강변	신민요		이화자
1940. 7	오케	20058	항구의 불근 소매	유행가	손목인	이난영
1940. 8	오케	K5000	파이푸 탄식	유행가	손목인	권명성

발표일	회사	번호	곡명	구분	작곡자	가수
1940. 8	오케	K5004	남경 아가씨	유행가	이봉룡	이난영
1940. 8	오케	K5004	홍등 일기	유행가	손목인	고운봉
1940. 8	오케	K5006	님전(前) 넉두리	신민요	채월탄	이화자
1940. 8	오케	K5006	이별이외다	신민요	박시춘	이화자
1940. 8	오케	K5007	애송이 사랑	유행가	김해송	이인권
1940. 9	오케	K5010	송화강 썰매	유행가	송희선	권명성
1940. 9	오케	K5010	아 모란강	유행가	박시춘	박향림
1940. 9	오케	K5011	가거라 똑딱선	유행가	이봉룡	이난영
1940. 10	오케	31003	눈감은 포구	유행가	박시춘	이난영
1940. 10	오케	31003	불어라 쌍고동	유행가	김해송	남인수
1940. 10	오케	31004	마음의 화물차	유행가	손목인	이화자
1940. 10	오케	31004	추풍낙엽	유행가	김해송	이화자
1940. 10	오케	31005	눈오는 네온 가	유행가	박시춘	남인수
1940. 10	오케	31005	잘잇거라 단발령	유행가	김해송	장세정
1940. 10	오케	31006	마즈막 글월	유행가	박시춘	이화자
1940. 11	오케	31001	꿈꾸는 백마강	유행가	박근식	이인권
1940. 11	오케	31001	촤이나 등불	유행가	김해송	이난영
1940. 11	오케	31007	문허진 오작교	유행가	손목인	남인수
1940. 11	오케	31008	관서(關西) 신부	유행가	손목인	이화자
1940. 11	오케	31008	눈물의 노리개	유행가	김해송	이화자
1940. 11	오케	K5021	서창(西窓)의 밤눈물	유행가	박시춘	이난영
1940. 11	오케	K5022	도화 강변	유행가	박시춘	박향림
1940. 11	오케	K5022	밤차의 실흔 몸	유행가	박시춘	고운봉
1940. 11	오케	K5023	미완성 연가	유행가	김해송	남인수

발표일	회사	번호	곡명	구분	작곡자	가수
1940. 12	오케	31009	국경의 다방	유행가	이봉룡	이인권
1940. 12	오케	31009	홍장미	유행가	박시춘	이인권
1940. 12	오케	31010	분 바른 청조 (靑鳥)	유행가	박시춘	남인수
1940. 12	오케	31010	꽃 피는 지나가 (支那街)	유행가	손목인	박향림
1940. 12	오케	31011	설음의 고개	유행가	박시춘	박향림
1940. 12	오케	31011	모래성 탄식	유행가	이봉룡	고운봉
1941. 1	오케	31012	포장친 이국가 (異國街)	유행가	김영파	박향림
1941. 1	오케	31012	흐르는 남끗동	유행가	김영파	박향림
1941. 1	오케	31013	남산꼴 다방꼴	유행가	김영파	이화자
1941. 1	오케	31013	오호라 부주전 (父主前)	유행가	김영파	이화자
1941. 1	오케	31014	꽃도 실소 풀도 실소	유행가	박시춘	이난영
1941. 1	오케	31016	역마차	유행가	김해송	장세정
1941. 1	오케	31016	진달내 시첩 (詩帖)	유행가	이봉룡	이난영
1941. 1	오케	K5030	철석(鐵石)의 정	유행가	박시춘	고운봉
1941. 1	오케	K5031	목동의 사랑	유행가	김영파	김정구
1941. 1	오케	K5031	사랑 엿장수	유행가	손목인	김정구
1941. 2	오케	31018	요즈음 다집	유행가	김해송	박향림
1941. 2	오케	31019	수선화	유행가	박시춘	남인수
1941. 2	오케	31020	꽃바람 분홍비	유행가	김영파	이화자

발표일	회사	번호	곡명	구분	작곡자	가수
1941. 2	오케	31020	희망의 고향선 (故鄕線)	유행가	이봉룡	권명성
1941. 2	오케	K5036	숨 쉬는 칸데라	유행가	김영파	이난영
1941. 2	오케	K5036	행복의 날짜	유행가	박시춘	성 일
1941. 3	오케	31017	노랑저고리	신민요	김영파	이화자
1941. 3	오케	31017	아리랑 삼천리	신민요	김영파	이화자
1941. 3	오케	31021	추풍령 사건	유행가	이봉룡	이난영
1941. 3	오케	31022	흘러간 학창	유행가	전기현	장세정
1941. 3	오케	31023	신경(新京) 가는 양차(洋車)	유행가	김영파	김정구
1941. 4	오케	31027	가거라 초립동 (草笠童)	신민요	김영파	이화자
1941. 4	오케	31027	성경선(成鏡線) 장사꾼	신민요	김영파	이화자
1941. 4	오케	31028	염주알 굴리며	유행가	김해송	고운봉
1941. 4	오케	31030	그리운 다(茶)집	유행가	박시춘	남인수
1941. 4	오케	31030	풀각시 고향	유행가	박근식	이난영
1941. 4	오케	31034	강원도 아리랑	민요 (조명암 補詞)		이화자
1941. 4	오케	31034	산염불	민요 (조명암 補詞)		이화자
1941. 4	오케	31035	앵화춘(櫻花春)	유행가	박시춘	김정구
1941. 5	오케	31036	여인 행로	유행가	박시춘	남인수
1941 .5	오케	31040	꽃거리 사정 (事情)	신민요	박시춘	이화자

발표일	회사	번호	곡명	구분	작곡자	가수
1941. 5	오케	31040	발병 나는 사랑인가	신민요	박시춘	박향림
1941. 5	오케	31041	창검이 우는 밤	유행가	박시춘	고운봉
1941. 5	오케	31041	첩첩 청산	유행가	송희선	박세정
1941. 5	오케	31043	일자 소식 (一字消息)	유행가	박시춘	박달자
1941. 6	오케	31039	무정 천리	유행가	박시춘	남인수
1941. 6	오케	31039	청춘 항구	유행가	박시춘	남인수
1941. 6	오케	31045	상록의 거리	유행가	이봉룡	남인수
1941. 6	오케	31045	희망	유행가	김해송	이난영
1941. 6	오케	31046	진달네 순정	유행가	박시춘	박향림
1941. 6	오케	31047	님이란 님字	신민요	김영파	이화자
1941. 6	오케	31047	영천리(嶺千里) 길손	유행가	송희선	박달자
1941. 6	오케	31048	백모란 추억	유행가	박시춘	이인권
1941. 6	오케	31048	얼너본 일월곡	유행가	김영파	이난영
1941. 7	오케	31052	지원병의 어머니	愛國歌	古賀政男	장세정
1941. 7	오케	31052	집업는 천사	가요곡	박시춘	남인수
1941. 7	오케	31053	고향	가요곡	김해송	이난영
1941. 7	오케	31053	인생	가요곡	김해송	남인수
1941. 7	오케	31054	살님 단장	신민요	박시춘	이화자
1941. 7	오케	31054	여기가 타향	유행가	박시춘	박향림
1941. 7	오케	31055	선창	유행가	김해송	고운봉
1941. 8	오케	31059	유랑의 나그네	가요곡	이봉룡	최병호
1941. 8	오케	31059	항구의 밤	가요곡	박시춘	장세정

발표일	회사	번호	곡명	구분	작곡자	가수
1941. 8	오케	31060	2호실의 낙화	가요곡	김해송	이화자
1941. 8	오케	31061	융수건 길손	가요곡	박시춘	남인수
1941. 8	오케	31062	만주 뒷골목	가요곡	박시춘	김정구
1941. 9	오케	31071	낙화 일기	주제가	김해송	송달협
1941. 9	오케	31071	안해의 윤리	주제가	김해송	이난영
1941. 9	오케	31074	사나히 행복	유행가	이봉룡	이인권
1941. 9	오케		항구의 뒷골목	유행가	손목인	김정구
1941. 10	오케	31065	인생 출발	가요곡	박시춘	남인수
1941. 10	오케	31066	남가일몽 (南柯一夢)	가요곡	박시춘	이화자
1941. 10	오케	31066	요동(遼東) 칠백리	신민요	김해송	이화자
1941. 10	오케	31067	사랑의 파지장 (波止場)	가요곡	이봉룡	최병호
1941. 10	오케	31072	비오는 상삼봉	가요곡	박시춘	남인수
1941. 10	오케	31075	내 고향은 항구	가요곡	박시춘	이인권
1941. 11	오케	31078	산동(山東) 아가씨	가요곡	이봉룡	장세정
1941. 12	오케	31080	오호라 왕평 (王平)	가요곡	김해송	남인수
1941. 12	오케	31082	만주빛 황혼차	가요곡		이인권
1942	오케	31135	바다의 반평생	가요곡	남방춘	남인수
1942	오케	31135	일자상서 (一字上書)	가요곡	김해송	남인수
1942. 1	오케	31084	그대와 나	주제가	김해송	남인수

발표일	회사	번호	곡명	구분	작곡자	가수
						장세정
1942. 1	오케	31084	낙화삼천	가요곡	김해송	김정구
1942. 1	오케	31085	강남의 나팔수	가요곡	김해송	남인수
1942. 1	오케	31087	가거라 밤차	가요곡	박시춘	박향림
1942. 1	오케	31087	세월	가요곡	박시춘	최병호
1942. 1	오케	31091	벽오동	가요곡	이봉룡	최병호
1942. 1	오케	31092	애국반	가요곡	김해송	김정구
1942. 2	오케	31093	목란강 편지	가요곡	박시춘	이화자
1942. 2	오케	31093	아들의 혈서	가요곡	박시춘	백년설
1942. 2	오케	31095	월하(月下)의 선가(船歌)	가요곡	이봉룡	최병호
1942. 3	오케	31096	경기 나그네	가요곡	김해송	백년설
1942. 3	오케	31097	병원선	가요곡	박시춘	남인수
1942. 3	오케	31097	총후의 자장가	가요곡	김해송	박향림
1942. 3	오케	31098	춘풍곡	가요곡	이봉룡	이화자
1942. 3	오케	31100	엄마는 어듸로	가요곡	박시춘	장세정
1942. 5	오케	31102	즐거운 상처	가요곡	박시춘	백년설
1942. 5	오케	31103	목포는 항구	가요곡	이봉룡	이난영
1942. 5	오케	31110	남매	가요곡	이봉룡	남인수
1942. 5	오케	31110	낙화유수	가요곡	이봉룡	남인수
1942. 6	오케	31106	남양 통신	가요곡	박시춘	백년설
1942. 6	오케	31108	방가로의 달	가요곡	김화영	최병호
1942. 7	오케	31111	서생원 일기	가요곡	김해송	김정구
1942. 7	오케	31111	옥루몽	가요곡	김해송	이난영
1942. 7	오케	31112	청춘 썰매	가요곡	이봉룡	백년설

발표일	회사	번호	곡명	구분	작곡자	가수
1942. 7	오케	31113	일편 정성	가요곡	박시춘	이화자
1942. 7	오케	31113	영산홍	가요곡	이봉룡	이화자
1942. 7	오케	31114	사막의 화원	가요곡	박시춘	남인수
1942. 7	오케	31116-20	춘향전	가요곡	문예부 각색	유계선 이백수 박창환 강정구
1942. 7	오케	31121	내 고향	가요곡	박시춘	백년설
1942. 7	오케	31122	남쪽의 달밤	가요곡	박시춘	남인수
1942. 7	오케	31122	홍도	가요곡	서영덕	이난영
1942. 7	오케	31123	화랑	가요곡	박시춘	박향림
1942. 7	오케	31124	사면초가	가요곡	박시춘	최병호
1942. 7	오케	31125	신작 도라지	신민요	문예부 구성	이화자
1942. 7	오케	31125	신작 아리랑	신민요	문예부 구성	이화자
1942. 8	오케	31126	마지막 필적	가요곡	이봉룡	이화자
1942. 8	오케	31126	위문편지	가요곡	남방춘	백년설
1942. 8	오케	31127	낭자 일기	가요곡	박시춘	남인수
1942. 8	오케	31129	옥잠화	가요곡	송희선	이난영
1942. 12	오케	31133	비둘기 소식	신민요	김영파	이화자
1942. 12	오케	31133	삼천년의 꽃	신민요	김해송	이화자
1942. 12	오케	31139	누님의 사랑	가요곡	박시춘	백년설
1942. 12	오케	31139	모자 상봉	가요곡	能代八郞	백년설
1942. 12	오케	31144	목화를 따며	주제가	김해송	장세정

발표일	회사	번호	곡명	구분	작곡자	가수
						이난영
1942. 12	오케	31144	반도의 처녀들	주제가	김해송	이화자
1942. 12	오케	31145	결사대의 안해	가요곡	박시춘	이화자
1942.12	오케	31145	망루의 밤	가요곡	김해송	백년설
1942. 12	오케	31146	단심옥심	가요곡	이봉룡	장세정
1942. 12	오케	31146	어머님 안심하소서	가요곡	김해송	남인수
1942. 12	오케	31147	국화일편	가요곡	김해송	이난영
1942. 12	오케	31147	백구사(白鷗詞)	가요곡	박시춘	김정구
1943	오케	31172	부모이별	가요곡	김해송	백년설
1943	오케	31172	인생 가두(街頭)	가요곡	김해송	백년설 이난영
1943. 2	오케	31151-6	장화홍련전	가요곡	문예부 각색	유계선 김양춘 이백수 복혜숙
1943. 2	오케	31157	알쌍급체(及第)	가요곡	이봉룡	백년설
1943. 2	오케	31157	정든 땅	가요곡	이봉룡	백년설
1943. 2	오케	31158	남아(男兒) 일생	가요곡	이봉룡	남인수
1943. 2	오케	31158	아가씨 위문	가요곡	이봉룡	장세정
1943. 2	오케	31159	옥톡기 충성	가요곡	이봉룡	백년설
1943. 2	오케	31160	복수 염낭	신민요	박시춘	이화자
1943. 2	오케	31160	옥통소 우는 밤	신민요	박시춘	이화자
1943. 2	오케	31165	산천리 물천리	가요곡	이봉룡	최병호
1943. 2	오케	31165	황포 돗대	가요곡	박시춘	최병호

발표일	회사	번호	곡명	구분	작곡자	가수
1943. 2	오케	31166	신작 방아타령	신민요		이화자
1943. 2	오케	31166	신작 양산도	신민요		이화자
1943. 6	오케	31167	대지의 사나이	가요곡	박시춘	남인수
1943. 6	오케	31167	서귀포 칠십리	가요곡	박시춘	남인수
1943. 8	오케	31192	아름다운 화원	주제가	박시춘	박향림
1943. 8	오케	31192	조선 해협	주제가	박시춘	백년설
1943. 9	오케	31183	끝업는 생각	가요곡	박시춘	백년설
1943. 9	오케	31183	낙동강 손님	가요곡	박시춘	백년설
1943. 9	오케	31185	떠나갈 해협	가요곡	박시춘	최병호
1943. 9	오케	31185	난화선(蘭花扇)	가요곡	박시춘	장세정
1943. 11	오케	31193	이천오백만 감격	가요곡	김해송	남인수 이난영
1943. 11	오케	31193	혈서 지원	가요곡	박시춘	백년설 박향림 남인수
1944	오케	31211	일가친척	가요곡	이봉룡	남인수
1944	오케	31211	지원병의 집	가요곡	박시춘	장세정
1944	오케	31215	희망 마차	가요곡	남촌인	백년설
1944	오케	31215	추억의 수평선	가요곡	남촌인	백년설
1946	오케		울어라 은방울 (해방된 역마차)	가요곡	김송규	장세정

발표일	회사	번호	곡명	구분	작곡자	가수
1935. 1	폴리돌	19172	남포의 추억	주제가	이면상	선우일선
1935. 5	폴리돌	19198	여로의 황혼	재즈송		오리엔탈 합창단
1935. 8	폴리돌	19215	처녀제	신민요	이면상	선우일선
1935. 8	폴리돌	19216	타관천리	가요		김영길
1935. 9	폴리돌	12219	나루의 애상곡	유행가	김면균	전옥
1935. 9	폴리돌	19220	그대여 나에게로	합창		오리엔탈 리즘뽀이
1935. 9	폴리돌	19220	장미의 꿈	합창	이면상	오리엔탈 리즘뽀이
1935. 10	폴리돌		붉은 꿈 푸른 꿈	유행가	박벽계	김용환
1935. 11	폴리돌	19228	바다 없는 항구	유행가	김탄포	전옥
1935. 11	폴리돌	19230	버드나무 숨길	유행가	김면균	윤건영
1935. 11	폴리돌	19230	탄식의 소야곡	유행가	김면균	전옥
1935. 12	폴리돌	19231	조선의 밤	유행가	이면상	선우일선
1936. 5	NK	H1022	창파(滄波)에 가신 님	가요곡	해 성	김애라
1936. 6	폴리돌	19313	홍로(弘路) 인생	유행가	이면상	윤건영
1936. 8	폴리돌	19330	포구의 우는 물새	신민요	이면상	선우일선
1936. 8	폴리돌	19332	금노다지 타령	유행가	이면상	김용환
1936.10	폴리돌	19351	달빗도 외로워	유행가	석일송	윤건영
1936. 10	폴리돌	19351	떠도는 나그네 맘	유행가	박벽계	김용환
1936. 10	폴리돌	19354	오작교	신민요	이면상	선우일선
1937	폴리돌	19384	물레방아 타령	신민요		김용환

발표일	회사	번호	곡명	구분	작곡자	가수
1937	폴리돌	19399	금송아지 타령	신민요	김저석	이화자
1937	폴리돌	19417	화류애가	가요곡		선우일선
1937	폴리돌	19417	경성행진곡	가요곡		윤건영
1937. 2	폴리돌	19392	구십리 고개	신민요	조자룡	김용환
1937. 5	폴리돌	19407	그네 뛰는 선녀	신민요	이춘추	이화자
1938	폴리돌	19470	비나리는 거리	유행가	김준영	박옥매
1938	폴리돌	19470	비련의 가로등	유행가		조영심
1939	폴리돌	X-542B	눈물의 피에로	가요곡		김용환
1939. 3	폴리돌	X-535	조선의 처녀	신민요	석일송	이화자
1939. 9	폴리돌	X-592	금송아지 타령	신민요	김저석	이화자

■ 김다인(金茶人) 명의로 발표한 작품[3]

발표일	회사	번호	곡명	구분	작곡자	가수
1934. 6	오케	1680	계란 강짜(上下)	난센스		신불출 신일선
1937	태평	8347	이별의 십자로	유행가	이용준	울금향
1938. 9	콜롬비아	40832	꼿바람 님바람	유행가	전기현	남일연
1938. 10	콜롬비아	40836	바다의 자장가	유행가	전기현	이옥란 신회춘
1938. 10	콜롬비아	40836	울고 간 용산역	유행가	전기현	신회춘
1938. 11	콜롬비아	40839	기생수첩	유행가	전기현	이옥란
1938. 11	콜롬비아	40839	상해로 가자	유행가	이용준	유종섭

---

3) 김다인이 조명암의 이명이라는 것은 아직 확실히 밝혀지지 않았지만 일단 목록을 제시함.

발표일	회사	번호	곡명	구분	작곡자	가수
1939	리갈	C-453	사랑은 속아도	화류		지경순
			사랑(상·하)	비극		박세명
1939	리갈	C-456	심청이(상·하)	비극		지경순
						박세명
1939	리갈	C-460	춘희(상·하)	비극		지경순
						박세명
1939	리갈	C-462	영감마님(상·하)	난센스		지경순
						박세명
1939	리갈	C-463	계란 사건(상·하)	난센스		지경순
						박세명
1939	리갈	C-467	사(死)의 승리	비극		지경순
			(상·하)			박세명
1939	리갈	C-471	온돌야화	유행가	전기현	이병한
						성석초
1939. 1	콜롬비아	40845	못갑니다	유행가	이용준	박향림
1939. 1	콜롬비아	40846	꼿갓흔 순정	유행가	이용준	이옥란
1939. 1	콜롬비아	40846	눈물의 연락선	유행가	김송규	유종섭
1939. 1	콜롬비아	40847	남무아미타불	만요	김송규	김해송
				(漫謠)		
1939. 1	콜롬비아	40847	쌍쌍 타령	신민요	김송규	김장미
1939. 1	태평	8603	달갓흔 님아	신민요	유일춘	미스코
						리아
1939. 1	태평	8607	똥그랑 쨍쨍	신민요	김기현	미스코
						리아
1939. 2	콜롬비아	40848	엉터리 대학생	유행가	김송규	김장미

발표일	회사	번호	곡명	구분	작곡자	가수
1939. 2	콜롬비아	40848	희망의 썰매	유행가	김송규	김해송
1939. 2	콜롬비아	40849	연분홍 장미	유행가	이용준	남일연
1939. 2	콜롬비아	40849	청춘무정	유행가	김송규	유종섭
1939. 4	콜롬비아	40850	고향우편	유행가	이용준	박향림
1939. 4	콜롬비아	40851	청실홍실	유행가	이용준	남일연
1939. 4	콜롬비아	40851	흘으는 춘색	유행가	이용준	유종섭
1939. 4	콜롬비아	40852	별일이 다 만어	만요	전기현	박향림
1939. 4	콜롬비아	40852	팔도 장타령	만요	김송규	김해송
1939. 4	콜롬비아	40853	애수의 강변	유행가	이재호	박향림
1939. 5	콜롬비아	40857	왜 이럴가요	유행가	이재호	박향림
1939. 5	콜롬비아	40858	울고 간 연못가	유행가	이재호	유종섭
1939. 6	콜롬비아	40861	낭자(娘子)의 머리 탄식	유행가	이재호	김장미
1939. 6	콜롬비아	40861	우리는 풍운아	유행가	김용준	유종섭
1939. 7	콜롬비아	40863	기타는 운다	유행가	이재호	김장미
1939. 7	콜롬비아	40864	정열의 수평선	유행가	이용준	유종섭
1939. 7	콜롬비아	40864	희망의 바다로	유행가	이용준	박향림 외 콜럼비아 합창단
1939. 9	콜롬비아	40867	아득한 고향	유행가	이재호	김장미
1939. 9	콜롬비아	40868	오동닢 질 때	유행가	이재호	박향림
	콜롬비아	40871	흘너간 5년	유행가	이용준	박향림
	콜롬비아	40873	송화강 건너	유행가	이재호	박향림
1940. 7	콜롬비아	44007	빗나는 수평선	유행가	이재호	김해송

발표일	회사	번호	곡명	구분	작곡자	가수
1941. 4	오케	31035	봄 편지	유행가	古賀政男	이난영
1941. 5	오케	31038	청춘 뿌루스	유행가	大久保德二郎	이인권
1941. 6	오케	31046	마지막 신표 (信票)	유행가	박시춘	최병호
1941. 6	태평	5004	승가리 고낭 (姑娘)	가요곡	전기현	백란아
1941. 7	태평	5007	청춘복지	가요곡		태방남
1941. 7	태평	5007	백지올시다	가요곡	박시춘	장세정
1941. 8	오케	31060	양산도 당나귀	가요곡	박시춘	이화자
1941. 8	오케	31061	마음의 포구	가요곡	김해송	이난영
1941. 9	태평	5012	아가씨 무성 (茂盛)	가요곡	김교성	백란아
1941. 10	오케	31065	포구의 인사	가요곡	이봉룡	남인수
1941. 10	오케	31069	구소설 푸념	가요곡	박시춘	박향림
1941. 10	오케	31069	사나희 위치	가요곡	박시춘	김구식
1941. 10	오케	31072	열일곱 낭낭	가요곡	이봉룡	이난영
1941. 11	오케	31078	달려라 노새	가요곡	김해송	남인수
1941. 12	오케	31081	구름길 책력	가요곡	박시춘	박향림
1942. 1	오케	31085	신춘엽서	가요곡	김해송	이난영
1942. 1	오케	31090	더벙머리 과거	가요곡	박시춘	백년설
1942. 1	오케	31090	천리정처 (千里定處)	가요곡	박시춘	백년설
1942. 1	오케	31091	진두(陳頭)의 남편		박시춘	박향림

발표일	회사	번호	곡명	구분	작곡자	가수
1942. 2	오케	31094	산호초	가요곡	이봉룡	이난영
1942. 2	오케	31094	지평선아	가요곡	윤학구	남인수
1942. 3	오케	31096	고향설	가요곡	이봉룡	백년설
1942. 3	오케	31098	장미와 폭풍	가요곡	이봉룡	이화자
1942. 3	오케	31100	환희의 눈길	가요곡	김○○	이인권
1942. 5	오케	31102	아주까리 수첩	가요곡	이봉룡	백년설
1942. 5	오케	31103	다정등대	가요곡	이봉룡	남인수
1942. 5	오케	31105	나도 백년 너도 백년	가요곡	박시춘	김정구
1942. 6	오케	31107	꿈 타령	가요곡	박시춘	이화자
1942. 6	오케	31107	달력(曆) 걸력(曆)	가요곡	이봉룡	이화자
1942. 6	태평	5040	신곰배타령	신민요	전기현	모란봉
1942. 6	태평	5040	애국 아리랑	가요곡		장옥화
1942. 7	오케	31112	희망타관	가요곡	박해송	백년설
1942. 7	오케	31114	등불 무성(茂盛)	가요곡	김해송	남인수
1942. 10	태평	5050	공주강(公主江)	가요곡	전기현	모란봉
1942. 11	오케	31136	인생선(人生線)	가요곡	이봉룡	남인수
1942. 11	오케	31136	청년 고향	가요곡	박시춘	남인수
1942. 11	태평	5052	소년초(少年草)	가요곡	이재호	태방남
1942. 11	태평	5052	조선의 누님	가요곡	이재호	태방남
1942. 12	오케	31134	청춘동라 (靑春銅羅)	가요곡	박시춘	백년설
1942. 12	오케	31134	희망의 달밤	가요곡	박시춘	백년설
1943	태평	5086	동백꽃 피는	가요곡	이재호	이인권

발표일	회사	번호	곡명	구분	작곡자	가수
			망루			
1943. 2	오케	31159	도문강 아가씨	가요곡	김해송	박향림
1944	오케		고향초	가요곡	박시춘	장세정

■ 이가실(李嘉實) 명의로 발표한 작품

발표일	회사	번호	곡명	구분	작곡자	가수
1940. 8	콜롬비아	44010	만주로 가는 길	유행가	전기현	손복춘
1940. 8	콜롬비아	44010	울리는 백일홍	유행가	전기현	계수남
1940. 10	콜롬비아	44012	추억의 청춘가	유행가	古賀政男	마월송 왕죽희
1940. 11	콜롬비아	44016	타향천리	유행가	전기현	손복춘
1941. 2	콜롬비아	44022	꿈꾸는 양자강	유행가	김준영	계수남
1941. 2	콜롬비아	44022	호궁(胡弓) 처녀	유행가	김준영	왕죽희
1941. 2	콜롬비아	44023	망향곡	유행가	이용준	마월송
1941. 2	콜롬비아	44026	방물장사 아주머니	유행가	전기현	왕죽희
1941. 3	콜롬비아	44030	뻑국새 우는 밤	유행가	이용준	박소성 김안라
1941. 3	콜롬비아	44030	야루강 춘색 (春色)	유행가	전기현	손복춘
1941. 3	콜롬비아	44031	님실은 퐁퐁선 (船)	유행가	김준영	왕죽희
1941. 5	콜롬비아	44032	푸념 사거리	신민요	전기현	손복춘
1941. 6	콜롬비아	44033	꽃지는 백마강	신가요	전기현	마월송

발표일	회사	번호	곡명	구분	작곡자	가수
1941. 9	콜롬비아	40875	진주라 천리길	신가요	이운정	이규남
1941. 9	콜롬비아	40876	백련홍련	신가요	古賀政男	이해연
1941. 9	콜롬비아	40877	챠이나달밤	신가요	服部良一	이규남
1941. 9	콜롬비아	40878	풀각씨 청춘	신가요	김준영	옥잠화 콜롬비아여성합창단
1942. 1	콜롬비아	40881	배우일기	신가요	한상기	이해연
1942. 2	콜롬비아	40885	공산야월 (空山夜月)	신가요	이운정	옥잠화
1942. 7	콜롬비아	40890	사막의 환호	신가요	손목인	김영춘
1942. 7	콜롬비아	40890	소주(蘇州) 뱃사공	신가요	손목인	이해연
1942. 9	콜롬비아	40890	화초염불 (花草念佛)	신가요	이운정	옥잠화
1942. 12	콜롬비아	40897	구십춘광 (九十春光)	신가요	이운정	옥잠화
1942. 12	콜롬비아	40900	군사우편 (일명 '아들의 소원')	신가요	이운정	이규남
1943	콜롬비아	40905	행복한 이별	신가요	한상기	고운봉
1943	콜롬비아	40908	영동 아가씨	신가요	손목인	이해연
1943	콜롬비아	40909	참사랑	신가요	손목인	옥잠화
1943. 1	콜롬비아	40901	파랑새	신가요	이운정	옥잠화
1943. 1	콜롬비아	40902	열사(熱砂)의 맹서	신가요	古賀政男	이규남

발표일	회사	번호	곡명	구분	작곡자	가수
1943. 3	콜롬비아	40906	양산도 봄바람	신가요	이운정	옥잠화
1943. 3	콜롬비아	40906	제3 아리랑	신가요	이운정	옥잠화
1943. 3	콜롬비아	40907	동아의 여명	신가요	한상기	김영춘
1943. 4	콜롬비아	40910	황해도 노래	신가요	손목인	이해연 日畜합 창단
1943. 5	콜롬비아	40912	꽃 시집	신가요	한상기	고운봉
1943. 5	콜롬비아	40912	봄날의 화신 (花信)	신가요	손목인	옥잠화
1943. 12	콜롬비아	40920	항구의 전야	신가요	손목인	김영춘 이해연

■ 분단 이후 북한에서의 작사 활동(조령출 본명 사용)

발표일	제목	구분	작곡자
1950	조국보위의 노래	군가	리면상
1951	청년 유격대	군가	리면상
1951	전우의 은시계	군가	
1952	꽃나무	군가	
1952	압록강 이천리	군가	리면상
1952	물레야 동무야	군가	리면상
1952	얼룩소야 어서 가자	군가	김진명
1981	철령이라 높은 고개	가요	

1933. 12   김기림, 「1933년 시단의 회고와 전망」, 《조선일보》, 1933. 12. 12

1934. 9   황석우, 「최근 시단 개별(槪瞥)」, 《조선시단》 8, 조선시단사

1992. 6   윤여탁, 「모더니즘에서 리얼리즘에로의 선택―조영출의 문학과 삶」, 《만해학보》 1, 만해학회

2001. 2   김효정, 「일제 강점기 조명암의 대중가요 가사 연구」, 영남대 대학원, 석사 학위 논문

2001. 3   김효정, 「조명암 대중가요 연구」, 《낭만음악》 50, 낭만음악사

2003   이미원, 「조명암의 '현해탄'」, 《국민연극》 4, 월인

2003. 2   김효정, 「조영출 시 연구」, 영남대 대학원, 석사 학위 논문

2003. 6   이동순, 「조명암 문학의 복원과 그 의미」, 《한민족어문학》 42, 한민족어문학회

2003. 9   강헌, 「조명암, 시인과 작사가의 두 얼굴」, 《창작과 비평》, 2003. 가을

2004. 8   이홍섭, 「조선 불교 유신론에 담긴 한용운의 세계관과 건봉사와의 관계」, 《한국어문학연구》 43, 한국어문학연구학회

2004. 11   최원식, 「풍속의 외피를 쓴 성장시: 조영출의 민속 시 6편」, 《민족문학사연구》 26, 민족문학사학회 민족문학사연구소

2007. 12   서영희, 「조명암의 모더니즘 시 연구」, 《한민족어문학》 51, 한민족어문학회

2008. 2   서영희, 「조명암 시 연구―모더니즘적 특성을 중심으로」, 영남대 대학원 박사 학위 논문

2008. 12   서영희, 「해방 시기 조명암 시 연구」, 《비평문학》 30, 한국비평문
               학회

2009. 4   전영주, 「조명암의 개작(改作) 시 연구」, 《한국시학연구》 24, 한
               국시학회

2009. 6   서영희, 「해방기 조영출 시 연구」, 《한민족어문학》 54, 한민족어
               문학회

2010. 3   주경환, 「장인어른을 만나기까지」, 《근대서지》 1, 근대서지학회

2010. 10   박명진, 「해방기 조영출의 공연 희곡 연구 ―「위대한 사랑」을 중
               심으로」, 《한국극예술연구》 32, 한국극예술학회

2010. 12   박명진, 「조영출 희곡 『위대한 사랑』」, 《근대서지》 2, 근대서지학회

2010. 12   구인모, 「근대기 한국 시인들의 매체 선택 ― 조선가요협회를 중
               심으로」, 《현대문학의 연구》 42, 한국문학연구학회

2011. 5   이준희, 「식민지 조선 유행가의 일본어 가사」, 《한국시가연구》
               30, 한국시가학회

2011. 6   문경연, 「해방기 역사극의 새로운 징후들」, 《드라마연구》 4, 한국
               드라마학회

2011. 10   구인모, 「시인의 길과 직인(職人)의 길 사이에서」, 《한국근대문
               학연구》 24, 한국근대문학회

2011. 12   박명진, 「조명암의 방송극 「인정(人情)」 작품 해제」, 《근대서지》,
               4, 근대서지학회

2011. 12   염철, 「조영출 시론 '서사(序詞)'에 대하여」, 《근대서지》 4, 근대
               서지학회

2011. 12   이동순, 「일제 말 군국가요의 발표 현황과 실태」, 《한민족어문
               학》 59, 한민족어문학회

2012. 5   전영주, 「한국 근대 시인의 매체 인식과 가요시의 형성」, 《전통과
               현대》 41, 강남대 인문과학연구소 국제학술대회 논문집

2012. 8   전영주, 「조명암의 「남사당」 연작시 연구」, 《국어국문학》 161, 국

어국문학회

2012. 11   민경탁, 「작가 금릉인(金陵人)의 음악 인생과 가요사적 업적」,
            《대중음악》 10, 한국대중음악학회

2013. 2   장유정, 「조영출(조명암) 대중가요 가사 자료 보강 및 그 갈래별
            특성」, 《한민족문화연구》 42, 한민족문화학회

작성자 이숭원 서울여대 교수

박계주 초기 소설의 대중성과 계몽성[1]

장영우(동국대 교수)

1

한국 근대소설사에서 박계주(1913~1966)는 말 그대로 혜성처럼 출몰한 작가다. 간도 용정에서 태어난 그는 1929년《간도일보》신춘문예에 단편 소설「적빈(赤貧)」으로 입선한 뒤 수십 편의 시를 발표한 것으로 전하지만, 서울에는 알려지지 않은 무명작가였다. 그로부터 9년 뒤《매일신보》의 '특별 문예 현상 공모' 장편 소설 부문에『순애보(殉愛譜)』가 '박진(朴進)'이라는 필명으로 당선됨으로써 박계주는 일약 스타가 되었는데, 장편 소설 당선자에게 주어진 상금이 1000원이라는 거금이었기 때문이다.《매일신보》의 '특별 문예 현상 공모' 영화 소설, 국민가요의 상금이 각각 100원, 30원이었고, 신춘문예 단편 소설 당선작이 50원, 시 당선작이 10원이었던 것에 비해 장편 소설 상금 1000원은 엄청난 액수였던 것이다. 한글 발행의 총독부 기관지였던《매일신보》가 제호를 '每日申報'에서 '每日新報'로 바꾸는 경영

325

혁신을 꾀하며 기획한 '특별 문예 현상 공모'는 조선, 일본, 만주 등지에서 80여 편을 넘는 작품이 응모되어 많은 관심을 끌었고, 당선작이 신문에 연재된 뒤 단행본으로 발간되었을 때 보름 만에 매진되는 등 신문사의 기획은 상업적으로 큰 성공을 거둔다. 1939년 10월 15일 매일신보사에서 발행한 『순애보』 초간본(4·6판 양장본, 630쪽, 정가 1원 80전, 1000부)은 순식간에 팔려 11월 1일 재판을 찍고 1943년 9월 1일 35판부터는 5000부를 발행하여 1945년 8월 5일 47판이 발행[2]된 것으로 알려진다. 이 책은 광복 이후에도 출판사를 달리하며 꾸준히 발간되어 1970~1980년대까지 수십만 독자들에게 읽힌 초베스트셀러이며, 1957년(한형모 감독, 김의향·성소민·이빈화 주연)과 1968년(김수용 감독, 태현실·윤정희·신성일 주연) 두 차례나 영화화되어 흥행에 큰 성공을 거둔다.[3]

그러나 박계주는 1961년 11월 28일 《동아일보》에 연재하던 소설 『여수(旅愁)』가 갑자기 중단된 뒤 문단에서 사라진다. 기록에 따르면 그는 1963년 5월 21일 연탄가스 중독으로 반신불수가 되어 투병하다가 1966년 4월 7일

---

2) 성문사(省文社)에서 발행한 『순애보』 58판(1957. 6. 25)의 판권난에는 이 소설의 발간 일자와 부수가 일부 기록되어 있다. 그에 따르면 초판은 1000부를 발행하여 보름 만에 재판을 찍었고, 1941년 5월 1일 15판을 발행한 뒤 갑자기 1943년 9월 1일 35판 5000부를 발행한 것으로 되어 있다. 이후 1945년 8월 5일 47판까지 매 판 5000부를 발행하다가 1949년 3월 25일 49판부터 1956년 12월 20일 57판까지 3000부씩 발행한다. 이에 따르면 광복 전까지 약 10만 부가 발행되었고, 광복 후 58판까지 3만 부 이상 발행된 것으로 보인다. 이 기록에서 다소 의아스러운 것은 1941년 5월 1일 15판 발행과 1943년 9월 1일 35판 발행까지의 기록과 35판부터 1945년 8월 5일의 47판까지 기록이 생략되어 있는 점이다. 이 기록에 따르면 1941년 5월 이후 1945년 8월초까지 『순애보』는 7만 부 이상 발행되어 읽혔다는 의미로, 놀라운 기록이 아닐 수 없다. 그 뒤 성문사에서는 1962년 9월 29일 60판 발행 광고를 일간지에 게재하여 소설의 인기가 꾸준함을 알려 준다.

3) 박계주의 신문 연재 장편 소설은 거의 영화화될 만큼 인기가 있었다. 『구원(久遠)의 정화(情火)』(1956, 이만흥 감독, 한은진·윤인자 주연), 『별아 내 가슴에』(1958, 홍성기 감독, 김지미·이민 주연), 『자나 깨나』(1959, 홍성기 감독, 김동원·김지미 주연) 등이 그것인데, 6·25 전쟁을 소재로 한 『별아 내 가슴에』는 당시 15만여 명의 관객이 관람했다.(정종화, 『영화에 미친 남자』(맑은소리, 2006), 276쪽) 따라서 박계주의 1950년대 신문 연재소설은 따로 논의할 필요가 있다.

오후 9시경 사망했고, 그를 헌신적으로 간호하던 아내도 3개월 뒤 간경화로 세상을 뜬 것으로 알려진다. 그의 등장이 갑작스러우면서도 요란했던 것처럼 퇴장 또한 돌연했을 뿐 아니라 말년이 무척 초라하고 궁색했던 것으로 보이며, 사후에는 일반 독자나 문학 연구가들에게 거의 완벽하게 소외되어 잊힌 작가가 되고 만다.

일제 강점기 말 『순애보』로 순식간에 인기 작가로 대두했던 박계주가 『여수』 이후 문학계에서나 일반 독자에게서 철저히 외면당한 것은 다소 의외의 사건이 아닐 수 없다. 이와 관련하여 1961년 6월 11일부터 연재를 시작한 『여수』[4]의 내용 가운데 광복 직후의 모스크바 삼상 회의에서 결정된 이른바 '신탁통치안'과 관련된 부분이 문제된 사실에 주목할 필요가 있다. 박계주는 1961년 5월 16일 발생한 군사적 행위를 민주적 혁명으로 이해하고 평소의 시국관을 작중 화자의 입을 빌려 토로했으나, 이를 정치적 맥락에서 받아들인 군사 정권이나 신문사에서 급격히 제재를 가한 것이 아닌가 생각되기 때문이다. 그런데 사건은 해당 작품의 연재 중단으로 그치지 않고, 이후 박계주의 문학 활동이 거의 중단된 것으로 보아 지속적인 감시

---

4) 박계주, 『여수』, 《동아일보》, 1961. 6. 11~11. 28. 《동아일보》는 1961년 11월 29일자 석간 1면의 사고(社告)를 통해 이 소설의 연재 중단을 다음과 같이 알리고 있다. "그간 본지 조간 4면에 연재해 오던 박계주 씨 집필인 소설 『여수』는 비록 소설이라 할지라도 지난 28일자 조간 게재 내용이 본사의 견해와 현저히 상이하므로 본사는 해(該) 소설을 금주 게재 중지하기로 결정하였음을 독자 제현에게 알리오며 아울러 사전에 발견하여 시정치 못하였음을 송구히 여깁니다. 이 점 독자제현의 양찰을 바라 마지않습니다." 참고로, 당시 동아일보는 조간 4면, 석간 2면으로 발행되었다. 『여수』의 내용과 의미에 대해서는 "성 문제를 과감하게 다루어 인간의 본질을 파헤쳐 보려 했으나 필화사건을 입어 중단"(김용성, 『한국 현대 문학사 탐방』(현암사, 1984), 429쪽)되었다거나 "이태우(이춘우의 오기─인용자)라는 한국 청년이 프랑스의 이봉느라는 한국 전쟁에서 부친을 잃고 창녀 노릇을 하는 여인과의 애정을 그린 작품"(한원영, 『한국 현대 신문 연재소설 연구』(상)(국학자료원, 1999), 264쪽)이라는 설명과 "민족적 주체성에 바탕한 독립·민주 의식의 추구를 가장 평이한 대중 소설의 형식으로 계도코자 노력했으며, 그 때문에 수사 기관으로부터 수난"(임헌영)을 당했다는 적극적 평가가 공존한다. 이 작품에 대한 본격적인 논의가 필요한 것도 이런 사정과 관련된다.

와 압박이 있었을 가능성도 완전히 배제하기 어렵다.『순애보』의 성공으로
20여 년 동안 인기 작가로 명성을 누려 온 그가『여수』집필 당시 빚에 쪼
들렸다거나[5] 연탄가스 중독 사고로 반신불수가 된 뒤 "집을 팔고 미아리고
개 막바지로 가야만"[6] 했던 속사정은 알려진 바가 없다. 한 기자의 회고 기
사에 따르면, 박계주가 술을 좋아하고 여성에게 인기 많은 미남 작가[7]였다
고 하지만 술과 여자 또는 질병 때문에 소설『순애보』와 영화 등으로 벌어
들였을 수많은 재산을 탕진했으리라고는 생각하기 어렵다. 잘 알려진 것처
럼 그는 청소년 시절부터 독실한 기독교 신자였고,『순애보』는 이용도 목
사의 '사랑의 신비주의' 사상에 큰 영향을 받은 작품이다. 독실한 크리스천
이고『처녀지』후기에서 "내 작품 어디에나 그렇게 배양되어 오던 민족의식
의 섬광이 극히 희미하나마 명멸을 반복"[8]했다고 적을 만큼 작가로서의 자
부심이 강했던 그가 술과 여자 문제로 파산하여 병치레조차 힘든 상황이
되었다고는 생각되지 않는다. 박계주가 사망한 지 3개월 뒤 아내도 세상을
떠 당시 사정을 정확히 알기 어려우나, 유족이나 지인들의 증언을 바탕으
로『여수』연재가 중단된 정황과 그 이후 작가의 삶에 대한 의혹 부분이 규
명되어야 하리라 생각한다.

---

5) 박연희의 추도문에 따르면『여수』집필 당시 박계주는 "빚에 몰려 집이 올라가게 되"었
   을 뿐만 아니라 "구멍가게마저 외상이 막"히고 글을 써도 "빚장이가 원고료를 차압"하
   는 상황에 몰려 있었다고 한다.(박연희, 「고 박계주 형 영전에」, 《동아일보》, 1966. 4. 9.
   5면) 막내아들의 회고에 따르면 정릉의 큰 집에서 살 당시 빚쟁이로 보이는 사람이 자주
   드나들었다고 한다.
6) 김용성, 앞의 책, 429쪽.
7) 구건서, 「흘러간 만인의 사조 베스트셀러」, 《경향신문》, 1973. 4. 21. 삼천리사에 근무할
   때만 하더라도 박계주는 술을 마시지 못해 놀림을 받았으나 나중에 술고래가 되었다고
   하며, 기억력이 비상하고 일에 빈틈이 없었다고 한다.(최정희, 「조광 삼천리 시절」, 강진
   호 엮음,『한국 문단 이면사』(깊은샘, 1999), 227~229쪽)
8) 박계주,『처녀지』(박문출판사, 1948). 여기서의 인용은 연변대 조선언어문학연구소
   편,『중국 조선 민족 문학 대계 11 소설집 김창걸 외』(흑룡강조선민족출판사, 2002),
   563쪽.

　박계주 문학에 대한 선행 연구는 『순애보』,[9] 이민 소설,[10] 신문 연재 장편 소설[11] 등 세 부문으로 나누어 이루어졌으며 문학적 평가는 대체로 비판적이었던 것으로 정리된다. 그의 대표작은 대부분 신문 연재소설로 대중적 통속성과 오락성의 기조 위에 기독교 및 민족주의 사상을 적절히 배합하는 서사 전략을 구사하여 일반 독자들의 호기심을 충족시켰다. 『순애보』로 문학적 명성을 획득한 박계주는 1940년대 초 문예지에 단편 소설을 발표하기도 했으나 문단과 독자의 기대에 부응하지 못한다. 그가 1950년대 이후 문학성이 강조되는 단편 소설보다 신문 연재소설에 집중한 것도 그와 무관하지 않거니와, 그것은 결과적으로 그의 문학에 대한 학계의 무관심을 초래하는 계기가 된다. 1950년대 한국 문학은 본격 문학과 대중 문학의 노선이 선명하게 분할하던 시기로 작가들은 자신의 문학적 입장을 분명히 밝혀야 했는데, 박계주는 신문 연재소설에 진력함으로써 자연스럽게 대중소설가로 분류된다.[12] 그런 점에서 박계주 문학의 본령을 살피려면 『순애보』를 비롯한 신문 연재소설을 집중 분석하는 것이 마땅하지만, 이 글에서는 『순애보』와 『처녀지』 등 초기작에서 박계주 문학의 원형적 특질을 살피고자 한다. 『순애보』는 박계주의 대표작이자 신문 연재소설이란 점에서 이후 신문 연재소설과의 연관성이 주목되고, 『처녀지』는 작가의 만주 체험을 바탕으로 한 단편소설집이란 점에서 그의 문학관과 세계관을 규명하는 데 좋은 참고가 되리라 생각하기 때문이다. 그러므로 이 논문은 1950년대 이

---

9) 신춘자, 「기독교와 박계주의 『순애보』 연구」, 한국국어교육학회, 《새국어교육》 60, 2000; 김효정, 「1930년대 대중 소설의 대중성 연구 ― 박계주의 『순애보』를 중심으로」, 《한국어문연구》 17; 정혜영, 「순절(殉節)하는 사랑의 시대 ― 박계주 『순애보』를 중심으로」, 《어문학》 115, 한국어문학회, 2012.

10) 김성화, 「박계주 이민 소설의 개작 문제 연구」, 《한중인문학연구》 30, 한중인문학회, 2010.

11) 장미영, 「대중성의 확대와 변형 ― 1950년대 박계주의 신문 연재소설을 중심으로」, 《국어문학》 53, 국어문학회, 2012. 8.

12) 이봉범, 「1950년대 신문 저널리즘과 문학」, 《반교어문연구》 29, 반교어문학회, 2010, 267쪽.

후 박계주의 신문 연재소설 연구를 위한 선행 작업의 의미를 지니며, 후속 논문을 통해 박계주 소설의 총체적 의미를 구명하고자 한다.

2

박계주는 1913년 7월 26일 간도 용정에서 박인근과 원희진 부부의 차남으로 태어난다. 그의 부친은 함흥에서 벼슬살이를 하다 경술국치를 당하자 용정으로 이주했으나 박계주가 돌이 되기 전에 사망한다. 이런 정황은 이태준이 겪었던 불행과 비슷한데, 이태준은 소설이나 수필 등을 통해 아버지의 유훈을 기리고 있으나 박계주에게서는 그런 기록을 찾아보기 어렵다. 그는 중학 시절 김동환의 『국경의 밤』을 친구들과 돌려 읽었고, 간도에서 발간되던 《민성보(民聲報)》 한글판에 「혁명전선에 나서는 소년 형제」 등 단편 소설과 「우리는 탑 쌓는 무리외다」,[13] 「엿장수」[14]와 같은 시(시조)를 발표했다고 하나 전해지는 작품은 거의 없다. 그러나 광복 후 간행된 창작집 『처녀지』에 실린 단편 소설이 만주를 배경으로 민족의식을 고취한 작품이라는 사실은 부친의 영향과 간도 체험이 문학 세계에 큰 영향을 주었다는 방증 자료가 된다.

1932년 영신중학교를 졸업한 그는 외국 유학을 희망하지만 나이 등의 문제로 뜻을 이루지 못하고 운극영이 조직한 여성계몽운동 단체인 '백합대(百合隊)' 및 소만(蘇滿) 국경의 구사평(九沙坪)의 감리교 계통 소학교 교원

---

13) 이 시는 1932년 《신동아》에 발표하려 했으나 검열에 걸려 발표 금지를 당했다고 한다. (김용성, 앞의 책, 380쪽)

14) 위의 책에 「엿장수」의 3~5연이 전한다. "코 흘리는 조무래기들에게 휩싸여/ 사뭇 영웅이 되어 보는 나는/ 골목에서 골목으로 유랑하는. 장타령에 늘씬해지는 슈바리에// 때로는 골목이 다하여/ 동구 밖에 나서고 산촌에 이르면/ 보리와 감자와 쌀을 받고/ 젊은 시악시이길래/ 엿 한가랄 더 떼어주는 집시.// 절컥 절컥/ 왼종일 가위로 햇빛을 자르다 못하여/ 지금은 달빛을 죽죽 자르며 발길을 돌려야 하는/ 내 눈 앞에는 무수한 시악시의 얼굴들이 아른거린다."

을 지내다가 평양 중앙 선도원(宣道院)에서 월간 《예수》를 창간하며 4년을 보낸다. 그가 의식적으로 기독교와 관련을 맺은 것은 중학 4학년 때 '정임'이란 여성을 만나 교회를 나가면서부터인데, 이때 이용도 목사의 영향을 크게 받은 것으로 보인다. 1936년 상경한 그는 전영택이 주재하던 《새사람》의 편집을 도우며 춘원 이광수를 사사한다. 1938년 박계주는 원산, 금강산 등을 여행하고 평양으로 돌아와 《매일신보》 현상 공모 마감이 10월 말까지 두 달 연기되었다는 사고(社告)를 확인한 뒤 9월 4일 상경하여 내자동 하숙집에서 소설 집필에 몰두, 마감 직전인 10월 말 오후 4시경 1500매 분량의 『순애보』를 탈고한다.[15]

『순애보』[16]는 1939년 1월 1일부터 6월 17일까지 연재된 뒤 10월 15일 단행본으로 발간한 지 보름 만에 매진되었을 뿐만 아니라 광복 전까지 10만 부나 발행되어 "삼천만의 심금을 울린 영원의 베스트셀러"로, 그 내용은 "한량없이 주고주어 마침내 제 목숨까지 주어버리는 가장 높고 가장 깨끗한 사랑"[17]을 다룬 작품이다. 1938년 일제는 국가총동원법을 공포했고, 1939년 나치 독일이 폴란드를 침공하여 2차 세계대전이 발발하는 등 세계 정세는 매우 험렬한 분위기로 접어들고 있었다. 이런 준전시적 분위기 속에서 『순애보』가 총독부 기관지에 연재되고 폭발적인 인기를 얻었다는 것은 다소 이해하기 어려운 일이다. 더군다나 이 소설의 제목이 '순수한 사랑의 기록〔純愛譜〕'이 아니라 '사랑에 순절하는 인생 기록〔殉愛譜〕'으로 명명된

---

15) 구건서, 《경향신문》, 1973. 4. 21. 당시 《매일신보》 사회부장이었던 김기진은 이광수가 이 소설을 읽어 달라고 편지를 보내자 "춘원 선생의 작품과 모랄도 같고 문장도 유려창 달할뿐더러 글씨마저 춘원 선생의 글씨와 비슷하여 의아를 느끼고 있던 참이며 그렇잖아도 사람을 보내거나 직접 찾아뵈려 했사온데 전혀 신인이라 하니 더욱 기쁩니다."라는 답장을 보냈다고 한다.(김용성, 앞의 책, 381쪽 참조)

16) 이 논문에서는 『박계주 문학 전집 1 순애보』(조광출판사, 1982)를 텍스트로 한다. 『순애보』는 워낙 판본이 많아 텍스트 선정에 따라 논의가 달라질 수 있는데, 신문 연재본이나 매일신보사 발행 초간본은 구하지 못해 부득이하게 전집에 실린 작품을 분석 대상으로 삼는다.

17) 『순애보』 제60판 발행 광고. 《경향신문》, 1962. 9. 29, 7면.

것도 심상히 보아 지나칠 일이 아니다. 이 소설은 남녀의 사랑 이야기를 다룬 평범한 연애 소설의 차원을 넘어 진정한 사랑은 자신의 죽음까지 담보할 수 있어야 한다는 비장감을 강조하고 있기 때문이다. 소설의 작중 인물 최문선과 윤명희가 보여 주는 자기희생과 봉사, 인내와 헌신의 태도는 이기적 욕망 충족을 위해 살아가는 대부분의 범속한 인간들로서는 흉내 내기조차 힘든 것이다. 박계주가 기독교적 사랑을 『순애보』의 대주제로 설정한 것은 예수교회 회원으로서 이용도 목사의 '사랑의 신비주의' 영향을 받았기 때문이란 해석이 있거니와, 《매일신보》가 이 작품을 당선작으로 선정한데에는 그와 다른 모종의 이유가 개입했을 것으로 보인다. 그 이유를 정확히 규명하기는 어려우나, 현상 공모 심사평과 당선작 연재 예고 기사를 통해 『순애보』에 대한 《매일신보》의 시각을 추론해 볼 수는 있다.

현상 공모 심사자는 신문 소설이 구비해야 할 조건을 여섯 가지로 나열하고 있는데, 그 내용이 "온가족이 한 자리에 안저서 읽을수잇도록 미풍양속에 위배됨이 없어야" 하고, "현실을 정화(淨化)하야 써(以) 독자로 하여금 고상한 감정을 파지(把持)하도록"18) 해야 하는데, 『순애보』는 "일즉이 조선의 신문지상에 이가치 놉고 깨끗한 사랑에 순절하는 청춘의 안타까운 이야기가 실리어 본 일"이 없는 특별한 작품으로 "인생으로써 가져야 할 놉흔 철학과 순결한 도덕"19)을 지니고 있다는 것이다. 남녀의 순수한 연애담은 시공을 초월해 대중의 폭넓은 사랑을 받는 주제지만, 그만큼 새로운 감동과 충격을 자아내기 어려운 것도 사실이다. 그런데 박계주는 '순수한 사랑〔純愛〕'의 동음이의어를 활용하여 기독교적 정신에 입각한 사랑의 새로운 모랄과 문법을 제시한 것이다. 그러나 《매일신보》는 소설 제목의 뜻을 "사랑에 순절(殉節)하는 인생 기록"이라 풀어 설명함으로써 멸사봉공의 군국주의적 이데올로기를 은근히 강요하고 있다. 다시 말해 젊은 남녀가 사

---

18) 「장편소설선후감(長篇小說選後感)」, 《매일신보》, 1938. 12. 29, 1면.
19) 「신연재소설예고(新連載小說豫告)」, 《매일신보》, 1938. 12. 31, 2면.

랑을 위해 자신을 희생하는 것이 아름답듯, 청년들이 나라를 위해 제 한 목숨 바치는 일이야말로 "인생으로써 가져야 할 높흔 철학과 순결한 도덕"이라는 점을 강조한 것으로 볼 수 있다. 흔히 '멸사봉공(滅私奉公)'이란 사자성어로 요약되는 전체(국가)를 위한 부분(개인)의 희생 강요는 전제주의 국가의 대표적인 지배 이데올로기이다. 그런 점에서 국제적 전쟁을 앞둔 일제로서는 소설의 제목을 자의적으로 해석하여 주인공의 행위가 기독교적 사랑에 바탕한 것과 상관없이 정치적 의도로 활용하려 했을 것으로 보인다.[20]

　『순애보』의 기독교적 사상은 이용도 목사의 '고난과 사랑의 신비주의'와 깊은 연관이 있는 것으로 설명된다.[21] 이용도의 '사랑의 신비주의'는 신약의 『요한복음』과 구약의 『아가』에 나타난 십자가를 진 예수의 고난을 직접 체험함으로써 예수와 일체가 되는 것을 목적으로 한다. 이용도는 『요한복음』과 『아가』를 통해 고난을 사랑의 본질로 이해('고난 받으시는 예수 신비주의') 했는데, 그의 영향을 받은 박계주는 고난과 사랑의 신비주의에 기초한 글을 《예수》에 실으면서 『순애보』의 줄거리를 구상했던 것으로 알려진다. 이 작품의 주동 인물 최문선은 자신에게 닥친 불행과 시련을 원망하지 않으며 오히려 죄인을 용서하는 커다란 사랑을 실천한다. 자신을 실명케 하고 강간 살인범으로 만든 이가 찾아와 죄를 고백했다는 이유만으로 모든 책임을 지겠다는 최문선의 태도는 '피엘 신부', 더 나아가 '예수'가 실천해 보여 준 거룩한 사랑의 적극적 행동으로 이해할 수 있다. 그러나 최문선과 이철

---

20) 일제 강점기 말 조선에서 인기를 끌었던 두 편의 연애 소설(이광수의 『사랑』과 『순애보』)이 기독교 사상을 배경으로 한 것에 대해 "기독교와 일제의 식민 통치 이데올로기 간에 발생하는 문제", 즉 "조선에서 기독교의 어용화"로 이해하는 관점(정혜영, 앞의 글) 이 있다. 이 문제에 대한 최초의 착목이라는 점과 일제의 '기독교 정책'을 깊이 살핀 점에서 의의가 있지만, 소설에서 기독교의 일제 찬양 및 어용화 실태를 구체적으로 적시하지 못한다.

21) 임영천, 「박계주의 소설과 이용도의 신비주의 —『순애보』를 중심으로」, 『한국 현대 문학과 기독교』(태학사, 1995). 이하 이용도와 박계주 관련 논의는 이 글에 의거한 것임.

진 등의 희생을 "고통 받는 민족과 조국을 구원하기 위한 구체적인 행동"[22]으로 해석하는 논리에는 많은 무리가 따른다. 그렇다고 『순애보』의 '순절하는 사랑'의 최종적 지향점을 "인간도 신도 아닌, 천황에 의해 운영되는 제국 일본"으로 해석하는 것도 지나친 상황 논리의 적용이라 보인다. 1930년대 말은 창씨개명, 신사참배, 징용, 징병 등 조선민족말살정책이 강제로 시행되던 시기로 종교 단체마저 어용화되고 있었고 소설의 작중 인물 최문선의 자기희생적 태도에 현실감이 결여된 것이 사실이지만 그러한 "환상적 현실 속에 총력전을 위한 제국의 메시지들을 교묘한 형태로 주입"[23]했다고 보는 관점은 이 작품의 주제를 민족주의와 연관시키려는 것의 역발상적 태도로로밖에 생각되지 않는다.

『순애보』에 1930년대 말 조선의 열악한 정치·경제·사회적 상황이 전혀 반영되어 있지 않다는 비판은 종종 제기되어 왔다. 이 소설은 원산 송도원 해수욕장에서 남녀 주인공이 만나는 것으로 시작하여 작중 인물들이 수시로 명승지나 피서지로 떠나는 장면이 장황하게 묘사되는 데 반해, 전쟁으로 인한 경제적 곤핍이나 정신적 불안감을 느끼는 대목은 전혀 보이지 않는다. 고대 문물과 유적을 찾아 여행하는 '관광'은 교통수단의 발달과 여가의 확충에서 비롯되었지만, 그 이면에는 식민지주의[24]라는 근대의 시선이 개입되

---

22) 신춘자, 앞의 글, 287쪽. 이 연구자는 1994년 판 『순애보』(일신서적출판사)를 텍스트로 하고 있는데, 박계주는 광복 후 자신의 작품을 수차례 개작했으므로 광복 후 간행된 판본을 토대로 민족주의 사상을 논하는 것은 적절하지 않다. 비근한 예로 박계주 문학 전집 『순애보』(조광출판사, 1982)에는 최문선이 야학에서 의병장 김응서와 기생 계월향이 왜군 장수를 죽인 일화를 학생들에게 들려준 일로 경찰에 불려가 취조를 당하던 중 자신의 아버지가 "독립운동을 하다가 일본 경찰의 손에 죽임을 당하셨"다고 진술하여 기소당하는 대목이 나오지만, 1938년 《매일신보》에 연재된 소설에 이런 내용이 실릴 수 없었을 것은 불문가지다.

23) 정혜영, 앞의 글, 447~448쪽.

24) 조선총독부는 고적 조사를 통해 명승지를 창출하여 관광지로 육성했는데, 고적 조사 사업은 도요토미 히데요시의 조선 정벌의 위업을 현창하고 국민을 계몽하는 것으로 일제의 조선 지배의 정당성을 강조하는 작업의 일환이었다. 이상의 논의는 조성운, 「1930

어 있다. 식민지 조선에서도 지식인들 사이에 문화 기행과 관광이 유행하기 시작하였는데, 1931년 금강산 전기 철도가 개통되자 1만 5000명 이상의 승객이 이용했고, 그해 1월부터 10월까지의 경주 방문 승객이 2만 명을 넘은 것[25]으로 보도되고 있다. 『순애보』 작중 인물은 신교육을 받고 해외 유학까지 다녀온 인텔리에다 최문선 외에는 경제적인 어려움을 겪지 않는 것으로 설정되어 그들의 여름철 피서나 명승지 탐승은 당시의 풍조[26]를 반영한 것이라 볼 수 있다. 하지만 원산 송도원해수욕장의 흥성스러운 분위기 묘사나 금강산 기행의 장황한 일정 등은 이철진이 낙동강 수해 지역에서 몸을 바쳐 구호 활동을 벌이는 장면과 날카롭게 대조되어 작품의 구성적 완결성을 저해한다. 특히 작품 후반의 수해 지역 구호 장면은 『무정』의 삼랑진 수해 장면과 대단히 혹사하고,[27] 신문사의 노력으로 만주와 하와이 등지에서 이재민을 위한 헌금과 구호품이 답지하는 장면의 상세한 서술[28]은 "식민지 말의 '국민정신총동원운동' 전개에 강력한 일조"[29]를 했다는 비판

년대 식민지 조선의 근대 관광」, 《한국독립운동사연구》 36, 2010. 8, 374쪽 참조.

25) 「경주 고적 탐승 이만 명을 돌파」, 《동아일보》, 1931. 11. 1.

26) 일제의 관광 진흥 프로그램이 개발되는 과정에서 인천은 1937년 송도유원지에 별장 부지를 분양한다. 이것은 당시 관광과 휴양을 동시에 즐기려는 풍토가 조성되고 있었던 것을 뜻한다.(조성운, 앞의 글, 387쪽 참조)

27) 『순애보』가 『사랑』(이광수)이나 『화관』(이태준)의 특정 장면과 유사하다는 지적은 종종 제기되어 왔다. 그러나 원산에서 문선이 인순을 만난 뒤 곧바로 명희와 조우하는 장면이라든지, 경남 지역의 수해 장면 같은 것은 『무정』의 그것과 더 닮아 있다.

28) 조광출판사 판 『순애보』에는 "그 시절만 하드래도 일본 총독부는 이러한 수해 지구의 이재민을 구제하지 않았고 도리어 방임해 둠으로써 만주로 별수 없이 이민해 가도록 꾀하며 책동했기 때문에 단 민간 기관인 신문사가 이러한 일까지 해야만 했던 것"(341~342쪽)이라 서술되어 있다. 이 부분은 《매일신보》 연재 당시나 광복 전 단행본에서는 실리기 어려웠을 대목으로 광복 후 개작 과정에서 첨가된 것으로 보인다. 『무정』의 수해 장면에서도 정부나 관공서에서는 특별한 조처를 취하지 않는데, 그 배경에는 『순애보』 서술자의 말처럼 일제의 음모가 있었을 것으로 짐작된다. 그러나 낙동강 수해에 신문사가 적극 관심을 갖는 서술 전략만으로 총독부의 방임과 이재민의 만주 이주 책동 음모를 짐작할 독자가 과연 얼마나 되었을까는 의문이다.

29) 정혜영, 앞의 글, 447쪽.

을 받아도 적극적으로 항변할 논리를 찾기 궁색하다. 이처럼 『순애보』 해석의 난점은 텍스트 선정에 따라 전혀 상반된 결과가 나올 수도 있다는 점에 놓인다.

『순애보』는 산업화 이전 시대의 독자에게 가장 많이 팔리고 널리 읽힌 소설이다. 현재 50대 이후의 중장년으로 이 소설을 모르는 사람은 극히 소수일 것으로 짐작되며, 실제로 많은 이들이 청소년 시절 이 작품을 읽으며 감동을 받았다고 추억한다. 심지어 종로의 건달 김두한은 어느 날 박계주에게서 김좌진 장군은 만주에서 목숨 바쳐 싸우고 있는데 그 후손으로 부끄럽지 않느냐고 질책을 당한 뒤 『순애보』를 사다 학생들에게 밤새 읽히며 눈물을 흘렸다는 일화도 전한다. 하지만 일제 강점기 말 대중 독자의 인기를 얻었던 대다수 소설의 운명이 그러하듯, 『순애보』는 오늘날 철저하게 잊힌 작품이 되었다. 뿐만 아니라 이 소설이 《매일신보》에 연재되고 그곳에서 출판되었다는 사실 때문에 체제 순응적인 작품으로 폄하되기도 한다. 작중 인물들이 수시로 관광을 하거나 피서지를 찾는 것 등은 당시 사정을 고려할 때 비현실적이어서 현실 도피의 대중 소설적 성향을 노정하는 게 사실이다. 또한 피엘 신부와 네덜란드의 구국 소년 영웅 한스 브링커(소설에서는 '피터'로 명명됨) 일화는 작가의 의도와 상관없이 일제의 특정한 정치적 목적에 악용될 소지가 충분했을 것으로 짐작된다. 이와 함께 「유방」 등 광복 전 발표한 작품에서 친일의 혐의를 받을 만한 내용이 일부 보이는 것도 사실이다. 그러나 그것이 박계주 소설의 친일적 성향을 말해 주는 것인지, 작가의 역사와 현실 인식의 미숙함[30]을 의미하는 것인지는 보다 섬세하고 종합적인 분석을 통해 규명되어야 할 사안이다. 『순애보』는 일제 강점기 말에 쓰여 초베스트셀러가 되었고, 광복 이후에도 계속 판본을 달리하며 간행되면서 여러 차례 개작이 이루어졌기 때문에 어느

---

30) 김성화, 「박계주 이민 소설의 개작 문제 연구」, 《한중인문학연구》 30, 한중인문학회, 2010, 25쪽.

판본을 텍스트로 하느냐에 따라 해석과 평가가 달라질 수 있다. 《매일신보》 발표 원본에서 친일적 성향이 감지된다면, 광복 후 개작본에서는 강렬한 민족의식이 검출되기 때문이다. 일제의 혹독한 사상 통제와 검열 시스템에서 자유로울 수 없었던 일제 강점기 말 문학을 독해하는 데 있어서 원작과 개작의 차이, 작품의 중의적 맥락, '저항/순응'의 단순 이분법 극복 등에 특히 세심한 주의를 해야 하는 것도 이런 사정과 관련된다.

3

광복 후 박계주는 윤석중, 조풍연, 정현웅, 김영수 등과 '고려문화사'란 출판사를 설립하고 《어린이신문》, 《민성(民聲)》 등의 신문, 잡지 간행에 참여한다. 《민성》은 1945년 10월 창간하여 1950년 1월호(통권 45호)로 종간한 월간종합지로 광복 직후의 혼란한 정치 사회적 분위기 속에서 좌우익 어느 편에 경사되지 않으면서도 비판적 태도를 유지해 지식인들의 호감을 받았다. 박계주는 1946년 《민성》의 주간을 맡아 편집을 책임지면서 단편 발표에 주력한다. 그의 첫 작품집 『처녀지』에는 「모토(母土)」를 비롯해 총 8편의 단편[31]이 실려 있는데, 모두 광복 전 간도와 만주를 배경으로 한 작품이어서 그 시기 박계주의 문학과 사상을 살피는 데 좋은 참조가 된다. 『처녀지』에 실린 작품은 「질라깨 여인」을 제외한 모든 소설에 외국 작가의 글이나 성경 구절을 프롤로그처럼 삽입하고 있는데, 이것이 작품의 내용과 적절히 부합하는지는 의문이다. 또 다른 특징은 이들 소설의 시대적 배경이 만주국 건국 이전의 장작림(張作霖) 시대로 한정되어 있다는 점이다. 만주를 배경으로 한 소설에서 만주국 건국 이

---

31) 『처녀지』에 수록된 작품은 「모토(母土)」, 「사형수(死刑囚)」, 「유방(乳房)」, 「무명지사(無名之士)의 최후(最後)」, 「육표(肉票)」, 「질라깨 여인(女人)」, 「처녀지」, 「개」 등이다. 이중 「질라깨 여인」, 「개」는 원고지 10여 매의 콩트 수준이고, 「사형수」, 「유방」, 「무명지사의 최후」는 각각 「오랑캐(兀良哈)」, 「유방」, 「딸따리족」을 개작한 것이다.

전/이후는 신소설에서 갑오경장 이전/이후와 유사한 의미를 갖는다. 말하자면 만주국 건국 이전의 장작림 시대에는 중국 관헌과 마적의 횡포가 극에 달했다는 인식이 이러한 시대 구분의 전제로 기능하고 있는 것이다. 이와 함께 광복 전에 발표된 작품과 『처녀지』에 수록된 작품 사이에 결코 간과할 수 없는 차이가 존재하는 점에 주목할 필요가 있다. 그것은 일제 강점기 말 검열 등으로 삭제되거나 제대로 표현할 수 없었던 내용이 첨가되는 단순한 차이를 넘어, 아예 서술자나 작중 인물의 태도나 성격이 바뀌고 주제에도 영향을 미쳐 전혀 다른 작품처럼 보일 수 있기 때문이다.

①"왜놈들의 개척부대라나요. 그놈들을 데려다가 우리가 개간한 땅을 공전가격 이하로 빼앗아서 주고, 우리를 글쎄 비적이 출몰하는 위험지대로 몰아넣어 이 신개지를 강제로 떠맡기니, 나라 없는 백성이 별 수 있소. 울며 쫓겼지."

노인은 입에서 담배ㄷ대를 뽑으며 침을 찔 갈기고는,

"이게 소위 오족협화(五族協和)요 왕도낙토(王道樂土)의 나라라는 겝니다. 이름 좋지요, 오족협화, 왕도낙토, 흥! 사실 왜놈들 저이들에게야 그렇죠. 남이 다 만들어 논 옥답을 강도질 하고는 죽을 곳으루 우리를 몰아 넣으니 자갸들은 살기 좋을밖에."(「모토」, 『처녀지』[32])

②-1 그는 으레 공산당 이야기가 나오기만 하면, 목에 핏대를 올리며,

"아아니, 그래 어떻게 번 돈이관데 그 놈들이 그저 넌쩍 빼앗아 먹능게야. 몇 번이나 죽을 고비르 넘어서 모은 재물을 넙적 집어 삼키는 놈들이 강도지, 그래 머이란 말이오."

그는 공산당원을 마주 대하기나 한 듯이 앞을 노려보며 이를 갈기까지 했

---

32) 박계주, 『처녀지』(박문출판사, 1948). 여기에서의 인용은 연변대 조선언어문학연구소 편, 『중국 조선 민족 문학 대계 11 소설집 김창걸 외』(흑룡강조선민족출판사, 2002)에서 따옴.

었다.(「딸따리족」,《조광》, 1943. 2)

②-2 "그 공산당이라능 게 강도로구만." 강동영감의 신세타령을 듣던 옆의ㅅ사람들이 이러한 말을 하면, 그는 빙그레 얼굴에 웃음을 지으면서,

"그렇잖지."

하고, 쌈지에서 담배가루를 꺼내어 손바닥에 놓고 침을 배알아 부벼서는 고불통에 담고는,

"법이야 그눔의 법이 좋지. 양반 쌍놈의 구별이 없이, 그리구 못 먹는 놈 더 잘 먹는 놈이 없이 꼭 가치 일하고, 꼭 가치 잘살자는 게니까."(「무명지사의 최후」, 『처녀지』)

③-1 남원공략전(南苑攻略戰)을 비롯하여 태원성함낙(太原城陷落)에 이르기까지 혁혁한 무훈을 세운 김석원(金錫源) 부대장은 북지전선에서 첫번 돌아왔었을 때, 이러한 이야기를 들려준 것을 여기에 옮겨 쓰기로 한다.(「유방」,《조광》, 1943. 2)

③-2 제정 일본 학정자의 채쭉에 못이겨 지원병이라는 미명 밑에서 이를 갈며 화북(華北) 전투 지구에서 출정했던 학도병 정태호 군은 이번 중국 연안(延安)에서 귀환하여 이러한 이야기를 들려준 것을 여기에 옮겨 쓰기로 한다.(「유방」, 『처녀지』)

「모토」는 1943년 「귀향(歸鄕)」이란 제목으로 방송했던 것을 광복 후 소설로 개작한 것이어서 원작의 내용은 알기 어렵다. 그러나 작중 인물을 통해 만주국의 '오족협화, 왕도낙토' 이데올로기를 직접 비판하는 내용이 방송되었으리라고는 생각되지 않는다. 이 소설은 만주 개척촌에 갔던 작중 인물이 도시로 나갔다가 아편 중독자가 되어 마지막 순간 고국으로 돌아와 숨을 거두는 이야기를 다루고 있다. 만주 이민자가 무작정 도시로 나갔다가 폐인이 되는 과정은 매우 핍진하게 그려져 있지만, 그리스 정교의 외국인 신부가 작중 인물에게 고향으로 돌아가 부모를 도우며 깨끗한 생활

을 하라고 권해 죽음을 앞두고 고향 땅을 밟는다는 사건의 설정은 작위성
이 강해 독자의 공감을 얻기 어려워 보인다.

「딸따리족」(「무명지사의 최후」)은 화자가 이도구(二道溝)에서 살 때 만난
연해주 출신의 영감에 대한 일화를 다룬 작품이다. 강동 영감은 해삼위에
서 큰 저택을 가지고 아라사 여인을 아내로 두었던 거부였다가 공산당에게
재산을 몰수당하고 이도구까지 흘러든 것으로 서술된다. 그 때문에 「딸따
리족」에서는 공산당에 대한 분노와 원망이 직접 표출되었던 것인데, 광복
후 개작된 작품에서는 이 부분이 전혀 다르게 서술되어 주목된다. 뿐만 아
니라 원작에서는 보잘것없는 위인으로 그려졌던 강동 영감이 개작에서는
"조선이 독립하기까지는 다시는 고국에 돌아오지 않기로 결심하고 해외로
가 버린 무명지사의 한 사람"으로 바뀌었고, 소설의 결말 부분도 1919년 3월
1일 용정 시내에서 독립 선언에 참여했던 강동 영감이 중국 군대의 총탄을
맞고 주변 사람들이 들려주는 애국가를 들으며 숨지는 등 원작과 전혀 다
른 양상을 보인다. 한편, 강동 영감이 딸따리족(韃靼族)에게 감자를 주고
금을 얻어 부자가 되었다는 삽화는 그들을 야만인으로 비하하는 '식민주
의적 무의식'의 조야한 형태란 비판을 받아 마땅하다. 이렇듯 평범한 노인
을 의식 있는 민족지사로 급작스럽게 둔갑시키려다 인물 성격의 통일성이
저해된 사례는 「오랑캐」(개작 「사형수」)에서도 확인된다. 원작 「오랑캐」의
작중 인물 '왕덕(王德)'은 "부모와 헤어진 지도 이미 이십여 년. 그동안 자기
는 방랑과, 노역과, 굶주림과, 또 방랑. 이러다가 마적단에 가담해서 십 년
을 하루같이 안도현 오지인 장백산맥을 무대로 민가에 나타나 약탈과, 강
간과 살해를 일삼아" 사형수가 된 것으로 서술되지만, 개작 「사형수」에서
는 "마적단에서는 매우 보기 드문 '인텔리'였던 관계로 당잘(수령)의 지위
에 있었"으며 "고학으로 가진 고생을 하면서 공부했었으나 오랑캐의 후예
라는 혈통의 차별로서 번번이 야먼(衙門)에 등용되지 못"해 마적이 된 것으
로 미화됨으로써 작품의 주제가 달라진다.

「유방」은 개작과 관련해 가장 논란이 많은 작품이다. 원작에서는 소설

의 내용이 1937년 중일 전쟁에서 큰 공적을 세워 영웅이 된 김석원(金錫源)[33]에게 전해 들은 이야기라고 했으나, 개작에서는 학도병 정태호가 귀환하여 들려준 이야기로 바뀌었고, 액자 속 이야기의 주인공 신분도 단순한 무명의 "조선인 병정"에서 "공부한 일 없는 빈농의 자제로서 홀어머니를 두고 강제 출정을 당해 끌려온 퍽 담박하고 순진한 이십 전후"의 "김인철이라는 학도병 아닌 조선인 병정"으로 일본인 병정을 죽이는 등 민족의식을 가진 청년으로 성격화된다. 전상(戰傷)을 입어 목숨이 경각에 달린 주인공이 어머니를 찾자 병원에서 전보를 보내는 장면이 원작에서는 간단히 서술되는 데 반해 개작에서는 "그것은 김인철 군이나 김인철 군의 어머니를 위해서가 아니고, 단지 전지(戰地)에 있는 조선 군인들이 잘 싸워 주기를 바라는 욕심에서, 사탕 바른 그 소위 일시동인으로 부하를 차별 없이 사랑한다는 것을 보여 주기 위한 정책일 것이라고 나는 생각"했다는 설명이 첨가된다. 이처럼 박계주는 광복 후 개작한 소설 거의 모든 작품에서 일제에 대한 강한 적대감과 저항 의식을 드러낸다. 하지만 서술자의 직접적인 반일 사상의 노출은 작중 인물의 성격 형상화나 작품의 미적 완성도에 기여하기보다 단순한 "친일적 색채 벗겨 내기"나 "항일적 색채 덧씌우기"[34]에 불과하다는 비판에서 자유롭지 못하다.

「처녀지」는 장백산의 원시림에서 문명과 거의 단절된 채 40여 년을 살아

---

33) 김석원은 1915년 일본 육사 27기생으로 졸업한 뒤 1931년 만주사변에서 기관총 중대장으로 큰 전과를 올렸고, 1937년 중일 전쟁에 참전하여 산시성〔山西省〕 동위안〔東苑〕 전투에서 2개 중대 병력으로 중국군 1개 사단을 격퇴시킨 공로로 공3급을 받고 영웅적인 명성을 얻었다. 광복 후에는 육사 8기 특별반을 거쳐 대좌로 임관했고 1949년 4월 준장으로 진급한 뒤 사단장이 되었다. 그는 남북 교역과 관련한 문제로 참모총장 채병덕(蔡秉德)과 대립하다 1949년 10월 예편했으나 6·25 전쟁이 일어나자 현역에 복귀하여 공을 세우고 1956년 소장으로 예편했다. 그 뒤 성남중고등학교장, 이사장 등 육영 사업에 전념했다. 일제 때 황국신민으로서 군문(軍門)에 입대하기를 권유하는 강연을 한 것과 관련한 친일 행적이 밝혀져 논란이 되고 있다.

34) 이상경, 「'야만'적 저항과 '문명'적 협력 — 박영준 「밀림의 여인」의 친일 논리」, 『재일본 및 재만주 친일 문학의 논리』(도서출판 역락, 2004), 63쪽.

온 일가족이 일제의 삼림측량대와 접촉하면서 발생하는 사건을 다룬 소설
이다. 평생 장백산에서 숯을 굽고 짐승을 잡아 연명하던 산사람은 관청의
허가를 받지 않고 벌목을 했다는 죄명으로 경찰에 끌려간다. 그곳에서 산
사람과 경찰대원 사이의 웃지 못할 해프닝이 벌어지는데, 산사람은 "호적
(戶籍)"이니 "국적(國籍)"이니, "빠가야로"니 하는 말을 한마디도 알아듣지
못해 경찰대원에게 뺨을 맞고 구속되기에 이른다. 평생 산에서 살아온 그
가 호적, 국적 등의 문명어를 몰라 횡액을 당하는 것은 당연해 보이지만,
그들을 "당신"이라 호칭하자 "나으리"라 부르지 않는다고 화를 내는 것에
다음과 같이 반응하는 것은 서술자의 과도한 개입으로 인한 서사 구조의
파탄으로밖에 보이지 않는다.

> 산ㅅ사람에겐 이 양반 역시 다른 사람들과 마찬가지로 정신이 평상 상태
> 가 아닌 것같이 보여졌다. '당신'이라는 말이 훌륭한 대명산데, 웨 훌륭한 말
> 을 쓰는 것을 나쁘다고 욕지거리를 할까. 그러한 것이 다 의심스러운 징조요,
> 게다가 생전에 듣지도 못하던 '나으리'는 또 무슨 놈의 나으릴꼬. 그게 다 정
> 신이 온전치 못한 사람의 소리라 생각하니 세상엔 모두 정신병자만 사는
> 것 같애서 세상이 우울해졌다.(553쪽)

어려서 부모와 함께 원시림에 들어와 문명의 혜택이라곤 전혀 받지 않
은 것으로 묘사된 산사람이 "당신"을 "훌륭한 대명사"라고 이해하거나 일
제 관리를 "정신병자"로 인식하는 것은 거의 불가능한 일에 가깝다. '호적,
국적'과 같은 근대적 조어는 물론이거니와 '나으리'란 일상적 기층어의 뜻
도 모르는 그가 "당신"이 "대명사"라는 문법적 지식을 알 까닭이 없기 때
문이다. 흥미로운 것은 박계주가 조선어학회의 철자법과 다른 자신의 이
론을 장황하게 서술하고 있는 『처녀지』 「후기」 내용이다. 그는 조선어학회
와 달리 '같이'와 '가치'를 분리해야 한다고 주장하는데, '같이'는 '함께'라
는 뜻이고 '가치'는 '처럼'의 의미로 구분해야 한다는 것이다. 그는 한글도

로마자와 마찬가지로 가로 풀어쓰기를 해야 할 것을 주장하면서 '있습니다'
의 '습'을 '읍'으로 써야 하는 이유로 "ㅣㅅㅅㅅ_ㅂㄴㅣ다"처럼 'ㅅ'을 세 번이
나 연달아 쓰는 것이 비실용적이란 점을 들고 있다. 철자법과 한글 가로쓰
기에 대한 박계주의 태도는 분명하여 『순애보』(조광출판사 전집본)에도 이
와 관련한 내용이 장황하게 서술되기도 한다.

「처녀지」는 근대 문명에 오염되지 않은 원시적 삶에 대한 동경, 혹은 재
만 조선인의 삶과 밀접한 관련이 있는 국적의 문제를 다룬 소설로 근대 문
명과의 접촉이 전혀 없는 산사람을 통해 일제의 근대화 혹은 만주국 이데
올로기의 허구성을 폭로한 작품으로 이해할 수도 있다. 국적이나 호적이 무
엇인지 모르는 산사람이 일본 경찰대원에게 "(내가) 조선 사람인줄 알면서
나보구 일본 사람이냐 만주국 사람이냐고 묻소."라고 따지며 그를 "정신상
태가 온전한 사람"이 아니라고 생각하는 대목에 이 소설의 주제가 집약되
어 있다.

『처녀지』에 실린 작품은 작가의 간도(만주) 체험을 바탕으로 한 것으로
장백산에서 원시적 삶을 살아가는 사람들의 순박성이나 마적단의 행태를
사실적으로 재현한 점에서 여타 만주 체험 소설과 구별된다. 그는 광복 전
에 발표했던 단편 형식의 글을 『처녀지』로 묶으면서 개작을 시도했는데, 그
대부분이 작중 인물의 성격이나 주제 의식의 전면적인 변화를 초래해 원작
의 친일성을 제거하기 위한 것이 아니냐는 비판을 받는다. 그러나 『처녀지』
에 실린 작품은 많은 개작 과정을 거쳤음에도 불구하고 단편 소설로서는
여러 면에서 미흡한 점들을 보여 준다. 그것은 이제까지 보아 온 것과 같
은 작중 인물 성격의 모순이나 서술자의 과도한 개입은 말할 것도 없고 플
롯과 문체의 미숙함 등의 문제가 산견되는 점과 관련된다. 그가 의욕적으
로 『처녀지』를 낸 뒤 신문 연재 장편 소설에 진력한 것도 단편 소설에서 자
신의 능력을 발휘하기 어렵다는 사실을 깨달았기 때문이 아닐까 한다. 우
리나라 작가들은 근대 문학 초창기부터 단편 소설이 장편 소설에 비해 예
술성이 뛰어나다고 생각했던 듯하다. 비근한 예로 이태준은 "현재 우리 문

단만 보더라도 수에 있어 장편은 단편을 따르지 못하고, 또 질에 있어서도 장편은 단편보다 떨어져 있는 것이 사실"[35]이라 말하면서, 특히 신문 연재 소설은 편집자의 입장에서 "문학으로 보히기 전에 먼저 구(舊) 독자를 잃지 않고 신(新) 독자를 끄러드리는 중요한 '미끼'"이며 작가로서도 경제적 이유 때문에 붓을 대지 않을 수 없는 "씨키는 소설"[36]일 뿐이라고 단편 위주의 소설론을 피력한다. 이런 분위기에서 총독부 기관지를 통해 화려하게 등장한 박계주가 단편 소설로 예술적 평가를 받고자 했으리라고 짐작하는 것은 어렵지 않다. 『처녀지』가 발간되자 "우리 문단에 건실한 지반을 걷고 있는 지조의 작가 박계주 씨의 소설집이 금반 박문서관에서 발간되었는데 내용은 일제시 3차(三次)에 거듭하여 전문 삭제를 당한 「처녀지」를 비롯하여 전부 8편의 작품으로 구성"[37]되어 있다는 기사가 실린 뒤 곧 출판기념회를 알리는 기사[38]에 정지용, 김기림, 김동석, 설정식, 안회남 등이 발기인으로 소개된다. 그리고 이틀 뒤 "본시 장편소설가인 씨(氏)이지만 광복 이전에도 민족적 기개를 꺾지 않으려고 얼마나 애써 왔는가 하는 것을 보여 주고도 남음이 있"[39]다는 박영준의 서평이 실린다. 그러나 『처녀지』에 대한 본격적 언급을 찾기 어려운 것으로 보아 문학계에서의 평가는 그다지 신통하지 않았던 것 같고, 이에 실망한 박계주는 자신의 장기인 신문 소설 연재에 더 진력했던 것으로 추측된다.

4

박계주의 『순애보』는 일제 강점기 말에서 1960~1970년대까지 한국 문학

---

35) 이태준, 「소설 독본」, 『상허 문학 독본』(백양사, 1946), 277쪽.
36) 위의 글, 265쪽.
37) 《경향신문》, 1948. 8. 29.
38) 《경향신문》, 1948. 9. 10.
39) 박영준, 「박계주 소설집 『처녀지』를 읽고」, 《경향신문》, 1948. 9. 12.

독자에게 가장 사랑을 받은 작품이다. 그는 1950년대에도 꾸준히 신문 연재소설을 발표해 인기를 끌었고, 대부분의 작품이 영화로 만들어져 『별아 내 가슴에』는 15만 명(유료 관객 13만 8000명)의 관객을 동원하는 등 흥행에도 성공을 거둔다. 하지만 1961년 『여수』의 갑작스러운 연재 중단 이후 그의 작품 활동은 완전히 중단되고, 연탄 가스 중독으로 병고에 시달리다 "정릉집 마저 팔아 버리고 미아리 산꼭대기 게딱지 같은 집"[40]에서 사망한다.

박계주의 신문 연재소설은 표면적으로는 남녀 사이의 애정을 다룬 것으로 보이지만, 시대적 배경이나 역사적 사건은 한국 근현대사의 격동과 깊이 관련되어 있다. 1950년대 발표한 『구원의 정화』는 1860년대 기독교 박해 사건을 다룬 작품이고, 『별아 내 가슴에』, 『자나 깨나』는 6·25 전쟁 전후의 사회 상황, 『대지의 성좌』는 일제하 항일독립투쟁, 『장미와 태양』은 자유당의 몰락 등 당대의 현실을 핍진하게 그리고 있다. 광복 후 최초로 신문 연재소설 중단 사태를 빚은 『여수』는 대학 교수이자 작가로 자유당 독재를 비판하는 소설을 써 반정부 작가로 알려진 작중 인물 이춘우의 개인적 생각을 피력한 것이 문제가 된 것으로 보인다. 이춘우는 오스트리아를 여행하며 "지금 와서 생각하면 오 년간의 국제신탁통치를 받았던들 오 년 뒤엔 국제기구인 유엔에 의해 오스트리아처럼 통일되었을 것"이라며 신탁 통치를 반대했던 이승만, 김구의 근시안적 태도를 비판하고 송진우야말로 "앞을 내다보는 구안(具眼)의 정치가"[41]라 추켜세우는데, 다음 날 곧바로 소설 연재 중단 사고(社告)가 실린 것으로 보아 이 부분이 문제가 되었던 것으로 짐작된다. 『여수』는 일부의 지적처럼 남자 주인공의 여성 편력이나 노골적인 성 문제를 다룬 소설이 아니라, 체제 비판적인 작가 이춘우가 유럽 여행을 하며 우리의 과거와 현재를 비판적으로 성찰하는 내용이 대종을 이루고 있는 작품이다. 그는 『장미와 태양』[42]에서 이미 자유당의 부정부패를

---

40) 전숙희, 「'별'은 이제 어디에 ─ 박계주 씨의 영전에 붙여」, 《경향신문》, 1966. 4. 11.
41) 박계주, 『여수 ─ 「비엔나의 야화(夜話) ①」』 170회, 《동아일보》, 1961. 11. 28. 조간 4면.
42) 이 소설은 1959년 《평화신문》에 연재된 작품으로 전집 편집자의 "4·19 학생의거로 이

신랄하게 비판한 경력이 있거니와, 이로 미루어 박계주는 시대 상황의 변화에 예민하게 반응하면서 진보적인 정치 이념 등을 신문 연재소설의 특질을 활용하여 직설적으로 토로했던 작가였음을 알 수 있다. 요컨대, 박계주가 광복 후 신문 연재소설에 집중한 까닭은 신문이 지닌 대중성과 계몽성, 시의성 등을 적절히 활용하려는 의도가 있었기 때문이 아닌가 한다.『순애보』에서 최문선의 초인간적인 사랑과 희생의 정신을 서사화하여 독자를 사로잡은 그는 광복 후『대지의 성좌』에서 독립운동가들의 처절하고 장렬한 투쟁을 사실적으로 재구했고,『장미와 태양』에서는 자유당의 몰락을 직접 다루는 등 소설의 사회적 기능에 많은 관심을 보인다. 그는 '행동인'이나 '주의자(主義者)'는 아니지만 어려서 간도에서 자라며 민족의식을 함양해 온 작가이다.『순애보』와『처녀지』 개작에서 가장 달라진 부분이 작중 인물의 민족의식과 관련된 내용이라는 것, 그리고 1950년대 이후 발표된 신문 연재소설이 한국 근현대사의 주요한 사건이나 당대의 정치적 상황을 통해 민족주의와 자유 민주주의, 기독교적 사랑의 가치를 옹호한 것은 그의 문학이 처음부터 그쪽으로 정향(定向)되어 있었음을 뜻한다. 요컨대, 박계주 소설은 대중에게 친숙한 방식과 매체를 통해 민족주의와 기독교적 사랑을 널리 전파하려는 계몽적 성향이 강하다. 그는 1950년대 대중 작가로 독자들의 사랑을 받았으나『여수』 이후 갑작스럽게 사라져 오늘날에는 거의 잊힌 작가가 되었다. 그러나 그가 1950년대 발표한 일련의 신문 연재소설은 단순한 통속적 읽을거리로 다룰 만한 게 아니다. 그가 신문 연재소설에서 일관되게 추구한 주제는 국가가 혼란에 처했을 때 올바른 지식인의 처신이 어떠해야 하는가의 문제였다.『순애보』의 최문선이 기독교적 사랑의 적극적 실천가였다면,『여수』의 이춘우는 우리 민족의 현실과 미래를 고민하는 지식인의 한 전형이었다. 박계주 소설에 대한 온전한 해석과 평가가 특정

승만 정권이 무너지던 때를 무대로 그 직후에 집필"되었다는 말은 다소 어폐가 있다. 그러나 이 말은 작품 연재 당시나 후에 4·19 혁명이 발발했고 작가는 당시 상황을 사실적으로 반영했다는 의미로 이해된다.

작품에 국한되지 않고 1950년대 신문 연재소설에 대한 종합적 분석과 함께
진행되어야 하는 이유가 여기에 있다.

참고 문헌

구건서, 「흘러간 만인의 사조 베스트셀러」, 《경향신문》, 1973. 4. 21

김미란, 「낙토 만주의 농촌 유토피아와 공간 재현 구조: 후기 재만 조선 인문학의 자연/농촌/고향 표상을 중심으로」, 《상허학보》 33, 상허학회, 2011

김성수, 「박계주의 『대지의 성좌』 연구: 항일 독립전쟁의 소설적 수용과 의미」, 《현대문학의 연구》 29, 한국현대문학연구학회, 2006

김성화, 「박계주 이민 소설의 개작 문제 연구」, 《한중인문학연구》 30, 한중인문학회, 2010

김영민, 「《매일신보》 소재 장형 서사물의 전개 구도 — 1920년대 이후를 중심으로」, 《현대문학의 연구》 45, 한국현대문학연구학회, 2011

김용성, 『한국 현대문학사 탐방』, 현암사, 1984

김효정, 「1930년대 대중 소설의 대중성 연구 — 박계주의 『순애보』를 중심으로」, 《한국어문연구》 17, 한국어문연구학회, 2006

박연희, 「고 박계주 형 영전에」, 《동아일보》, 1966. 4. 9, 5면

박충록, 「광복 전 박계주의 단편 소설 연구」, 제3차 Korean 교육학술토론회 논문집, 2006

신춘자, 「기독교와 박계주의 『순애보』 연구」, 《새국어교육》 60, 한국국어교육학회, 2000

신희교, 「친일 소설의 해방 전후 개작 양상 연구 — 박계주의 「유방」을 중심으로」, 《한글말글학》 17, 한글말글학회, 2000

연변대 조선언어문학연구소 편, 『중국 조선 민족 문학 대계 11 소설집 김창걸 외』, 흑룡강조선민족출판사, 2002

오양호, 「이민문학론 (2) — 박계주의 작품을 중심으로」, 《한민족어문학》 4, 한민족어문학회, 1977

오혜진, 「대중 소설에 나타난 주체 변모 양상: 1930년대와 1970년대를 중심으로」, 《국제어문》 51, 국제어문학회, 2011

이봉범, 「1950년대 신문 저널리즘과 문학」,《반교어문연구》29, 반교어문학회, 2010

이상경, 「야만'적 저항과 '문명'적 협력 ─ 박영준 「밀림의 여인」의 친일 논리」, 『재일본 및 재만주 친일 문학의 논리』, 도서출판 역락, 2004

임영천, 「박계주의 소설와 이용도의 신비주의 ─『순애보』를 중심으로」, 『한국 현대 문학과 기독교』, 태학사, 1995

장미영, 「대중성의 확대와 변형: 1950년대 박계주의 신문 연재소설을 중심으로」,《국어문학》53, 국어문학회, 2012

전숙희, 「'별'은 이제 어디에 ─ 박계주 씨의 영전에 붙여」,《경향신문》, 1966. 4. 11

정종화, 『영화에 미친 남자』, 맑은소리, 2006

정혜영, 「순절(殉節)하는 사랑의 시대 ─ 박계주 『순애보』를 중심으로」,《어문학》115, 한국어문학회, 2012

조성운, 「1930년대 식민지 조선의 근대 관광」,《한국독립운동사연구》36, 독립기념관 한국독립운동시연구소, 2010. 8

최미진, 「1930년대 후반 연애 소설의 가능성과 한계 ─ 박계주의 『순애보』를 중심으로」, 『한국 대중소설의 틈새와 심층』, 푸른사상, 2006

제7주제에 관한 토론문

김한식(상명대 교수)

박계주는 식민지 말기 『순애보』라는 소설로 혜성같이 나타난 대중 소설 작가로 알려져 있습니다. 비록 문학사에서 적극적인 평가를 받지는 못했지만 대중적으로는 교과서에 실린 어떤 작가 못지않은 높은 인지도를 자랑합니다. 소설을 비롯한 대중 서사에 대한 관심이 높아 가고 있는 현재 분위기에서 박계주에 대한 글은 저의 흥미를 끌기에 충분했습니다.

발표문은 그의 초기 소설 『순애보』와 단편집 『처녀지』를 대상으로 그의 소설에 나타나는 대중성과 계몽성에 대해 다루고 있습니다. 사실 발표자와 크게 의견을 달리하는 부분은 없습니다. 발표문을 읽으면서 보충 설명이 있었으면 좋겠다고 생각한 부분을 중심으로 몇 가지 질문을 드리고자 합니다.

첫째, 박계주 소설을 평가하는 핵심에 대중성과 계몽성이 놓인다는 사실에 동의합니다. 기왕의 박계주 연구에서도 관심을 가졌던 부분이라고 할 수 있습니다. 소설을 평가하는 여러 기준이 있겠지만 박계주 소설의 핵심에 접근하기 위해서는 역시 대중성과 계몽성을 간과할 수 없다고 생각합니다. 그런데 그의 소설이 지니고 있는 (혹은 소설에 나타나는) 대중성의 문학

사적 위치가 자세히 다루어지지 않은 점은 아쉬움으로 남습니다. 대중성
에도 여러 가지 측면이 있을 것이며, 그의 소설이 갖는 대중성이 다른 작가
들의 대중성과 구분되는 점도 분명히 있을 터인데 그 점에 대한 언급은 소
략할 편이라 생각합니다. 예를 들어 김말봉이나 이태준 장편의 대중성과
박계주 소설의 대중성은 다를 것이라 생각합니다. 박계주 소설의 대중성이
갖는 특징이 무엇인지 말씀해 주실 수 있는지 궁금합니다.

둘째, 앞의 문제와 연관될 수도 있는데, 박계주 소설이 갖는 시대적 의의
에 대한 언급도 소략한 편입니다. 그나마 발견할 수 있는 의의도 『순애보』
나 『처녀지』와는 관계없는 다른 작품들에 집중되어 있는 것 같습니다. 그
의 대표작이 『순애보』라는 점을 고려하면 긍정적이든 부정적이든 초기작
에 대한 평가가 있어야 하지 않을까 생각합니다. 발표문을 읽으면서 발표
자께서 작가나 작품에 대한 적극적인 평가를 피하고 있다는 인상을 받았
습니다. 대표적인 예를 들면 『순애보』를 평가하면서 그의 소설에 나타나는
시대 순응적 성격이 작가의 친일 성향을 말하는 것인지 작가의 역사와 현
실인식의 미숙함을 의미하는 것인지를 묻고는 결론은 유보하고 있습니다.
박계주 소설이 이광수의 소설을 닮았다는 평가에 대해서도 역시 평가나
분석은 유보하고 있습니다. 이에 대한 적극적인 평가가 이루어졌으면 하는
아쉬움이 있습니다.

셋째, 박계주 소설에서 대중성과 계몽성의 관계에 대해 묻고 싶습니다.
둘의 관계를 동등하다고 보는 것보다 대중성이 계몽성을 품고 있다고 보는
것이 타당하지 않을까요? 계몽성이 대중 소설의 문법의 일부는 아닌가 하
는 생각이지요. 작가의 종교와는 무관하게 작품의 효과 측면에서 볼 경우
그의 소설에서 기독교가 갖는 의미도 역시 대중성의 일환으로 해석하면 어
떤지요? 무리한 생각일까요?

넷째, 소설 『여수』가 중단된 사연은 무척 재미있게 읽었습니다. 자유당
독재 언급이나 신탁 통치 문제 언급은 매우 신선했습니다. 그런데 소설이
나 사고와 관계된 자료를 인용해서 보여 주는 친절함이 있었으면 그 흥미

는 배가되었을 것이라는 아쉬움이 있습니다. 이 글이 박계주 초기 소설의 대중성과 계몽성을 주제로 한 글이어서 지나치게 장황한 인용을 피한 것이라 짐작됩니다. 그렇더라도 연재 중단과 관련된 이야기를 좀 더 자세히 듣고 싶습니다.

박계주 생애 연보

1913년　7월 26일(음력, 양력으로는 8월 27일), 간도 용정에서 부 밀양 박씨 인근(仁近)과 모 원희진(元姬鎭)의 차남으로 태어남. 부친의 고향은 함흥으로, 구한말 벼슬을 하다 간도로 이주. 계주 출생 8개월 만에 사망.

1918년　서당에서 공부.

1919년　3·1 운동 후 이도구(二道溝)로 이주.

1920년　구산(邱山)소학교 입학.

1926년　구산소학교(5년제) 졸업, 용정 영신(永新)소학교 6학년 편입.

1927년　영신소학교 졸업, 영신중학교 입학.

1929년　《간도일보》 신춘문예에 단편 「적빈」이 당선작 없는 가작으로 당선.

1931년　《민성보》에 「혁명전선에 나서는 소년 형제」 발표, 이후 《간도일보》와 《민성보》에 「잡초」 등 시 50여 편 발표.

1932년　《신동아》에 시 「황혼」 발표, 영신중학교 졸업, 구사평에서 소학교 교원이 됨.

1933년　함흥에 가서 부모의 재산 처분, 원산의 백남주 목사 소개로 평양 중앙선도원에 감. 6월, 백남주·이용도 목사가 창설한 '예수교회'에 참여.(한준명, 이종현, 김정일, 유명화, 이유신 등)

1934년　1월, 중앙선도원 기관지 월간 《예수》 창간.

1936년　상경, 내자동에서 하숙. 원산, 금강산 여행.

1937년　상경, 전영택이 주재하던 월간 《새사람》을 편집, 이때 이광수를 알게 되어 그에게 사사받음. 7월, 《새사람》 폐간. 가을 평양으로 가서 《예수》 편집을 도움.

1938년   9월 4일, 상경하여 『순애보』 집필. 12월, 박진(朴進)이라는 필명으로
        《매일신보》 1000원 현상 공모에 당선. 「예수 광인 김예근」(《새사람》 3
        월호) 발표.

1939년   2월, 동경의학전문을 중퇴한 김응신(金應信)과 결혼. 장남 진(眞) 출
        생. 박문서관 출판부 입사, 월간 《박문》 편집. 10월, 『순애보』 초간본
        간행. 단편 「화성인(火星人)」(《신세기》 3월호), 「인간 제물」(《삼천리》 4
        월호) 발표.

1940년   1월, 월간 《삼천리》 편집. 단편 「오랑캐」(《삼천리》), 「처녀지」(《문장》),
        「탈출」(《가정지우》) 발표.

1941년   단편 「향토」(《춘추》 3월호), 「애정무한」(《신시대》 3~4월호), 「죽음보
        다 강한 것」(《매일신보》, 1941. 6. 30~8. 4) 발표. 장녀 선(善) 출생.
        장편 『애로역정(愛路歷程)』 제1부(매일신보사) 간행.

1942년   단편 「육표(肉票)」(《춘추》 11월호) 발표.

1943년   단편 「유방」(《조광》 2월호), 「딸따리족」·「오리온성좌」(《조광》 3월호)
        발표. 《삼천리》 폐간, 《신시대》 편집부장.

1944년   시골로 소개(疏開).

1945년   차남 철(哲) 출생. 8·15 광복 직후 상경, 김영수·윤석중·조풍연·정
        현웅 등과 고려문화사 조직. 단편 「지옥」, 「예술 시대」 등 발표.

1946년   《민성(民聲)》 주간. 「어머니」(「유방」의 개작, 《신문학》 6월호), 「천사」
        (《학생월보》 4~6월호), 「개」(《서울신문》 9. 15) 발표.

1947년   차남 사망.

1948년   단편 「유물 철학」, 「유민」(《서울신문》 7. 25~31), 장편 『진리의 밤』
        (《경향신문》) 발표. 단편집 『처녀지』(박문출판사) 간행, 삼남 훈(焄)
        출생.

1949년   한성일보사 취체역 겸 편집 고문. 단편 「다방 에덴」(《신천지》), 「애정
        무한」(《부인》 1월호), 「파고다의 소녀」(《신여원》 3월호) 발표.

1950년   장편 『진리의 밤』·『호반의 각씨(閣氏)』(평범사) 간행. 6·25 전쟁 때

납북되어 끌려가다 박영준·김용호 등과 탈출.

1951년　단편「혈연」(《희망》) 발표. 해군·육군에 종군.

1952년　사남 현(炫) 출생.

1953년　장편『피의 제전』(《국제신보》),『구원의 정화』(《경향신문》) 연재.

1954년　장편『별아 내 가슴에』(《서울신문》 1954. 11.~1955. 5) 연재. 장편
　　　　『구원의 정화』(문흥사) 간행.

1956년　오남 일(日) 출생. 장편『자나 깨나』(《연합신문》 1956. 10~1957. 4) 연
　　　　재.『구원의 정화』영화화(감독 이만흥).

1957년　장편『대지의 성좌』(《동아일보》 1957. 12~1958. 10) 연재.『순애보』
　　　　영화화(감독 한형모).

1958년　장편『끝없는 연가』(《평화신문》 1958. 12~1959. 9) 연재.『별아 내
　　　　가슴에』영화화(감독 홍성기).

1959년　장편『장미와 태양』(《평화신문》 연재), 장편『구원의 정화』(향문사)
　　　　간행.

1960년　구미 여행.

1961년　장편『여수』(《동아일보》 1961. 6. 11~11. 28, 170회) 연재 중 중단.

1963년　5월 21일, 연탄가스 중독.

1966년　4월 7일 오후 9시경, 성북구 돈암동 19-241 자택에서 사망. 경기 파
　　　　주군 아동면 검산리 감리교 묘지에 안장. 7월 11일 오후 2시경, 아내
　　　　김응신도 간경화로 사망.

박계주 작품 연보

발표일	분류	제목	발표지
1930	단편	적빈(赤貧)	간도일보
1930	단편	혁명전선에 나서는 소년 형제	민성보
1932	시	황혼	신동아
1932	장편 시조	애정 무한	
1938. 3	소설	예수 광인 김예근	새사람
1939. 1. 1~6. 17	장편 소설	순애보	매일신보
1939. 3	단편	화성인	신세기
1939. 4	단편	인간 제물	삼천리
1940. 1	단편	오랑캐	삼천리
1940. 1	단편	처녀지	문장(검열에서 삭제)
1940. 1	단편	탈출	가정지우
1941. 3	단편	향토	춘추
1941	단편	탈출	半島の光
1941. 3~4	단편	애정무한	신시대
1941. 6. 30~8. 4	단편	죽음보다 강한 것	매일신보
1941	장편	애로역정 제1부	매일신보사 간행

발표일	분류	제목	발표지
1942. 11	단편	육표	춘추
1943. 2	단편	유방	조광
1943. 3	단편	딸따리족	조광
1943. 3	단편	오리온 성좌	조광
1945	단편	지옥	예술시대
1946. 6	단편	어머니	신문학,「유방」의 개작
1946. 4~6	단편	천사	학생월보
1946. 9. 15	콩트	개	서울신문
1947		유관순 실기(實記)『순국의 소녀』	경향신문
1948	단편	혈족	새한민보
1948. 7. 25~31	단편	유민	서울신문
1948	단편	귀향	부인
1948	장편	진리의 밤	경향신문
1949	단편	다방 에덴	신천지
1949. 1	단편	애정무한	부인
1949. 3	수필	파고다의 소녀	신여원
1950	단편	조국	백의
1951	단편	혈연	희망
1951	수필	붉은 천국 견문기	동아일보
1951	수필	스탈린 총독부 파리 참례기	동아일보
1953	장편	피의 제전	국제신보
1953	장편	구원의 정화	경향신문
1954. 11~	장편	별아 내 가슴에	서울신문

발표일	분류	제목	발표지
1955. 5			
1956. 10~1957. 4	장편	자나 깨나	연합신문
1957. 12~ 1958. 10	장편	대지의 성좌	동아일보
1958. 12~ 1959. 9	장편	끝없는 연가	평화신문
1959	장편	장미와 태양	평화신문
1961. 6. 11~ 11. 28	장편	여수	동아일보(연재 중 중단)

1977   오양호, 「이민문학론(2) — 박계주의 작품을 중심으로」,《한민족 어문학》 4

1989   임영천, 「이용도와 한국 문학과의 관계 연구 — 박계주의 『순애 보』에 나타난 이용도의 기독교 사상을 중심으로」,《인문과학연 구》 11

1996   백운주, 「1930년대 대중 소설의 독자 공감 요소에 관한 연 구 — 『흙』, 『상록수』, 『찔레꽃』, 『순애보』를 중심으로」. 청주대 교육대학원

1998   이은숙, 「1930년대 북간도 경관에 대한 조선 이민의 경관 인지 (景觀認知) — 박계주의 소설을 중심으로」,《문화역사지리》 10

1998   최미진, 「1930년대 후반 한국 연애 소설의 가능성과 한계 — 박계 주의 『순애보』를 중심으로」,《대중서사연구》 4

1999   최재선, 「한국 현대 소설의 기독교 사상 연구 — 해방 전 작품을 중심으로」, 숙명여대 박사 학위 논문

1999   이정옥, 「대중 소설의 시학적 연구: 1930년대를 중심으로」, 서강 대 박사 학위 논문

2000   신희교, 「친이롯설의 해방 전후 개작 양상 연구 — 박계주의 「유 방」을 중심으로」,《한글말글학》 17

2000   신춘자, 「기독교와 박계주의 「날개 없는 천사」 연구」,《인문과학 논총》 5

2000   신춘자, 「기독교와 박계주의 『순애보』 연구」,《새국어교육》 60

2003   장춘식, 「일제 강점기 재중 조선인 소설 연구」, 전북대 박사 학위 논문

2005   문화라, 「한국 근현대 베스트셀러 문학에 나타난 독서의 사회사—근대 베스트셀러 소설의 연애 담론을 중심으로」, 《어문연구》 127

2006   최미진, 「1930년대 후반 연애 소설의 가능성과 한계—박계주의 『순애보』를 중심으로」, 『한국 대중 소설의 틈새와 심층』, 푸른사상

2006   김효정, 「1930년대 대중 소설의 대중성 연구—박계주의 『순애보』를 중심으로」, 《한국어문연구》 17

2006   박충록, 「광복 전 박계주의 단편 소설 연구」, 제3차 Korean 교육 학술토론회 논문집

2006   김성수, 「박계주의 『대지의 성좌』 연구: 항일 독립 전쟁의 소설적 수용과 의미」, 《현대문학의 연구》 29

2009   권기태, 「박계주 『순애보』의 대중 소설적 특성 연구」. 영남대 교육대학원 석사논문

2009   반건우, 「1930년대 대중 연애 소설의 서사 구조 연구: 김말봉의 『찔레꽃』과 박계주의 『순애보』를 중심으로」, 한양대 교육대학원

2010   윤일, 「한일 기독교 베스트셀러 소설 비교 연구」, 《동북아문화연구》 23

2010   김정현·윤일, 「아리시마 다케오의 『或る女』와 박계주의 『순애보』 비교 연구」, 《동북아문화연구》 25

2010   김성화, 「박계주 이민 소설의 개작 문제 연구」, 《한중인문학연구》 30

2011   김기창, 「유관순 관련 제재 국어 교과서 수록 연구」, 《새국어교육》 89

2011   오혜진, 「대중 소설에 나타난 주체 변모 양상: 1930년대와 1970년대를 중심으로」, 《국제어문》 51

2011   신형기, 「6·25와 이야기 — 전쟁 수기들을 중심으로」, 《상허학보》 31

2011   김미란, 「낙토 만주의 농촌 유토피아와 공간 재현 구조 — 후기 재만 조선 인문학의 자연/농촌/고향 표상을 중심으로」, 《상허학보》 33

2011   김영민, 「《매일신보》 소재 장형 서사물의 전개 구도 — 1920년대 이후를 중심으로」, 《현대문학의 연구》 45

2012   장미영, 「대중성의 확대와 변형 — 1950년대 박계주의 신문 연재소설을 중심으로」, 《국어문학》 53

2012   정혜영, 「순절하는 사랑의 시대 — 박계주 『순애보』를 중심으로」, 《어문학》 115

작성자 장영우 동국대 교수

겨레의 언어, 사유의 충돌

탄생 100주년 문학인 기념문학제 논문집 2013

1판 1쇄 찍음 2013년 12월 25일
1판 1쇄 펴냄 2013년 12월 30일

지은이 · 전영태, 장영우 외
펴낸이 · 박근섭, 박상준
편집인 · 장은수
펴낸곳 · (주)민음사

출판등록 1966. 5. 19. (제16-490호)
서울시 강남구 신사동 506 강남출판문화센터 5층(135-887)
대표전화 515-2000 / 팩시밀리 515-2007
www.minumsa.com
www.daesan.org

※ 이 논문집은 대산문화재단과 한국작가회의가 기획, 개최한
'탄생 100주년 문학인 기념문학제'의 일환으로 서울특별시의
지원을 받아 제작되었습니다.

ISBN 978-89-374-8884-9 03800